Tom Finnek

Galgenhügel

Über den Autor

Tom Finnek wurde 1965 im Münsterland geboren und arbeitet als Filmjournalist, Drehbuchlektor und Schriftsteller. Er ist verheiratet, Vater von zwei Söhnen und lebt mit seiner Familie in Berlin. Sowohl unter dem Pseudonym Tom Finnek als auch unter seinem richtigen Namen, Mani Beckmann, hat er bereits zahlreiche Krimis veröffentlicht. Zu seinen größten Erfolgen gehören neben der historischen Moor-Trilogie die London-Romane »Unter der Asche«, »Gegen alle Zeit« und »Vor dem Abgrund«.

TOM FINNEK
GALGENHÜGEL
Münsterland-Krimi

beTHRILLED

Vollständige Epub-to-Print-Ausgabe des in der Bastei Lübbe AG
erschienenen eBooks »Galgenhügel« von Tom Finnek

beTHRILLED by Bastei Entertainment in der Bastei Lübbe AG

Copyright © 2017 by Bastei Lübbe AG, Köln

Textredaktion: Stephan Trinius
Titelgestaltung: Christin Wilhelm, www.grafic4u.de unter
Verwendung von Motiven von
© Shutterstock: Artem PEREBYINIS | Marc Venema | hraska |
Wonderwall
Satz: 3w+p GmbH, Ochsenfurt
Druck: Books on Demand GmbH, Norderstedt

ISBN 978-3-7413-0079-0

www.be-ebooks.de

www.lesejury.de

MIX
Papier aus verantwortungsvollen Quellen
Paper from responsible sources
FSC® C105338

Prolog

Warum konnte er nicht einfach den Mund halten? Verständnislos schaute Ellen ihren Mann an, der wild gestikulierend auf eine der verstört dreinschauenden Flugbegleiterinnen einredete, dabei lauthals fluchte und herumkrakeelte. Ellen betrachtete ihn wie einen völlig Fremden und kam sich plötzlich vollkommen einsam vor, als stürzte sie ganz allein mit diesem verdammten Flugzeug in Richtung Meeresoberfläche. Um sie herum weinten oder schluchzten die Leute, einige wenige beteten, ein junges Paar hielt sich über den Gang an den Händen, wieder andere tippten hektisch etwas in ihre Smartphones. Letzte Nachrichten für die Liebsten. Doch die meisten der Passagiere taten all das beinahe geräuschlos, wie gedämpft. Nur Michael brüllte herum und schnauzte die Stewardessen an, als wären sie irgendwelche Darstellerinnen in einem seiner Filme, die sich nicht an seine Regieanweisungen hielten. Ununterbrochen sprudelten Worte aus seinem Mund, dabei deutete er immer wieder auf seine Schwimmweste und die beiden Ventile, mit denen die Weste aufgeblasen wurde. Doch Ellen hörte gar nicht hin, sie schottete sich ab, gab keinen Ton von sich und versuchte, die letzten Augenblicke ihres Lebens ganz bei sich zu sein. Sie wollte sie nicht mit sinnloser Panik vergeuden. Sie wusste, dass sie in Kürze sterben würde, und versuchte, das Unvermeidliche zu akzeptieren. So schwer ihr das auch fiel. Was gab es jetzt noch zu sagen? Worte hatten jeden Sinn verloren. Vielleicht schwieg sie aber auch, weil die Angst ihr die Kehle zuschnürte. Wie in Schockstarre.

»Brace for impact!«, hatte der Flugkapitän über die Lautsprecher gesagt.

Gleich wäre alles vorbei! Da konnte der schlaksige Amerikaner in der Reihe vor ihnen behaupten, was er wollte. Angeblich hatte er schon einmal eine solche Notwasserung überlebt, damals in New York, auf dem Hudson River. Es komme lediglich darauf an, dass der Pilot das Flugzeug waagerecht in der Luft halte und die Boeing mit beiden Tragflächen gleichzeitig auf dem Wasser aufkomme, hatte er bereits kurz nach dem Ausfall der Triebwerke getönt. Dann bestünde eine nicht geringe Wahrscheinlichkeit, dass sie die Katastrophe unbeschadet überstanden.

Ellen wollte davon nichts hören. Das hier war nicht New York, unter ihnen befand sich nicht der Hudson River, sondern das Karibische Meer, und die Küste Venezuelas war noch etliche Flugminuten entfernt. Statt auf dem Flughafen von Caracas zu landen, würden sie mitten in der Nacht mit der Boeing 767 im Ozean versinken. Und da sie in der Business Class direkt hinter dem Cockpit saßen, würden sie vermutlich als Erste auf dem Wasser aufschlagen und sterben. Bevorzugt selbst im Tod. Der Gedanke daran ließ Ellen mehrmals schlucken, sie war kurz davor, sich zu übergeben. *Nicht jetzt*, schalt sie sich in Gedanken und musste unwillkürlich und völlig unangebracht lachen.

»Was ist so witzig?«, schimpfte Michael und stieß sie ärgerlich mit dem Ellbogen an. »Glaubst du, wir sind hier bei *Verstehen Sie Spaß?*«

Ellen schüttelte den Kopf und biss sich auf die Lippen. Plötzlich hörte sie neben sich ein lautes Zischen. Sie erschrak und stellte irritiert fest, dass das Geräusch aus Michaels Rettungsweste kam. Entgegen den Anweisungen des Kabinenpersonals hatte er an den Ventilen der Druckpatronen gezogen.

»Wir sollen die Westen doch erst außerhalb des Flugzeugs aufblasen«, sagte Ellen und merkte im selben Moment, wie dumm und hohl ihre Worte klangen. Wie sehr sie den eigenen düsteren Gedanken widersprachen. Es würde kein *außerhalb des Flugzeugs* geben. Jedenfalls würden sie es nicht mehr erleben.

»Und wenn ich nach dem Aufprall nicht mehr in der Lage bin, das Scheißding aufzublasen?«, fuhr Michael sie an. »Was dann? Soll ich etwa ertrinken, nur weil das die verdammten Vorschriften so verlangen?«

Wir werden alle sterben, wollte Ellen sagen, beließ es dann aber bei einem stummen Achselzucken. Reden nützte ohnehin nichts mehr. Jetzt galt es, sich auf das Ende gefasst zu machen. Wie bei einem Countdown. Ellen begab sich wieder in die gebückte Brace-Position, wie sie es so oft in den schlecht animierten Filmchen zu Beginn eines jeden Flugs gesehen hatte. Gurt festgezurrt, Becken nach hinten, Kopf runter, Hände auf die Knie.

»Brace, brace!«, rief eine Stewardess. »Heads down!« Damit verschwand sie nach vorne zu ihrem Klappsitz vor den Toiletten.

Wieder fluchte Michael. Mit aufgeblasener Rettungsweste war gar nicht daran zu denken, sich nach vorne zu beugen und den Kopf nach unten zu nehmen. Er musste aufrecht sitzen bleiben, wie in einem Stützkorsett. Was ihn aber nicht daran hinderte, weiterhin unentwegt auf Ellen einzureden. Nur sein Ton hatte sich mittlerweile geändert. Da die Stewardess außer Reichweite war, schrie er nicht mehr herum, sondern haderte gestenreich mit seinem Schicksal, beklagte sich bei Ellen, machte ihr Vorwürfe, weil sie die Reise unbedingt unternehmen wollte, und schien sowohl mit ihr als auch mit seinem eigenen Leben abrechnen zu wollen. Völlig ansatzlos sprang er dabei zwischen der Vergangenheit und dem, was seine Zukunft hätte bringen sollen, hin und her. Seine Worte wurden zunehmend selbstmitleidig. Was er selbst aber gar nicht zu bemerken schien.

Ellen schloss die Augen, hielt sich unmerklich die Ohren zu und dachte mit Bitterkeit daran, dass dieser Urlaub eigentlich ein Neuanfang hätte sein sollen. Oder vielmehr eine letzte Chance. Für ihre zur bloßen Routine verkommene Ehe, für ihr scheinbar aufregendes, aber völlig sinnentleertes Leben, für einfach alles. Drei Wochen Venezuela, von den eisigen Anden über das tropische Orinoco-Delta bis zu den Traumstränden der Karibik, während im heimischen Berlin das übliche triste Novemberwetter herrschte. Drei Wochen ohne den ganzen Fernsehrummel, ohne mühsame Drehs und langweilige Studioarbeit, ohne alberne PR-Auftritte und ermüdende Interview-Termine. Ohne das nichtige Leben in einer schillernden Blase. Drei Wochen zum Innehalten und Durchschnaufen.

»Alles auf Anfang!«, wie man beim Film sagen würde.

Ellen hatte gerade die erste Staffel einer humorigen Krimiserie mit dem Titel »Lustig bis in den Tod« abgedreht und mit Bedacht für den Rest des Jahres keine neuen Rollen angenommen. Und da auch Michael mit der Postproduktion seines neuesten Zweiteilers weitgehend fertig war, hatte sie die Reise gebucht, ohne ihn zu fragen. Natürlich war er außer sich gewesen und hatte behauptet, jetzt sei wirklich keine Zeit für Urlaub und er müsse sich unbedingt um die Finanzierung und Stoffentwicklung des nächsten Projekts kümmern. Doch das hatte Ellen nicht gelten lassen. Zu oft hatte sie diesen immer gleichen Sermon in den sechs Jahren ihrer Ehe gehört. Nie war Zeit für Urlaub, nie Zeit für *irgendetwas*, vor allem nicht für sich selbst. Und an Kinder war schon gar nicht zu denken. Stets gab es gute Gründe, äußere Zwänge oder nützliche Ausreden. Nicht jetzt, nicht hier, nicht so! Damit müsse nun Schluss sein, hatte sie gefordert und Michael die Pistole auf die Brust gesetzt. Entweder er begleite sie nach Südamerika oder sie werde ohne ihn fliegen. Und anschließend nicht zu ihm zurückkehren.

Anschließend! Ein großer Schwarm Vögel hatte dafür gesorgt, dass es dazu nicht kommen würde. Jedenfalls hatte der schlaksige Amerikaner vermutet, dass es Vögel gewesen waren. Wahrscheinlich Gänse. Wie damals in New York. Wenige Minuten nachdem die Maschine die Reiseflughöhe verlassen und zum Landeanflug auf Caracas angesetzt hatte, hatte es einen lauten Knall und ein kurzes Vibrieren gegeben. Ellen war aus dem Halbschlaf aufgeschreckt und hatte zunächst an ein Luftloch oder einen Blitzeinschlag geglaubt. Nichts Ernsthaftes jedenfalls. Bis sie aus dem Fenster geschaut und den Feuerschein auf der rechten Seite gesehen hatte. Da es draußen stockfinster war, konnte man die Flammen, die aus dem Triebwerk schlugen, auch im Bug des Flugzeugs erkennen. Ellen glaubte zu wissen, dass sich ein Flugzeug mit etwas Geschick auch mit nur einem Triebwerk steuern ließ, doch als sie bemerkte, dass die Passagiere auf der linken Seite ebenfalls wie gelähmt aus den Fenstern starrten und die beiden Triebwerke plötzlich jaulende Geräusche von sich gaben, ahnte Ellen, dass sie in ernsten Schwierigkeiten steckten. Nur wenige Augenblicke später zischte es laut und dumpf, die Flammen erloschen, erst rechts, dann links, und es war wieder dunkel hinter den Fenstern. Doch noch ehe so etwas wie Hoffnung oder gar Erleichterung aufkommen konnte, verstummten kurz nach dem Zischen auch die Motorengeräusche. Die Triebwerke waren ausgefallen. Auf beiden

Seiten. Einzelne entsetzte Schreie betonten die unerträgliche Stille. Die Boeing 767 war zu einem gigantischen und völlig untauglichen Segelflugzeug geworden. Zu einem stromlinienförmigen Sarg aus Aluminium.

»Ellen, hörst du mir überhaupt zu?« Michael zerrte heftig an ihrer Schulter und riss sie aus ihren irrlichternden Gedanken.

»Natürlich«, log sie und nahm die Hände von den Ohren.

»Und was sagst du dazu?«

»Was soll ich sagen?« Sie war nicht in der Lage, ihn anzuschauen, und starrte weiterhin auf ihre Knie. »Nichts.«

»Nichts?«

»Wir werden *sterben*, Michael.« Das war alles, was dazu zu sagen war.

»Eben drum.« Seine Worte klangen gleichzeitig verständnislos und vorwurfsvoll. Als hätte sie ihn mit ihrem vermeintlichen Desinteresse tödlich beleidigt. »Willst du denn gar nicht wissen, was mit deiner Schwester geschehen ist?«

»Meine Schwester?« Ellen war völlig verwirrt und brauchte eine Weile, um zu begreifen, wovon Michael überhaupt sprach. Er war immer noch damit beschäftigt, mit seinem Leben abzurechnen, und inzwischen war er offenbar dazu übergegangen, eine Art Beichte abzulegen. Ballast abzuwerfen. Als könnte das, wie bei einem Heißluftballon, die Wucht des Aufschlags mindern.

Ellen konnte es kaum fassen. Sie stürzten gerade in den Tod, hatten nur noch wenige Augenblicke zu leben, und Michael hatte nichts Besseres zu tun, als ihr einen Seitensprung oder eine Affäre mit ihrer Schwester Anne zu gestehen! Sie schüttelte den Kopf. An seine zahlreichen Weibergeschichten hatte sie sich ohnehin gewöhnt, selbst wenn ihr die Vorstellung, dass er es auch mit Anne getrieben hatte, übel aufstieß.

»Ich will nichts von Anne hören! Behalt es für dich!«, rief Ellen abwehrend und erstarrte, weil sich in diesem Augenblick die Position des Flugzeugs änderte. Der Bug ging ruckartig in die Höhe. Wieder schrien die Leute, und aus den Lautsprechern schallte eine verzerrte Ansage in Dauerschleife: »Brace, brace!« Gleichzeitig fing der Rumpf an zu vibrieren. Er schlingerte hin und her wie in den Kurven einer Achterbahn. Alles zitterte und schwankte. Ellen dachte an die beschwichtigenden Worte des Amerikaners: Es komme lediglich darauf an, die Maschine waagerecht in der Luft zu halten. So viel dazu!

»Es geht nicht um Anne«, stieß Michael mühsam hervor und hielt sich krampfhaft an der Lehne seines Sessels fest. »Sondern um Eva. Um die Sache auf dem Galgenhügel.«

»Eva?« Ellen durchfuhr es wie ein Stromschlag. Es war wie ein Stich ins Herz. *Die Sache auf dem Galgenhügel!* Plötzlich hatte Michael ihre ganze Aufmerksamkeit. Und obwohl sie wusste, dass sie die Frage nicht stellen sollte und die Antwort nicht hören wollte, fragte sie: »Meinst du den Unfall?«

Erster Teil

1

Zelten im Münsterland! In den Herbstferien! Bastian hatte von Anfang an geahnt, dass es eine Schnapsidee war, doch Claudia hatte als unbeirrbarer Outdoor-Fan darauf bestanden. Schließlich gebe es kein schlechtes Wetter, hatte sie einen alten Kalauer bemüht, sondern lediglich unpassende Kleidung. Außerdem hätten sie es den Kindern versprochen. Die waren tatsächlich ganz wild auf das vermeintliche Abenteuer gewesen. Urlaub auf dem Land, inmitten von Venn und Moor, umgeben von Bruchwald, Wacholderheide und endlosen Maisfeldern. Und nun hatten sie die Bescherung! Die halbe Nacht hatte es wie aus Kübeln gegossen, und als sie am frühen Morgen durch das Prasseln des Regens und das Donnergrollen geweckt wurden, schwamm ihr Familienzelt auf einer riesigen Wasserlache. Der Boden des Innenzelts fühlte sich an wie ein Wasserbett, bei jedem Schritt machte es gurgelnde Geräusche, und es war nur eine Frage der Zeit, bis die Nässe durch den Kunststoff drang und die Schlafkammer unter Wasser setzte. Das Vorzelt war bereits geflutet und roch nach Moder.

Doch statt nach einer Ferienwohnung Ausschau zu halten, wie Bastian es vorgeschlagen hatte, bewunderte Claudia den Nebel, der den gesamten Zeltplatz umhüllte und in dichten Schwaden über den klitschigen Boden waberte.

»Wie in einer Ballade von Droste-Hülshoff«, fand sie.

»Hm«, knurrte er missmutig und zitierte: »›Unter jedem Tritte ein Quellchen springt.‹«

»Ach was«, entgegnete Claudia. »Außerdem lässt der Regen bereits nach. Genau das richtige Wetter, um die alte

Kolkmühle zu besuchen. Die ist nur sonntags für Besucher geöffnet, und anschließend können wir im ›Schulzenhof‹ brunchen. Das Essen dort soll sehr gut sein.«

»Und das Wasser?«, fragte er und deutete auf die bräunliche Lache.

»Das versickert doch«, behauptete Claudia. »Und heute Abend buddelst du einfach einen Graben ums Zelt.«

»Einen Wassergraben?«, fragte Nele aufgeregt und entblößte mit einem Lachen ihre frische Zahnlücke im Oberkiefer. »Wie beim Schloss in Altwick?«

»Dann musst du auch eine Zugbrücke bauen, Papa«, meinte Timo und grinste. »Sonst ist es kein Schloss.«

»Schlösser haben keine Zugbrücken«, sagte Nele altklug. »Das sind Burgen, du Doofi!«

»Selber doof!«, schnauzte Timo seine kleine Schwester an.

»Schluss jetzt!«, rief Claudia und entschied: »Wir fahren zur Mühle.«

Bastian zuckte resignierend mit den Schultern und hoffte, das späte Frühstück im »Schulzenhof« würde sie für all das Ungemach entschädigen.

Die Kolkmühle war eine uralte Wassermühle direkt an der Grenze zwischen dem Münsterland und der holländischen Twente. Eine niedliche kleine Mühle, der man ansah, dass sie in den Jahrhunderten seit ihrer Errichtung mehrmals umgebaut und renoviert worden war. Das etwas schiefe Dach war aus Eichenholz gezimmert und reichte beinahe bis zum Boden.

»Wie ein Hexenhaus«, fand Nele und klatschte begeistert in die Hände. »Fehlen nur Hänsel und Gretel.«

»Wer die Hexe ist, wissen wir jedenfalls«, sagte Timo abfällig.

Claudia stand vor einer Rundbogentür, die zum Untergeschoss der Mühle führte, und betrachtete ein in Sandstein gehauenes Wappen, das über der Tür ins Fachwerk eingelassen war. »Renovatum Anno 1721«, las sie und deutete auf zwei verschnörkelte Initialen. »C und A«, fuhr Claudia fort. »Wisst ihr, wofür das steht?«

»Klar«, sagte Bastian lächelnd, »da kauf ich immer meine Hemden.«

»Blödmann«, erwiderte Claudia, schaute in ihren Reiseführer und gab selbst die Antwort: »Clemens August. So hieß der damalige Bischof von Münster.«

»Interessant«, behauptete Bastian und schielte auf die Uhr.

Dass sie im Nieselregen vor der Mühle standen und sich nicht im trockenen Inneren die imposanten Mahlgänge und hölzernen Kammräder anschauten, lag daran, dass die Kolkmühle noch geschlossen war. Die Mühle wie auch die Schänke »Zum schwarzen Kolk« auf der gegenüberliegenden Seite des Mühlenwehrs öffneten erst um neun. Sie waren schlichtweg zu früh dran. Der gesamte Platz, der von einer riesigen Linde dominiert wurde, wirkte zu der frühen Morgenstunde wie verwunschen. Was durch den dichten Nebel noch verstärkt wurde. Nur ein alter, aber noch gut erhaltener Volvo stand auf dem Parkplatz, von dessem Besitzer aber war weit und breit nichts zu sehen.

»Mama, hast du vorhin nicht was von einem Galgenhügel erzählt?«, fragte Timo und rieb sich die vor Kälte geröteten Hände. »Der ist doch gar nicht weit weg, oder? Können wir da nicht hingehen?«

»Erst schauen wir uns die Mühle an. In zehn Minuten wird sie geöffnet«, sagte Claudia und schüttelte den Kopf. »Zum Galgen gehen wir später. Der liegt ohnehin auf halbem Weg zum ›Schulzenhof‹.«

»Kann ich nicht schon mal vorgehen?«, fragte Timo. »Nur mal kurz gucken. Ich bin auch sofort wieder zurück.« Da Claudia immer noch den Kopf schüttelte, wandte er sich mit flehendem Blick an seinen Vater. »Bitte, Papa! Kann ich?«

Bastian hob seufzend die Schultern und erntete einen missfälligen Blick seiner Frau sowie einen erfreuten seines Sohnes.

Timo deutete das Achselzucken als Erlaubnis und rief: »Danke, Papa!« Dann rannte er über das gemauerte Mühlenwehr zu einer schmalen Straße, die nach Nordosten hin einen Bogen um den oberen Mühlteich machte und sich anschließend durch Wald und Heide schlängelte. Wenige Sekunden später hatte der Nebel den Jungen verschluckt.

»Ich hatte Nein gesagt«, fauchte Claudia und sah Bastian vorwurfsvoll an.

»Es sind ja nur ein paar Meter«, sagte er und schaute zu Boden, als gäbe es in den Pfützen etwas Interessantes zu beobachten.

»Ist das ein echter Galgen?«, fragte Nele ängstlich. »Dann geh ich da nicht hin.«

»Nein, Süße«, lachte Claudia und streichelte ihr über den Kopf. »Den hat der Heimatverein von Ahlbeck hier für die Touristen aufgebaut. Das ist nur ein Denkmal. Früher stand an der Stelle mal ein richtiger Galgen, aber den gibt's schon lange nicht mehr. Brauchst keine Angst zu haben.«

»Da kommt jemand.« Bastian deutete auf einen alten Mann, der neben der Schänke aus dem Nebel auftauchte und sich ihnen mit schwerfälligen Schritten näherte. Der Mann fuhr sich über den grau melierten Vollbart, rückte seinen breitkrempigen Filzhut zurecht und rief ihnen zu: »Morgen zusammen! Sie sind früh dran.«

»Die Sintflut hat uns geweckt«, antwortete Bastian und nickte zur Begrüßung.

»Mistwetter!«, knurrte der Mann, starrte zum Himmel und schlurfte zum Eingang der Schänke. »Einen Moment. Ich hol schnell die Schlüssel auf, dann können Sie in die Mühle.«

»Aufholen?«, wunderte sich Bastian leise.

»Lass doch!«, sagte Claudia und bedachte ihn mit einem tadelnden Blick. »Die reden hier halt anders. Das ist wahrscheinlich der holländische Einfluss.«

»Können die kein Deutsch?«, fragte Nele verdutzt.

»Ruhe jetzt!«, zischte Claudia.

»So!«, sagte der Graumelierte, als er mit einem riesigen, rostigen Bartschlüssel in der Hand aus der Schänke trat. »Dann wollen wir mal.«

»Nicht viel los hier«, meinte Bastian und deutete auf die etwas verwahrlost wirkende Schänke, die wenig mehr als ein umgebauter Bauernhof war. »Wundert mich eigentlich. Die Mühle ist doch sehr sehenswert und idyllisch gelegen.«

»Das wird alles anders werden, wenn die Schulzin hier das Sagen hat.«

»Die Schulzin?«, wunderte sich Claudia.

»Die Chefin vom ›Schulzenhof‹«, sagte der Alte und hob vielsagend die Augenbrauen. »Sie hat die Mühle und den Gasthof vor Kurzem gekauft, und bald beginnen die Umbauten. Wenn die nächstes Jahr damit fertig sind, wird's hier ein großes Ausflugslokal mit Kutschfahrten, Konzerten und anderem Remmidemmi geben. Ist 'ne tüchtige Frau, die Schulzin.« Er öffnete mit dem Schlüssel eine kleine, mit Eisen beschlagene Pforte, durch die man vom Mühlenwehr aus das Erdgeschoss betreten konnte, und wies ins Mühleninnere. »Bisschen staubig hier«, sagte er, schaltete das Licht an und hustete. »Aber das wird alles anders werden, wenn die Schulzin …«

Weiter kam er nicht, denn in diesem Moment hörten sie Timo aufgeregt rufen: »Mama! Papa! Kommt schnell! Da hängt eine!«

Völlig außer Atem erreichte der Junge das Mühlenwehr, hielt sich die offenbar stechende Seite und wiederholte atemlos: »Da hängt eine!«

»Wo hängt was?«, fragte Bastian.

»Am Galgen«, keuchte Timo. »Eine Frau.«

»Das ist ein Denkmal, du Doofi«, erklärte Nele.

»Dann hängt die eben an einem Denkmal«, sagte Timo und zog eine Grimasse. »Tot ist sie aber auf jeden Fall. Sonst würde sie ja nicht am Strick hängen.«

»Hör auf, deiner Schwester Angst zu machen«, sagte Bastian, schaute aber unsicher zu Claudia.

»Das ist bestimmt nur eine Puppe«, knurrte der Alte. »Ist ja bald Halloween.«

»Die sieht aber ziemlich echt aus.« Timo klang zugleich fasziniert und erschrocken.

»Verdammte Blagen!«, zischte der Alte und fuhr sich über die rot geäderte Knollennase. »Nichts als dummes Zeug im Kopf. Im Sommer haben sie einen ollen Schweinskopf an den Galgen gehängt. Bei Bullenhitze. Was glauben Sie, wie das gestunken hat.« Plattdeutsch fluchend setzte er hinzu: »*Godverdorrie!*«

»Jetzt komm schon, Papa!«, flehte Timo und zog an Bastians Ärmel. »Wir müssen die Frau abschneiden! Sonst reißt noch irgendwann der Kopf ab.«

»Iiih«, kreischte Nele und fing an zu weinen.

»Timo!«, rief Claudia und nahm Nele in den Arm. »Was fällt dir ein?!«

»Ihr beiden bleibt hier«, sagte Bastian zu Claudia und Nele. Dann wandte er sich an den Alten: »Lassen Sie uns mal nachschauen.«

»Ich muss mich um den Gasthof kümmern«, maulte der, nickte dann aber zögerlich und schimpfte: »Dummes Zeug!« Damit stapfte er zu dem alten Volvo auf dem Parkplatz.

Bastian und Timo liefen in der Zwischenzeit übers Mühlenwehr und folgten dem asphaltierten Weg, bis sie nach etwa hundert Metern an einen Abzweig kamen. Rechter Hand führte die Straße nach Ahlbeck, und linker Hand schlängelte sich ein Sandweg in Richtung Holland. Hier befand sich ein kleiner Überrest der kargen Wacholderheide, die früher einmal den gesamten Bruchwald und die ausgedehnten Moorgebiete umgeben hatte.

»Gleich da vorne.« Timo deutete nach rechts, wo ein schmaler Trampelpfad zwischen Birken und Wacholderbüschen durchs dornige Gestrüpp führte. Eine mit schaurigen Bildern verzierte Schautafel am Wegesrand erklärte, was es mit dem Galgenhügel auf sich hatte und warum der Heimatverein des Dorfes es für nötig gehalten hatte, ihn an historischer Stelle wieder aufzubauen.

Inzwischen war auch der Volvo am Abzweig angekommen, und gemeinsam mit dem Alten gingen Bastian und Timo über den Trampelpfad, der vom Regen durchweicht war und in dessen Senken das Wasser stand. Nach etwa zwanzig Metern gelangten sie zu einer Lichtung, die von der Straße aus nicht zu sehen gewesen war. Dort befand sich ein kleiner, grasbewachsener Hügel, auf dessen Kuppe ein Holzgerüst auf einem ebenfalls hölzernen Podest stand. An dem Querbalken, der zwischen zwei mächtigen Eichenpfosten befestigt war, hing eine Frau am Strick. Keine Puppe. Kein Halloween-Spaß!

»Du gehst sofort zurück zur Mühle!«, befahl Bastian seinem Sohn.

»Die ist also doch echt!« Timo rührte sich nicht vom Fleck. Er schluckte und schüttelte den Kopf, als verstünde er erst jetzt, was das bedeutete. »Hat die sich umgebracht?«

»Timo, zur Mühle, sofort!«, wiederholte Bastian und wartete, bis der Junge gehorchte und hinter den Büschen verschwunden war. Dann wandte er sich an den Alten: »Haben Sie ein Messer oder eine Säge im Auto? Mir müssen den Strick durchschneiden.«

»Hab ich. Aber sollten wir nicht besser alles so lassen und die Polizei rufen?«

»Wir können sie doch nicht einfach so hängen lassen.«

»Ich dachte, das muss man sogar.«

»Und wenn sie noch lebt?«, fragte Bastian.

»Die ist tot«, sagte der Alte kopfschüttelnd, nahm den Filzhut vom Kopf und starrte unverwandt auf die Frau, der das dunkelblonde Haar klitschnass im Gesicht klebte. »Wie die Schwester.«

Bastian verstand nicht und schaute nun ebenfalls zu der Toten. Sie war jung, vielleicht Anfang oder Mitte dreißig. Und ausgesprochen hübsch, selbst als Leiche. Das Seltsame war jedoch, dass Bastian sie zu kennen glaubte. Irgendwo hatte er dieses Gesicht schon mal gesehen.

»*Godverdorrie!*«, schimpfte der Alte schließlich, setzte den Hut wieder auf und ging zu seinem Wagen, um ein Messer zu holen. »*Wat föör 'ne Driete!*«

Bastian starrte unverwandt und wie gebannt zum Galgen. Eine grauschwarze Nebelkrähe setzte sich in diesem Augenblick auf den Querbalken, legte den Kopf schräg und beäugte interessiert die tote Frau unter sich. Als der Aasfresser sich anschickte, der Toten auf die Schulter zu hüpfen, machte Bastian »Ksch!« und klatschte in die Hände, um den Vogel zu verscheuchen.

2

Heinrich Tenbrink schaute niemals fern, denn er besaß keinen Fernseher mehr. Seitdem Karin vor drei Jahren gestorben war, hatte der klobige Kasten ungenutzt auf der Kommode im Wohnzimmer gestanden und Staub angezogen. Deshalb hatte Tenbrink ihn im Sommer seiner Tochter Maria geschenkt, für die Laube im Schrebergarten. Karin hatte abends oft und gern vor der Kiste gesessen und irgendwelche Serien angeschaut, in denen zumeist Nonnen oder Ärzte die Hauptrollen spielten. Und den obligatorischen Tatort am Sonntag natürlich. Doch Tenbrink hatte noch nie etwas für erfundene Geschichten übriggehabt, weder im Fernsehen noch in Büchern. Die Realität reichte ihm allemal, er brauchte keine aufgebauschte Fiktion, und mit Krimis und Thrillern konnte man ihn ohnehin jagen. Berufskrankheit. Als Erster Hauptkommissar und Leiter des Kriminalkommissariats 11 konnte er nach Dienstschluss gern auf Verbrechen verzichten. Einmal hatte er, um Karin einen Gefallen zu tun, einen Münsteraner Tatort mit ihr angeschaut, und sie hatten es beide bitter bereut. Es war eine einzige Tortur gewesen. Für ihn, weil er nicht verstanden hatte, was an einer Mordermittlung ulkig sein sollte, und für sie, weil er ihr mit seinem ständigen Mosern den harmlosen Spaß verdorben hatte. Anschließend hatte Karin ihn nie wieder gefragt, ob er mit ihr einen Krimi schauen möchte. Und nach ihrem Tod wäre er nie auf die Idee gekommen, sich allein vor den Fernseher zu setzen. Es wäre ihm unpassend und beinahe pietätlos vorgekommen.

Doch obwohl er nie fernsah, geschweige denn ins Kino ging, kannte Tenbrink die Frau, die dort vor ihm auf dem grotesken Holzpodest lag und von einem jungen Gerichtsmediziner einer ersten Leichenschau unterzogen wurde. Schließlich las er Zeitung und hatte oft genug Bilder von ihr gesehen. Ellen Gerwing, die berühmteste Tochter des nur wenige Kilometer entfernt liegenden Dorfes Ahlbeck, gefeierte Schauspielerin und TV-Serienstar. Vermutlich als Nonne oder Ärztin. Auch wenn die Schlagzeilen, für die sie in den vergangenen Monaten gesorgt hatte, nur bedingt mit ihrer Schauspielerei zu tun gehabt hatten und eher einem ärztlichen Bulletin gleichgekommen waren.

»Morgen, Herr Hauptkommissar«, begrüßte ihn der junge Arzt, während er gleichzeitig den Strick am Hals der Frau lockerte. »Bei so einer berühmten Selbstmörderin wird der Chef auch am Sonntag aus dem Bett geklingelt, was?«, setzte er schmunzelnd hinzu und befingerte die Kehle der Toten.

Kennen wir uns?, hätte Tenbrink beinahe geantwortet, unterließ es aber, da die Frage angesichts der offensichtlichen Tatsache seltsam geklungen hätte. Allerdings hatte er keine Ahnung, wo er dem Arzt schon mal begegnet war.

Der Gerichtsmediziner schien Tenbrinks verwirrten Gesichtsausdruck zu bemerken, denn er grinste unmerklich. »Tobias Kemper. Wir sind uns letzte Woche im Institut begegnet. Ich bin der neue Assistent von Professor Holzhauser.« Der Arzt nickte und widmete sich wieder der Toten.

Tenbrink konnte sich nicht an diese Begegnung und seinen Besuch in der Rechtsmedizin erinnern. Er hätte schwören können, dass er seit Wochen nicht dort gewesen war. Tenbrink wandte sich von der Leiche ab, zog einen Notizblock aus der Manteltasche und notierte Kempers Namen und dessen Beziehung zum Direktor des Instituts für Rechtsmedizin. Darüber schrieb er die Buchstaben »UKM«. Für Universitätsklinikum Münster.

»Sind Sie sicher, dass es Selbstmord war?«, fragte Tenbrink, nachdem er den Block wieder verstaut hatte.

»Noch kann ich nichts Endgültiges sagen«, antwortete der Arzt schulterzuckend. »Todeszeitpunkt zwischen Mitternacht und zwei Uhr morgens. Allem Anschein nach Tod durch Strangulation und daraus folgender Unterbrechung der zerebralen Blutzufuhr. Das Genick ist jedenfalls nicht gebrochen. Alles Weitere werden wir später im Institut klären.« Er machte eine Pause und antwortete dann auf Tenbrinks eigentliche Frage mit einer Gegenfrage: »Wie viele Morde durch Erhängen hatten Sie in den letzten Jahren aufzuklären?«

Auch wieder wahr, dachte Tenbrink und nickte. Mord durch Strangulation war ihm schon untergekommen, allerdings noch nie an einem Galgen. Andererseits gingen Selbstmörder zum Erhängen meist in den Keller oder auf den Dachboden, um sich in aller Abgeschiedenheit das Leben zu nehmen. Nicht zu einem historischen Richtplatz, wo sie unweigerlich von Spaziergängern oder Touristen gefunden wurden.

Anstatt den Mediziner weiter von seiner Arbeit abzuhalten, schaute Tenbrink sich an diesem merkwürdigen Ort um, der ihm ebenso unwirtlich wie unwirklich erschien. Das hölzerne Galgengerüst, das wegen der Leichenschau ringsum mit Sichtblenden aus grauer Plane umstellt war, befand sich auf einem kaum mannshohen Hügel inmitten von Wald und Heide und wirkte auf Tenbrink wie ein makaberer oder aus der Zeit gefallener Scherz. Ein deplatzierter und zudem etwas klein geratener Kalvarienberg.

Der morgendliche Nebel hatte sich inzwischen gelichtet, und auch der Nieselregen hatte aufgehört, doch die Sonne hatte gegen die unverändert dichte Wolkendecke keine Chance. Die Feuchtigkeit hing nach wie vor in der Luft und ließ Tenbrinks Brille beschlagen. Die örtliche Schutzpolizei hatte den sogenannten Galgenhügel erst auf Anweisung der Kripo weiträumig mit Flatterband abgesperrt, und bei einem Blick auf den aufgeweichten und zerwühlten Boden rings um den Hügel erkannte Tenbrink, dass der Starkregen der vergangenen Nacht und die vielen Neugierigen, durch die er sich vorhin mühsam hatte drängeln müssen, kaum verwertbare Spuren am Auffindeort übrig gelassen hatten. Tenbrink wunderte sich immer wieder, wie schnell sich Nachrichten über Todesfälle und Polizei- oder Feuerwehreinsätze auf den Dörfern herumsprachen und Gaffer anlockten. Aber in Zeiten von Twitter und WhatsApp war das eigentlich nicht erstaunlich. Auch einige Vertreter der lokalen Presse waren bereits vor Ort. Die Überregionalen und die Leute vom Fernsehen würden nicht lange auf sich warten lassen.

Dass die Schaulustigen durch ihr Herumtrampeln Spuren vernichtet hatten, war zwar ärgerlich, aber in diesem Fall vermutlich nicht weiter wichtig. Bei einem derart offenkundigen Selbstmord waren sie auf die Ergebnisse der Spurensicherung nicht wirklich angewiesen. Die Kollegen in ihren Ganzkörperoveralls hatten dennoch schmale Trampelpfade für die Einsatzkräfte abgesteckt und suchten die übrige Gegend nach Hinweisen und Beweismitteln ab.

»Morgen, Heinrich«, hörte Tenbrink plötzlich eine krächzende Stimme hinter sich. Als er sich umdrehte, schaute er in das hübsche, aber verknautscht wirkende Gesicht von Maik Bertram.

»Morgen«, antwortete Tenbrink und grinste, als er die dunklen Ränder um die Augen des Oberkommissars sah. »Haben sie dich auch aus dem Bett geklingelt?«

»Ich bin sogar schon etwas länger hier als du.« Bertrams Stimme klang belegt. Er räusperte sich. »Ist halt 'ne prominente Leiche. Die Staatsanwaltschaft ist vermutlich in heller Aufregung und will auf Nummer sicher gehen. Deshalb schickt sie ihre besten Leute. Außerdem weiß die Oberstaatsanwältin, dass wir beide auf halbem Weg zur Grenze wohnen. Das ist schneller und einfacher, als jemanden aus Münster rüberzuschicken.« Er lächelte gequält, fuhr sich über den stets akkurat gestutzten Dreitagebart und deutete zur Leiche. »Du weißt, wer das ist?«

Tenbrink nickte, und im selben Augenblick hörten sie den Mediziner entgeistert rufen: »Du meine Güte!«

»Was ist?«, fragten Tenbrink und Bertram wie aus einem Mund.

Der Arzt hatte den klitschnassen Mantel der Toten geöffnet und untersuchte gerade den Körper der Frau auf Spuren von Gewaltanwendung oder sonstige Fremdeinwirkung. Er hatte den Pullover samt Hemd hochgeschoben und starrte auf den Bauch der Frau, der mit riesigen, zum Teil wulstigen und seltsam gezackten Narben übersät war. Kemper deutete auf die verwüstete Haut, die beinahe an ein Schlachtfeld erinnerte, und murmelte fassungslos: »Was ist denn da passiert? Ist die in einen Fleischwolf geraten?«

»Haben Sie nichts davon gehört?«, wunderte sich Tenbrink über Kempers Unwissenheit. »Stand wochenlang in allen Zeitungen.«

Der Mediziner schüttelte verwirrt den Kopf.

»Der Flugzeugabsturz vor knapp einem Jahr?«, kam ihm Bertram zu Hilfe. »In der Karibik? Venezuela, glaube ich. Die Bruchlandung auf dem Wasser.«

»Sie war an Bord?«, fragte Kemper.

»Und hat als eine von wenigen den Absturz überlebt«, bestätigte Tenbrink. »Die Narben stammen wahrscheinlich von den Verletzungen und den anschließenden Notoperationen. Ellen Gerwing war eine Zeit lang die prominenteste Krankenakte Deutschlands.«

Kemper schien sich nun zu erinnern. Er nickte und meinte: »Jedenfalls sind die Verletzungen allesamt älteren Datums und haben mit ihrem Tod nichts zu tun.«

»Sind Sie da sicher, Doktor?«, fragte Tenbrink und runzelte die Stirn. »Irgendeinen Grund wird sie schon gehabt haben, sich das Leben zu nehmen.«

Der Arzt schob den Unterkiefer vor. »Schon seltsam, oder? Sie überlebt einen Flugzeugabsturz, wird mehr schlecht als recht und vermutlich über Monate zusammengeflickt und bringt sich dann um? Klingt nicht logisch.«

»Selbstmorde haben nicht unbedingt etwas mit Logik zu tun«, meinte Tenbrink, blickte hinauf zum Galgen und stutzte beim Anblick des Querbalkens. »Wo ist eigentlich der Teil des Stricks, der am Galgen befestigt war?«, fragte er. »Hat man den abgeschnitten?«

Bertram schüttelte den Kopf und deutete auf das hintere Ende des Holzpodests. Dort lag der Rest des mehrere Meter langen Seils – das eine Ende durchtrennt, das andere Ende an einer Querstrebe verknotet. »Das Seil war nicht am Galgen befestigt, sondern führte darüber hinweg und wieder nach unten, wo es am Podest verknotet war.«

»Warum?«, wunderte sich Tenbrink.

»Vielleicht war sie zu klein, um den Querbalken zu erreichen«, vermutete Bertram. »Außerdem war's mitten in der Nacht und vermutlich stockfinster.«

»Hm«, machte Tenbrink und deutete auf einen abgesägten Baumstumpf, der neben der Toten lag. »Sie befestigt das Seil hinten am Podest, wirft es über das Gerüst, stellt sich auf den Holzblock, legt sich die Schlinge um den Hals und …«

»Sieht so aus«, bestätigte Bertram und rieb sich den kahl geschorenen Schädel. »Erinnert ein bisschen an einen Flaschenzug.«

»Ist die Familie der Toten schon verständigt?«, fragte Tenbrink und schaute nachdenklich auf die Fahne, die sein Atem in der feuchten Luft bildete.

»Es gibt nur eine jüngere Schwester, Anne«, sagte Bertram und gähnte unwillentlich. »Das hat mir einer der Schupos berichtet. Zwei Kollegen der Borkener Kripo sind bereits zum ›Schulzenhof‹ unterwegs.«

»Das schnieke Wellness-Hotel?«, fragte Tenbrink. Vor einigen Jahren, kurz nach der Eröffnung des Hotels, hatte er dort mit Karin zu Abend gegessen. Hübsches Anwesen, exquisite Küche, aber zu kostspielig für seinen Geldbeutel.

»Anne Gerwing ist die Chefin dort«, antwortete Bertram. »War früher ein großer Bauernhof und wurde von den Eltern bewirtschaftet. Schulze Gerwing. Daher der Name des Hotels.«

»Bei euch im Osten heißt das Schultheiß, oder?«, fragte Tenbrink und grinste.

»Ich weiß, was ein Schulze ist«, knurrte Bertram säuerlich.

Tenbrink wusste nur zu gut, dass Maik Bertram es nicht leiden konnte, auf seine ostdeutsche Herkunft angesprochen zu werden, doch manchmal konnte er sich eine spitze Bemerkung nicht verkneifen. War ja nicht böse gemeint.

»Herr Hauptkommissar?«, wurde er aus seinen Gedanken gerissen.

»Was?«, fragte Tenbrink.

»Die Frau hat mehrere Suffusionen an beiden Unterarmen.« Der Arzt deutete auf die Innenseite des rechten Unterarms. »Leichte Hämatome, wie Fingerabdrücke, noch sehr frisch und ohne Verfärbung.«

»Anzeichen für Gewaltanwendung?«, fragte Tenbrink.

»So weit würde ich nicht gehen«, antwortete Kemper. »Vielleicht wurde sie etwas fester an den Armen gehalten. Dafür kann es verschiedene Erklärungen geben.« Er zuckte mit den Achseln und setzte hinzu: »Solche Hämatome können beispielsweise auch beim Sex entstehen.«

»Beim Sex?«, wunderte sich Tenbrink. »Wurde sie gefesselt?«

»Dann sähen die blauen Flecken ganz anders aus«, entfuhr es Bertram, schaute beinahe erschrocken drein und beeilte sich hinzuzufügen: »Ich meine … also … das glaube ich jedenfalls.«

Tenbrink und der Arzt sahen Bertram an. Der eine verwundert, der andere amüsiert. »Wie auch immer«, meinte der Arzt schließlich und erhob sich. »Mehr kann ich hier im Moment nicht tun. Ich lass die Tote nach Münster bringen. Die Obduktion wird dann genauere Ergebnisse bringen. Dann wissen wir auch, ob die Suffusionen prä- oder postmortal entstanden sind.«

»Danke, Doktor …« Tenbrink stockte.

»Kemper«, sagte der Arzt und lächelte nachsichtig.

»Kemper, ich weiß«, antwortete Tenbrink und fuhr sich mit den Fingern über die beschlagene Brille. »Wir sehen uns dann in Münster.«

Tenbrink und Bertram liefen den Hügel hinab, zwängten sich durch die Sichtblenden und wurden sofort von einem uniformierten Kollegen der Schutzpolizei angesprochen.

»Benötigen Sie die Zeugen noch?«, fragte der Polizeiobermeister.

»Zeugen der Tat?«, antwortete Tenbrink verwundert.

»Nein, ich meine die Leute, die die Leiche entdeckt haben.« Der Polizeiobermeister klang irritiert. »Sie sitzen drüben in der Mühlenschänke und warten. Werden langsam ungeduldig.«

»Haben Sie die Aussagen der Zeugen aufgenommen?«

»Jawohl.«

»Hat ein Polizeifotograf Bilder des Auffindeorts gemacht?«

»Jawohl«, wiederholte der Uniformierte, und Tenbrink befürchtete fast, dass der Mann gleich salutierte. »Gleich als Erstes, Herr Hauptkommissar, noch bevor die Kriminaltechniker vor Ort waren. Wir haben zwar keinen Polizeifotografen, aber unser Anwärter hat immer eine Kamera dabei und hat alles fotografiert. Da war die Tote aber bereits vom Galgen geschnitten. Leider.«

»Wenn Sie die Namen und Adressen der Zeugen notiert haben, können sie meinetwegen gehen. Sollte es noch weitere Fragen geben, können wir sie ja dann kontaktieren.«

»Einige der Zeugen sind nicht von hier«, sagte der Polizeiobermeister und fügte achselzuckend hinzu: »Touristen aus Hannover. Sie zelten in der Nähe.«

»Zelten?«, wunderte sich Tenbrink. »Im Oktober?«

»Im Münsterland?«, fügte Bertram kopfschüttelnd hinzu.

»Ja«, sagte der Polizeiobermeister und schmunzelte. »Fand ich auch komisch.«

3

»Jetzt lassen Sie mich doch durch!«, rief eine aufgebrachte Frauenstimme. »Ich will zu meiner Schwester!«

Tenbrink, der gerade mit Bertram das weitere Vorgehen besprechen wollte, fuhr herum und sah eine etwa dreißigjährige Frau mit leuchtend rotem Haar und wild funkelnden Augen, die vor dem Flatterband stand und von zwei uniformierten Polizisten mit viel Mühe daran gehindert wurde, zum Rettungswagen zu gelangen. Die Trage mit der zugedeckten Leiche wurde gerade von zwei Sanitätern ins Heck des Wagens geschoben.

»Das ist meine Schwester!«, rief die Frau und deutete auf die Trage. »Ich will sie sehen.« Im selben Augenblick hatte die schlanke, aber erstaunlich starke Frau den einen Kopf größeren Polizeimeister, der sich vor ihr aufgebaut hatte, zur Seite gestoßen und lief zum Wagen. Bevor die Rettungssanitäter sie daran hindern konnten, zog sie das Tuch von der Leiche und starrte auf die tote Frau. Ihre Hand strich der Toten über die bleiche Wange, und fast gleichzeitig stieß sie einen gellenden Schrei aus, der Tenbrink durch Mark und Bein ging. Die Tränen schossen ihr in die Augen, sie schnappte nach Luft und begann zu wanken.

Tenbrink hatte sich ihr von der Seite genähert und fasste sie unter den Arm, bevor sie zu Boden gehen konnte. »Frau Gerwing?«, fragte er.

Sie drehte sich wie in Zeitlupe um und schaute ihn verständnislos an. Sie öffnete den Mund, doch es kam kein Ton heraus. Dann hielt sie sich die Hand vor den Mund und schüttelte fassungslos den Kopf.

»Ich bin Hauptkommissar Tenbrink von der Kripo Münster«, sagte er und gab einem der Sanitäter ein Zeichen, die Leiche zuzudecken und in den Wagen zu schieben. »Es tut mir sehr leid wegen Ihrer Schwester. Mein herzliches Beileid.«

»Sie hat uns alle zum Narren gehalten.« Anne Gerwing atmete schwer und kämpfte mit den Tränen.

»Wie bitte?«

»Sie hat es die ganze Zeit vorgehabt«, wisperte sie und wischte sich mit dem Ärmel ihres Mantels über die laufende Nase. »Von Anfang an.«

»Hat sie das gesagt?«, fragte Bertram, der sich ebenfalls genähert hatte.

»Was?«, antwortete sie verwirrt und schaute Bertram verständnislos an. »Nein, im Gegenteil! Das ist es ja eben. Ihr ging's gut, immer besser, alles im Lot. Das hat sie zumindest behauptet. Ellen war schon immer eine gute Schauspielerin. Nicht nur vor der Kamera.«

»Warum hat sie sich umgebracht?«, fragte Tenbrink und merkte, dass seine Frage allzu direkt und hart geklungen hatte.

»Fragen Sie das im Ernst?«, antwortete Anne Gerwing und kniff die Augenbrauen zusammen. Erst jetzt bemerkte Tenbrink die riesigen Sommersprossen in ihrem auffallend blassen Gesicht, und ihm fiel auf, wie unterschiedlich die beiden Schwestern aussahen. Die eine mit langen dunkelblonden Haaren, blauen Augen und sehr feinen und ebenmäßigen Gesichtszügen, die andere mit fuchsigem Kurzhaar, grünen Augen und einem energischen, fast harten Ausdruck im Gesicht. Doch beide auf ihre jeweilige Art durchaus bemerkenswert. Die eine auffallend schön, die andere interessant.

»Ihre Schwester hatte gerade erst einen Flugzeugabsturz überlebt«, hörte Tenbrink seinen Kollegen fragen und musste sich regelrecht zwingen, Anne Gerwing nicht länger ins Gesicht zu starren.

»Das Überleben war ja gerade Ellens Problem«, sagte sie und zuckte merklich zusammen, als die Hecktür des Rettungswagens mit einem lauten Knall geschlossen wurde. »Dass sie überlebt hat, hat Ellen nicht glücklich gemacht. Es hat sie in eine schwere Depression gestürzt.«

Bertram schluckte. »Der Mann Ihrer Schwester war ebenfalls an Bord der Maschine, nicht wahr? Und er hat den Absturz nicht überlebt.«

Anne Gerwing nickte nachdenklich. »Er saß neben ihr. Ellen hat den Aufprall auf dem Wasser wie durch ein Wunder überlebt und wurde gerettet, Michael nicht. Reiner Zufall. Oder Schicksal. Ganz wie Sie wollen. Ellen ist damit nicht klargekommen.«

Tenbrink hatte die Berichterstattung über den Flugzeugabsturz vor einem Jahr nur beiläufig verfolgt. Während des Landeanflugs war ein Vogelschwarm in die Turbinen geraten. Beim Versuch, ohne funktionierende Triebwerke auf dem Wasser zu landen, war die Maschine auseinandergebrochen und gesunken. Tenbrink erinnerte sich, dass unter den Opfern auch Ellen Gerwings Mann, ein erfolgreicher Produzent und Filmregisseur, gewesen war. Nur den Namen des Mannes hatte er vergessen. Tenbrink war sich sicher, dass er nicht Gerwing geheißen hatte. Michael … Verflixt! Verdammte Namen!

»Michael Hartmann stammte auch aus Ahlbeck, nicht wahr?«, fragte Bertram und bekam von Tenbrink ein dankbares Lächeln geschenkt, dessen Grund er natürlich nicht verstehen konnte.

Wieder nickte Anne Gerwing. »Der Kotten seiner Eltern ist nur einen Kilometer von unserem Hof entfernt. Ellen und Michael lebten aber schon seit vielen Jahren in Berlin«, setzte sie hinzu und seufzte. »Ellen war nur sehr selten in Ahlbeck.«

»Sie sagten gerade, Ihre Schwester sei mit dem Überleben des Absturzes nicht klargekommen.« Tenbrink führte Anne Gerwing hinter die Polizeiabsperrung, wo sie ungestörter reden konnten. »Was genau meinten Sie damit? Wie hat sich das ausgedrückt?«

»Posttraumatische Belastungsstörung, so lautete die Diagnose«, sagte Anne Gerwing und schaute dem Rettungswagen nach, der sich gerade einen Weg durch die Schaulustigen bahnte und auf die Straße zur Kolkmühle einbog. »Ellen litt seit dem Absturz unter Panikattacken und Angstzuständen. Vor allem in Fahrzeugen jeder Art. Es war ihr zum Beispiel nicht mehr möglich, irgendwo im Auto mitzufahren, wenn sie nicht selbst am Steuer saß. In Berlin ist sie einmal vor lauter Panik aus einem fahrenden Taxi gesprungen. Sie war deshalb auch in ärztlicher Behandlung und hat eine Therapie gemacht.«

»Hat sie Medikamente genommen?«, fragte Bertram.

Sie nickte und schüttelte gleich darauf den Kopf. »Die Therapeutin in Berlin hat ihr Psychopharmaka verschrieben, um die Angst zu lösen. Anafranil, ein Antidepressivum. Doch Ellen hat die Medikamente vor Kurzem abgesetzt. Ohne Absprache mit der Ärztin. Keine gute Idee. Das hab ich ihr auch gesagt, aber sie hat behauptet, sie bräuchte die Tabletten nicht mehr. Sie hatte Angst vor den Nebenwirkungen.« Anne Gerwing schlug den Kragen ihres Kamelhaarmantels hoch und setzte hinzu: »Ellen hätte nicht herkommen dürfen.«

»Wohnte sie bei Ihnen? In Ihrem Hotel?«

»Es ist … *war* auch Ellens Hotel«, antwortete sie achselzuckend. »Auf dem Papier jedenfalls. Wir haben den Hof gemeinsam von unseren Eltern geerbt, aber sie wollte nie etwas mit dem ›Schulzenhof‹ zu tun haben. War nicht ihr Ding. Sie war mit ihren Filmen ja auch ausreichend beschäftigt.« Wieder zuckte sie mit den Achseln. »Vor zwei Wochen stand sie dann plötzlich vor der Tür.«

»Weshalb ist sie nach Ahlbeck gekommen?«, wollte Tenbrink wissen und beeilte sich hinzuzusetzen: »Ich meine nicht …« Er deutete vage in Richtung Galgen.

»Wegen der Reha«, antwortete Anne Gerwing. »Das hat sie jedenfalls behauptet. Wir sind ein zertifiziertes Wellness-Hotel mit ausgezeichneter Fitness-Abteilung. Ellen hatte die postakute Rehabilitation in Berlin gerade hinter sich und konnte erst seit einigen Wochen wieder ohne Gehhilfe laufen. Sie wollte bei uns an ihrer Fitness arbeiten. Muskelaufbau, Konditionstraining und Narbenbehandlung.« Sie schüttelte heftig den Kopf, und mit einem Mal liefen ihr die Tränen über die Wangen. »Alles nur Vorwand. Sie war wegen des verdammten Galgenhügels hier.«

»Sie ist nur wegen dem Galgen nach Ahlbeck gekommen?«, wunderte sich Tenbrink. »Um sich daran zu erhängen?«

»Nein, nicht wegen des Galgens«, entgegnete sie unwirsch. »Obwohl ihr das verfluchte Ding vermutlich gut in den Kram gepasst hat. Sie war wegen des Hügels hier!«

»Wegen dem winzigen Hügelchen?«, fragte Tenbrink erstaunt.

»Damals war er noch nicht winzig.«

»Damals?«, hakte Bertram nach.

»Sie haben keine Ahnung, oder?« Anne Gerwing machte eine gequälte Miene. »Sie wissen nicht, was auf dem Hügel passiert ist? Als er noch ein richtiger Hügel war? Nein, natürlich nicht. Wie sollten Sie auch!«

Tenbrink hob auffordernd die Augenbrauen. »Erzählen Sie's uns!«

»Nicht hier«, antwortete sie, wandte sich ab und schlüpfte unter dem Flatterband hindurch. Einen Pressefotografen, der ein Foto von ihr machen wollte, starrte sie derart wutentbrannt an, dass er zurückwich, als hätte sie ihm eine Ohrfeige gegeben. Sie stapfte davon, und als sie bereits einige Meter gegangen war, rief sie über ihre Schulter: »Nun kommen Sie schon!«

An ihrem Tonfall konnte Tenbrink erkennen, dass sie es gewohnt war, Befehle zu geben. Und dass die Befehle befolgt wurden.

4

Der »Schulzenhof« war nur einen Katzensprung vom Galgenhügel entfernt und lag auf einer kleinen Anhöhe, einer sogenannten Warft, inmitten des Bruchwalds. Das Anwesen erinnerte nur noch ungefähr an einen münsterländischen Bauernhof. Zwar handelte es sich bei dem zentralen Hotelgebäude, in dem auch das Restaurant untergebracht war, um ein klassisches Hallenhaus, wie es für Bauernhöfe in dieser Gegend typisch war, doch beim Umbau zum Hotel hatte das Haus alles »Hiesige« eingebüßt. Das fand Tenbrink jedenfalls. Die übliche Fassade aus rotem Backstein war einem hübsch anzuschauenden und weiß verputzten Fachwerk gewichen. Und statt mit schlichten Tonziegeln war das riesige, an einigen Stellen fast bis zum Boden reichende Dach mit Reet aus Schilfrohr gedeckt. Der »Schulzenhof« sah nun so aus, wie sich Touristen einen alten westfälischen Bauernhof vorstellten. Und das war vermutlich auch der Sinn und Zweck der Umgestaltung gewesen. Auf Tenbrink als gebürtigen Münsterländer wirkte das norddeutsch anmutende Gebäude allerdings seltsam deplatziert und unecht. Wie ein Museum. Dazu passten auch die frisch lackierte und auf Hochglanz polierte Egge und der vorsintflutliche Handpflug, die vor dem Haus zwischen den Blumenbeeten ausgestellt waren.

Das einzige auf dem Hof, das vermutlich noch so aussah wie vor der Renovierung, war die uralte Linde am Ende der kiesbedeckten Auffahrt, deren gelbbraunes Laub gerade von einem Gärtner im grünen Kittel zusammengeharkt wurde. Sämtliche Stallungen, Gesindehäuser, Remisen und Scheunen, die früher einmal zu dem Hof gehört haben mussten, waren verschwunden und hatten modernen Apartment-Bungalows und Sportanlagen Platz gemacht. Soweit Tenbrink sich erinnerte, konnte der »Schulzenhof« mit allem aufwarten, was man von einem Wellnesshotel der Premiumklasse erwarten durfte: Swimmingpool, Fitnessraum, Sauna, Dampfbad, Massagebereich, Tennisanlage und Gymnastikraum.

»Hier entlang!« Anne Gerwing trat durch das alte Tennentor, das inzwischen mit Panoramafenstern versehen war und den Blick auf eine rustikal eingerichtete Empfangslounge freigab. »Meine Wohnung und die Büros sind hinten im Flett.«

»Flett?«, fragte Bertram leise.

»So hieß früher der hintere Bereich im Bauernhaus, so eine Art Wohnküche«, übersetzte Tenbrink und folgte der Chefin des Hotels durch die Lounge. »Im Flett wohnte die Herrschaft. Die Knechte und Mägde schliefen meist bei den Tieren auf der Tenne oder in winzigen Gesindehäusern.«

»Was du alles weißt«, staunte Bertram und grinste.

»Ich komme schließlich von hier«, knurrte Tenbrink, um nicht erkennen zu geben, dass Bertrams Bemerkung ihm geschmeichelt hatte.

Sie betraten nun das Restaurant, in dem es ebenfalls von bäuerlichem Tand und hübsch drapierten altertümlichen Gerätschaften wimmelte. Nur die alten Bohlen an der Decke und die frei stehenden Stützpfeiler erinnerten noch daran, dass hier früher einmal die Tenne gewesen war, mit dem Dreschplatz in der Mitte und den Stallungen an den Seiten. In einer Ecke befand sich eine gemauerte Feuerstelle, die ebenso wie der riesige, an schweren Ketten aufgehängte Messingtopf nur noch dekorativen Zwecken diente. Direkt daneben führte eine hölzerne Treppe ins obere Stockwerk, wo sich vermutlich die Zimmer der Hotelgäste befanden.

Anne Gerwing wartete an einer Tür am gegenüberliegenden Ende des Speiseraumes, auf der ein Schild mit der Aufschrift »Privat« prangte. Sie öffnete die Tür mit einer Keycard und führte Tenbrink und Bertram einen Gang entlang zu einem kleinen Büro, das erstaunlich uneinheitlich eingerichtet war und fast gemütlich wirkte. Ein altes Sofa stand in der Ecke, davor ein niedriger, mit Magazinen und Büchern beladener Tisch. An der Wand befand sich ein Regal mit weiteren Büchern, einigen Aktenordnern und einer altmodischen Stereoanlage. Mit Schallplattenspieler und analogem Radio, wie Tenbrink erstaunt feststellte. Auch die zum Teil vergilbten Konzertplakate an den Wänden schienen aus einer fernen Zeit zu stammen. Jugenderinnerungen, vermutete er. Oder Erbstücke. Es war offensichtlich, dass dieser Raum nicht nur als Arbeitszimmer genutzt wurde. Ein Refugium, dachte Tenbrink unwillkürlich und überlegte, ob dieser Raum früher einmal ihr Jugendzimmer gewesen sein mochte.

»Möchten Sie Kaffee?«, fragte Anne Gerwing und warf ihren Mantel über einen hölzernen Lehnstuhl hinter dem altmodischen Schreibtisch, auf dem sich außer einem Laptop und einem schnurlosen Telefon nichts befand. »Oder lieber Tee?«

Tenbrink schüttelte den Kopf und setzte sich aufs Sofa. Bertram sagte: »Kaffee, bitte. Komplett.«

Anne Gerwing stutzte kurz, nickte dann, setzte sich in den Lehnstuhl und griff nach dem Telefon. Sie orderte Kaffee mit Sahne und Zucker und nachdem sie aufgelegt hatte, fragte sie völlig unvermittelt: »Wissen Sie, was es mit dem Galgen auf sich hat?«

»Ein historischer Hinrichtungsplatz«, sagte Tenbrink, dem das Hinweisschild am Galgenhügel nicht entgangen war. »Vom hiesigen Heimatverein an originaler Stelle wiedererrichtet. Vermutlich als Touristenattraktion.«

»Man erkennt es heute nicht mehr«, antwortete Anne Gerwing und nickte nachdenklich. »Aber der Galgen stand früher an einem Verkehrsknotenpunkt. Im Mittelalter führte ein wichtiger Handelsweg direkt daran vorbei, außerdem befanden sich die Mühle und der Grenzübergang in unmittelbarer Nähe. Die Gehenkten sollten weithin sichtbar sein und abschreckende Wirkung haben. Darum stand der Galgen auch auf einem großen Hügel. Oder Bülten, wie man in Ahlbeck sagt.«

»Von dem heute nicht mehr viel übrig ist«, setzte Bertram hinzu.

Es klopfte an der Tür. Bertram bekam seinen Kaffee. Tenbrink zückte seinen Notizblock. Und nach einer kurzen Pause fuhr Anne Gerwing fort: »Meine Eltern haben den Hügel vor sechzehn Jahren abtragen lassen. Sie haben den ganzen Bülten dem Erdboden gleichgemacht. Als könnten sie dadurch irgendwas ungeschehen machen. Was natürlich nicht möglich ist.«

»Was ist dort passiert?«, fragte Tenbrink. »Was hat Ihre Schwester auf dem Hügel erlebt?«

»Unsere Schwester Eva ist dort tödlich verunglückt«, sagte Anne Gerwing, und wieder stiegen ihr die Tränen in die Augen. Sie schien nach den richtigen Worten zu suchen, räusperte sich mehrmals und setzte schließlich hinzu: »Eva und Ellen waren Zwillinge. Eineiige Zwillinge. Unzertrennlich wie Hanni und Nanni. So hab ich sie immer genannt.« Sie lachte plötzlich und hörte ebenso abrupt wieder damit auf. »Eva ist auf dem Galgenbülten in Ellens Armen gestorben.«

»Vor sechzehn Jahren?«, fragte Tenbrink.

Anne Gerwing nickte. »Es war ein Unfall, ein saudämlicher und tragischer Unfall«, sagte sie und starrte wie gebannt auf ihre Hände, an denen Tenbrink vergeblich nach einem Ehering suchte. Sie trug überhaupt keinen Schmuck, weder an den Händen noch am Hals. »Es hatte in der Silvesternacht heftig geschneit, alles lag unter einer dicken Schneedecke, und wir Mädels wollten auf dem Bülten tütenrutschen.«

»Tütenrutschen?«, fragte Tenbrink.

»Kennen Sie das nicht?«, wunderte sie sich. »Rodeln ohne Schlitten. Nur mit einer Plastiktüte, damit der Hintern nicht nass wird.«

»Hatten Sie keine Schlitten?«, fragte Tenbrink irritiert.

»Doch, natürlich, aber darum geht's ja gerade beim Tütenrutschen. Na ja, eigentlich ziemlich kindisch, das Ganze. Es war Evas Idee gewesen. Wie früher, hatte sie gemeint, als wir noch kleine Kinder waren. Nur wir drei, allein im frischen Schnee. Eine Schnapsidee, im wahrsten Sinn des Wortes. Wir waren auf einer Silvesterparty auf einem Nachbarhof und bereits ziemlich betrunken. Und weil es in der Nacht so stark geschneit hatte, hat Eva vorgeschlagen, ganz früh am nächsten Morgen zum Bülten zu gehen. Das war früher unser Rodelberg gewesen.«

»Wie alt waren Sie damals?«, fragte Bertram.

»Eva und Ellen waren achtzehn, ich war sechzehn«, sagte sie, ohne den Blick von ihren Händen zu nehmen. »Wir waren eigentlich schon zu alt für solche Albernheiten, aber wir hatten es so abgemacht, und darum sind wir am nächsten Morgen zum Galgenhügel gestiefelt. Ich hatte überhaupt keine Lust darauf, schließlich waren wir noch völlig verkatert und hatten nur wenig geschlafen, aber die anderen ließen sich partout nicht davon abbringen. Es sei alles so schön verschneit und unberührt, fanden sie, und ich solle nicht immer so eine Spielverderberin und Nörgeltante sein.«

Tenbrink ahnte bereits, was auf dem Rodelberg passiert sein könnte, und er fragte: »Durch was ist Ihre Schwester durchgerutscht? Eine Baumwurzel?«

Anne Gerwing schaute überrascht auf und schüttelte dann den Kopf. »Es war eine Glasscherbe«, sagte sie und rieb sich die Augen, als wäre ihr etwas hineingeraten. »Unter dem knöcheltiefen Schnee steckte eine zerbrochene Bierflasche im Boden. Von oben nicht zu sehen.«

»Und davon kann man sterben?«, wunderte sich Bertram und stellte seine Kaffeetasse ab.

Tenbrink schaute seinen Kollegen vorwurfsvoll an.

»Eva ist mit dem Oberschenkel durch die Scherbe gerutscht und hat sich die Arterie direkt unterhalb des Schambeins aufgerissen«, erklärte Anne Gerwing. »Sie ist innerhalb weniger Minuten verblutet. Ellen ist bei ihr auf dem Bülten geblieben und hat versucht, das Bein abzubinden, und ich bin nach Hause gelaufen und hab den Notarzt gerufen. Als ich mit unserer Mutter wieder beim Galgenhügel ankam, war Eva bereits tot.« Sie atmete schwer und hatte sichtlich Mühe, weiterzusprechen, die folgenden Worte kamen nur stakkatohaft und in Halbsätzen über ihre Lippen. »Ich hab noch nie so viel Blut gesehen … überall … auch Ellen … alles rot vor Blut. Mitten im Schnee. Ellen hat immer noch auf sie eingeredet, dabei … Eva war längst gestorben … in Ellens Armen.«

Tenbrink nickte und rückte sich die Brille zurecht, obwohl sie gar nicht verrutscht war. Vor einigen Jahren hatten sie einen Mord im Mafiamilieu untersucht. Das Opfer, ein italienischer Restaurantbesitzer, war damals auf genau diese Weise von Mitgliedern der 'Ndrangheta ermordet, ja regelrecht hingerichtet worden. Ein Schnitt durch die Oberschenkelarterie war ebenso tödlich wie ein Schnitt durch die Kehle.

Anne Gerwing erhob sich, wandte ihnen den Rücken zu und schaute aus dem Fenster auf den Nutzgarten, der hinter dem Haus lag. Dabei fuhr sie wie in einem Selbstgespräch fort: »Eva hatte keine Chance gehabt und Ellen auch nicht. Selbst wenn ein Notarzt sofort vor Ort gewesen wäre, hätte er die Blutung vermutlich nicht stoppen können. Ellen konnte nichts machen. Gar nichts. Aber trotzdem hat sie sich anschließend die Schuld dafür gegeben.«

»Weil sie ihre Schwester nicht gerettet hat?«, fragte Tenbrink.

Anne Gerwing nickte. »Ellen ist nie darüber hinweggekommen. Wir alle haben sehr unter Evas Tod gelitten, nicht zuletzt unsere Eltern, deshalb haben sie auch den Hügel eingeebnet. Aber Ellen hat es völlig fertiggemacht. Sie fühlte sich wie amputiert, hat sie mal gesagt. Als wäre mit Eva auch ein Teil von ihr gestorben. Zwillinge. Sie hat ihren Tod nie verwunden. Bis heute nicht.« Plötzlich fuhr sie herum, schaute Tenbrink eindringlich an und setzte hinzu: »Verstehen Sie?«

Tenbrink verstand, aber er sagte nichts. Was sollte er auch sagen? Dass er begriff, warum man sich einen solch makaberen Ort aussuchte, um sich das Leben zu nehmen? Dass er gut nachvollziehen konnte, wie Ellen Gerwing sich gefühlt haben musste, nachdem sie zum wiederholten Male jemanden »überlebt« hatte? Man steckte nie drin, so lautete Tenbrinks Credo. Und als polizeilicher Ermittler war es wichtig, niemals »drinzustecken«. Denn das vernebelte die Sicht. Darum verdrängte er den Gedanken an Karin, zuckte lediglich mit den Schultern und fragte: »Wann haben Sie Ihre Schwester zuletzt gesehen?«

Anne Gerwing zögerte kurz, vermutlich weil sie nicht sofort verstand, welche der beiden Schwestern er meinte. »Gestern, am späten Nachmittag. Ellen wollte mit dem Auto spazieren fahren.«

»Ich dachte, Ihre Schwester hatte Angst vor Fahrzeugen?«, sagte Bertram.

»Nur wenn sie mitfuhr, nicht wenn sie selbst am Steuer saß«, antwortete sie und lächelte nachdenklich. »Wenn sie etwas nicht unter eigener Kontrolle hatte, geriet sie in Panik. Wenn sie anderen hilflos ausgeliefert war, dann bekam sie es mit der Angst zu tun. Einmal hat sie gescherzt, dass sie erst wieder in einem Flugzeug fliegen wird, wenn sie den Pilotenschein gemacht hat und selbst im Cockpit sitzt.« Sie schnaufte abfällig und setzte hinzu: »Ich sagte ja, sie war eine gute Schauspielerin.«

»Sie haben Ihre Schwester gestern Abend nicht mehr gesehen?«, wunderte sich Tenbrink. »Sie ist von ihrer Spazierfahrt nicht zurückgekommen?«

»Das weiß ich nicht«, antwortete Anne Gerwing und rieb sich den Nacken, als hätte sie Schmerzen. »Wir hatten eine Weinprobe in unserem Weinkeller. Das machen wir einmal im Jahr mit einem bekannten Sommelier aus Rheinland-Pfalz und laden Wirte und Hoteliers aus der Gegend dazu ein. Ist inzwischen so eine Art Tradition.«

»Bis wann ging die Weinprobe?«, fragte Tenbrink.

»Mitternacht«, antwortete sie. »Aber anschließend haben wir noch einige Zeit beisammengesessen. Vielleicht bis eins oder halb zwei.« Sie zog die Stirn kraus und fragte: »Benötigen Sie die genaue Zeit? Oder die Liste der Gäste?«

»Für den Moment reicht uns das«, meinte Tenbrink, steckte den Notizblock ein und stand auf. »Wir melden uns, falls wir weitere Auskünfte brauchen.«

»Danke für den Kaffee«, sagte Bertram und erhob sich ebenfalls.

»Wie lange wird es noch dauern?«, fragte Anne Gerwing.

»Bis die Leiche freigegeben wird?« Tenbrink zuckte mit den Achseln. »Sobald wir genügend Informationen gesammelt haben, leiten wir unsere Ergebnisse an die

Staatsanwaltschaft weiter, und die entscheidet dann, ob und wann die Ermittlungen eingestellt werden. Das kann schon noch ein paar Tage dauern und hängt auch davon ab, ob eine Obduktion nötig ist.«

Sie schluckte, atmete tief aus und nickte. »Es ist nur … wegen der Beerdigung.« Dann griff sie nach ihrem Mantel und sagte: »Jetzt wollen Sie bestimmt Ellens Apartment sehen.«

5

»Sieht nach einer klaren Sache aus, oder?« Bertram setzte den Blinker und wechselte auf die Überholspur. Sie hatten gerade Altenberge hinter sich gelassen und näherten sich Münster auf der B 54. Tenbrink hatte seinen eigenen Wagen vor seinem Haus in Schöppingen abgestellt und es vorgezogen, mit Bertram zum Präsidium zu fahren. Anders als Ellen Gerwing liebte er das »Mitfahren«. Wenn er auf dem Beifahrersitz saß und die Landschaft an sich vorbeiziehen lassen konnte, fiel ihm das Nachdenken am leichtesten, vor allem wenn Bertram den Wagen lenkte. Der Austausch mit seinem jüngeren Kollegen war Tenbrink wichtig und lieb geworden, gerade weil Bertram so gänzlich anders war und dachte als er. Anders tickte, wie Bertram es ausdrücken würde.

»Heinrich?«

»Hm«, machte Tenbrink und schaute von seinen Notizen auf.

»Hast du Zweifel?«

»Am Selbstmord? Nicht wirklich«, sagte Tenbrink und blätterte in dem Notizblock. »Scheint alles zu passen. Depression, Trauma, Absetzen der Psychopharmaka, Panikattacken und natürlich der Galgenhügel. Ein richtiges Horrorkabinett. Fügt sich alles nahtlos zusammen.«

»Aber?«

Tenbrink schaute auf ein Wort, das er in seinem Block unterstrichen hatte: Suffusionen. »Klingt alles einleuchtend und sieht auch so aus. Aber lass uns abwarten, was Doktor Dingsbums zu sagen hat.«

»Kemper«, sagte Bertram barsch. »Der Mann heißt Kemper. Wir sind ihm letzte Woche im Institut vorgestellt worden.«

»Weiß ich doch«, log Tenbrink und blätterte um, wobei er den Block so hielt, dass Bertram es nicht sehen konnte. »Tobias Kemper«, las er vom Blatt ab. »Er ist der neue Assistent von Professor Holzhauser.« Er lachte etwas gezwungen. »Sollte ein Witz sein.«

»Das ist nicht lustig, Heinrich«, sagte Bertram, ohne den Blick von der Fahrbahn zu nehmen. »Und vom Zettel ablesen zählt nicht. Versuch nicht, mich zu verarschen. Ich bin nicht blöd, Mensch!«

»Ja, ja, schon gut.« Tenbrink schaute aus dem Seitenfenster und ließ die Leitplanken vorbeirauschen, die vor seinen Augen zu einem einzigen Strich verwuchsen. Ein breiter grauer Streifen mit grünen und braunen Sprengseln. Bis er den beunruhigenden Gedanken verdrängt hatte. Dann sagte er: »Tolle Frau.«

»Ellen Gerwing?«, fragte Bertram und nickte. »Ja, ziemlich hübsch. Aber als Schauspielerin fand ich sie nie so besonders. Hab's nicht so mit Schnulzen und Serien. Und auf die Kinoleinwand hat sie's nie geschafft, glaub ich.«

»Nein, ich meine Anne Gerwing. Eine erstaunliche und beeindruckende Frau, findest du nicht auch?«

Bertram schmunzelte. »Ich steh nicht so auf Rothaarige.«

»Maik!« Der Vorname seines Kollegen kam Tenbrink noch immer nur mit Mühe über die Lippen. Obwohl es eher die Schreibweise und weniger die Aussprache war, die ihm Probleme bereitete. Es kam Tenbrink wie eine Verballhornung des englischen Originals vor.

»Hast du bemerkt, wie sie geredet hat?«, fragte Bertram, nun wieder ernst.

»Was meinst du?«

»Sie benutzt den Genitiv. Und zwar korrekt. *Wegen des Galgenhügels. Unterhalb des Schambeins.* Und wie sie sich immer wieder ausgedrückt hat. *Weithin sichtbar.* Oder *zumindest.* Nicht zumindestens, wie sonst alle sagen. Sie redet wie gedruckt.«

»Ist nun mal eine Geschäftsfrau«, meinte Tenbrink achselzuckend.

»Ja. Nein. Jedenfalls nicht nur.« Bertram setzte den Blinker, um von der Steinfurter Straße auf den Ring einzubiegen. »Sie spricht nicht wie eine Münsterländerin. Nicht wie eine Hiesige, wie du vermutlich sagen würdest. Obwohl sie wie eine aussieht.«

»Wegen den roten Haaren?«, fragte Tenbrink.

»Wegen *der* roten Haare«, verbesserte Bertram und grinste. Er hielt vor dem Pförtnerhäuschen des Polizeipräsidiums, winkte dem Pförtner und fuhr auf den Parkplatz.

6

Eigentlich hätte Tenbrink es vorgezogen, der Oberstaatsanwältin noch eine Weile aus dem Weg zu gehen und erst die Ergebnisse der Leichenschau abzuwarten. Doch als er die Glastür zum Flur im zweiten Stock öffnete, sah er Martina Derksen bereits in ihrem obligatorischen schwarzen Hosenanzug vor seinem Büro stehen. Vermutlich war sie seit Längerem im Haus und hatte die Ankunft von Bertrams Wagen vom Fenster aus gesehen. Und so wartete sie vor dem Büro, um die Kommissare samt ersten präsentablen Ergebnissen in Empfang zu nehmen.

Genauso wie Tenbrink als Leiter des KK11 war Oberstaatsanwältin Derksen als Abteilungsleiterin der Staatsanwaltschaft eigentlich nicht für banale Suizid-Ermittlungen zuständig, doch im Fall von Ellen Gerwing sah das natürlich anders aus. Der zu erwartende Medienrummel, den Tenbrink so verabscheute und wenn möglich mied, war für Derksen Grund genug, die Ermittlungen selbst in die Hand zu nehmen. Nicht dass sie sich darum riss oder es in ihrer Position nötig hatte, vor irgendwelchen Kameras zu stehen und Statements abzugeben, aber aus dem Weg ging sie der Presse auch nicht. Telegen war sie auf jeden Fall, fand Tenbrink, eine hübsche Person. Und das war nicht das Einzige, worin sie sich auffallend vom Hauptkommissar unterschied: jung, weiblich, dynamisch, humorvoll, durchsetzungsfähig, gut aussehend, umgänglich. Man hätte die Liste unendlich fortsetzen können. Das genaue Gegenteil von Tenbrink. Doch es waren nicht die Unterschiede, mit denen er Probleme hatte, sondern die Ähnlichkeiten. Wie er hielt Martina Derksen gern das Heft des Handelns in der Hand und ließ sich ungern reinreden. Dafür mischte sie sich mit Vorliebe in die Angelegenheiten der anderen ein, und das konnte Tenbrink beim Teufel nicht ausstehen. Jedenfalls nicht, wenn es ihn selbst und seine Ermittlungen betraf.

»Guten Tag, die Herren«, begrüßte sie die Oberstaatsanwältin mit erstaunlich kräftigem Handschlag und kam gleich zum Punkt: »Die Pressekonferenz ist für fünfzehn Uhr angesetzt. Sie können sich vorstellen, was dort los sein wird. Alle Medien werden darüber berichten. Besser gesagt, sie tun es bereits. Also: Was haben wir bisher? Was können wir der Presse mitteilen?«

Dieses vereinnahmende »Wir« konnte Tenbrink ebenfalls nicht leiden. Es klang in seinen Ohren heuchlerisch, denn eigentlich meinte sie »Ich«.

»Nicht viel«, sagte er deshalb, obwohl es nicht ganz den Tatsachen entsprach. »Wir sollten erst den Befund der Rechtsmedizin und die Ergebnisse der Spurensicherung abwarten. Alles andere wäre zum jetzigen Zeitpunkt reine Spekulation.« Er öffnete seine Bürotür und ließ der Oberstaatsanwältin und Bertram den Vortritt. Beim Anblick seines tristen Arbeitsraums sehnte er sich nach der zusammengeschusterten Gemütlichkeit von Anne Gerwings Büro. Nach einem Refugium.

»Sehen Sie das auch so, Herr Bertram?«, wandte sich Martina Derksen mit einem angedeuteten Zwinkern an den Oberkommissar.

Bertram zuckte mit den Schultern und schaute kurz zu Tenbrink. »Allem Anschein nach hat die Frau sich umgebracht. Dafür sprechen der Auffindeort und die persönliche Vorgeschichte der Toten.«

In knappen Worten umriss Tenbrink, was sie am Ahlbecker Galgenhügel und auf dem »Schulzenhof« von Anne Gerwing in Erfahrung gebracht hatten.

»Und was spricht dagegen?«, fragte die Oberstaatsanwältin.

»Nicht viel«, wiederholte Tenbrink und setzte sich hinter den Schreibtisch, nachdem Derksen und Bertram auf zwei unbequemen Stühlen in der Sitzecke Platz genommen hatten. »Sieht man einmal von den Hämatomen an den Armen ab.«

»Suffusionen«, korrigierte Bertram.

»Druckstellen«, sagte Tenbrink und betrachtete die Oberstaatsanwältin. Wie Bertram, der neben ihr saß und mühsam ein Gähnen unterdrückte, sah auch sie übernächtigt aus. Sie hatte dunkle Ringe unter den Augen und wirkte nicht ganz so energisch und dynamisch wie sonst. Die beiden hätten ein schönes Paar abgegeben, dachte Tenbrink und schmunzelte. Den Gedanken, der sich ihm im gleichen Moment aufdrängte, tat er als Unfug ab.

»Gibt es einen Abschiedsbrief?«, fragte die Oberstaatsanwältin.

Tenbrink schüttelte den Kopf. »Wir haben den Laptop und das Handy von Ellen Gerwing sichergestellt. Die werden gerade von den Technikern ausgelesen. Briefe oder Handschriftliches haben wir nicht gefunden. Nichts Persönliches. Nichts Eigenes.« Der Anblick von Ellen Gerwings Apartment und das Fehlen jeder persönlichen Note hatten Tenbrink regelrecht verstört. Außer den Utensilien im Bad hatte nichts darauf hingedeutet, dass sie dort gewohnt hatte. Nach einem Räuspern setzte er hinzu: »Ihr Apartment war allerdings schon gesäubert.«

»Gesäubert?« Martina Derksen schaute überrascht.

»Hotelservice«, erklärte Bertram, der gern in Ein-Wort-Sätzen sprach. Diese Wortkargheit seines jüngeren Kollegen kam Tenbrink als maulfaulem Münsterländer sehr entgegen.

»Sie erwähnten eine Therapeutin?« Derksen schaute Bertram von der Seite an. Ein verstohlenes Lächeln, das dort eigentlich nichts zu suchen hatte, war auf ihren Lippen zu sehen. Oder bildete Tenbrink sich das nur ein?

»Eine Frau Dr. Block aus Berlin«, sagte Bertram, nickte und schaute sie an. Sofort senkte er den Blick. Auch er lächelte unangebracht, wie über einen Witz, den außer den beiden niemand verstand.

»Wir sollten mit der Frau sprechen«, befand die Oberstaatsanwältin und zupfte am Ärmel ihres Sakkos. »Auch wegen diesem Antidepressivum und den möglichen Nebenwirkungen oder Entzugserscheinungen.«

»Ja, das sollten *wir*«, sagte Tenbrink und zog das Personalpronomen allzu sehr in die Länge. »Aber vorher sollten wir zur Rechtsmedizin fahren und Doktor …«

»Kemper«, sagte Bertram wie beiläufig und ohne aufzuschauen.

»… nach den Ergebnissen der Leichenschau befragen. Ich fahre gleich rüber in die Röntgenstraße.«

»Sie kommen also nicht zur PK?«, fragte Martina Derksen, aber es klang eher wie eine Aufforderung.

»Nicht, wenn's sich vermeiden lässt.« Tenbrink schaute auf die gegenüberliegende weiße Wand, die noch völlig leer war und während eines Falles immer zu einem wüsten Mosaik aus Fotos und Notizen und verbindenden Pfeilen mutierte. Es steckten noch einige Reißzwecken mit Papierfetzen im malträtierten Rigips. »Es gibt ohnehin noch nichts Endgültiges zu vermelden. Sollen die Leute von der Presse ruhig noch etwas warten und spekulieren.« Er schnaufte abfällig und setzte dann hinzu: »Sobald wir mit unserem Bericht fertig sind, bekommen Sie ihn umgehend auf den Tisch.«

»Hören Sie, Tenbrink!«, sagte Martina Derksen, und er horchte sofort auf, weil es völlig untypisch für die Oberstaatsanwältin war, jemanden nur mit dem Nachnamen und ohne höfliche Anrede oder Titel anzusprechen.

Auch Bertram schaute seine Sitznachbarin verwundert an.

»Wie Sie wissen, ist das ein delikater Fall«, fuhr sie fort und streckte ihren Rücken, um ihre Worte zu unterstreichen. »Ganz Deutschland schaut auf uns.«

»Ganz Deutschland?«, knurrte Tenbrink ungläubig.

»Ganz Deutschland«, wiederholte sie mit Nachdruck und strich sich eine widerspenstige strohblonde Strähne hinter die Ohren. »Wir können uns keine Fehler leisten und müssen besonders sorgfältig und behutsam ermitteln. Gleichzeitig sollten wir uns beeilen und den Fall zu einem möglichst raschen Ende bringen. Wir stehen hier unter permanenter Beobachtung.«

»Sorgfältig und rasch gehen nicht gut zusammen«, meinte Tenbrink. Er wollte noch hinzufügen, dass ihm die Beobachtung durch die Presse oder Öffentlichkeit zwar lästig, aber letztlich egal war, doch die Oberstaatsanwältin fuhr ihm prompt über den Mund.

»Sie haben verstanden, was ich gesagt habe!«, sagte sie, strich sich die Hose glatt und stand auf.

»Akustisch ja«, maulte Tenbrink.

»Heinrich«, zischte Bertram leise und warf ihm einen warnenden Blick zu.

»Kommen Sie, Herr Bertram?«, fragte die Oberstaatsanwältin von der Tür aus.

»Ich?«, wunderte sich Bertram. »Wieso? Wohin?«

»Zur PK. Oder glauben Sie, dass ich mich allein der Meute aussetze? Einer der ermittelnden Beamten sollte schon anwesend sein, finden Sie nicht?« Wieder lag ein Schmunzeln auf ihren Lippen. Es wirkte beinahe keck.

Bertram wurde rot und nickte. Er überspielte seine Verlegenheit mit einem abgestandenen Witz: »Soll ich schon mal den Wagen holen?«

Als er der Derksen auf den Flur folgen wollte, hielt Tenbrink ihn zurück: »Maik!«

»Ja?«

»Gibt's da was, was ich wissen müsste?«

»Was meinst du?«

»Das frage ich dich.«

Bertram zuckte mit den Achseln und schüttelte dann den Kopf, als könnte er sich nicht entscheiden. Es wirkte verräterisch, fand Tenbrink. Deshalb setzte er hinzu: »Sei vorsichtig, Maik!«

»Alles in Ordnung«, sagte Bertram ausweichend.

»Vergiss nicht, mit wem du es zu tun hast!«

»Das Vergessen ist nicht *mein* Problem«, entfuhr es Bertram.

Tenbrink zuckte wie unter einem Rutenschlag zusammen. Er brachte keinen Ton heraus und schluckte.

»War nicht so gemeint.« Bertram senkte den Blick und verließ das Büro.

»Hast ja recht«, sagte Tenbrink zur bedrohlich leeren Wand. »Und es war so gemeint.« Das war eben das Schlimme.

7

Es hatte kurz nach Karins Tod angefangen. Jedenfalls war es ihm damals zum ersten Mal aufgefallen. Und es war ja auch nur zu verständlich gewesen. Die schlaflosen Nächte, die Ungewissheit und das ängstliche Bangen, später die schwer zu akzeptierende Hoffnungslosigkeit. Das alles hatte merkliche Spuren hinterlassen. Hinzu kamen der ständige Stress, die plötzliche Orientierungslosigkeit und die Einsamkeit nach Karins Tod. Zu viel war zu bedenken, zu ändern, zu organisieren. Die Trauer und die Traurigkeit lähmten ihn, physisch wie psychisch. Kein Wunder, dass es ihm schwerfiel, sich zu konzentrieren. Dass ihm Dinge und Daten entfielen. Abhandenkamen, wie ihm die geliebte Frau abhandengekommen war. Einfach so. Weil ein bösartiger Tumor sie binnen weniger Monate von innen aufgefressen hatte.

Eigentlich waren es nur Kleinigkeiten. Ein entfallener Name; eine Adresse, die man nicht fand, obwohl man erst vor Kurzem dort gewesen war; ein bekanntes Gesicht, das sich nicht auf Anhieb einordnen ließ; ein vergessener Termin. Banalitäten. Nicht bedenklich. Das meinte auch sein Hausarzt, nachdem er Tenbrink Blut abgenommen und es im Labor hatte prüfen lassen. Die Schilddrüse war in Ordnung, der Blutdruck nicht zu niedrig, das Cholesterin im halbwegs grünen Bereich. Nur an Eisen mangelte es. Und an Flüssigkeitszufuhr. Also möglichst viel rotes Fleisch und reichlich Wasser, so lautete der ärztliche Rat. Vitamin B12 konnte auch nicht schaden. Und Schlaf natürlich. Dann würde sich das wieder einrenken, hatte sein Arzt gesagt, als handelte es sich um eine orthopädische, quasi technische Angelegenheit. Aber es renkte sich nicht ein. Im Gegenteil. Es wurde allmählich, ganz allmählich schlimmer.

Es war Maik Bertram, der ihn schließlich direkt auf seine Aussetzer ansprach. Ob Tenbrink ein Alkoholproblem habe oder irgendetwas einwerfe, wollte Bertram eines Tages ganz unverblümt von ihm wissen, während sie gemeinsam im Auto durchs Münsterland fuhren. Eine Unverschämtheit und Frechheit dem Vorgesetzten gegenüber, die Tenbrink vollends unvermittelt traf und aus allen Wolken fallen ließ. Bertram entschuldigte sich sofort, aber er schien zu wissen, wovon er sprach. In Magdeburg war er für Rauschgift- und Milieudelikte zuständig gewesen. Und er kannte sich nicht nur theoretisch mit Drogen und deren Nebenwirkungen aus, wie Tenbrink aus Bertrams Akte wusste. Wahrscheinlich hatte Bertram deshalb aus den korrekt erkannten Symptomen die falschen Schlüsse gezogen. Darum klärte Tenbrink ihn auf, zitierte den ärztlichen Befund und sprach von stressbedingter Konzentrationsschwäche. Von Fleisch, Wasser und Vitaminen. Fürs Erste.

Doch die Vergesslichkeit blieb. Das Kurzzeitgedächtnis spielte ihm immer wieder Streiche. Er hatte Aussetzer und das ließ sich nicht durch banale Hausmittelchen reparieren. Ganze Situationen und Gespräche gingen verloren und blieben es. Missverständnisse entstanden, die Kommunikation wurde löchrig. Wichtige Termine platzten, weil er sie schlichtweg vergessen hatte. Mit peinlichen und ärgerlichen Folgen, auch wenn er versuchte, mit einem Witz darüber hinwegzuspielen, und sich scherzhaft älter machte als die achtundfünfzig Jahre, die er mittlerweile auf dem Buckel hatte.

Mehr als einmal war es Bertram, der die Gedächtnislücken füllte und einsprang, wenn Tenbrink auf dem

Schlauch stand. Auf das erstaunliche Erinnerungsvermögen seines jüngeren Kollegen konnte er sich verlassen. Und auch auf dessen Verschwiegenheit, nicht nur weil er Tenbrink etwas schuldig war und selbst einige Leichen im Keller hatte. Maik Bertram wollte einfach seine Ruhe, und Tenbrink verschaffte sie ihm. Im Gegenzug bekam er Bertrams bedingungslose Unterstützung und Loyalität, die er so nie erwartet oder gar eingefordert hätte. Sie waren ein gutes und zunehmend eingespieltes Team. Wenn ein Ermittlerteam oder eine Mordkommission zusammengestellt wurde, achtete Tenbrink darauf, Bertram an seiner Seite zu haben. Ein unzertrennliches Duo innerhalb einer größeren Mannschaft. Sie waren eine Symbiose eingegangen. Wenn auch eine wacklige, wie Tenbrink sehr wohl wusste.

Dass er zu einem Facharzt gehen und weitere Untersuchungen vornehmen lassen sollte, wusste er ebenfalls. Es ließ sich nicht auf Dauer umgehen. Bertram redete ihm oft ins Gewissen und sprach aus, was ohnehin auf der Hand lag. Doch Tenbrink hatte Angst. Was nicht ausgesprochen oder schriftlich festgehalten war, das konnte er ignorieren. Das existierte nicht. Wenn der Befund erst einmal vorlag, ließen sich das Leugnen und der Selbstbetrug nicht mehr so ohne Weiteres bewerkstelligen. Dann musste er mit den Folgen leben. Und er war sich nicht sicher, ob er das könnte.

Natürlich hatte er den Begriff »Vergesslichkeit« im Internet gegoogelt und war neben harmlosen Erklärungen auf lauter beunruhigende Stichworte gestoßen: Arteriosklerose, vaskuläre Demenz, Alzheimer, Gehirntumor, Creutzfeldt-Jacob-Krankheit. Ein Schreckensreigen, dem er unter allen Umständen aus dem Weg gehen wollte. Vorerst.

Um der Vergesslichkeit ein Schnippchen zu schlagen, hatte er sich für seine Arbeit ein System zurechtgebastelt, das auf den ersten Blick an modernes »Mind-Mapping« und trendige amerikanische Krimiserien erinnerte. Nur dass er statt Beamer und Flipchart die guten alten Reißzwecken bevorzugte. Sämtliche Namen, Daten und Fakten eines Falls, auch die eigentlich unwesentlichen oder selbstverständlichen, notierte er auf Zetteln und pinnte sie an die Wand in seinem Büro. Die Namen versah er mit Fotos, die Beziehungen zwischen den Personen kennzeichnete er mit Pfeilen und Strichellinien, die Ereignisse wurden auf einer Zeitschiene geordnet.

Damit dieses ständig wachsende und immer unübersichtlichere Mosaik nicht als persönliche Marotte oder gedankliche Krücke des Chefs erscheinen konnte, lud er die Kollegen ein, das »Bild des Falls«, wie er es nannte, zu erweitern oder zu vervollständigen. Doch die wenigsten von ihnen nahmen diese Einladung an. Vielmehr sprachen sie halb despektierlich, halb scherzhaft von »Tenbrinks Zettelwirtschaft«, wie Bertram ihm einmal gesteckt hatte.

Tenbrink aber brauchte seine »Zettelwirtschaft«. Und jedes Mal, wenn er das Büro verließ, fotografierte er die Wand mit dem Smartphone, damit er auch unterwegs immer darauf zurückgreifen konnte.

Mit Bertrams Hilfe, den Zetteln an der Wand und dem Notizblock in seiner Jacke war es ihm bislang gelungen, sich keinerlei Blöße zu geben. Zumindest waren ihm keine gravierenden Fehler unterlaufen. Als Leiter war er ohnehin nicht dafür zuständig, sich jede Kleinigkeit zu merken. Er funktionierte und blieb weitestgehend fokussiert, sein KK11 arbeitete ebenso effizient wie erfolgreich. Er hatte seinen Laden im Griff, und die Ergebnisse sprachen für sich. Solange das so war, sah er keine Notwendigkeit, daran etwas zu ändern.

»Bis du einen Fehler machst«, hatte Bertram einmal gesagt.

»Bis ich einen Fehler mache«, hatte Tenbrink bestätigt.

»Der uns alle in die Scheiße reiten kann.«

So hätte Tenbrink es nicht ausgedrückt, aber … ja!

8

Jedes Mal wenn Tenbrink die Prosektur im Keller der Rechtsmedizin betrat, fuhr ihm ein Schauer über den Rücken, der nicht nur mit den frostigen Temperaturen und der sterilen Atmosphäre in den Sektionsräumen zusammenhing. Die Gegenwart und der Anblick der Toten machten ihm zu schaffen. Das war nicht immer so gewesen, doch seit dem Tod seiner Frau, genauer gesagt seit ihrem qualvollen Sterben, war es ihm nicht mehr so leicht möglich, in einer Leiche nur den Fall und nicht die einst lebende Person zu sehen. Früher hatte er das eine von dem anderen trennen können, doch nun gingen ihm die Toten plötzlich zu nahe. Das galt für die Rechtsmedizin wie für den Auffindeort einer Leiche. Zum Glück gab es Kollegen, die auf die Tatortarbeit spezialisiert waren und sich mit Eifer und Akribie an die Auswertung des Leichenfundortes machten. Heide Feldkamp, die stets zu seinem Team gehörte, war eine solche Spezialistin des sogenannten Auswertungsangriffs und für Tenbrink eine unschätzbare Hilfe. Er selbst bevorzugte Fotos des Tatorts, die der Leiche – und sei sie noch so brutal entstellt – die Unmittelbarkeit und Vehemenz nahmen. Fotos konnten Tenbrink nichts anhaben.

Dr. Kemper stand in OP-Kleidung am Obduktionstisch, auf dem die mit einem grünen Tuch zugedeckte Leiche von Ellen Gerwing lag. Nur ihre dunkelblonden Haare und die Füße mit dem aufgeklebten Barcode-Zettel waren zu sehen. Eine weitere Ärztin war gerade damit beschäftigt, einige nicht besonders filigran wirkende Werkzeuge in einem Desinfektionsgerät zu verstauen.

»Hab mir schon gedacht, dass Sie es eilig haben«, sagte Kemper, dessen Worte durch den Mundschutz dumpf klangen. »Die Frau Oberstaatsanwältin hat ordentlich Druck gemacht.«

»Die Presse sitzt ihr im Nacken«, sagte Tenbrink achselzuckend und grüßte die Ärztin mit einem Nicken. Das Gesicht kam ihm nicht bekannt vor. »Sie hat also die Obduktion veranlasst?«, fragte er und dachte an die Worte der Derksen: »*Sorgfältig und rasch.*« Sie wollte sich keinen Fehler leisten.

»Wir sind noch nicht ganz mit der inneren Leichenschau fertig«, sagte Kemper nickend und deutete auf einen Metalltisch, auf dem einige blutverschmierte Organe lagen. Tenbrink glaubte eine in Scheiben geschnittene Leber zu erkennen und wandte den Blick ab.

»Können Sie den Todeszeitpunkt bestätigen?«, fragte er.

»Zwischen Mitternacht und ein Uhr.«

Tenbrink nickte. Das deckte sich mit ihren Erkenntnissen. Sie hatten den Wagen von Ellen Gerwing, einen behindertengerecht umgebauten Geländewagen, in der Nähe des Galgenhügels auf einem sandigen Feldweg gefunden. Unter dem Auto war der Boden trocken gewesen. In Ahlbeck hatte es laut Wetterdienst um ein Uhr zu regnen begonnen.

»Und die Todesursache?«

»Unterbrechung der zerebralen Blutzufuhr, verursacht durch Strangulation«, sagte Kemper. »Wie ich heute Morgen schon sagte. Das Genick ist intakt, sie starb durch den Zirkulationsstopp im Gehirn.«

»Tod durch Erhängen.«

»Tod durch *typisches* Erhängen«, ergänzte der Arzt. »Die Strangfurche ist deutlich erkennbar, und der Aufhängepunkt befindet sich in der Mitte des Nackens, sie hing also frei schwebend.«

»Am Galgen eben«, sagte Tenbrink, der die Unterteilung in typisch und atypisch beim Erhängen für zynisch hielt. »Haben Sie den Mageninhalt schon untersucht? Irgendwas, was da nicht hingehört?«

»Sie hat Rotwein getrunken«, antwortete die Ärztin, die inzwischen an einem Mikroskop saß und den Blick nicht von den beiden Okularen nahm. »Und ein starkes Sedativum genommen.«

Tenbrink horchte auf und fragte: »Anafra…?« Er überlegte kurz, ob er in seinem Notizblock nachschauen sollte, und riet dann: »…lin?«

»…nil«, sagte Kemper. »Anafranil.«

»Nein«, sagte die Ärztin, ohne ihre Tätigkeit zu unterbrechen. »Kein Antidepressivum, sondern ein Benzodiazepin.«

»Und auf Deutsch?«, fragte Tenbrink.

Kemper erklärte: »Ein starkes Beruhigungsmittel. Rohypnol ist zum Beispiel eines. Oder auch Diazepam, besser bekannt als Valium. Genaueres werden die weiteren Untersuchungen zeigen. Jedenfalls war es kein Mittel, das ohne Rezept zu bekommen ist.«

Von Beruhigungsmitteln hatte die Schwester nichts berichtet. Und in Ellen Gerwings Apartment hatten sie kein solches Medikament gefunden. Nur eine Packung Aspirin und das Antidepressivum, das sie abgesetzt hatte. Außerdem eine Tube mit Narbensalbe. Andererseits passten der Rotwein und das Schlafmittel durchaus zur Suizidabsicht, fand Tenbrink. Sich Mut antrinken und die Nerven bewahren!

»Das war's?«, fragte er und starrte auf die Füße der Toten. Die Zehennägel waren frisch pediküRT und rot lackiert. Als hätte sie gewusst, dass ihre Füße nach dem Tod unter dem Leichentuch hervorschauen würden. Ein abstruser Gedanke, den Tenbrink sofort verdrängte.

»Nicht ganz«, sagte Kemper und hob das grüne Tuch am Kopfende an.

Nun kam Tenbrink doch nicht umhin, die Leiche anzuschauen.

»Es gibt Suffusionen neben der Strangfurche, die nicht von dem Seil stammen können«, erklärte der Arzt und deutete auf den Hals der Frau. »Sie sind allerdings größtenteils durch die vom Strick hervorgerufenen und sehr viel heftigeren Einblutungen verdeckt.«

»Blutergüsse am Hals?«, folgerte Tenbrink. »Knutschflecken?«

»Denkbar.«

»Oder ist sie gewürgt worden?«

»Denkbar«, wiederholte der Rechtsmediziner.

Tenbrink war verwirrt. Hatte das Erhängen nur das Erwürgen kaschiert? Er merkte gar nicht, dass er die Frage laut stellte.

»Sie waren nicht todesursächlich«, antwortete die Ärztin von ihrem Arbeitsplatz. Sie klang genervt. Vermutlich hatte sie an einem Sonntag Besseres zu tun, als die Leber einer Selbstmörderin zu untersuchen. »Die Strangulation durch den Strick war die Todesursache. Das steht einwandfrei fest. Wenn sie vorher geknutscht oder gewürgt worden sein sollte, war das jedenfalls nicht tödlich.«

Kemper schaute seine Kollegin aus den Augenwinkeln an und grinste unmerklich. In Tenbrinks Richtung sagte er: »Vielleicht hatte sie ja doch Sex vor ihrem Tod und hat sich dabei ein wenig würgen lassen. Soll ja die Lust steigern und den Orgasmus verstärken.«

Bevor Tenbrink die Frage stellen konnte, knurrte die Ärztin: »Die Vagina hatten wir noch nicht. Wir können schließlich auch nicht hexen.«

Tenbrink hob abwehrend die Hände. In seinem Hirn arbeitete es. Leichte Druckstellen an den Unterarmen.

Blutergüsse am Hals. Eine Strangfurche mit mittigem Aufhängepunkt am Nacken. Rotwein und Schlaftabletten. Und die Vorgeschichte am Galgenhügel. Alles passte zusammen, doch dummerweise ergaben die Einzelteile mehrere Bilder, die nicht deckungsgleich waren. Zwei Bilder in einem. Wie die berühmte optische Täuschung mit dem Kelch und den zwei Gesichtern.

Tenbrink dachte an etwas, das Maik Bertram am Morgen gesagt hatte. Aber er kam nicht darauf, was es gewesen war. Irgendetwas Wesentliches, das sie aber nicht als solches erkannt hatten. Sie hatten am Galgenhügel gestanden und das Holzgestell betrachtet. Kemper hatte etwas über die Logik von Suiziden gesagt. Und Tenbrink hatte das Seil gesucht. Jetzt hatte er es: Flaschenzug! *Wie bei einem Flaschenzug*, hatte Bertram gesagt.

Tenbrink griff nach seinem Handy und rief den Kollegen an.

»Ja?«, meldete sich Bertram seltsam undeutlich.

»Ich brauche dich.«

»Jetzt?«, flüsterte Bertram. »Ich sitze mitten in der Pressekonferenz.«

»Oh«, sagte Tenbrink. »Das hatte ich ganz vergessen.«

9

Nur das rot-weiße Flatterband erinnerte noch an den Menschen, der hier unlängst gestorben war. Es leuchtete grell im Schein der Taschenlampe und wies Tenbrink und Bertram den Weg durch die zunehmende Dunkelheit. Es hatte wieder zu nieseln begonnen, und obwohl es erst sieben Uhr am Abend war, konnte Tenbrink sich vorstellen, wie es in der vergangenen Nacht gewesen sein musste: nass, ungemütlich und stockfinster. Er stutzte.

»Hat man eigentlich eine Lampe bei der Leiche gefunden?«, fragte er.

»Nein«, sagte Bertram und hielt ihm das Absperrband hoch.

»Wie soll die Gerwing dann das alles gemacht haben? Mit dem Strick und so. Es war vermutlich so duster, dass man die eigenen Hände nicht sehen konnte.«

»Die Augen gewöhnen sich an die Dunkelheit«, vermutete Bertram.

Doch das überzeugte Tenbrink nicht. Er folgte dem Trampelpfad bis zum Galgen, der inzwischen nicht mehr mit einer Plane umstellt war, und bat Bertram, die Lampe auszuschalten. Obwohl er direkt am Fuß des kleinen Hügels stand, konnte er das Holzgerüst nur schemenhaft erkennen.

Sie kraxelten bis zum Holzpodest, kletterten hinauf, und Bertram leuchtete zu dem Querbalken. »Und was jetzt?«, fragte er.

Sie hätten eine Leiter oder einen Klapptritt mitnehmen sollen.

»Räuberleiter«, sagte Tenbrink und sah Bertram auffordernd an, was dieser aber nicht bemerkte, weil seine Lampe immer noch in Richtung Galgen leuchtete.

Tenbrink nahm ihm die Taschenlampe aus der Hand und wartete, bis Bertram die Hände vor dem Bauch gefaltet hatte. Dann schwang er sich, die Lampe im Mund und die rechte Hand auf Bertrams Schulter, mit einem Satz hinauf und hielt sich mit der linken Hand an dem Querbalken fest. Sie schwankten kurz, doch dann hatte Bertram einen festen Stand gefunden. Tenbrink nahm die Lampe aus dem Mund und leuchtete auf die Kerbe im Holz.

»Und?«, fragte Bertram und ächzte.

»Schwer zu sagen«, meinte Tenbrink. »Die Kerbe ist erstaunlich tief, und einige Holzsplitter an den Kanten sind nach hinten gebogen. Dabei müssten sie nach unten oder vorne gebogen sein. Sieht fast so aus, als wäre das Seil mit einer schweren Last daran nach hinten gezogen worden.« Wieder leuchtete er auf die Kerbe. »Du hattest recht, Maik. Wie bei einem Flaschenzug.«

»Könnte auch passiert sein, als die Zeugen die Frau vom Galgen geschnitten haben«, wandte Bertram ein. »Vielleicht haben sie hinten an dem Seil gezogen.«

»Möglich. Trotzdem sollten wir die Kollegen von der Kriminaltechnik herbestellen. Heide soll sich das mal ansehen.«

»Was machen Sie da?«, erschallte plötzlich eine kräftige männliche Stimme aus dem Nichts. Ein breiter Lichtstrahl landete von unten auf Tenbrinks Gesicht.

Er fuhr zusammen, ließ das Holzgerüst los und landete, weil Bertram einen Schritt zurück machte und die Balance verlor, unsanft mit dem Hosenboden auf den Brettern. Ein heftiger Schmerz verteilte sich vom Steiß ausgehend über den ganzen Rücken.

»Verflucht!«, rief Tenbrink und rieb sich den Hintern.

»Wer sind Sie?«, fragte der Mann aus dem Dunkeln. »Was wollen Sie hier? Haben Sie die Absperrung nicht gesehen?«

»Kripo Münster, Herr Kollege«, sagte Bertram und zückte seinen Ausweis.

Jetzt sah auch Tenbrink die blaue Polizeiuniform und wunderte sich: »Haben Sie seit heute Morgen hier Wache gestanden?«

»Nein, ich komme gerade vom Dienst.« Der Polizist leuchtete auf Bertrams Ausweis. Die vier hellblauen Sterne auf seinen Schulterklappen wiesen den Mann als Polizeihauptmeister aus. »Wir hatten in Altwick einen Unfall aufzunehmen.«

Tenbrink verstand nicht. Jetzt war er es, der fragte: »Wer sind Sie?«

»Max Hartmann.« Der Mann deutete mit der Hand in die Dunkelheit, irgendwo zwischen Schulzenhof und Kolkmühle. »Ich wohne ganz in der Nähe.«

»Hartmann?«, fragte Tenbrink.

»Wie *Michael* Hartmann?«, fügte Bertram hinzu.

»Michael war mein Bruder«, sagte Hartmann und half Tenbrink auf die Beine. »Und Ellen meine Schwägerin.« Er machte eine Pause, schaute mit finsterer Miene zum Galgen und fragte: »Was soll das werden, wenn's fertig ist?«

»Wir ermitteln«, sagte Tenbrink knapp und betrachtete den groß gewachsenen Polizeihauptmeister. Max Hartmann war etwa vierzig Jahre alt und hatte einen auffallend kantigen Schädel, was durch den fast quadratisch zurechtgestutzten Oberlippen- und Kinnbart noch verstärkt wurde. Ein Polizist, der nicht nur durch seine donnernde Stimme, sondern auch durch sein Aussehen und Auftreten Respekt einflößte. Ein echter Dorfbulle!

»Was genau ermitteln Sie? Haben Sie Zweifel, dass sie sich umgebracht hat?« Hartmanns Frage klang beinahe wie eine Feststellung. Vermutlich waren ihm Ausrufezeichen ohnehin lieber als Fragezeichen.

»Wie kommen Sie darauf?«, wollte Tenbrink wissen.

»Ausgerechnet am Galgenbülten«, sagte Hartmann statt einer Antwort und starrte an Tenbrink und Bertram vorbei ins Nichts. »Ausgerechnet.«

»Ihre Schwester ist vor sechzehn Jahren hier gestorben«, sagte Bertram.

»Eben drum!« Hartmann schüttelte den Kopf. »So was Verrücktes!«

»Kannten Sie sie gut?«, fragte Tenbrink.

»Sie war meine Schwägerin.« Wieder eine Antwort, die keine war.

»Sie wohnen nahebei?«, fragte Tenbrink plötzlich und verschluckte das E in der Mitte, damit es noch münsterländischer klang. »Ich könnte jetzt 'nen Kaffee vertragen. Du auch, Maik?«

Bertram sah ihn erstaunt an, sagte aber nichts.

»Kaffee?«, knurrte Hartmann, und wieder ging sein Blick ins Nichts. Es schien, als müsste er mit sich kämpfen, um die harte Fassade nicht bröckeln zu lassen.

»Betrachten Sie's als Amtshilfeersuchen«, sagte Tenbrink lächelnd.

»So was Verrücktes«, wiederholte Hartmann, und es war nicht klar, ob er Tenbrinks Kaffeewunsch oder den Tod der Schwägerin meinte.

10

Das Gehöft der Hartmanns glich dem Schulzenhof auffallend, nur war alles viel kleiner und bescheidener. Und aus rotem Backstein. Wie es sich gehörte. Die Eltern waren Kötterbauern gewesen, hatte Max Hartmann auf dem Weg vom Galgen berichtet. Kleine Pachtbauern, die den Betrieb schon vor Jahren eingestellt hatten, weil er sich nicht mehr rentierte. Der Vater hatte anschließend einige Zeit als Lkw-Fahrer gearbeitet, bis er vor einigen Jahren an einem Herzinfarkt gestorben war. Nur die Mutter lebte noch in dem Kotten. Max Hartmann hatte hinter dem Haus einen Neubau errichtet, wo er mit seiner Frau Marlene und den beiden Kindern wohnte. Tenbrink wunderte sich zunächst, dass der Sohn nicht ins Bauernhaus gezogen war, doch beim Anblick des altersschwachen Gemäuers verstand er. Wer wollte schon in einem uralten und baufälligen Kotten wohnen, mit der Mutter unter einem Dach?

Max Hartmann öffnete das zweiflügelige Tor zur Tenne und bat die Kommissare herein. Der direkte Weg zum Wohnhaus führe durch den Kotten, sagte er. Außerdem wolle er seiner Mutter Bescheid geben, dass er wieder da sei. Sie mache sich immer Sorgen. Weil er doch Polizist sei.

Tenbrink und Bertram schauten sich kurz an und folgten ihm über die Tenne in den hinteren Teil des Bauernhauses. Die leeren Stallungen und Verschläge an den Seiten und der ehemalige Dreschplatz, auf dem sich nun lauter Gerümpel und alte Möbel stapelten, deprimierten Tenbrink. *Es gab kaum einen trostloseren Anblick als einen aufgegebenen Bauernhof*, dachte er und musste an Anne Gerwings Hotel denken. Ebenfalls ein aufgegebener Hof.

»Ganz schön unheimlich, so eine leere Tenne«, sagte Bertram. »Haben Sie nie überlegt, sie anderweitig zu nutzen?«

Hartmann zuckte mit den Schultern. »Warum? Es gibt so viel Platz und so viele leer stehende Gebäude auf dem Hof. Was sollen wir damit anfangen? Außerdem würde meine Mutter …« Er ließ den Satz unbeendet und öffnete die Tür zum Flett.

»Küürst du über mich?«, wurden sie in der angrenzenden Wohnstube von einer grauhaarigen Frau in bunter Kittelschürze empfangen. »Brauchst gar nicht mit dem Kopf zu schütteln«, sagte sie genau in dem Moment, als ihr Sohn mit dem Kopfschütteln beginnen wollte. »Was sind das für Leute?«

»Kripo Münster. Sie untersuchen den Tod von Ellen.«

»Was gibt's da zu untersuchen?«

»Guten Abend, Frau Hartmann«, sagte Tenbrink und rieb sich fröstelnd die Hände. Trotz der weißgrauen Haare und der auffallend gebückten Haltung schätzte er das Alter von Hartmanns Mutter auf etwa siebzig Jahre. Äußerlich aber wirkte sie wie eine Greisin.

»Frau Hartmann gibt's hier nicht«, sagte sie. »Ich heiße Magda.«

»Ihr Sohn hat uns freundlicherweise auf eine Tasse Kaffee eingeladen«, erwiderte Tenbrink und nickte. »Mistnass draußen, oder?«

»Kaffee habe ich auch«, sagte sie und bedachte Tenbrink mit einem angedeuteten Lächeln. »Sogar guten holländischen.«

»Du hast ja nicht einmal eine Kaffeemaschine, Mama«, sagte Hartmann und wandte sich entschuldigend an Tenbrink: »Sie trinkt immer *auf Tasse*.«

»Prütt-Kaffee?«, frohlockte Tenbrink und versuchte, nicht auf Bertram zu achten, der die Augen verdrehte. »Den trinke ich am liebsten.«

»*Daor häst*«, sagte Magda Hartmann zu ihrem Sohn und schlurfte in ihren ausgetretenen Cordpantoffeln zum Gasherd. »Der Kommissar weiß eben, was schmeckt. Für 'nen Kaffee braucht man keine Maschine.«

Hartmann seufzte und hob die Achseln. Aus dem harten Dorfbullen war plötzlich ein kleiner folgsamer Junge geworden. Tenbrink und Bertram setzten sich an den schweren eichenen Bauerntisch, der mitten im Raum stand und über dem ein orangefarbenes Fliegenpapier von der Decke hing. Tenbrink schaute sich um. Auf ihn wirkte der Raum mit seinem dunkelbraunen Holzmobiliar und den Delfter Fliesen an den Wänden wie eine altertümliche Mischung aus Küche, Ess- und Wohnzimmer. Die gute Stube aus grauer Vorzeit, in der im Winter Garn und Geschichten gesponnen wurden.

»Unser herzliches Beileid«, sagte Bertram und betrachtete stirnrunzelnd das mit Kadavern übersäte Fliegenpapier. Es sah aus, als wäre es seit Jahren nicht gewechselt worden. »Der Tod Ihrer Schwiegertochter hat Sie sicherlich sehr mitgenommen.«

»Ach«, knurrte Magda, während sie gleichzeitig einen Wasserkessel aufsetzte. »Hab sie eigentlich kaum gekannt. Nur aus dem Fernsehen.«

»Aber sie war mit Ihrem Sohn verheiratet«, wunderte sich Tenbrink. »Außerdem kam sie doch aus der Nachbarschaft. Da kennt man sich doch.«

»Was heißt das schon?« Die Alte stellte vier Tassen in eine Reihe, in die sie dann jeweils zwei gehäufte Löffel Kaffeepulver gab. »Ellen kam zwar aus Ahlbeck, aber eine Hiesige war sie trotzdem nicht. Sie wollte nie was mit dem Dorf zu tun haben. Wir waren der Madame wohl nicht gut genug.«

»Mama!«, sagte Max Hartmann, der etwas unbeholfen in der Gegend herumstand, und wandte sich dann an Tenbrink: »Ellen war tatsächlich nicht oft in Ahlbeck. Eigentlich fast nie. Sie hatte immer viel zu tun.«

»Papperlapapp!«, fuhr ihm die Mutter über den Mund. »In den ganzen Jahren ist sie nicht ein einziges Mal auf unseren Hof gekommen. Geheiratet haben sie in Berlin. Zu Weihnachten kam Michael immer allein, wenn überhaupt. Und nicht mal zu Papas Beerdigung war Ellen hier. Von wegen *viel zu tun*!«

»Du weißt genau, wieso sie nicht gern nach Ahlbeck kam«, sagte Max Hartmann, stellte Milch und Zucker auf den Tisch und setzte sich dann ebenfalls.

»*Dumm Tüüg!* Das ist doch schon so lange her. Sechzehn Jahre! Irgendwann ist auch mal gut. Sie hatte schließlich Eltern hier und eine Schwester, die nicht gestorben ist. Um die hat sie sich überhaupt nicht gekümmert. Die Lebenden sind doch wichtiger als die Toten. Finden Sie nicht auch, Herr Kommissar?«

Tenbrink nickte und unterließ es, sie auf seinen korrekten Dienstgrad hinzuweisen. *Herr Kommissar* war schon in Ordnung. Solange man ihn nicht *Herr Inspektor* nannte.

Der Wasserkessel pfiff, Magda Hartmann nahm den Pfeifenaufsatz heraus und goss das kochende Wasser in die Tassen.

»Ellen Gerwing scheint nie über den Tod ihrer Zwillingsschwester Eva hinweggekommen zu sein«, sagte Tenbrink, ohne irgendjemanden direkt anzusprechen. »Und sie hat Ahlbeck seitdem gemieden?«

»Wie die Pest.« Magda stellte die dampfenden Tassen auf den Tisch. »Die hat uns mit der Greepe nicht angepackt. Als wären wir alle zusammen Aussätzige. Auch als Michael letztes Jahr beerdigt wurde, hat sie sich hier nicht blicken lassen.«

»Es gab keine Beerdigung«, sagte Max Hartmann.

»Du weißt, was ich meine. Ich rede von der Trauerfeier auf dem Friedhof.« Magda setzte sich ans Kopfende des Tisches und fügte in Tenbrinks Richtung hinzu: »Michaels Leiche wurde nie aus dem Wrack geborgen. Das Flugzeug liegt heute noch auf dem Meeresboden. Es gab nur eine Gedenkfeier mit leerem Sarg.«

»Und eine Trauerfeier in Berlin«, sagte der Sohn. »Da war Ellen durchaus anwesend. Obwohl sie gerade erst eine schwere Operation hinter sich hatte.«

»Hätte auch komisch ausgesehen, wenn sie da gefehlt hätte.« Magda gab Zucker in ihren Kaffee und wartete, bis er durch den Prütt nach unten gesackt war. »So konnte sie sich vor den Kameras im Rollstuhl zeigen und von allen bemitleidet werden.«

»Mama, jetzt reicht's!«, rief Max Hartmann und schlug mit der Faust auf den Tisch, dass der Kaffee überschwappte.

»Was genau werfen Sie Ihrer Schwiegertochter eigentlich vor?«, konnte Bertram nicht länger an sich halten. »Dass sie den Absturz überlebt hat und Ihr Sohn nicht?«

»Wenn Ellen nicht gewesen wäre, wäre Michael nicht gestorben!«

Max Hartmann war so entsetzt, dass er nicht einmal »Mama!« rufen konnte.

»Wie kommen Sie darauf?«, fragte Tenbrink und nippte an dem Kaffee, nachdem er die immer noch oben schwimmenden Prüttkrümel weggepustet hatte.

»Hat Michael mir am Telefon gesagt. Am Tag vor dem Flug«, sagte Magda und starrte auf ihre Tasse. »Er wollte gar nicht nach Venezuela, weil er nämlich noch in Babelsberg zu tun hatte. Postproduktion oder wie man das nennt. Es war allein ihre Idee. Sie hat darauf bestanden, dass sie Urlaub in der Karibik machen. Sie hat sogar mit Trennung gedroht, wenn er nicht mitkommt.« Sie bleckte ihre Zähne und setzte hinzu: »Sie hat ihn auf dem Gewissen!«

»Es war ein Unfall«, sagte Max Hartmann und schaute seine Mutter wütend an. »Ein Unglück! Niemand konnte etwas dafür. Oder willst du Ellen dafür verantwortlich machen, dass ein Schwarm Vögel die Triebwerke zerstört hat?«

»Es trifft immer die Falschen!«, zischte Magda und stellte die Tasse mit zittrigen Fingern auf den Tisch. Ihr Kiefer mahlte unruhig, und ihre Augen schossen Blitze in Richtung ihres Sohnes. »Wenn Ellen dabei ist, sterben immer die Falschen.«

Bertram verschluckte sich an seinem Kaffee und hustete. Vermutlich war ihm Kaffeesatz in die Kehle geraten.

»Das will natürlich keiner hören, aber so ist es doch!« Hilfesuchend wandte Magda Hartmann sich an Tenbrink. »So war es bei unserem Michael. Und so war es damals bei Eva Gerwing. Es trifft immer die Falschen!«

»Was meinen Sie damit?«, fragte Tenbrink.

»Ohne Michael wäre Ellen doch längst tot gewesen«, rief sie und schaute ihren Sohn an, als wollte sie sagen: Wage ja nicht, mir zu widersprechen! »In der Gosse wäre sie gelandet und hätte sich mit ihren Drogen totgespritzt. Vor Jahren schon. Wenn Michael nicht gewesen wäre und sie aus dem ganzen Elend geholt hätte. *So süht doch uut!*«

Tenbrink wollte wegen der Drogen nachhaken, doch Max Hartmann schüttelte den Kopf und hob abwehrend, aber für die Mutter nicht sichtbar, die Hand.

»Später«, flüsterte er und schaute zur Tür.

Auch gut, dachte Tenbrink und nickte.

»Aber anschließend die feine Dame spielen und auf andere herabblicken, nur weil sie im Fernsehen war«, fuhr Magda unvermindert in ihrer Tirade fort. »Immer schon hat sie sich für was Besseres gehalten, die feine Schulzentochter, genau wie ihre Zwillingsschwester Eva. Verwöhnt und verzogen, alle beide! Hübsch und adrett, aber keinen Schuss Pulver wert! Weiß der Teufel, was Michael an ihr gefunden hat.«

»Ellen ist tot, Mama!«, sagte Max Hartmann.

»Verlang nicht von mir, dass ich für sie bete!«, fauchte seine Mutter und verschränkte die Arme vor der Brust.

»Was ich nicht verstehe«, sagte Tenbrink, während er einige Stichworte in seinem Notizblock notierte. »Warum kam Ellen Gerwing zur Reha ausgerechnet nach Ahlbeck? Ich meine, wenn ihr das Dorf und die Leute hier so verhasst waren und sie die Erinnerungen an ihre tote Schwester derart gequält haben, warum entscheidet sie sich dann ausgerechnet für Ahlbeck? Das Fitnesstraining hätte sie auch in Berlin bekommen. Ist doch seltsam, oder? Warum ist sie also hergekommen? Nur um sich zu töten?«

Zum ersten Mal, seitdem sie die Bauernstube betreten hatten, waren Magda Hartmann und ihr Sohn einer Meinung: Sie schwiegen. Beharrlich.

Tenbrink wartete und ließ das Schweigen wirken. Dann schlug er sich mit den Handflächen auf die Oberschenkel und sagte: »Wie auch immer. Wir müssen los. Danke für den Kaffee, Frau Hartmann.«

»Magda«, sagte sie.

»Danke, Magda.«

»*Daor soss föör häbben*«, antwortete sie und nickte Tenbrink zu. Immer noch hielt sie die Arme vor der Brust verschränkt.

11

Als sie durch das Tennentor auf den Hof hinaustraten, war es stockfinster. Wegen der Wolkendecke waren weder Mond noch Sterne am Himmel zu sehen. Der Hof wurde lediglich von einer funzeligen Stalllampe am Dachgiebel beleuchtet.

»Sie wollen jetzt sicher wissen, was meine Mutter mit den Drogen gemeint hat, nicht wahr?«, fragte Max Hartmann und presste die Lippen aufeinander, als wollte er gleich aufsagen, was er sich an Worten zurechtgelegt hatte.

»Wie gut kannten Sie eigentlich Ihre Schwägerin?«, fragte Tenbrink stattdessen, da er es partout nicht ausstehen konnte, wenn andere ihm die Worte in den Mund legten.

»Wieso?« Der gewünschte Effekt trat ein. Max Hartmann war überrascht.

»Anders als Ihre Mutter konnten Sie Ihre Schwägerin gut leiden, oder?«

Hartmann lächelte angestrengt und räusperte sich. Dann sagte er: »Was heißt ›gut leiden‹?«

»Ja, was heißt das?«, fragte Bertram und schlug den Kragen seiner Lederjacke hoch.

Hartmann schaute erst Tenbrink und dann Bertram an, als bräuchte er Bedenkzeit. Wieder dieses angestrengte und unechte Lächeln. Schließlich sagte er: »Wir waren manchmal morgens gemeinsam joggen. Also eigentlich sind wir spazieren gegangen, denn joggen oder walken konnte Ellen noch nicht. Wegen ihrem Fußgelenk.«

»Spazieren«, sagte Tenbrink und schnaufte abfällig. Max Hartmann war tatsächlich ein Meister der ausweichenden Antworten. »Wusste Ihre Mutter davon?«

»Mutter? Warum? Ach so«, stammelte Hartmann und fuhr sich mit der Hand über den Kinnbart. »Sie dürfen bei ihr nicht jedes Wort auf die Goldwaage legen. Mama ist in Bezug auf Ellen … nun ja, ein wenig voreingenommen. Die beiden konnten nicht miteinander. Das war schon so, als Michael noch gelebt hat. Eigentlich immer schon. Das hat auch was mit der Geschichte der Familien zu tun. Sie wissen schon, Schulzen und Kötter, Landeigner und Pächter, Herrschaft und Heuerlinge. Meine Mutter ist in vielen Dingen sehr altmodisch. Als wäre die Zeit stehen geblieben.«

»Wie beim Kaffee«, sagte Bertram.

»Wie beim Kaffee«, bestätigte Hartmann.

»Dann lassen Sie uns über die Drogen reden!«, meinte Tenbrink.

»Ja, natürlich.« Hartmann schien nach den Worten zu suchen, die er vorhin noch parat gehabt hatte. »Das ist eine lange Geschichte.«

»Wir haben Zeit«, sagte Bertram. »Begleiten Sie uns doch zurück zum Galgenhügel. Beim Gehen kann man am besten nachdenken.«

Der Satz hätte auch von ihm stammen können, dachte Tenbrink.

»Es fing alles mit Evas Tod an«, begann Hartmann und schaute über seine Schulter. Die Frau, die dort als Schemen hinter einem unbeleuchteten Fenster stand, hatte Tenbrink schon vorher bemerkt.

»Gehen wir!«, sagte Tenbrink.

Zu dritt setzten sie sich in Bewegung. Als sie eine alte Scheune passierten, flammte durch einen Bewegungsmelder eine Baulampe über dem offenen Scheunentor auf. Im Inneren sah Tenbrink ausrangierte und übrig gebliebene Gerätschaften und Landmaschinen. Anders als auf dem Schulzenhof dienten sie keinen dekorativen Zwecken. Tenbrink erinnerten sie an Dinosaurierskelette im Naturkundemuseum.

Erst als sie weit genug vom Kotten entfernt waren, sagte Hartmann: »Ellen ist nach Evas Tod richtig krank geworden. Ich meine das nicht nur im übertragenen Sinn, sondern ganz wortwörtlich. Sie hat wochenlang im Bett gelegen und sich auch später nie davon erholt. Richtig depressiv ist sie geworden. Es war ihr alles egal. Und nur ein halbes Jahr später, direkt nach dem Abitur, das sie nur mit Ach und Krach geschafft hat, ist sie dann nach Berlin gegangen. Zum Studieren.«

»Und in der Großstadt ist sie den Drogen verfallen?«, fragte Bertram. Es klang ein wenig spöttisch. Und ungläubig.

»Nein, das fing schon in Ahlbeck an, direkt nach dem Unfall.« Hartmann setzte sich die Dienstmütze auf, die er die ganze Zeit in der Hand gehalten hatte. »Vom Doktor hat sie was gegen die Albträume und die Schlaflosigkeit verschrieben bekommen. Irgendein Beruhigungsmittel, damit sie wieder auf den Damm kommt. Viel zu lange hat sie das Zeug genommen, und als der Arzt kein neues Rezept ausstellen wollte, weil man davon abhängig wird, hat sie sich eben selbst was besorgt. Die Grenze ist ja nicht weit, und in Enschede kannst du fast alles bekommen, was dich high macht und den Kopf ausschaltet.«

»Ihre Mutter sagte vorhin, sie hat sich die Drogen gespritzt«, sagte Tenbrink.

Hartmann schüttelte heftig den Kopf. »Mama hat von solchen Sachen keine Ahnung. Nein, Ellen hat nicht gefixt. Das wär schon deshalb nicht gegangen, weil sie seit

Evas Unfall eine panische Angst vor Blut hatte. Wenn sie Blut gesehen hat, ist sie richtig ausgeflippt. Kein Wunder nach dem, was sie auf dem Galgenbülten erlebt hat. Aber sie hat alles geschluckt, was als Pulver oder in Tablettenform zu haben war. Partydrogen wie Ecstasy oder Speed, aber meistens Liquid Ecstasy.«

»Teuflisches Zeug«, sagte Bertram mit Kennermiene. »Wenn man nur wenig davon nimmt, kriegt man echt gute Laune und hat vor nichts mehr Angst. Aber wenn man zu viel davon einwirft, haut's einen um, wie bei 'nem Alkoholrausch, nur um einiges heftiger. Das streckt einen nieder. Bis zum Koma.«

»Woher wissen Sie von den Drogen?«, wollte Tenbrink von Hartmann wissen.

»Michael hat es mir erzählt. Und auch Ellen hat später, als sie wieder clean war, kein Geheimnis daraus gemacht. Sie ist zwar nicht in der Öffentlichkeit damit hausieren gegangen, aber alle Freunde und engeren Bekannten wussten Bescheid.«

»Und Ihr Bruder hat sie von den Drogen weggeholt?«, fragte Tenbrink und versuchte, in der Dunkelheit etwas zu erkennen. Irgendwo zur Rechten glaubte er die Lichter des Schulzenhofes zu sehen.

Hartmann nickte. »Das war einige Jahre später in Berlin. Michael hat damals in Babelsberg studiert und Ellen in irgendeiner Kreuzberger Kneipe gejobbt. Dort haben sie sich zufällig wiedergesehen.«

»Zufällig?«, staunte Bertram. »In Kreuzberg?«

»Na ja. Vermutlich hat Anne etwas nachgeholfen. Sie hat herausgefunden, wo ihre Schwester jobbt, und deswegen hat sie Michael gebeten, mal nach dem Rechten zu schauen. Ellen hatte damals den Kontakt zur Familie komplett abgebrochen, und Anne hat sich fürchterliche Sorgen gemacht. Zu Recht, wie sich dann herausstellte, denn Ellen war längst nicht mehr bei den Partydrogen geblieben und hatte sich inzwischen auf Crack spezialisiert.«

»Scheißdreck!«, entfuhr es Bertram. Sofort setzte er hinzu: »'tschuldigung!«

»Wo Sie recht haben, haben Sie recht«, sagte Hartmann. »Als Michael sie wiedersah, war Ellen nur noch ein Schatten ihrer selbst. Abgemagert bis auf die Knochen, dunkle Ränder um die Augen, und die Zähne verfault. Ein einziges Wrack! Sie war völlig am Ende.«

»Ohne Michael wäre Ellen längst tot gewesen«, wiederholte Tenbrink die Worte von Magda Hartmann.

»Das kann man so sagen.« Hartmann nickte und blieb stehen, weil sie den Abzweig zum Galgenhügel erreicht hatten. »Irgendwie hat Michael es geschafft, sie aus dem Drogensumpf zu ziehen. Sie haben sich verliebt, sind kurz darauf zusammengezogen, und Michael hat ihr beim Entzug geholfen. War bestimmt nicht einfach, aber mein Bruder konnte sehr hartnäckig sein. Er hat Ellen auch einen Job besorgt, damit sie nicht länger in irgendwelchen Kneipen arbeiten musste.«

»Einen Job beim Film?«, fragte Bertram.

Wieder nickte Hartmann. »Zuerst als Statistin in seinen Filmen und später in kleinen Nebenrollen. Ellen war eine sehr schöne Frau, wie Sie wissen. Kein Wunder, dass das nicht unbemerkt blieb. Dass sie keine gelernte Schauspielerin war, scheint dabei unwichtig gewesen zu sein. Irgendwann spielte sie die Hauptrollen und wurde zum Star.«

»Ihre Schwägerin hatte Ihrem Bruder viel zu verdanken«, sagte Tenbrink.

»Ja, das hat sie«, sagte Hartmann. Er setzte zu einem weiteren Satz an, schüttelte dann den Kopf und wandte sich ab. »Brauchen Sie mich noch?«

»Anne Gerwing glaubt, dass ihre Schwester nur nach Ahlbeck gekommen ist, um sich auf dem Galgenhügel umzubringen«, sagte Tenbrink. »Glauben Sie das auch?«

Hartmann schwieg. Wie vorhin.

»Weshalb war sie hier?«, fragte Bertram und öffnete die Fahrertür seines Wagens, sodass das Innenlicht des Autos auf ihre Füße fiel.

Keine Reaktion.

»Worüber haben Sie gesprochen, wenn Sie gemeinsam spazieren waren?«, fragte Tenbrink. »Was hat sie Ihnen erzählt.«

Hartmann zuckte mit den Schultern.

»Jetzt reden Sie schon, Mann!«, platzte Bertram der Kragen. »Sie wollen uns doch nicht einreden, dass Sie in den zwei Wochen kein Wort mit Ihrer Schwägerin gewechselt haben.«

»Natürlich haben wir geredet. Über dies und das.«

»Etwas genauer bitte, Herr Kollege!« Tenbrink war nun ehrlich gereizt.

»Sie hat mich nach der Silvesternacht gefragt«, entfuhr es Hartmann, und er bedachte Tenbrink mit einem wütenden Blick. »Nach der verdammten Party.«

»Welche Party?«

»Die Silvesterfeier auf unserem Hof. In der Nacht vor Evas Tod. Wir haben eine große Party in der Scheune gefeiert. Ellen hatte in der Nacht einen Filmriss und konnte sich an nichts erinnern.«

»Warum?«, fragte Tenbrink.

»Sie hat auf der Party zu viel Alkohol getrunken«, sagte Hartmann.

»Nein, das meine ich nicht. Warum hat sie sechzehn Jahre später danach gefragt? Das ist doch seltsam, oder?«

»Keine Ahnung.« Hartmann starrte zu Boden und hob die Achseln. »Vielleicht weil es Evas letzte Nacht war? Und weil Ellen es nicht ertragen konnte, dass sie keine Erinnerung an diese letzte Nacht hatte?«

»Und?«, fragte Tenbrink. »Was war auf dieser Party?«

»Nichts«, antwortete Hartmann. »Es war eine ganz normale Silvesterparty. Mit vielen Leuten, viel Alkohol, lauter Musik und einem Feuerwerk um Mitternacht. Nichts Besonderes. Nicht der Rede wert. Vor allem nicht, wenn man bedenkt, was am nächsten Morgen auf dem Galgenbülten passiert ist.«

»Hat Ellen das auch so gesehen?«, fragte Tenbrink.

Hartmann verstand nicht.

»Fand sie auch, dass die Party nicht der Rede wert war?«

»Was weiß denn ich? Das ist doch alles schon so lange her!«, knurrte Hartmann verärgert und tippte sich an den Schirm seiner Mütze. »Ich muss jetzt nach Hause. Es ist spät.« Ohne weitere Verabschiedung wandte er sich ab und ging davon, bis ihn die Dunkelheit verschluckte.

»Es trifft immer die Falschen«, murmelte Tenbrink.

»Was?«, fragte Bertram.

»Frau Hartmann hat das vorhin gesagt«, erwiderte Tenbrink. »*Wenn Ellen dabei ist, sterben immer die Falschen.* Ich frag mich, wie sie das gemeint hat.«

»Ist doch klar, dass die es lieber gesehen hätte, wenn Ellen Gerwing statt ihres Sohnes bei dem Absturz gestorben wäre«, meinte Bertram.

»Das schon«, antwortete Tenbrink. »Aber sie hat gesagt, dass es nicht nur bei Michael so gewesen ist, sondern auch bei Eva.« Schon als Magda Hartmann das am Küchentisch gesagt hatte, waren Tenbrink die Worte so seltsam und unpassend erschienen, und auch jetzt begriff er sie nicht. »Warum war Eva Gerwing die Falsche gewesen? Was wollte sie damit sagen?«

Bertram zuckte mit den Schultern.

»Komisch«, sagte Tenbrink und schaute zum Galgenhügel, der in der Dunkelheit kaum auszumachen war.

Aus der Ferne näherten sich in diesem Moment Autoscheinwerfer. Das musste Heide Feldkamp mit dem Spusi-Team sein. Tenbrink hatte sie herbeordert, um das Galgengestell noch einmal genauer unter die Lupe zu nehmen.

Zweiter Teil

1

Obwohl er nun schon seit mehr als zwei Jahren im Münsterland lebte, fremdelte Maik Bertram noch immer mit seiner neuen Heimat. Nicht, weil er Magdeburg oder Sachsen-Anhalt besonders nachtrauerte. Und auch nicht wegen der merklichen Unterschiede zwischen Stadt und Land, Ossis und Wessis, Hochdeutsch und Plattdeutsch. Das alles machte ihm kaum zu schaffen. Sein Fremdeln hatte vor allem damit zu tun, dass es ihn nicht freiwillig an die holländische Grenze verschlagen hatte, dass er sich wie entwurzelt fühlte und dass er obendrein auch noch dankbar sein musste, überhaupt hier sein zu dürfen. Denn unter normalen Umständen oder einem anderen Vorgesetzten wäre seine Karriere bei der Kriminalpolizei vor zwei Jahren beendet gewesen.

Jahrelang war er bei der Magdeburger ZKB, der Zentralen Kriminalitätsbekämpfung, im Fachkommissariat 4 tätig gewesen: Organisierte Kriminalität und Betäubungsmittelkriminalität. Er hatte es vor allem mit kriminellen Banden, Prostitution und Drogen zu tun gehabt. Ein interessanter und vielfältiger Job. Aber auch knochenhart und mit gefährlichen Nebenwirkungen. Gleich mehrfach war er im Dienst zusammengeschlagen oder mit dem Messer angegriffen worden. Einmal hatte ihm ein flüchtender Dealer sogar eine Kugel in den Oberschenkel gejagt. Mindestens ebenso gefährlich, aber weitaus reizvoller, war allerdings etwas anderes. Die tägliche Arbeit mit Informanten und Verdächtigen aus dem Rotlichtmilieu und der Drogenszene führte zwangsläufig zu persönlichen Kontakten und Beziehungen. Mitunter überschritten diese das rein Berufliche und führten zu verlockenden Angeboten, bei denen das Abwehren und Nein-Sagen zunehmend Kraft kosteten. Hier mal ein bisschen Gratis-Gras zum Entspannen nach Feierabend, da eine »übrig gebliebene« Line Koks, um während einer Nachtschicht nicht schlappzumachen. Und wie oft war ihm in den Bordellen und Nachtclubs ein »Geht aufs Haus!« angeboten worden? An der Bar oder im Bett. Man kenne sich schließlich. Man sehe sich wieder. Eine Hand wasche bekanntlich die andere. Sei ja nichts dabei.

War auch nichts dabei. Denn trotz der kleinen Gefälligkeiten und kostenlosen Annehmlichkeiten, die abzulehnen er irgendwann müde war, hatte er sich nie als korrupt oder käuflich betrachtet. Er machte seinen Job, und er machte ihn verdammt gut. Er bewegte sich in einer Grauzone, in der es keine scharfen Konturen gab. Dass er manchmal den Teufel mit dem Beelzebub austrieb, lag auf der Hand und war kaum zu vermeiden. Er war mit sich im Reinen, denn er wusste immer, auf welcher Seite er stand.

Zumindest bis er Candice kennenlernte (die natürlich nicht Candice hieß, sondern Michaela) und sich Hals über Kopf in sie verliebte. Gegen jede Vernunft.

Wenn er heute darüber nachdachte, konnte er kaum glauben, wie er so naiv und einfältig hatte sein können. Das Ganze erinnerte ihn an eine abgeschmackte Schmonzette aus einem Groschenheft. Pulp Fiction. Die bedauernswerte, unverschämt schöne Prostituierte mit Drogenproblemen, die vom übereifrigen und liebesblinden Bullen gerettet werden wollte.

Als Bertram gestern Abend die Erzählung von Max Hartmann am Galgenhügel gehört hatte, von der hübschen, Crack rauchenden Ellen, die von dem energischen

Michael aus dem Drogensumpf gezogen und zu einem gefeierten Filmstar gemacht wurde, da war es ihm wie ein Déjà-vu vorgekommen. Nur dass Bertrams Aschenputtel-Geschichte keineswegs ein Happy End bereithielt. Wie ein dummer Anfänger war er in eine Falle getappt. Natürlich war Michaela von ihrem Freund und Zuhälter auf Bertram angesetzt worden. Natürlich hatte sie ihre rührende, wenn auch nur in Teilen erfundene Story benutzt, um Informationen über den Ermittlungsstand gegen ihren Freund abzufangen. Und ebenso natürlich hatte Bertrams unprofessionelles Plaudern dazu geführt, dass ein Großeinsatz gegen diverse Drogenküchen in Halberstadt und Magdeburg zum Fiasko wurde.

Michaela war dabei sehr geschickt vorgegangen. Sie hatte es geschafft, dass er sich gut und besonders fühlte, wie ein Held, der das einzig Richtige tat und dabei alle Fäden in der Hand behielt.

Obwohl er inzwischen wusste, dass alles ein abgekartetes Spiel gewesen war und er sich wie ein liebeskranker Kuckuck verhalten hatte, konnte er nicht ohne einen wohlig erregenden Schauer an diese Zeit zurückdenken. Nie zuvor hatte er derart heftige Gefühle für eine Frau empfunden, und auch danach nicht. Er hatte seine Lektion gelernt. Niemals mehr würde er eine Frau so nahe an sich herankommen lassen. Aber so absurd und unbegreiflich das auch klang, musste er sich eingestehen, dass Michaela die Liebe seines Lebens war. Trotz allem. Pulp Fiction!

Dass er nach der verbockten Razzia, den peinlichen Enthüllungen und dem darauffolgenden Zwangsurlaub nicht dauerhaft des Dienstes enthoben wurde, hatte er vor allem seinem wohlwollenden Chef zu verdanken. Kriminalrat Henrichs hielt offenbar viel von ihm und eine schützende Hand über ihn. Ein Verbleib in Magdeburg war natürlich undenkbar. Aber Henrichs bestrafte ihn lediglich mit einer Versetzung, die offiziell sogar als freiwillig deklariert wurde.

Als Maik Bertram seinem neuen Vorgesetzen Tenbrink zum ersten Mal begegnete, hätte er nicht gedacht, dass er es länger als ein paar Wochen in dessen Truppe aushalten würde. Selten hatte er einen derart mürrischen und bärbeißigen Menschen kennengelernt.

Hauptkommissar Tenbrink ging zum Lachen in den Keller, war völlig humorlos und schaute stets so drein, als hätte man ihn tödlich beleidigt. Anfangs dachte Bertram noch, das habe mit dem Tod seiner Frau zu tun, doch irgendwann begriff er, dass es einfach Tenbrinks Wesen und Natur war. Der Hauptkommissar war wie das Wetter im Münsterland: düster und wolkenverhangen.

Mit der Zeit erkannte Bertram jedoch, dass hinter Tenbrinks knurriger Fassade ein guter und beinahe sympathischer Kerl steckte. Auch wenn Tenbrink das vermutlich vehement abgestritten hätte. Auf den Hauptkommissar war Verlass, und das mit einer Unbeirrbarkeit, die Bertram zunächst überraschte und schließlich beeindruckte. Tenbrink machte nicht viele Worte, aber was er sagte, das galt. Bei ihm gab es kein Reden hinterm Rücken, keine diplomatische Doppeldeutigkeit, keinen widersprüchlichen Januskopf. Tenbrink tat nichts heimlich oder »stiekum«, wie der Westfale sagte. Und es war ihm völlig egal, ob ein Vorgesetzter oder Untergebener vor ihm stand. Auch das Urteil über Tenbrinks vermeintliche Humorlosigkeit musste Bertram nach einer Weile revidieren. Er ging nicht zum Lachen in den Keller, sondern lachte gewissermaßen nach innen, sodass man es von außen nicht sah. Auch sein Humor war wie das münsterländische Klima: Gutes Wetter war, wenn es *nicht* regnete.

Auf seine Verfehlungen in Magdeburg sprach Tenbrink ihn genau einmal an, am allerersten Tag. Er wisse über alles Bescheid und damit gut. Falls sich so was bei ihm wiederhole, sei natürlich auf der Stelle Feierabend. Ansonsten halte er es mit dem Neuen Testament: *Was siehst du den Splitter im Auge deines Bruders und erkennst nicht den Balken im eigenen Auge.* Bertram glaubte nicht, dass Tenbrink besonders gläubig war, er zitierte nur gern aus der Bibel. Später erst begriff er, was Tenbrink mit dem Balken im eigenen Auge gemeint hatte.

Außer dem Hauptkommissar wusste keiner im KK11, was sich in Magdeburg abgespielt hatte und warum es Maik Bertram ins Münsterland verschlagen hatte. Die Kollegen hielten ihn einfach für einen der vielen Ossis, die in den goldenen Westen rübergemacht hatten. Auch mehr als fünfundzwanzig Jahre nach der Wiedervereinigung war die deutsche Einheit noch nicht wirklich im Münsterland angekommen. Wie anders wäre es zu erklären gewesen, dass Bertram ständig darauf angesprochen wurde, warum er nicht wie Honecker sächselte. Dass Honecker aus dem Saarland stammte, war den meisten unbekannt. Und natürlich folgte anschließend der Gänsefleisch-Witz: *Gänsefleisch mal 'n Gofferraum aufmachen?*

Bei Oberstaatsanwältin Derksen sah die Sache allerdings anders aus. Als Abteilungsleiterin kannte sie Bertrams Akte. Sie wusste alles über die Vorfälle in Sachsen-Anhalt, über die Drogen und über Michaela. Doch wie Tenbrink hüllte sie sich in Schweigen. Wenn auch aus anderen Gründen. Vermutlich hatte sie Angst, sie könnte etwas zu hören bekommen, was sie nicht hören wollte. Weil sie ahnte, dass sie Grund zur Eifersucht hatte.

Er solle nicht vergessen, mit wem er es zu tun habe, hatte Tenbrink ihm am gestrigen Sonntag mit auf den Weg gegeben. Oh nein, dachte Bertram, das würde er nicht vergessen. Das würde er nie wieder vergessen.

2

Als Bertram am Montagmorgen gegen halb neun den Besprechungsraum betrat, saßen die anderen bereits beisammen und hörten Heide Feldkamp zu, die gerade die Ergebnisse der abendlichen Tatortuntersuchung zusammenfasste. Wie üblich trug Heide ihre braune Wildlederjacke, die sie auch in den Büroräumen nur selten auszog. Bertram kam es manchmal so vor, als sei die schlichte Lederjacke eine Art Uniformersatz. Oder eine zweite Haut.

Wie Tenbrink hatte auch Heide festgestellt, dass einige der Holzsplitter in dem Querbalken des Galgengerüsts nach hinten gebogen waren und in die falsche Richtung zeigten. Doch anders als der Hauptkommissar folgte für sie daraus nicht zwangsläufig, dass das Seil von hinten hochgezogen und Ellen Gerwing auf diese Weise stranguliert worden war. Ebenso denkbar sei es, dass die beiden Zeugen, die Ellen Gerwing vom Galgen geschnitten hätten, zunächst hinten am Seil gezogen hätten und die unüblichen Spuren auf diese Weise entstanden wären.

Genau dasselbe hatte Bertram bereits gestern Abend vermutet. Er goss sich einen teerfarbenen Kaffee aus der bereitstehenden Thermoskanne ein, rührte Milch und Zucker ein und setzte sich auf einen Stuhl neben der Tür. Direkt unter die Karte des Regierungsbezirks Münster.

»Mag sein, Heide«, sagte Tenbrink und bedachte Bertram mit einem missfälligen Blick. Unpünktlichkeit konnte er auf den Tod nicht ausstehen. »Aber wenn man eine Erhängte vom Strick schneiden will, zieht man die Tote doch nicht zuerst am Seil in die Höhe.«

»Vielleicht hat der eine sie unten gehalten«, vermutete der dicke Bernd Hölscher, der im KK11 vor allem für die Aktenführung und Datenrecherche zuständig war. »Und der andere hat oben gezogen und geschnitten.«

Heide Feldkamp schüttelte den Kopf und verschränkte die Arme vor der wildledernen Brust. »Dann wären die Splitter nicht so auffallend nach hinten gebogen. Als der Strick über den Balken gezogen wurde, muss ein großes Gewicht daran gehangen haben.«

»Wir sollten die Zeugen diesbezüglich noch einmal befragen«, sagte Tenbrink.

Die Hand von Reinhard Gehling, der erst seit kurzer Zeit als Kommissaranwärter im KK11 arbeitete, schnellte wie bei einem Pennäler in die Höhe.

»Okay. Mach du das, Reinhard!« Tenbrink schaute in seine Unterlagen, überflog die Seiten und sagte: »Der Bericht der Rechtsmedizin liegt inzwischen vor. Tod durch Strangulation und Unterbrechung der Blutzufuhr im Gehirn. Kein Genickbruch. Die Druckstellen an den Armen und am Hals sind allesamt prämortal und unmittelbar vor dem Tod entstanden. Allerdings …« Tenbrinks Blick ging zu Bertram. »Ellen Gerwing hatte vor ihrem Tod keinen Geschlechtsverkehr. Das hat die Untersuchung der Vagina ergeben. Kein Sperma, keine Spuren eines Kondoms oder Spermizids, keine sonstigen Anzeichen für sexuelle Handlungen. Fehlanzeige.«

»Keine Würgespielchen«, sagte Bertram und nippte an dem bitteren Kaffee.

Tenbrink überhörte die Bemerkung und fuhr unbeirrt im Bericht fort: »Bei dem Schlafmittel, das im Magen gefunden wurde, handelt es sich um Flunitrazepam. Auch bekannt als Rohypnol.«

»Flunies?«, wunderte sich Bertram. »Ganz schön heftiges Zeug und um einiges stärker als Valium. Vor allem in Verbindung mit Alkohol.« Dass er das aus eigener Erfahrung wusste, verschwieg er lieber und setzte hinzu: »Eine Zeit lang waren die Dinger als K.-o.-Tropfen sehr in Mode. Wenn man unbedingt einen Filmriss will, gibt's nichts Besseres.«

»Sind das die Tabletten, die auch für Vergewaltigungen benutzt wurden?«, fragte Reinhard Gehling und bekam einen roten Kopf, als hätte er etwas Unanständiges gesagt.

»Früher ja«, bestätigte Bertram. »Weil sie farblos und geschmacksneutral waren. Vor einigen Jahren hat der Hersteller die Rezeptur geändert. Die Tabletten verfärben sich jetzt in Flüssigkeit bläulich und schmecken bitter.«

Tenbrink schaute ihn nachdenklich an und fuhr dann fort: »Zusammen mit dem Rotwein muss sie das ganz schön benebelt haben. Vor allem weil sie das Schlafmittel nicht regelmäßig genommen hat. Zumindest hat die Schwester nichts davon erwähnt, und wir haben keine derartigen Medikamente in ihrem Apartment gefunden.« Der Hauptkommissar schaute in die Runde, doch niemand wollte etwas erwidern. Deshalb setzte er hinzu: »Ich werde mich mit der Therapeutin in Berlin in Verbindung setzen. Auch wegen der Angstzustände und Panikattacken. Mir ist immer noch nicht klar, ob Ellen Gerwing nun suizidgefährdet war oder nicht.«

»Sie litt unter Depressionen!« Bertram merkte, dass seine Bemerkung etwas zu schnippisch geklungen hatte. Abmildernd setzte er hinzu: »Ich meine, ist man nicht automatisch suizidgefährdet, wenn man depressiv ist?«

»Nicht unbedingt«, sagte Heide Feldkamp und schaute zu Arno Bremer, der vor einiger Zeit eine Weiterbildung in Operativer Fallanalyse gemacht hatte und deshalb als eine Art Profiler und Psycho-Fachmann galt.

Hauptkommissar Bremer, nach Tenbrink der dienstälteste Beamte des KK11, hatte nur mit einem Ohr zugehört, zuckte ertappt zusammen und hob die Achseln. Depressionen gehörten offenbar nicht zu seinem Repertoire.

»All das gilt es herauszufinden«, sagte Tenbrink und stand auf, als wollte er damit seine Worte unterstreichen. »Für mich gibt es in diesem Fall noch viele Ungereimtheiten. Was hat das Ganze mit dem Flugzeugabsturz vor einem Jahr zu tun? Und mit dem Tod der Schwester vor sechzehn Jahren? Warum erkundigt sich Ellen Gerwing kurz vor ihrem Tod nach der Silvesterparty? Und wieso war sie überhaupt in Ahlbeck, wenn sie das Dorf nicht ausstehen konnte? Wir sollten auch ihre Drogenabhängigkeit in Berlin nicht vergessen. Mir kommt es so vor, als hinge das alles zusammen.«

Bertram hob die Hand.

»Ja?«, knurrte Tenbrink.

»Soll das heißen, dass wir die Flugzeugkatastrophe, die Drogenkarriere der Toten, den Unfalltod der Zwillingsschwester und die Party in der Nacht davor unter die Lupe nehmen sollen?«

»Was dagegen?«, fragte Tenbrink.

Betretenes Schweigen setzte ein, alle schauten zu Boden.

Nur Bertram wagte zu fragen: »Weiß die Derksen davon? Hat die Staatsanwaltschaft eine Mordkommission eingerichtet?«

»Nein, noch nicht«, antwortete Tenbrink. »Dafür braucht sie ja unseren Bericht.«

»Um den umfassenden Bericht zu erstellen, der dir vorschwebt, brauchst du eine mehrere Mann starke Mordkommission.« Bertram suchte Tenbrinks Augenkontakt. »Die wird aber erst zusammengestellt, wenn der Bericht erstellt wurde. Wie soll das gehen?«

»Wir ermitteln in einem unnatürlichen Todesfall und gehen verschiedenen Spuren nach. Dafür brauchen wir keine offizielle Mordkommission. Und keine Staatsanwältin.« Tenbrink wich Bertrams Blick aus.

»Die Staatsanwaltschaft ist Herrin des Verfahrens«, gab nun auch Bremer zu bedenken. »Wir sind weisungsgebunden.«

»Das weiß ich auch, Arno«, sagte Tenbrink.

»Und bei diesem prominenten Fall wird uns die Staatsanwältin mächtig im Nacken sitzen«, fügte Bremer hinzu und zwirbelte das eine Ende seines buschigen Schnurrbarts.

»Dann ermitteln wir eben in alle Richtungen, bis uns die werte Frau Oberstaatsanwältin eine andere Weisung erteilt«, konterte Tenbrink grimmig. »Solange nicht zweifelsfrei erwiesen ist, dass Ellen Gerwing sich das Leben genommen hat, sollten wir ein Tötungsdelikt als eine Option betrachten. Auch wenn bisher nur wenige Indizien dafürsprechen. Ich hab da so ein Gefühl.«

Bertram wusste, dass es keinen Sinn hatte, in diesem Moment weiter darauf herumzureiten. Wenn sich der Hauptkommissar auf etwas versteift hatte, brachte ihn keiner mehr davon ab. Dann wurde er zum westfälischen Dickschädel. Vor allem wenn er »so ein Gefühl« hatte. Zwar glaubte Bertram nicht, dass dieses Gefühl im Fall Gerwing trügerisch war, auch er fand die Umstände des vermeintlichen Suizids höchst ungewöhnlich. Aber er hätte es lieber gesehen, wenn Tenbrink die Staatsanwaltschaft und insbesondere Martina Derksen nicht als seinen quasi natürlichen Feind betrachten würde. Sie zogen schließlich alle am selben Strang.

Tenbrink sah das offenbar anders. Vor einiger Zeit, bei einem Feierabendbier in geselliger Runde, hatte der Hauptkommissar sich einmal mit einem Großen Münsterländer verglichen, dem hiesigen Jagdhund, der »lieber mit tiefer als mit hoher Nase sucht«. Bertram glaubte zwar nicht, dass Tenbrink viel von der Jagd mit Hunden verstand, aber in Anlehnung an die Jägersprache hatte Tenbrink das als »Stöbereinsatz« bezeichnet. Und davon verstehe die Staatsanwaltschaft eben nichts. Weil sie nämlich »mit hoher Nase« suche. Das war auch der Grund, warum Tenbrink als Kommissariatsleiter so gern den Schreibtisch verließ und zusammen mit den Ermittlungsbeamten vor Ort agierte. Großer Münsterländer im Stöbereinsatz. Nur konnte er es nicht ertragen, wenn ihn ein Jäger an der Leine führte und die Richtung vorgab.

»Arno?«, wandte Tenbrink sich an Bremer. »Kümmerst du dich um den Flugzeugabsturz? Und kram einmal in den Pressearchiven, ob du etwas über die Ehe und das Privatleben von Ellen Gerwing findest.«

»Klatsch und Tratsch?«, fragte Bremer erstaunt.

»Wenn's sein muss«, antwortete Tenbrink und wandte sich dann an Hölscher: »Bernd, du besorgst mir alles über die Vermögensverhältnisse der Toten. Wer profitiert von ihrem Tod? Gibt's eine Lebensversicherung? Wie sieht's mit dem ›Schulzenhof‹ aus? Anne Gerwing hat gesagt, dass ihre Schwester Miteigentümerin des Hotels war. An wen geht nun diese Hälfte des Besitzes? Wer ist noch an dem Projekt beteiligt? Du weißt schon, das Übliche.«

Hölscher nickte und notierte sich die Stichpunkte.

»Und ich?«, fragte Heide.

»Schau mal nach, ob du was über die Drogensache findest«, sagte Tenbrink und ging zu seiner Bürotür. »Und frag bei der Kriminaltechnik nach, wie weit sie mit dem Laptop und dem Handy sind.«

Bertram wollte gerade Heides Frage wiederholen, als Tenbrink ihm mit einem Kopfnicken zu verstehen gab, er solle ihm nach nebenan folgen. Was der Hauptkommissar mit ihm zu besprechen hatte, war offensichtlich nicht für alle Ohren bestimmt.

»Was soll das, Heinrich?«, fragte Bertram, als er Tenbrink ins Büro gefolgt war und die Tür hinter sich geschlossen hatte. »Warum der Alleingang?«

»Alleingang?« Tenbrink setzte sich hinter seinen Schreibtisch. »Wir arbeiten im Team. Das ist kein Alleingang.«

»Ich meine die Derksen.«

»Der Fall soll als Suizid zu den Akten gelegt und die Ermittlungen eingestellt werden.« Tenbrink deutete auf die gegenüberliegende Wand, an der bereits die ersten Fotos, Namen, Daten, Protokollnotizen und Querverweise angeheftet waren. Er hatte seine »Zettelwirtschaft« begonnen.

»Quatsch!«, entfuhr es Bertram. »Wenn wir der Staatsanwaltschaft unsere Zweifel erklären und die Ergebnisse der SpuSi und der Obduktion weiterleiten, wird sie die Ermittlungen nie und nimmer einstellen. Vielleicht reicht das nicht für eine riesige Mordkommission, aber eine Einstellung des Verfahrens? So dämlich, wie du anscheinend denkst, ist die Derksen nicht.«

»Es geht doch gar nicht mehr um die Oberstaatsanwältin«, knurrte Tenbrink. »Der Fall ist längst ein Politikum. Die Herren Kultusminister und Regierungspräsident schreiben bereits an ihren Reden für die Gedenkfeiern. Da ist so ein schwebendes Ermittlungsverfahren nur lästig.«

Wieder sagte Bertram: »Quatsch! Außerdem hat uns der Kultusminister gar nichts zu sagen.«

»Aber er spielt Golf mit dem Justizminister oder geht mit dem Generalstaatsanwalt in die Sauna.« Tenbrink starrte unverwandt auf seine Zettelei an der Wand. »Du wirst sehen, die nehmen uns den Fall weg.«

»Und wenn sich Ellen Gerwing doch umgebracht hat? Wenn der erste Anschein nicht trügt? Wenn alles genau so war, wie es aussah?«

»Das ist in diesem Moment die falsche Frage.« Tenbrink neigte den Kopf und schaute Bertram über den Rand seiner Brille an. »Es geht nicht darum, *ob* sie sich getötet hat, sondern *warum* sie ermordet wurde.«

»Wir machen den zweiten Schritt vor dem ersten?«, fragte Bertram und sah Tenbrink nicken. »Und was ist meine Rolle dabei?«

»Ich brauche einen Puffer«, sagte Tenbrink.

Bertram hatte keine Ahnung, was er damit meinte.

»Ich hab um zehn einen Termin bei Martina Derksen«, erklärte Tenbrink und putzte seine Brille. Das tat er immer, wenn er verlegen oder ratlos war. Oder nervös. »Drüben beim Gericht.«

»Ja?«, sagte Bertram, obwohl er wusste, was nun kommen würde.

»Geh du für mich!«, sagte Tenbrink, setzte sich die Brille auf die Nase und stand auf. »Du weißt, ich kann nicht mit der Oberstaatsanwältin. Du hast einen guten Draht zu ihr. Berichte ihr den Stand der Dinge, halte sie möglichst bei Laune und verschaff uns Zeit! Schmier ihr, wenn nötig, etwas Honig um den Mund.«

»Du unterschätzt sie. Und du überschätzt mich.«

»Das glaube ich nicht«, sagte Tenbrink, hob die Augenbrauen und ging zur Tür.

»Wo willst du hin?«, fragte Bertram.

»Frühstücken«, antwortete Tenbrink und verließ das Büro.

3

Schwarz stand ihr, fand Tenbrink und schämte sich sogleich für seine Gedanken. Denn Schwarz stand niemandem, jedenfalls nicht, wenn es sich um Trauerkleidung handelte. Und doch passten die grünen Augen und die fuchsroten Haare zu dem hochgeschlossenen schwarzen Hosenanzug, der ihre sportliche Figur betonte. Bereits mehrfach war Anne Gerwing an seinem Tisch vorbeigelaufen, ohne ihn zu bemerken. Immer beschäftigt, den Blick starr nach vorne gerichtet, hier ein Wort zu einer Kellnerin, dort eine knappe Anweisung an den Hoteldiener, und immer das Handy griffbereit. Die Marseillaise als Klingelton, wie Tenbrink vorhin erstaunt festgestellt hatte.

Er saß im rustikalen Speiseraum des »Schulzenhofs«, der sinnigerweise »Tenne« hieß, und frühstückte. Schwarzbrot, Eier, Kaffee. Leider gab es den viel gerühmten Schulzenbrunch nur am Wochenende. Statt an der Rezeption nach der Chefin zu fragen, hatte er sich an einen Ecktisch gesetzt und gewartet. Und beobachtet. Die Tischdekorationen, Blumen und Kerzen waren ihm aufgefallen, statt der warmen Gelbtöne, die er gestern bemerkt hatte, war nun alles in einem dezenten Graublau gehalten. Keine Sonnenblumen und Calendula, sondern weiße Astern und Nelken. Sogar die Servietten hatten einen Trauerflor. Vermutlich die übliche Tischdeckung für Trauerfeiern und Leichenschmäuse.

Tenbrink musste an das denken, was Frau Dr. Block über die Trauer und das Überleben gesagt hatte. Auf dem Weg nach Ahlbeck hatte er mit der Therapeutin telefoniert und einige interessante Details über Ellen Gerwings psychische Probleme erfahren. Allerdings war es nicht einfach gewesen, überhaupt mit Frau Block ins Gespräch zu kommen. Zunächst hatte sie ihn abwimmeln wollen und gemeint, am Telefon könne sich schließlich jeder als Polizist aus Münster ausgeben. Erst nachdem er ihr die Nummer des Präsidiums gegeben hatte und sie sich von dort auf sein Diensthandy hatte verbinden lassen, war sie überzeugt, mit Kriminalhauptkommissar Heinrich Tenbrink zu sprechen. Frau Block entschuldigte sich für ihre Vorsicht, aber sie habe seit dem Morgen bereits mehrere Anrufe von aufdringlichen Journalisten abwehren müssen. Besonders der Vertreter irgendeines Klatschmagazins aus Hamburg habe sich als ebenso hartnäckig wie unverfroren erwiesen. Bei seinem zweiten Anruf habe er sich sogar als Polizist ausgegeben, und Frau Block habe ihn erst nach einigen Minuten an seinem norddeutschen Akzent erkannt.

Auf Ellen Gerwing angesprochen, war die Therapeutin hörbar fassungslos. Sie habe es gestern Abend in den Nachrichten gesehen und könne es immer noch nicht glauben. Auf Tenbrinks Nachfrage sprach sie von einer »Posttraumatischen Belastungsstörung«, unter der Ellen gelitten habe, hervorgerufen durch das Trauma des Flugzeugabsturzes und einhergehend mit einem »Überlebenden-Syndrom«.

»Überlebenden-Syndrom?«, wunderte sich Tenbrink. Er war zwar psychologisch nicht besonders versiert, aber er kannte den Begriff bisher nur im Zusammenhang mit Holocaust- oder Kriegs-Überlebenden.

Der Begriff werde inzwischen weiter gefasst, erklärte die Therapeutin. So gebe es eine solche Überlebensschuld zum Beispiel auch bei Patienten, die von einer schweren Krankheit geheilt werden. Aids-Kranke, die auf die Medikamente ansprechen, während ihre Freunde oder Partner an der Krankheit sterben. Das könne nicht selten zu Depressionen führen.

»Also war Ellen Gerwing depressiv?«, fragte Tenbrink.

»Vordringlich litt sie unter akuten Angstzuständen und Panikattacken«, erklärte Frau Block. »Aber eine gewisse depressive Tendenz war nicht zu verkennen.«

»Weil sie ihren Mann verloren hat?«

»Weil sie ihn überlebt hat. Und weil vieles zwischen ihnen noch nicht geklärt war. Sie waren mit sich nicht im Reinen. Wie eine offene Rechnung, die man hätte begleichen müssen. Das war jedenfalls mein Eindruck. Dass er gestorben ist und sie nicht, das hat sie sowohl ihm als auch sich selbst vorgeworfen. Und die Vorwürfe gegen ihn hat sie sich ebenfalls vorgeworfen. Ein Teufelskreis.«

Dass das widersinnig klang, ließ Tenbrink unkommentiert. »Was glauben Sie: War Frau Gerwing suizidgefährdet?«

»Nein«, sagte sie etwas zu schnell und verbesserte sich sofort: »Jedenfalls nicht akut. Als ich sie zuletzt gesprochen habe, deutete nichts darauf hin.«

»Das war vor ihrer Abreise nach Westfalen?«

»Ja. Sie wirkte sehr nachdenklich und verschlossen, wie immer eigentlich, aber zugleich …« Eine kurze Pause entstand, die Therapeutin schien nach dem richtigen Wort zu suchen. Dann sagte sie: »Entschlossen.«

»Könnte vielleicht eine Panikattacke zum Selbstmord geführt haben? Ihre Schwester Anne hat gesagt, dass Ellen Gerwing einmal in Panik aus einem fahrenden Auto gesprungen ist.«

»So etwas ist grundsätzlich natürlich nicht auszuschließen«, antwortete Frau Block. »Aber in Panik springt man aus dem Fenster oder rennt auf die Straße.

Man erhängt sich nicht am Galgen. Nein, eine Panikreaktion kann ich als Grund mit ziemlicher Sicherheit ausschließen.«

»Hat Frau Gerwing Ihnen gesagt, warum sie die Reha unbedingt im Münsterland machen wollte? Immerhin wurde dadurch auch die Therapie bei Ihnen unterbrochen.«

»Das habe ich sie auch gefragt, aber sie hat nur gesagt, sie wolle nicht dahin, sondern sie müsse es. Sie habe keine Wahl.«

»Eine weitere offene Rechnung?«, fragte Tenbrink.

Sie brauchte eine Weile, bis sie begriff, worauf er anspielte, dann sagte sie: »Mag sein. Jedenfalls kam mir das Ganze nicht als bloße Laune vor. Ihre Reise nach Westfalen diente irgendeinem Zweck, aber leider hat sie nicht genau gesagt, welchem Zweck. Sie hatte einen Schutzpanzer um sich aufgebaut, und es war sehr schwierig, diesen zu durchbrechen. Wenn Sie möchten, kann ich meine damaligen Gesprächsnotizen noch einmal durchsehen.«

»Das wäre sehr nett. Frau Gerwing hat das Medikament, das Sie ihr verschrieben haben, vor einiger Zeit abgesetzt. Wussten Sie davon?«

»Sie hat mich in einer Mail davon unterrichtet. Ich habe ihr zurückgeschrieben und dringend von dem Schritt abgeraten. Außerdem habe ich darauf hingewiesen, dass die Dosis über einen längeren Zeitraum reduziert werden muss und das Antidepressivum nur allmählich abgesetzt werden darf.«

»Sonst?«

»Die möglichen Symptome reichen von Kopfschmerz und Übelkeit bis zu Schlaflosigkeit und Schweißausbrüchen.«

»Noch ein Teufelskreis«, sagte Tenbrink. »Hat sie Schlaftabletten genommen?«

»Nein!« Die Antwort kam wieder sehr schnell, doch diesmal korrigierte sie sich nicht.

»Auch nicht gegen die Schlaflosigkeit als mögliche Folge der Absetzung?«

»Nein.« Tenbrink hörte sie laut in den Hörer schnaufen. »Frau Gerwing hatte eine Drogenvergangenheit, wie Sie vielleicht wissen. Angefangen hat alles mit Valium. Vom Arzt verschrieben und über einen viel zu langen Zeitraum verabreicht. Am Ende hat sie Kokain und Crack genommen. Frau Gerwing war nach wie vor stark suchtgefährdet und hatte Angst vor einem Rückfall in die Abhängigkeit. Sie hat deshalb weder starke Schmerzmittel noch Schlaftabletten genommen. Nichts, was süchtig machen konnte.«

»Und die Antidepressiva?«, wunderte sich Tenbrink.

»Machen nicht süchtig.«

»Aha.« Das hatte Tenbrink nicht gewusst.

»Entschuldigen Sie bitte, Herr Hauptkommissar, aber ich habe jetzt einen dringenden Termin. Rufen Sie mich doch morgen früh noch mal an. Bis dahin habe ich meine Unterlagen durchgesehen.«

Tenbrink hatte sich bedankt und verabschiedet. Wie alle Gespräche auf dem Handy hatte er auch dieses mitgeschnitten. Damit nichts verloren ging. Als er den Dienstwagen unter der Linde vor dem Schulzenhof geparkt hatte, hatte er plötzlich an Karin gedacht und dass das alles gar nicht so widersinnig war, wie es zunächst geklungen hatte. Das mit den offenen Rechnungen. Auch er hatte seiner Frau vorgeworfen, ihn im Stich gelassen zu haben. Als hätte sie es mit böser Absicht getan. Das hatte er natürlich nie laut gesagt. Sich aber trotzdem deswegen schlecht gefühlt. Weil er sich wie ein Verräter vorgekommen war.

»Herr Hauptkommissar?«

Tenbrink zuckte zusammen, als er Anne Gerwings Gesicht direkt vor sich sah. Er hatte sie überhaupt nicht wahrgenommen, obwohl sie vermutlich schon einige Zeit vor ihm stand. Auch das passierte ihm in letzter Zeit häufiger. Er verlor sich in seinen Gedanken.

»Man hat mir gar nicht gesagt, dass Sie da sind«, sagte Anne Gerwing und setzte sich zu Tenbrink an den Tisch.

»Ich habe auch nicht Bescheid gegeben.«

»Dann ist das ein privater Besuch?«

»Nein, leider nicht.« Er räusperte sich und wischte sich mit der Serviette über den Mund. »Es gibt noch ein paar offene Fragen. Die Obduktion und die Auffindesituation Ihrer Schwester haben einige Unstimmigkeiten ergeben.«

Sie zog die Augenbrauen zusammen und die Nase kraus, sagte aber nichts und wartete auf Weiteres.

»Ihre Schwester hatte Druckstellen am Hals, die nicht vom Strick herrühren. Leichte Blutergüsse, die aber größtenteils durch die spätere Strangfurche verdeckt wurden.«

Es dauerte einige Sekunden, bis Anne Gerwing das Gehörte für sich übersetzt hatte. »Also ist Ellen nicht durch den Strick gestorben?«

»Doch. Daran besteht kein Zweifel. Aber es gibt eben diese Druckstellen, die wir uns nicht erklären können. Sie haben zwar nicht ursächlich zum Tod geführt, aber sie passen nicht zu den Spuren des Erhängens. Auch die Strangkerbe am Galgen weist Widersprüche auf, die wir noch untersuchen müssen.«

Anne Gerwing atmete lange und pustend aus, schüttelte unmerklich den Kopf und sagte, wie zu sich selbst: »Okay.« Eine kurze Pause entstand, dann fragte sie: »Und was schließen Sie daraus? Dass Ellen sich nicht umgebracht hat, sondern jemand nachgeholfen hat? Dass es vorher einen Kampf gab? Oder was bedeutet das?«

»Das wissen wir noch nicht. Zum jetzigen Zeitpunkt können wir nichts ausschließen und ermitteln deshalb in alle Richtungen.«

Sie nickte, zog aber erneut die Nase kraus. »Tut mir leid, aber das verstehe ich nicht.« Sie schaute Tenbrink direkt ins Gesicht. »Wenn sie sich nicht selbst erhängt hat, nur mal angenommen, wie soll das dann geschehen sein? Man lässt sich doch nicht einfach so von einem anderen an den Galgen hängen. Das ergibt doch keinen Sinn.«

»Sie haben recht«, sagte er und dachte an Bertrams Bemerkung über Anne Gerwings korrekten Gebrauch der deutschen Sprache. *Sinn ergeben* statt *Sinn machen*, wie man heutzutage fast überall fälschlicherweise sagte. Es stimmte, sie sprach wie gedruckt. Er verscheuchte den Gedanken und sagte: »Bei der Obduktion wurden Rotwein und ein sehr starkes Schlafmittel im Magen festgestellt. In Ellens Apartment haben wir aber kein solches Medikament gefunden.«

»Das Rohypnol hatte sie von mir«, erwiderte Anne Gerwing.

»Ach.«

»Ellen konnte schon seit Tagen nicht schlafen. Vermutlich weil sie ihre Medikamente gegen die Panikattacken abgesetzt hatte. Gestern Mittag hat sie mir gesagt, dass sie in der Nacht wieder kein Auge zugetan hatte, deshalb hab ich ihr eine Rohypnol von mir gegeben. Nur eine Tablette und nicht die ganze Schachtel, weil …« Sie suchte nach Worten, fand keine und biss sich auf die Unterlippe.

»Wir wissen von der Drogensucht Ihrer Schwester«, sagte Tenbrink.

Anne Gerwing nickte dankbar. »Deshalb hab ich ihr nur die eine Tablette gegeben. Damit sie mal wieder durchschläft. Ellen war sehr vorsichtig mit Schlafmitteln, aber mit einer Tablette kann man ja nicht viel verkehrt machen, oder?« Sie schaute Hilfe suchend zu Tenbrink, und als er nickte, setzte sie hinzu: »Schlafmangel kann einen fertigmachen.« Sie klang, als wüsste sie genau, wovon sie sprach.

»Frau Gerwing, im Blut Ihrer Schwester wurde weit mehr Beruhigungsmittel gefunden, als es durch eine einzelne Rohypnol-Tablette erklärbar wäre. Haben Sie eine Ahnung, wie das ...?«

Sie schüttelte den Kopf, schlug die Hände vors Gesicht und murmelte undeutlich: »Ich musste ihr die Schlaftablette regelrecht aufdrängen. Ellen war immer so vorsichtig mit Medikamenten. Ich weiß wirklich nicht ...«

»Frau Gerwing, Sie haben uns gestern ein sehr starkes Motiv genannt, warum Ihre Schwester sich umgebracht haben könnte. Können Sie uns vielleicht auch ein Motiv nennen, warum man sie umgebracht haben könnte?«

Sie nahm die Hände vom Gesicht, lachte ungläubig und sagte: »Sie fragen mich doch jetzt nicht wie in einem Fernsehkrimi, ob Ellen Feinde hatte, oder?«

»Feinde ist vielleicht ein zu großes Wort«, antwortete Tenbrink achselzuckend.

»Ellen hatte keine Feinde, keine Gegner, ja nicht einmal Konkurrenten. Weder beruflich noch privat. Ihre Schauspielerei hat sie nach dem Unfall vorerst an den Nagel gehängt, obwohl es sogar Rollenangebote gab. Trotz Rollstuhl und Krücken. Und ein Liebesleben hatte sie auch nicht. Wenn ich sie darauf angesprochen habe, dann hat sie nach unten gezeigt ...« Anne Gerwing deutete mit dem Zeigefinger auf ihren Unterleib. »... und gesagt: ›Die dunkle Seite des Mondes: verkratert, kalt und ohne Leben.‹ Nein, Herr Hauptkommissar, mir fällt kein Motiv ein, warum man sie getötet haben könnte.«

Tenbrink war davon nicht wirklich überzeugt. Das Fehlen eines Liebeslebens oder beruflicher Neider schloss keineswegs die zahlreichen anderen Gründe aus, aus denen man einem Menschen nach dem Leben trachten konnte. Außerdem waren es oft nicht die angeblichen Feinde, die zu Mördern wurden, sondern Freunde und Verwandte.

»Wir haben gestern mit Magda Hartmann gesprochen. Sie scheint Ihre Schwester für den Tod ihres Sohnes verantwortlich zu machen und grundsätzlich nicht sehr gut auf ihre Schwiegertochter zu sprechen zu sein. ›Keinen Schuss Pulver wert!‹, so hat sie sich ausgedrückt.«

Anne Gerwing lachte gallig. »Und deshalb hat die alte, rheumakranke Frau Hartmann Ellen am Galgen erhängt? Das ist doch absurd.«

»Wie war eigentlich das Verhältnis Ihrer Schwester zu ihrem Schwager, Max Hartmann?«, fragte Tenbrink und erntete einen lauernden Blick.

»Ganz normal«, sagte sie schließlich und nickte zur Bestätigung. »Die beiden sind morgens manchmal gemeinsam spazieren gegangen. Sie haben sich gut verstanden, glaube ich. Max ist eigentlich ein ganz lieber Kerl, auch wenn er nach außen hin den harten Hund markiert.«

»Und finanziell? Wer profitiert von Ellens Tod?«

Anne Gerwing hob die Achseln und sagte: »Ich habe keine Ahnung, ob es ein Testament gibt oder wie mit ihrem Nachlass verfahren wird. Darüber habe ich mir, ehrlich gesagt, noch keine Gedanken gemacht. Im Moment habe ich andere Sorgen.«

»Was passiert zum Beispiel mit Ellens Anteilen an dem Hotel?«, hakte Tenbrink nach. »Fallen die jetzt Ihnen zu?«

Anne Gerwing schoss Pfeile mit ihren Augen, und ihre flache Hand knallte auf den Tisch, dass Tenbrinks Kaffeetasse wackelte. »Wollen Sie etwa andeuten, dass ich meine Schwester umgebracht habe, um Ellens Gesellschafteranteile zu ergattern? Was fällt Ihnen ein?!«

Tenbrink ließ sich nicht aus der Ruhe bringen. »Es wurden schon Menschen wegen weit weniger ermordet. Und es war nur eine Frage, Frau Gerwing, keine Unterstellung.«

»Ellen wollte mir ihre Anteile am ›Schulzenhof‹ schon seit Jahren schenken, doch ich habe das immer abgelehnt, weil dieser Hof das gemeinsame Erbe unserer Eltern ist. Sie wollte damit nichts zu tun haben und mir alles überlassen. Die Einkünfte aus dem Hof musste ich ihr fast aufzwingen. Finanziell hatte sie ohnehin ausgesorgt, nicht zuletzt wegen des Flugzeugabsturzes und der Zahlung der Versicherung. Wenn ich auf Ellens Anteile scharf gewesen wäre, hätte ich sie nicht umbringen, sondern lediglich fragen müssen. Sie hätte sie mir mit Kusshand gegeben. Geld spielte für Ellen keine Rolle. Und für mich auch nicht.« Anne Gerwing stand auf, blickte Tenbrink mit finsterer Miene an und sagte: »Und jetzt entschuldigen Sie mich. Ich habe eine Beerdigung und eine Trauerfeier vorzubereiten.«

»Die Leiche wird vermutlich in Kürze freigegeben«, sagte Tenbrink und schaute auf die Tischdecke, weil er den wütenden Blick der Gerwing nicht länger ertragen wollte. »Wird Ihre Schwester in Ahlbeck beigesetzt?«

»In der Familiengruft.« Anne Gerwing nickte und wollte etwas hinzufügen, doch in diesem Moment ertönte die Marseillaise. »Ja!«, knurrte sie ins Handy. Und noch einmal: »Ja!« Sie hörte aufmerksam zu und sagte: »Ich komme!«

»Ich würde Ihnen später gern noch ein paar Fragen stellen, Frau Gerwing.«

Sie nickte erneut, blieb aber stumm und verschwand grußlos nach draußen.

Diesmal war es Tenbrink, der lange und pustend ausatmete. Dann putzte er seine Brille und zog seinen Notizblock aus der Jacke.

4

Bertram rief gegen Mittag an. Tenbrink hatte den Dienstwagen gerade auf dem Ahlbecker Kirchplatz geparkt und betrachtete den alten Kirchturm mit dem auffälligen Treppengiebel und den schießschartenartigen Maueröffnungen, als es in seiner Hosentasche vibrierte.

»Sie gibt uns eine Galgenfrist«, begrüßte ihn Bertram.

»Sehr witzig.«

»Wieso?«

»Galgenfrist.«

»Ach so.« Offenbar hatte Bertram es gar nicht als Witz gemeint. »Deine Vermutung war übrigens richtig. Die Derksen bekommt ordentlich Druck von oben, den Fall bald ad acta zu legen. Aber ein paar Tage gibt sie uns noch für die Ermittlungen. Die Leiche hat sie allerdings schon zur Bestattung freigegeben.«

Tenbrink verschwieg, dass es keineswegs eine Vermutung gewesen war. Die Frau des Polizeipräsidenten war eine gute Freundin von Karin gewesen, und sie plauderte gern mit Tenbrink über dies und jenes. Kramte am Telefon in Erinnerungen. Dabei redete sie mitunter auch über Sachen, die ihr Mann ihr im Vertrauen mitgeteilt hatte. Prominente Todesfälle zum Beispiel.

»Sie war nicht begeistert, dass du sie versetzt hast«, fuhr Bertram fort.

»Das glaube ich nicht«, brummte Tenbrink. »Dich sieht sie eindeutig lieber als mich.«

»Du solltest den Bogen nicht überspannen, Heinrich. Es nützt niemandem, wenn ihr euch ständig anzickt.«

»Ja, ja, schon gut. Haben die anderen was rausgefunden?«

»Laptop und Handy sind noch nicht wieder bei uns. Reinhard telefoniert gerade mit den Zeugen aus Hannover, die haben ihren Campingurlaub abgebrochen. War ihnen wohl zu nass und ungemütlich. Und Bernd wühlt sich wie üblich durch Tabellen und Listen.«

»Sag ihm, er soll sich auch um die Versicherungen kümmern. Anne Gerwing hat vorhin etwas davon erwähnt. Außerdem hat die Fluglinie vermutlich Geld an die Verletzten und Hinterbliebenen gezahlt.«

»Wenn du meinst.« Bertram versuchte gar nicht erst zu verbergen, dass er diese Spur für unnütz hielt. »Arno hat übrigens eine Mappe mit Zeitungsartikeln und Pressemitteilungen über den Flugzeugabsturz zusammengestellt. Liegt auf deinem Schreibtisch.«

»Irgendwas Auffälliges dabei?«

»Wie man's nimmt. Die Maschine war im Landeanflug auf Caracas, als ein Schwarm von Gänsen in die Triebwerke geraten ist und beide Turbinen außer Gefecht gesetzt hat. Weil die Küste zu weit entfernt war, hat der Pilot eine Notwasserung versucht. So ähnlich wie die Geschichte auf dem Hudson River in New York, doch während der Landung ist die Boeing in Schieflage geraten und beim Aufprall auseinandergebrochen. Ein offener Ozean ist eben kein Fluss. Nur dreiundzwanzig Personen haben den Absturz überlebt. So weit die Meldungen aus den seriösen Zeitungen.«

»Und wie sieht's mit den unseriösen aus?«

»Die einen haben die wundersame Rettung und Genesung des beliebten Filmstars ausgeschlachtet, die anderen haben sich vor allem auf den dramatischen Tod von Michael Hartmann und seine kriselnde Ehe mit Ellen Gerwing gestürzt. Es kursierten wohl schon länger

Gerüchte, dass Hartmann es mit der ehelichen Treue nicht so genau nahm. Immer wieder soll er Affären mit jungen Schauspielerinnen gehabt haben.«

»Besetzungscouch?«, fragte Tenbrink.

»Scheint so. Jedenfalls wurde munter spekuliert, dass die Ehe bald geschieden werden könnte. Keine Ahnung, ob das stimmt, aber die Affären oder Seitensprünge wurden von so vielen Klatschblättern verbreitet, dass vermutlich was dran war. Außerdem wurde in einigen Magazinen über die Kinderlosigkeit des Promi-Paars berichtet. Ob sie ungewollt oder gewollt war. Und von wem gewollt oder nicht gewollt. Lauter Gerüchte und Mutmaßungen.«

»Sonst noch was?« Tenbrink wollte das Thema rasch beenden. In den Bettlaken von Verstorbenen herumzuschnüffeln, bereitete ihm grundsätzlich Unwillen. Auch wenn es zu seinem Job gehörte.

»Na ja«, sagte Bertram und räusperte sich.

Sofort wurde Tenbrink hellhörig und sagte: »Ich höre!«

»Klingt ein bisschen abenteuerlich. Aber in einem dieser Käseblättchen wurde eine ziemlich dubiose Verschwörungstheorie aufgestellt. Angeblich soll Ellen Gerwing nach ihrer Rettung aus dem Wasser geschrien haben, dass es sich bei dem Absturz um einen Anschlag gehandelt hat, und ihr Mann soll sich kurz vor dem Aufprall äußerst merkwürdig verhalten und wüst herumkrakeelt und randaliert haben. Er habe hemmungslos geweint und sei völlig außer sich gewesen, heißt es in dem Artikel.«

»Wenn ich mit einem Flugzeug abstürze, fange ich auch an zu weinen und bin außer mir«, erwiderte Tenbrink und überquerte den Dorfplatz in Richtung Friedhof, der direkt neben der backsteinernen Kirche lag und von einer hohen Mauer umgeben war. Ein Übertragungswagen des WDR stand auf einem Parkplatz vor dem Friedhofsportal. Direkt daneben, auf einem Behindertenparkplatz, stand ein klappriger Renault Twingo mit einem Presse-Schild hinter der Windschutzscheibe. Die Journalistenmeute, die gestern das Dorf belagert hatte, war offenbar noch nicht vollständig wieder abgezogen.

»Ich sagte ja, es klingt sehr abenteuerlich«, sagte Bertram.

»Wer hat den Artikel geschrieben?«

»Ein gewisser Jens Stein, Schmuddelreporter aus Hamburg. Spezialisiert auf Rotlicht- und Promi-Affären. Ich hatte in Magdeburg mal mit ihm zu tun. Ein unangenehmer und aufdringlicher Fettsack, der einem das Wort im Mund rumdreht und immer gleich eine Verschwörung wittert.«

»Hamburg?«, sagte Tenbrink und glaubte zu wissen, wer am Morgen bei der Therapeutin in Berlin angerufen und sich als Münsteraner Polizist ausgegeben hatte. Er schaute erneut zu dem falsch geparkten Twingo mit dem Presseschild. »HH« stand auf dem Nummernschild.

»Was hast du jetzt vor?«, wollte Bertram wissen.

»Ich schau mir ein leeres Grab an.«

»Stöbereinsatz?«

»Blödmann«, sagte Tenbrink, lachte grimmig und legte auf.

5

Der Ahlbecker Friedhof führte vom östlichen Ende der Kirche, in dem sich der Altarraum und die Sakristei befanden, auf leicht abschüssigem Gelände bis zu einem alten Backsteingebäude, in dem früher vermutlich einmal das Pastorat untergebracht war und das heute als Treffpunkt des örtlichen Heimatvereins diente. Auf dem höher gelegenen Teil des Friedhofs befanden sich mehrere gemauerte Grüfte und steinerne Statuen oder Kreuze, was darauf hindeutete, dass hier die reicheren Familien und Würdenträger des Dorfes begraben waren. Direkt neben dem Eingang zur Sakristei hatte sich das Kamerateam des WDR aufgebaut und filmte die prominent gelegene und mit Wappen versehene Familiengruft der Schulzenbauern, in der in wenigen Tagen Ellen Gerwing beigesetzt werden sollte.

Tenbrink machte einen großen Bogen um die Journalisten und wandte sich dem unteren Teil des Geländes zu, in dem die Gräber schlichter und weniger protzig gehalten waren. Er hatte die schwarze Gestalt mit dem grauen Haar und der gebückten Haltung sofort erkannt und näherte sich ihr von hinten.

Magda Hartmann stand vor einem Grabstein aus Granit, auf dem außer dem Namen und den Lebensdaten ihres Sohnes nichts vermerkt war. Direkt daneben befand sich ein zweiter, sehr viel größerer Grabstein, auf dem zwei Namen zu lesen waren: Heinrich Hartmann, mit Geburts- und Sterbedatum, und Magda Hartmann. Bei ihr war das Geburtsdatum ebenfalls eingemeißelt.

Tenbrink überlegte, ob es tröstlich oder beängstigend war, den Ort zu kennen, an dem man als Toter liegen würde. Als es mit Karin zu Ende gegangen war, hatten sie und er sich gemeinsam gegen ein Doppelgrab entschieden. Karin hatte gemeint, die leere Stelle neben ihr könnte er als Aufforderung verstehen, ihr bald zu folgen. Und das sei das Letzte, was sie wolle. Außerdem sei es ja denkbar, dass er wieder heirate, und dann würde es etwas voll im Grab werden. Tenbrink hatte mit ihr darüber gelacht, obwohl ihm nach Weinen zumute gewesen war.

»Guten Tag, Herr Kommissar«, sagte Magda Hartmann, ohne sich nach ihm umzuschauen. »Sie ermitteln immer noch? Können Sie die Toten nicht ruhen lassen?«

»Guten Tag, Magda«, antwortete Tenbrink, ließ ihre Fragen unkommentiert und stellte sich neben sie. »Ihre Schwiegertochter hat mir gesagt, wo ich Sie finde.«

»Bin fast jeden Tag hier, immer mittags.« Magda stützte sich mit beiden Händen auf einen klobigen Krückstock aus Wurzelholz.

»Ist das Flugzeug mittags abgestürzt?«

Sie nickte und sagte: »Irgendwann werde ich für immer hier sein. Dann hat die Seele Ruh.«

»Es tut mir sehr leid, dass Sie Ihren Sohn nicht beerdigen konnten«, erwiderte Tenbrink und setzte, als er ihre hochgezogenen Augenbrauen sah, eilig hinzu: »Meine Frau ist vor wenigen Jahren an Krebs gestorben. Man braucht einen Ort für den Schmerz, oder?«

Dat bruukt man. So ist es wohl.«

»Kann ich Ihnen noch ein paar Fragen zu Ellen Gerwing stellen?«

Völlig unvermittelt lachte Magda Hartmann bitter auf und deutete mit dem Krückstock zur Schulzengruft am anderen Ende des Friedhofs. »Sogar nach ihrem Tod schafft sie es immer noch, im Mittelpunkt zu stehen«, rief sie aufgebracht. »Alles dreht sich immer um Ellen.«

»Ihr Sohn war ebenfalls eine bekannte Persönlichkeit.« Tenbrink deutete auf das Fernsehteam. »Er stand auch oft im Rampenlicht.«

»Ich rede nicht vom Fernsehen und dem ganzen Tinnef!«, knurrte sie, und es sah tatsächlich so aus, als fletschte sie die Zähne. Vermutlich war ihr das Gebiss verrutscht. Sie fasste sich an die Lippen und setzte hinzu: »Ich rede vom richtigen Leben und wie sie es geschafft hat, dass alle immer nach ihrer Pfeife tanzten.«

»War das so?«

»Und ob! Vor allem die Mannsleute. *Gao mi wegg!*« Wieder verfiel sie ins Plattdeutsche. So ließ es sich vermutlich besser fluchen. »Ellen fiel immer alles in den Schoß, wofür andere hart arbeiten mussten. Fragen Sie mal ihre Schwester!«

»Anne?«, wunderte sich Tenbrink. »Sie nagt mit dem ›Schulzenhof‹ auch nicht gerade am Hungertuch.«

»Das nicht. Aber wenigstens hat sie dafür hart gearbeitet. Ist ein tüchtiges Mädchen, die Anne, da kann man nichts von sagen. Und sie darf mit Recht stolz sein auf ihren Hof. Eine echte Schulzin! Aber was macht sie? Gibt einen großen Batzen davon an ihre Schwester ab. Obwohl die keinen Finger krumm gemacht hat.«

»Wie es scheint, hat Anne Gerwing ihrer Schwester die Anteile an dem Hotel regelrecht aufgedrängt«, gab Tenbrink zu bedenken.

»*Daor häst!* Genau das meine ich. Geschenkt hat sie ihr das Geld. Und verteidigt hat sie Ellen, wenn ich mal was gegen sie gesagt hab. Dabei hätte sie Grund genug gehabt, ihr böse zu sein.«

»Inwiefern?«

»Es ist nicht schön, immer im Schatten zu stehen, wenn den anderen die Sonne aus dem Hintern scheint.« Magda Hartmann bückte sich, um ein welkes Efeublatt vom Grab zu zupfen. »Niemand ist gern das hässliche Entlein, wenn man von hübschen Schwänen umzingelt ist.«

»Anne Gerwing ist nun wahrlich kein hässliches Entlein. Und im Schatten steht sie erst recht nicht.«

»Heute nicht mehr, aber früher schon.« Sie blähte die Backen auf und hielt die Hände vor sich, um einen dicken Bauch anzudeuten. »Wenn man sie jetzt sieht, glaubt man's kaum, aber als Kind war sie immer etwas moppelig und unsportlich. Und dann die fuchsigen Haare und die Brille mit den dicken Gläsern. Heute trägt sie Kontaktlinsen, und von den zu vielen Pfunden ist nichts mehr zu sehen, aber früher wurde sie oft deswegen gehänselt. Auch von den eigenen Schwestern. Anne Kaffeekanne, so haben die Zwillinge sie immer genannt.«

»Kinder können ganz schön gemein sein«, sagte Tenbrink. »Aber das ist doch inzwischen Jahrzehnte her.«

»So was vergisst man nicht. Das sitzt tief.«

Tenbrink horchte auf. Denn dieser letzte Satz schien nicht nur auf Anne Gerwing gemünzt zu sein. Er betraf Magda selbst. Oder ihre Familie.

»Weshalb ist Ellen nach Ahlbeck zurückgekehrt?«, fragte er. »Wieso hat sie plötzlich Fragen nach der Silvesterparty gestellt? Was ist damals in der Nacht vor Evas Tod wirklich passiert?«

»Fangen Sie jetzt auch damit an!«, rief sie aufgebracht und wandte sich zum Gehen. »*Dat is dumm Tüüg!*«

»Wenn es dummes Zeug ist, können Sie es ja auch erzählen«, entgegnete Tenbrink achselzuckend. »Tut ja keinem was!«

Magda Hartmann funkelte ihn wütend an und zischte: »Ich lass nicht zu, dass man auf ihm rumtrampelt und ihn schlecht macht. Ellen nicht und Sie auch nicht, Herr Kommissar! Das lass ich nicht zu.«

»Von wem reden Sie? Von Max?«

»Ach, Max!« Sie schüttelte mit dem Kopf. »Der kann sich selbst wehren.«

»Also Michael!«, folgerte Tenbrink. Da Magda nicht reagierte, fragte er: »Was hat Ellen ihm vorgeworfen? Womit hat sie ihn schlecht gemacht?«

Magda trat ganz nah an ihn heran, hielt ihm ihren gichtigen Zeigefinger direkt unter die Nase und wiederholte: »Das lass ich nicht zu!« Dann fuhr sie auf dem Absatz herum und ging erstaunlich schnell, den Krückstock wie eine Waffe vor sich haltend, zum Ausgang. Dort betrat gerade ein RTL-Fernsehteam das Gelände.

»*Gao wegg!*«, schnauzte sie, fuchtelte mit dem Stock, dass die Journalisten zur Seite sprangen, und verschwand durch die Pforte.

Tenbrink lächelte zufrieden. Er hatte zwar keine Antworten bekommen, aber die richtigen Fragen gestellt.

6

Tenbrink wusste, dass die Kollegen gern über ihn spöttelten und Witze machten. Über seine ausufernde und manische Zettelwirtschaft, seine plattdeutsch-knurrige Art, seine antiquierten Bibelzitate und sein unbeholfenes Jägerlatein. Aber das war ihm egal, jedenfalls störte es ihn weit weniger, als es ihn früher gestört hätte. Auch das hatte mit Karins Krankheit und Sterben zu tun. Diese Erfahrung hatte ihn gelehrt, sich selbst weniger wichtig zu nehmen und nicht so viel auf die Meinung anderer zu geben. Tenbrink hatte gute Gründe für seine Marotten, deshalb konnten ihm die Frotzeleien wenig anhaben. Sich grundlos zum Narren zu machen, hätte ihn allerdings gewurmt.

So war es auch mit den Bibelzitaten. Er war nicht besonders religiös, ja eigentlich nicht mal gläubig, aber er hatte im Lauf der Zeit die Erfahrung gemacht, dass es im katholischen Münsterland, gerade bei den älteren Generationen, von Vorteil war, sich in der Bibel und im Gebetbuch »Gotteslob« auszukennen. Wenn er von dem »Unkraut zwischen dem Weizen« oder den »Perlen vor den Säuen« sprach, dann wusste er, welche Bibelstelle er zitierte. Und das hatte ihm schon manche Tür geöffnet, vor allem auf den Dörfern. Gleiches galt für die Jagd, die im Münsterland eine nicht zuletzt gesellschaftliche Rolle spielte, die man andernorts kaum nachvollziehen konnte. Er hatte sogar einmal bei einer Treibjagd als Treiber mitgemacht, auf Einladung des Polizeipräsidenten, aber gegen seine innere Überzeugung, denn gerade als Polizist kam es ihm seltsam vor, wehrlose Tiere aufzuscheuchen und wahllos mit Schrotflinten abzuknallen. Hinzu kam, dass er Wildfleisch überhaupt nicht mochte. Doch auch diese Treibjagd hatte ihm Türen geöffnet.

Und nun war er also auf Stöbereinsatz, wie Bertram vorhin am Telefon geflachst hatte. Am Boden schnüffelnd. Dem Instinkt oder auch nur einer Laune folgend, schlenderte er aufs Geratewohl durch den morastigen Erlenbruch entlang der Grenze. Außer einem holländischen Geländewagen, der auf einem schmalen Wanderweg im Dickicht geparkt war, und den vereinzelten Schildern, die auf das Naturschutzgebiet des sogenannten Schwarzen Venns hinwiesen, war er in den letzten Minuten auf keinerlei Zeichen von Zivilisation gestoßen. Halbwegs unberührte oder besser renaturierte Landschaft. Grüne Grenze!

Tenbrink hatte seinen Wagen in der Nähe der Kolkmühle am Straßenrand abgestellt und war dem Lauf des Baches vom unteren Mühlteich aus in Richtung Holland gefolgt. Dann war er auf einem schmalen Holzsteg über den Bach balanciert und in einem großen Bogen nach Nordosten gegangen. Wenn er auf deutschem Gebiet blieb, würde er sich auf diese Weise automatisch dem Galgenhügel nähern. Nach etwa dreihundert Metern stieß er auf einen Sandweg und einen uralten Grenzstein, rechts führte der Weg zum Galgen, linker Hand ging es nach Holland, wie an dem dort beginnenden *fietspad* unschwer zu erkennen war. Nur einen Steinwurf von dieser Stelle entfernt, hatten sie gestern den Wagen von Ellen Gerwing entdeckt, einen klobigen Hochdachkombi mit Automatikgetriebe, Tempomat und behindertengerechtem Lenkrad mit Handbedienung für Gas und Bremse. Der Wagen wurde gerade in Münster von der Spurensicherung untersucht.

Statt zum Galgenhügel abzubiegen, wie er es eigentlich vorgehabt hatte, folgte Tenbrink dem Grenzverlauf

auf einem kaum als solchen zu erkennenden Trampelpfad, der mitten ins feuchte Venngebiet führte. Auf der Schautafel am Galgen hatte er gelesen, dass hier einst der riesige Wall der Landwehr zwischen dem Königreich Preußen und der Provinz Overijssel gestanden hatte. Nur der schmale Pfad erinnerte heute noch daran. Je weiter Tenbrink ins Venn vordrang, desto feuchter und morastiger wurde der Boden. Aus dem hellen Sand der Heidelandschaft wurde schwarzes Moorland, in das er knöcheltief und mit schmatzenden Geräuschen versank. Seine Schuhe waren längst versaut, und er schalt sich für sein unbedachtes und zielloses Herumtapern.

Stöbereinsatz! So ein Unfug.

Gerade als er umkehren wollte, blieb sein rechter Schuh im Morast stecken. Beim Versuch, ihn herauszuziehen, wäre er um ein Haar kopfüber in eine Moorlache neben dem Weg gefallen. Im selben Moment hörte er das Stöhnen einer Frau. Nur kurz und wie gedämpft, dann war alles wieder still.

Tenbrink zog seinen Schuh aus dem Dreck, leerte ihn aus, zog ihn hastig wieder an und ging einige Schritte in die Richtung, aus der die Geräusche gekommen waren. Nur wenige Meter von der Moorlache entfernt begann eine kleine Lichtung, auf der sich unter einer mächtigen Eiche die Ruine eines Gemäuers befand. Die einstigen Mauern waren fast bis zum Erdboden abgetragen und so verwittert und überwuchert, dass Tenbrink nicht zu sagen vermochte, wie alt das Gebäude war und was es einst dargestellt hatte. Am Rand der Lichtung stand eine steinerne Hütte, die zwar auch alt und verwittert, aber abgesehen von dem fehlenden Dach noch vollständig intakt war. Von dort musste das Geräusch gekommen sein.

Langsam näherte sich Tenbrink dem Häuschen, doch das Stöhnen war verstummt. Kein Mucks zu hören. Er hatte die Hütte beinahe erreicht, als er plötzlich einen Schatten hinter dem glaslosen Fenster zu erkennen glaubte. Dann vernahm er ein leises Rascheln und Scharren und kurz darauf das Knarren einer Türangel. Im nächsten Augenblick stand eine schwarze Gestalt vor dem Eingang der Hütte und fuhr bei Tenbrinks Anblick erschrocken zusammen.

»Ich wollte Ihnen keinen Schrecken einjagen«, sagte Tenbrink und hob entschuldigend die Hände.

»Spionieren Sie mir etwa nach?«, fragte Anne Gerwing, nachdem sie sich wieder einigermaßen beruhigt hatte, und zupfte an ihren kurzen roten Haaren, als wollte sie etwas daraus entfernen.

»Gäbe es etwas zu spionieren?«, antwortete er mit einer Gegenfrage.

»Was suchen Sie hier?«, fragte sie und schaute kurz über ihre Schulter.

»Das Gleiche könnte ich Sie auch fragen.«

Eine Pause entstand, in der keiner etwas sagte oder sich von der Stelle bewegte. Sie standen sich direkt gegenüber, taxierten sich mit Blicken, und schließlich hob Anne Gerwing mit einem Seufzer die Achseln. Sie wandte sich zu dem Häuschen um und sagte: »Komm bitte raus, Maarten! Ich möchte dich Herrn Tenbrink vorstellen.«

Nur wenige Sekunden später erschien hinter ihr ein blonder Mann im karierten Dufflecoat, mit wucherndem, angegrautem Fünftagebart und modischer Hornbrille auf der Nase. Er legte seine Hand auf Annes Schulter und lächelte Tenbrink an. »Guten Tag, Herr Kommissar. Sie haben uns ertappt.«

Das zischelnde S und das gerollte R verrieten den Holländer. Tenbrink musste unwillkürlich an Rudi Carrell denken. Und an einen im Dickicht geparkten Geländewagen mit holländischem Kennzeichen.

»Hauptkommissar Tenbrink«, sagte Anne Gerwing. »Maarten Mulders.«

Tenbrink nickte und schüttelte Mulders' Hand. Irgendwo hatte er den Namen schon mal gehört, doch er kam nicht darauf, so angestrengt er auch nachdachte.

Anne Gerwing schien seinen Gesichtsausdruck falsch zu deuten. »Ja, Sie haben recht. Maarten ist mein Geschäftspartner, seine Firma hat vor einigen Jahren großzügig in den Umbau des ›Schulzenhofs‹ investiert.«

Richtig, der holländische Investor, dachte Tenbrink und sagte: »Offenbar nicht nur ein Geschäftspartner.«

»Es wäre nicht sehr glaubwürdig, wenn ich Ihnen erzählen würde, ich hätte Anne zufällig hier getroffen.« Mulders lachte wiehernd.

»Warum nicht?«, antwortete Tenbrink grinsend. »Ich habe Sie beide ja auch zufällig hier getroffen.« Er deutete auf die Ruine. »Was ist das eigentlich? Oder was war es?«

»Der alte Vennekotten«, sagte Anne Gerwing. »Der Hof ist schon vor langer Zeit abgebrannt und verfällt seitdem. Früher hat man uns erzählt, hier würden Moorgeister hausen. Bisschen unheimlich, nicht wahr?«

»Kein Platz für ein romantisches Rendezvous, finde ich.«

»Hatten Sie nie Sex an einem ungewöhnlichen Ort?«, fragte Mulders und legte besitzergreifend seinen Arm um Anne Gerwings Taille. »Das hat durchaus seinen Reiz.« Abermals lachte er laut.

Tenbrink fand, dass Mulders zu oft und zu aufdringlich lachte. Vielleicht lag es aber auch an der vereinnahmenden Geste, dass ihm der forsche Holländer auf Anhieb unsympathisch war. Statt einer Antwort zuckte Tenbrink mit den Schultern und fragte: »Warum so heimlich? Sind Sie verheiratet, *mijnheer* Mulders?«

Mulders hob lauernd die buschigen Augenbrauen und wollte etwas erwidern, doch es war Anne Gerwing, die für ihn antwortete: »Ahlbeck ist ein kleines Dorf. Die Leute tratschen gern und ausgiebig, und ich möchte ihnen keinen Anlass dazu geben. Gerade jetzt.«

»Weil es unpassend wäre?«

»Weil ich es nicht *möchte*«, sagte Anne Gerwing mit Nachdruck und verschränkte die Arme vor der Brust. »Weil mein Privatleben niemanden etwas angeht. Auch Sie nicht!«

»Wir wären sehr froh, wenn Sie unser kleines Geheimnis nicht ausplaudern würden«, sagte Mulders und knibbelte an seinem Kinn herum. Es sah ulkig aus, denn er benutzte dabei gleich vier Finger: Mit Daumen, Zeige- und Ringfinger zupfte er an der Haut und fuhr gleichzeitig mit dem Mittelfinger über die Bartstoppeln. Eine merkwürdige Angewohnheit.

»Ihr Geheimnis ist bei mir gut aufgehoben«, antwortete Tenbrink, hob aber sofort abwehrend die Hand. »Solange es nicht mit unseren Ermittlungen kollidiert.«

»Warum sollte es?«, fragte Anne Gerwing.

»Die arme Ellen!«, sagte Mulders und senkte den Kopf. »Schlimme Sache, so ein Selbstmord. Vor allem für die Hinterbliebenen. Es tut mir so leid.«

»Der Kommissar glaubt nicht an einen Selbstmord«, sagte Anne Gerwing und funkelte Tenbrink herausfordernd an.

»Oh!«, entfuhr es Mulders, und er schaute Tenbrink verwirrt an. »Aber ich dachte … ich meine, hing sie nicht …?« Statt den Satz zu beenden, deutete er in Richtung des Galgenhügels, der von dieser Stelle aus jedoch nicht zu sehen war.

»Hauptkommissar Tenbrink vermutet, dass ich Ellen umgebracht habe, um ihren Anteil an dem Hotel zu erben.« Anne Gerwing hielt ihren Blick starr auf Tenbrink gerichtet.

Tenbrink tat ihr nicht den Gefallen, den Kopf zu senken.

Maarten Mulders lachte laut auf und verstummte sofort wieder. Ungläubig schaute er zu Tenbrink. »Ist das Ihr Ernst?«

Tenbrink antwortete, was er stets antwortete: »Wir ermitteln in alle Richtungen.« Das Mantra eines jeden Polizisten.

»Das ist absurd!«, fauchte Mulders. »*Onzin!* Sie haben ja einen Vogel!«

»Vorsicht«, sagte Anne Gerwing und lächelte gequält. »Sonst verhaftet er dich wegen Beamtenbeleidigung.«

»Um mich zu beleidigen, braucht es mehr als einen Vogel«, erwiderte Tenbrink. »Und für eine Verhaftung mehr als eine Beleidigung.«

»Was reden Sie denn da?«, rief Mulders kopfschüttelnd. *Je bent echt gek!*«

»Das mag sein, *mijnheer*«, antwortete Tenbrink achselzuckend und wandte sich dann an Anne Gerwing: »Könnte ich Ihnen noch ein paar Fragen stellen?«

»Jetzt? Hier?«, antwortete sie und schnaufte ärgerlich. »Worüber?«

»Zum Beispiel über ihren Schwager, Michael, und über das, was Ihre Schwester ihm vorgeworfen hat. Über den Grund, warum sie nach Ahlbeck gekommen ist.«

»Michael ist seit einem Jahr tot«, antwortete sie barsch.

»Ihre Schwester Eva ist seit sechzehn Jahren tot«, entgegnete Tenbrink ebenso unversöhnlich. »Und trotzdem könnte sie der Grund sein, warum Ellen starb.«

»Worauf wollen Sie eigentlich hinaus?«, mischte sich Mulders ein. Eine tiefe senkrechte Falte hatte sich über seiner Nase gebildet.

»Magda Hartmann hatte Angst um den guten Ruf ihres verstorbenen Sohnes«, sagte Tenbrink. »Und ich möchte wissen, wieso?«

»Da kann ich Ihnen nicht helfen«, sagte Anne Gerwing und drückte Mulders' Unterarm mit beiden Händen. »Ich möchte jetzt nach Hause, Maarten.«

»Sie könnten schon helfen«, hakte Tenbrink nach, »aber Sie wollen nicht.«

»Soll ich dich bringen?«, fragte Mulders und zog sich die Kapuze seines Dufflecoats über den Charakterschädel.

»Lass nur!« Sie schüttelte den Kopf, gab ihm einen Kuss auf den Mund, ließ Tenbrink achtlos und ohne Gruß stehen und verschwand gleich neben der alten Hütte im Dickicht. Dabei murmelte sie wütend etwas vor sich hin. Es klang wie: »Nisi bene.«

Tenbrink sah Mulders fragend an.

Der zuckte mit den Schultern und sagte: »Tut mir leid, Herr Kommissar, ich kann kein Latein.«

7

Als Tenbrink sein Auto aufschloss, klingelte sein Handy. Zum wiederholten Male. Es war Bertram, wie er mit einem Blick auf das Display erkannte. Tenbrink drückte den Anruf weg. Er hatte jetzt keine Lust zu reden. Erst musste er seine Gedanken sortieren und aufschreiben.

Auf dem Weg zurück zum Auto hatte er einige Minuten mit Maarten Mulders gesprochen, aber nur wenig Erhellendes oder Neues erfahren. Seine Immobilien- und Investmentfirma »Mulders B. V.« hatte ihren Sitz in Haaksbergen, unweit der holländischen Grenzstadt Enschede, und war vor einigen Jahren beim Umbau des alten Gerwing-Bauernhofes zum schnieken Wellness-Hotel als Hauptinvestor aufgetreten. Ein etwas riskanter, aber sehr lukrativer Deal, wie Mulders betonte, und dass er dadurch Anne kennen- und lieben lernte, habe das Geschäft noch reizvoller gemacht. Ein Paar seien sie aber erst seit wenigen Monaten, allerdings hätten sie gemeinsam beschlossen, diese Tatsache vorerst nicht an die große Glocke zu hängen.

»Vorerst?«, hatte Tenbrink gefragt. »Sie sind also *nicht* verheiratet? Oder *noch nicht* geschieden?«

»Ich bin kein Mann für die Ehe«, hatte Mulders geantwortet und die Worte mit seinem obligatorischen Lachen garniert.

»Weiß Anne Gerwing das?«

»Wir haben keine Geheimnisse voreinander, Herr Kommissar.«

Tenbrink hatte das nicht weiter kommentiert und war froh gewesen, als Mulders hinter dem Mühlbach vom

Weg abgebogen und zu seinem im Bruchwald geparkten Geländewagen gegangen war. Der Kerl machte ihm schlechte Laune, und für einen kurzen Augenblick überlegte er, was eine Frau wie Anne Gerwing wohl an einem selbstgefälligen Typ wie Mulders finden mochte. Verstehe einer die Frauen! Tenbrink hatte damit schon immer Schwierigkeiten gehabt.

Wieder klingelte sein Handy. *Nützt ja nichts*, dachte Tenbrink und nahm das Gespräch entgegen: »Was gibt's, Maik?«

»Schlechte Laune?«, fragte Bertram.

»Wo steckst du?«, brummte Tenbrink.

»In Ahlbeck.«

»Oh«, machte Tenbrink überrascht. »Hast du Sehnsucht nach mir gehabt?«

»Unsägliche«, sagte Bertram. »Wo bist du?«

»An der Mühle.«

»Du solltest herkommen. Ich bin in der ›Linde‹ am Dorfplatz.«

»Bin gleich da«, antwortete Tenbrink, doch Bertram hatte bereits aufgelegt.

Die Dorflinde, die dem Gasthaus »Zur alten Linde« seinen Namen gegeben hatte, gab es schon lange nicht mehr. Der Dorfplatz, der von der Kirche im Norden, dem Heimathaus im Osten und einigen Gewerbetreibenden im Süden umgeben war, hatte längst den Baum, unter dem man in Gesellschaft tanzte und sich vergnügte, eingebüßt. Alles war rundum gepflastert und zu Parkplätzen umgebaut. Wo einst die Linde gestanden haben mochte, befand sich nun eine Art Denkmal, dessen Bedeutung sich Tenbrink nicht erschloss. Die Skulptur zeigte einen von musizierenden und spielenden Kinderfiguren umgebenen Hasen. Vielleicht eine Anspielung auf irgendeine historische Begebenheit oder Ahlbecker Besonderheit? Tenbrink musste unwillkürlich an den Rattenfänger von Hameln denken.

Die Dorfkneipe selbst unterschied sich kaum von anderen Gasthäusern in der Gegend. Roter Klinker, weißer Fenstersturz, dunkle Bleiverglasung, uriges Eichenmobiliar, Geweihe und Kalendersprüche an den Wänden, Kegelbahn im Keller. Sogar ein kugelförmiger Automat mit rot kandierten Erdnüssen stand auf dem Tresen. Dass es die überhaupt noch gab! Tenbrink fühlte sich auf Anhieb wohl in der »Linde«.

Maik Bertram saß mit einem etwa vierzigjährigen, stark übergewichtigen Mann in einer Ecke des Schankraums und winkte Tenbrink zu sich. Der dicke Mann, der im offenem Hemd dasaß und trotzdem fürchterlich schwitzte, beäugte Tenbrink übellaunig, während er gleichzeitig betont gleichgültig auf einem goldfarbenem iPhone herumdrückte. Es war offensichtlich, dass er eigentlich keine Lust hatte, mit der Polizei zu sprechen.

»Hallo Heinrich«, begrüßte ihn Bertram. »Sieh mal, wen ich hier getroffen habe!«

Tenbrink knurrte ärgerlich. Bertram hätte eigentlich wissen müssen, dass er solche Ratespiele nicht lustig fand. Aus bekannten Gründen.

Bertram erkannte seinen Lapsus und beeilte sich hinzuzusetzen: »Das ist Jens Stein. Der Reporter aus Hamburg, von dem ich dir erzählt habe.«

»Oh ja«, sagte Tenbrink und reichte Stein die Hand. Er hatte keine Ahnung, wer das war und warum ihm der Name etwas sagen sollte. Doch die Tatsache, dass dieser Stein aus Hamburg kam, schien ihm aus irgendeinem Grund von Belang zu sein. Für alle Fälle zückte Tenbrink sein Notizbuch und sagte: »Herzlich willkommen im Münsterland.«

»Bin nicht zu meinem Vergnügen hier«, entgegnete der Fettwanst, von dem bei jeder Bewegung ein ranziger Geruch herüberwehte, mit unüberhörbar norddeutschem Akzent, und legte sein Angeber-Handy beiseite. »Und bestimmt nicht zum Kaffeekränzchen.«

Tenbrink hatte inzwischen die entsprechende Notiz gefunden und erinnerte sich: Stein war der Schreiberling, der wilde Verschwörungstheorien über den Flugzeugabsturz verbreitet hatte. Der Journalist, der sich am Telefon als Münsteraner Polizist ausgegeben hatte. Der Falschparker am Friedhof.

»Ich soll Sie schön von Frau Dr. Block aus Berlin grüßen«, sagte Tenbrink. »Beim nächsten Mal gibt's eine Anzeige wegen Amtsanmaßung.«

»Geht's auch 'ne Nummer kleiner?«, fauchte Stein.

»Wie wär's mit Missbrauch von Berufsbezeichnungen? Auch strafbar.«

Stein lachte verächtlich und fuhr sich mit der Hand durch die zurückgekämmten, lichten Haare, die feucht an seinem Schädel klebten. »Was wollen Sie wissen?«

Bevor Tenbrink antworten konnte, stand die Wirtin vor ihm und fragte: »Was darf's sein, Herr Hauptkommissar?«

»Kennen wir uns?«

»Ahlbeck ist ein kleines Dorf. Hoher Besuch spricht sich rum.«

Tenbrink nickte und schaute auf den Tisch. Bertram trank eine Cola, Stein einen Kaffee. Einem plötzlichen Impuls folgend, fragte er: »Haben Sie Tango?«

»Sicher«, sagte die Wirtin.

»Mit Regina?«

»Womit sonst?«

»Dann hätte ich gern einen kleinen Tango. Und gibt's was zu essen?«

»Sicher«, sagte die Wirtin. »Schlachteplatte kann ich empfehlen. Oder Durchgemüse mit Mettwurst. Hausgemacht.«

»Was Kleines wäre mir lieber.«

»Wurstebrot ist ganz frisch.«

»Dann einmal Wurstebrot und Tango«, sagte Tenbrink, lächelte und dachte: *Wenn schon Münsterländisch, dann richtig.*

»Bier und Wurstebrot?«, fragte Bertram. »Das ist nicht dein Ernst, oder?«

»Wurstebrot? Was ist das?«, fragte Stein.

»Hauptsächlich Schweineblut, Mehl, Speck und Roggenschrot«, antwortete Tenbrink. »So eine Art Grützwurst. In der Pfanne gebraten.«

»Pfui Deibel!«, rief Stein.

»Ist ohnehin nicht gut für die Taille«, antwortete Tenbrink, während er Steins Wanst musterte, der nicht nur über den Hosenbund, sondern auch über die Tischkante quoll. Dann räusperte er sich und fragte: »Sie haben sich in den letzten Jahren sehr intensiv mit dem Ehepaar Gerwing-Hartmann beschäftigt, nicht wahr?«

»Was dagegen?«

»Stimmt es, dass Michael Hartmann diverse Liebschaften hatte?«

»Kommt in den besten Familien vor.«

»Und Ellen Gerwing? Hatte die auch Liebhaber?«

»Wenn, dann heimlich.«

»Ja oder nein?«, fragte Bertram und rümpfte die Nase, weil Stein sich nach vorne beugte.

»Wenn Sie mich so fragen: Nein! Das können Sie aber alles in meinen Artikeln nachlesen, wenn es Sie interessiert. Ist kein Geheimnis.«

»Prost!«, sagte die Wirtin, die interessiert zugehört hatte, und stellte den Tango vor Tenbrink auf den Tisch. »Wurstebrot dauert noch.«

»Das Bier ist orange«, sagte Stein verdutzt.

»Sicher«, sagte Tenbrink, nahm einen großen Schluck, wischte sich den Schaum von der Lippe und fragte: »Den Quatsch mit dem Attentat glauben Sie nicht wirklich, oder?«

»Das ist kein Quatsch!«, entfuhr es Stein. Zum ersten Mal kam Leben in den Fleischklops. »Hab's mir ja nicht aus den Fingern gesaugt.«

»Klingt aber so«, meinte Bertram und tippte sich an die Stirn. »Oder glauben Sie, die Wildgänse waren islamistische Selbstmordattentäter?«

»Von wegen Wildgänse!«, rief Stein aufgebracht und leerte seine Tasse. »Ich weiß, was Ellen Gerwing gesagt hat und wie Michael Hartmann sich vor dem Absturz verhalten hat. Erst hat er herumkrakeelt und die Stewardessen zusammengeschnauzt, und anschließend hat er wie ein Schlosshund geheult und sich wie ein Verrückter auf seine Frau gestürzt, bis auch sie die Fassung verloren hat. Mehrere Überlebende haben das bestätigt.« Er machte eine Pause und schien auf Widerspruch zu warten. Da dieser ausblieb, fügte er hinzu: »Wäre nicht das erste Mal, dass ein Anschlag verschleiert werden soll. Und wenn man die offizielle Version bezweifelt, wird man als Spinner hingestellt.«

»Was genau hat Ellen Gerwing gesagt?«, fragte Tenbrink. »Und wann?«

»Dass es kein Unfall war.« Stein griff nach seiner Steppjacke, die neben dem Tisch an einem Haken hing. »Immer wieder hat sie das geschrien, als man sie aus dem Wasser gefischt und auf die Rettungsinsel gezogen hat. Dass es kein Unfall war! Warum sollte sie das sagen, wenn's nicht so war?«

Tenbrink nickte. »Sie haben recht. Warum sollte sie?«
»Eben!«, sagte Stein.

»Jetzt mach aber mal 'nen Punkt, Heinrich!«, rief Bertram und verschluckte sich an seiner Cola. »Du glaubst diesen Unfug doch nicht etwa. Das ist doch hirnrissig!«

»Es war kein Unfall!«, beharrte Stein.

»Mehrere Überlebende haben das bestätigt«, wiederholte Tenbrink und sah den Reporter, der sich schwerfällig erhob und sein Smartphone einsteckte, mit finsterer Miene an: »Was wollen Sie eigentlich in Ahlbeck? Die Beerdigung ist erst in einigen Tagen. Was haben Sie vor?«

»Finden Sie es nicht merkwürdig, dass ausgerechnet die Frau, die von dem Anschlag wusste, plötzlich am Galgen hängt? Seltsamer Zufall, oder?«

»Ja, merkwürdig«, sagte Tenbrink, auch wenn es gar nicht als Antwort auf Steins Frage gedacht war. »Hatten Sie in der letzten Zeit Kontakt zu Ellen Gerwing? Haben Sie mit ihr gesprochen, als sie in Ahlbeck war?«

Steins Blick wurde lauernd, er schien zu überlegen, was er darauf antworten wollte oder durfte. Schließlich schüttelte er den Kopf und hob gleichzeitig die Schultern, als hätten seine Überlegungen zu keinem eindeutigen Schluss geführt. »Hab's versucht, aber sie gab keine Interviews. Jedenfalls nicht nach dem Flugzeugabsturz.«

»So, hier ist das Wurstebrot!«, wurden sie von der Wirtin unterbrochen. »Schwarzbrot bring ich gleich. Brauchen Sie Senf?«

»Pfui Deibel!«, rief Jens Stein beim Anblick der bräunlichen Grützwurstscheibe, die im eigenen Fett brutzelte, und verließ kopfschüttelnd das Gasthaus.

»Willkommen im Münsterland«, sagte Tenbrink und grinste.

»Heinrich, mir graut's vor dir!«, sagte Bertram und schüttelte den Kopf.

»Warum?«, antwortete Tenbrink mit vollem Mund. »Weil ich Wurstebrot esse?«

»Du glaubst doch diesen Unsinn mit dem Attentat nicht wirklich, oder?«

»Natürlich nicht.« Tenbrink leerte sein Bierglas. »Und Stein glaubt auch nicht daran. Der hat sich nur eine reißerische Story zurechtgebastelt. Verkauft sich halt besser. Außerdem verschweigt er uns was.«

»Was sollte das dann eben? Die Verbrüderungstaktik mit Stein?«

»Ich glaube, genau wie wir sucht er das fehlende Verbindungsstück.«

»Klartext, bitte!«

»Es gab zwei tragische Erlebnisse in Ellen Gerwings Leben, zwei Traumata«, sagte Tenbrink und stippte etwas Schwarzbrot in die fettige Brühe. »Den Tod ihrer Schwester Eva und den Absturz des Flugzeugs.«

»Aber zwischen diesen Ereignissen liegen fast fünfzehn Jahre.«

»Richtig. Trotzdem glaube ich, dass es eine Verbindung gibt. Nicht dass das eine zum anderen geführt hat, das nicht, aber es muss irgendeinen Zusammenhang geben. Es kann kein Zufall sein, dass Ellen Gerwing direkt nach ihrer Genesung, kaum dass sie die Krücken losgeworden ist, die ungeheuren Strapazen einer Autofahrt quer durchs Land auf sich nimmt, nur um Fragen nach dieser Silvesterparty zu stellen. Frau Block hat am Telefon gesagt, dass Ellen nicht nach Ahlbeck wollte, sondern musste.«

»Aber wie soll so ein Zusammenhang aussehen?«

»Was machst du, wenn dein Flugzeug abstürzt und du womöglich bald sterben wirst?«, fragte Tenbrink und leckte sich die vor Fett triefenden Finger.

»Was für 'ne Frage!«, rief Bertram und atmete laut und lange aus. »Schwimmweste anlegen, Gurt strammziehen und Kopf an die Vorderlehne.«

»Und dann?«

»Beten?«, vermutete Bertram.

»Fast«, antwortete Tenbrink. »Beichten!«

Bertram knurrte ungläubig und zog die Augenbrauen zusammen. Er schien nicht überzeugt zu sein und wollte etwas erwidern. Doch plötzlich nickte er und fing unvermittelt an zu lachen.

»Was ist so komisch?«

Bertram kratzte sich die Stirn. »Ich hab mal einen Film gesehen. Eine Komödie, ist schon ein paar Jahre her. Es ging um irgendeine berühmte Rockband, glaube ich, die mit ihrem Privatjet in ein heftiges Unwetter gerät. Ein Blitz schlägt ein, und die Bordelektronik fällt aus. Und während sie im Sturzflug abschmieren und ordentlich dabei durchgeschüttelt werden, beichten sich alle in Todesangst ihre Sünden und Geheimnisse. Der eine erzählt, dass er eigentlich schwul und in den anderen verliebt ist, und ein Dritter gesteht, dass er seit Langem eine Affäre mit der Frau seines Bandkollegen hat. Dummerweise stürzt das Flugzeug nicht ab, und alle überleben. Sehr peinlich!«

»Auch Ellen Gerwing hat überlebt«, sagte Tenbrink und nickte.

»Und bei ihrer Rettung hat sie immer wieder geschrien: ›Es war kein Unfall!‹« Bertram dachte nach und setzte dann hinzu: »Nachdem ihr Mann wie ein Schlosshund geheult und sich wie ein Verrückter auf seine Frau gestürzt hat.«

»Was mehrere Überlebende bestätigt haben.«

Wieder atmete Bertram geräuschvoll aus. Dann sagte er: »Verdammt!«

»Du sagst es.« Tenbrink winkte der Wirtin. »Die Rechnung bitte.«

8

»Sie haben Verstärkung geholt, Herr Tenbrink?«, begrüßte sie Anne Gerwing, während sie am Schreibtisch saß und irgendwelche Papiere sortierte. Aus der vorsintflutlichen Musikanlage plärrte deutsche Rockmusik. »Bedeutet das, dass ich einen Anwalt brauche?«

»Es bedeutet, dass Sie endlich mit der Wahrheit herausrücken sollen«, sagte Tenbrink, ging zum Plattenspieler und nahm die Nadel von der Schallplatte. »Monarchie und Alltag«, las er auf dem Plattencover. Das sagte ihm nichts. »Mit den Lügen und Ausflüchten helfen Sie niemandem! Erst recht nicht den Toten.«

»Ich habe Sie nicht angelogen«, sagte sie.

»Aber Sie haben mir nicht alles erzählt, was Sie wissen.«

»Über Evas Tod«, setzte Bertram hinzu.

»Und Michael Hartmanns Beteiligung daran«, sagte Tenbrink.

Anne Gerwing wollte einige Papiere abheften, hielt in der Bewegung inne und schluckte. Sie brauchte eine Weile, bis sie die Nachricht verdaut hatte. »Woher wissen Sie …?«

»Es war kein Unfall, nicht wahr?«, sagte Tenbrink.

»Natürlich war es ein Unfall!«, rief sie und knallte die Papiere auf den Tisch. »Oder glauben Sie, Michael hat das mit Absicht gemacht? Das konnte er doch nicht ahnen!« Sie hob die Hände und starrte zur Decke, dann schüttelte sie den Kopf. »Hätte er doch bloß seinen Mund gehalten!«

»Jetzt reden Sie endlich!«, forderte Tenbrink sie auf.

»Und bitte der Reihe nach«, fügte Bertram hinzu, der vor der Tür stehen geblieben war, als hätte er Angst, Anne Gerwing könnte türmen.

»Ellen hatte vorher am Telefon schon so komische Andeutungen gemacht, über Michael und die Silvesternacht, über die Scherben auf dem Galgenhügel.« Anne atmete schwer, während sie sprach. »Ich hab ihr gesagt, sie soll das alles endlich ruhen lassen, aber sie wollte davon nichts hören. Als sie plötzlich hier auftauchte, um bei uns die Reha fortzusetzen, da wusste ich, dass irgendwas nicht stimmte. Und schließlich ist sie damit rausgerückt.«

»Was hat Michael Hartmann seiner Frau im Flugzeug gesagt?«, fragte Tenbrink und winkte ab, als Anne Gerwing ihn mit einem Kopfnicken aufforderte, auf dem Sofa Platz zu nehmen. Bloß nicht den Anschein von Gemütlichkeit geben. »Was hat Ellen Ihnen darüber erzählt?«

Anne verschränkte die Arme und starrte unverwandt auf die Tischplatte. »Die Minuten vor dem Aufprall müssen schrecklich gewesen sein. Es ging alles drunter und drüber. Panik und Todesangst und Hektik und Lethargie. Alles gleichzeitig. Ich stell mir das fürchterlich vor. Die einen beten, die anderen kreischen, wieder andere erstarren zu Salzsäulen. Ellen hat mir erzählt, dass sie mit ihrem Leben abgeschlossen hat, als es aus den Lautsprechern hieß: ›Brace for impact!‹ Da habe sie gewusst, dass sie sterben wird.«

»Brace for impact?«, fragte Tenbrink.

»Das heißt so viel wie ›Machen Sie sich bereit für den Aufschlag!‹«, antwortete sie. »Das kam in Dauerschleife aus den Lautsprechern, und da ist Ellen ganz ruhig und apathisch geworden. Als hätte ihr jemand den Stecker gezogen, so hat sie sich ausgedrückt.«

»Ganz anders als ihr Mann«, sagte Bertram. »Der hat getobt.«

»Nicht verwunderlich, oder?«

»Erzählen Sie weiter!«, forderte Tenbrink sie auf.

»Michael war völlig panisch und hat die Nerven verloren. Ellen hat gesagt, dass er auf einmal wie ein kleines Kind geschrien hat. Anscheinend hat er die ganze Zeit wirr auf sie eingeredet, aber Ellen hat anfangs gar nicht richtig verstanden, was er eigentlich von ihr wollte. Erst nach und nach hat sie begriffen, dass Michael ihr irgendetwas beichten wollte, und sie hat ihn gefragt, wovon, zum Teufel, er überhaupt redet.«

»Und er hat gesagt, dass Evas Tod kein Unfall war«, folgerte Tenbrink.

Anne Gerwing nickte und sagte: »Im selben Moment schlug die Maschine auf dem Wasser auf. Das waren seine letzten Worte.«

»Michael Hartmann hat Ihre Schwester Eva umgebracht?«, fragte Bertram.

»Unsinn!«, rief Anne Gerwing. »Natürlich nicht, jedenfalls nicht absichtlich. Es waren die Scherben *seiner* Bierflasche, durch die Eva gerutscht ist. Das wollte er damit sagen. Deshalb hat er sich schuldig gefühlt. Jahrelang muss das an ihm genagt haben. Aber natürlich hat er sie nicht *umgebracht*! Wahrscheinlich war er in der Silvesternacht auf dem Galgenhügel und hat dort ein Bier getrunken. Es war ja nicht weit weg vom Hartmann-Kotten, wo die Party stattfand. Aus irgendeinem Grund hat er die Flasche zerschlagen und die Scherben auf dem Bülten liegen gelassen. Dann kam der Schnee und hat alles zugedeckt. Was am nächsten Morgen passiert ist, wissen Sie ja.«

»Für Ihre Schwester muss diese Beichte ein Schock gewesen sein.«

»Natürlich war das ein Schlag für sie. Immerhin hatte Evas Tod ziemlich heftige Folgen für Ellen. Es hat sie damals fast zugrunde gerichtet.« Sie machte eine Pause und stieß ruckartig den Atem aus. »Trotzdem finde ich, dass sie sich da viel zu sehr reingesteigert hat.«

»Wie meinen Sie das?«

»Auch wenn die Scherben vermutlich von Michael stammten, bleibt es doch trotzdem ein Unfall. Es war dumm von ihm und gedankenlos, aber er wollte ja niemanden verletzen. Es war ein tragisches Unglück, aber doch kein Verbrechen!«

»Ellen hat das offenbar anders gesehen«, sagte Tenbrink. »Sie hat sein Geständnis wortwörtlich genommen.«

»Sie hat fast so getan, als hätte Michael das mit Absicht getan. Als hätte er Eva verletzen *wollen*. Das ist natürlich Unsinn. Er konnte schließlich nicht vorhersehen, was am Neujahrsmorgen auf dem Hügel passieren würde. Aber es wurde zu einer regelrechten fixen Idee bei ihr. Sie kam gar nicht mehr davon los.«

»Deshalb ist sie nach Ahlbeck gekommen? Um zu beweisen, dass es Absicht war? Oder weshalb hat sie all die Fragen nach der Silvesternacht gestellt?«, fragte Tenbrink.

»Ich weiß es nicht.« Anne rieb sich die Oberarme. »Mir kam es manchmal so vor, als hätte Michael mit seiner Beichte all die alten Gespenster wieder aufgescheucht. Ich versteh einfach nicht, warum er das getan hat.«

»Schuld ist eine schwere Last und oft ein schlechter Ratgeber«, sagte Tenbrink und musste an sein Telefonat mit Frau Dr. Block denken. »Zu wissen, dass man den Tod eines Mädchens verursacht hat und mit niemanden darüber reden kann, vor allem nicht mit der eigenen

Frau, das ist bestimmt nicht leicht. Das frisst einen auf. Diese Schuld musste er irgendwie loswerden. Um reinen Tisch zu machen.«

»Michael hätte den Mund halten sollen«, widersprach Anne Gerwing und schaute Tenbrink zum ersten Mal direkt in die Augen. »Denn dadurch hat er alles wieder neu aufgerührt. Vor allem aber hat er Ellen damit völlig aus dem Lot gebracht und alte Wunden aufgerissen. Die Panikattacken und die Depression hatten ihre Ursache nicht nur in dem Absturz, sondern auch in dem, was Michael ihr gesagt hat.«

Tenbrink begann zu zweifeln, ob Dr. Block mit ihrer Diagnose der Überlebensschuld tatsächlich richtig lag. Zumindest in Bezug auf Michael Hartmann war das mehr als fraglich.

»Wussten die Hartmanns davon?«, fragte Bertram. »Von Michaels Beichte?«

»Ich denke schon«, antwortete sie und nickte. »Mit Max hat Ellen vermutlich beim Walken geredet. Er war eigentlich der Einzige aus dem Dorf, mit dem sie hin und wieder zusammen war.«

»Was Magda Hartmann gar nicht in den Kram gepasst hat«, sagte Tenbrink.

»Es gibt kaum etwas, das Magda in den Kram passt. Vor allem, wenn es die Familie Gerwing betrifft. Sie hasst uns. Dass Michael ausgerechnet Ellen geheiratet hat, muss sie wahnsinnig gewurmt haben.«

»War Max Hartmann eigentlich in Ihre Schwester verliebt?«, fragte Bertram, der immer noch wie ein Wächter vor der Tür stand.

»Max?« Anne Gerwing lachte erschrocken auf und machte ein verdutztes Gesicht. Dann räusperte sie sich und wiegte den Kopf hin und her. »Es gibt vermutlich keinen Mann in Ahlbeck, der nicht irgendwann in Ellen verliebt war.«

»Oder in Eva?«, fügte Tenbrink hinzu.

»Oder in Eva«, bestätigte sie und stand auf. Sie ging hinüber zum Bücherregal, zog ein voluminöses Fotoalbum heraus und blätterte darin.

Tenbrink dachte an das, was Magda Hartmann über das hässliche Entlein gesagt hatte, und fragte: »Es war sicher nicht immer angenehm, zwei so hübsche Schwestern zu haben, die immer alle Aufmerksamkeit auf sich zogen?«

»Jetzt habe ich keine Schwestern mehr«, erwiderte sie und entfernte mit einem Ruck ein Foto aus dem Album. »Sie können mir glauben, das ist um ein Vielfaches unangenehmer.« Sie reichte Tenbrink das Bild und schluckte. »Genauer gesagt, es ist zum Kotzen!«

»Tut mir leid!« Tenbrink hob entschuldigend die Hand. Dann betrachtete er das Foto: Drei sommerlich gekleidete Mädchen waren darauf zu sehen, Arm in Arm und ausgelassen lachend. Links und rechts zwei gertenschlanke Schönheiten und in der Mitte ein unscheinbares Pummelchen mit störrischer Frisur und unvorteilhafter Brille auf der Nase.

»Wir waren unzertrennlich«, sagte Anne Gerwing, »und hatten viel Spaß!«

»Ja«, sagte Tenbrink, »das sieht man.« Tatsächlich aber sah er noch etwas anderes: einen verschwörerischen Blick von links nach rechts und zwei Paar zu Hasenohren gespreizte Finger hinter den roten Haaren.

»Sie können das Bild behalten, wenn Sie wollen«, sagte Anne Gerwing und ging an Bertram vorbei zur Tür. »Wollen Sie sonst noch etwas wissen?«

»Eine Frage habe ich noch«, antwortete Tenbrink.

»Ja?«

»War Michael Hartmann allein?«

»Ich verstehe nicht.«

»Auf dem Galgenhügel, in der Silvesternacht. War er da allein? Oder gab es noch jemanden? Hat Ihre Schwester etwas davon erzählt?«

Anne Gerwing zog die Stirn kraus und schüttelte den Kopf.

»Max Hartmann vielleicht?«

»Wie kommen Sie darauf?«

Erneut dachte Tenbrink an die Worte von Magda Hartmann: »*Ach, Max! Der kann sich selbst wehren.*«

»Nur so ein Gedanke«, sagte er achselzuckend und folgte Bertram hinaus. »Und wegen der Weinprobe am Samstag …«

»Was ist damit?«

»Wir benötigen nun doch den Namen des Sommeliers und die Liste der Gäste.«

»Brauche ich ein Alibi?« Anne Gerwing lachte erschrocken.

»Wir tun nur unsere Arbeit«, antwortete Tenbrink. »Auf Wiedersehen, Frau Gerwing.«

»Und was jetzt?«, fragte Bertram, als sie auf den Hof hinaustraten und zu ihren Autos gingen.

»Bringen wir das Ganze erst mal in die richtige Reihenfolge«, antwortete Tenbrink. »Womit fangen wir an?«

»Mit dem Flugzeugabsturz«, meinte Bertram.

»Gut.« Tenbrink lehnte sich an seinen Dienstwagen. »Kurz vor seinem Tod beichtet Michael Hartmann seiner Frau, dass er für den Tod ihrer Schwester verantwortlich war.«

»Dass es kein Unfall war«, verbesserte Bertram.

Tenbrink nickte. »Was folgt daraus? Anne Gerwings Schlussfolgerung, dass es Michaels Bierflasche war, durch die Eva gerutscht ist, scheint mir plausibel und naheliegend. Oder gibt es eine andere Erklärung?«

Bertram schüttelte den Kopf. »Die Unterlagen von damals lassen nur diesen Schluss zu. Eine andere Möglichkeit sehe ich nicht.«

»Warum also kommt Ellen Gerwing nach Ahlbeck und fragt nach der Silvesterparty? Glaubt sie allen Ernstes, dass die Scherben absichtlich von Michael auf dem Hügel platziert wurden? Oder gab es tatsächlich weitere Beteiligte, die sie nach all den Jahren für Evas Tod zur Rechenschaft ziehen wollte?«

Bertram fuhr sich nachdenklich über die Bartstoppeln. »Aber wie soll so ein absichtlicher Plan ausgesehen haben? Selbst wenn Michael, allein oder mit anderen, davon gewusst hätte, dass die drei Gerwing-Schwestern am Neujahrsmorgen auf dem Galgenhügel tütenrutschen wollten, hätte er doch niemals wissen können, wer von den dreien durch die Scherben rutscht. Und ob überhaupt. Das ergibt doch gar keinen Sinn.«

Tenbrink stutzte. Ihm kam es plötzlich so vor, als übersähe er etwas. Als hätte er etwas Wesentliches außer Acht gelassen oder vergessen. Er wusste nicht, was es war, und schnaufte ärgerlich.

»Ist was?«, fragte Bertram.

»Was ist auf dieser verdammten Party geschehen?«, fragte Tenbrink lauter, als er es beabsichtigt hatte. »Wie hängt die Party mit der Bierflasche und dem Galgenhügel zusammen?«

»Und wieso sollte das ein Grund sein, Ellen Gerwing umzubringen?«, fügte Bertram hinzu. »Das leuchtet mir nicht ein.«

»Vielleicht hatte die Familie Hartmann tatsächlich Angst um den guten Ruf ihres berühmten Sohnes?«, vermutete Tenbrink.

Bertram schüttelte den Kopf. »Aber deswegen bringt man doch niemanden um. Anne Gerwing hat ja recht: Nach allem, was wir wissen, war es ein Unfall! Als Mordmotiv finde ich das ziemlich schwach.«

»Vor allem wenn man bedenkt, auf welch perfide Weise Ellen Gerwing ermordet wurde.«

»Wenn es denn ein Mord war«, sagte Bertram.

Blödmann, dachte Tenbrink, und wieder schnaufte er ärgerlich. Dann fiel ihm ein, dass er vergessen hatte, Anne Gerwing etwas zu fragen, und er wandte sich an Bertram: »Kannst du eigentlich Latein?«

»Nur was man so fürs Kreuzworträtsel braucht.«

»Nisi bene?«, fragte Tenbrink. »Sagt dir das was?«

»Kommt mir bekannt vor«, antwortete Bertram nach kurzem Überlegen. »Ich glaube, da kommt noch irgendwas davor, aber das krieg ich nicht mehr zusammen. Wieso fragst du?«

»Anne Gerwing hat das heute Nachmittag gesagt. Was heißt es?«

»Dass man über die Toten nur Gutes sagen soll, glaube ich. Oder jedenfalls nichts Schlechtes. So was in der Art.«

Tenbrink verstand. Es fragte sich nur, welche Toten damit gemeint waren.

9

Die Polizeiwache Altwick befand sich direkt am Stadtpark in einem modernen, dreistöckigen Backsteinbau mit Flachdach, großzügig bemessenen Fenstern und rotbuntem Klinker. Im selben Gebäude war auch die Filiale einer Sparkasse untergebracht, vermutlich die am besten vor Überfällen geschützte Bank der Welt. Polizeihauptkommissar Ewerding, der stellvertretende Dienststellenleiter, war sichtlich stolz auf die neue Wache, in die sie erst vor Kurzem umgezogen seien. In der alten Dienststelle sei es im Sommer unerträglich heiß gewesen, und im Winter hätten sich die Heizkörper nicht regulieren lassen, sodass sie bei Minusgraden die Fenster öffnen mussten, um überhaupt arbeiten zu können. Ewerding deutete während seiner Erläuterungen auf die Fensterfront im Erdgeschoss, die nicht nur schall- und wärmeisoliert, sondern auch schusssicher sei. Am liebsten hätte der Hauptkommissar ihnen eine Führung durch das schicke neue Gebäude aufgedrängt, samt Begehung des Zellentrakts im zweiten Stock. Aber Tenbrink beharrte darauf, dass sie lediglich mit Polizeihauptmeister Hartmann sprechen wollten und bald wieder nach Münster müssten.

»Vielleicht ein andermal«, tröstete er Ewerding mit einem Schulterklopfen.

Max Hartmann war nicht wirklich überrascht, sie zu sehen, aber auch nicht übermäßig erfreut. Er war gerade damit beschäftigt, einen Fahrraddiebstahl aufzunehmen, übergab den Vorgang aber einem Kollegen und führte Tenbrink und Bertram in den ersten Stock, wo die örtliche Kriminalpolizei untergebracht war. Direkt vor einem Panoramafenster, durch das man auf einen riesigen Verkehrskreisel und die hinter dem Stadtpark untergehende Sonne blicken konnte, standen ein Sofa aus Kunstleder und ein kleiner, mit Broschüren und Flyern übersäter Beistelltisch.

»Kaffee?«, fragte Hartmann und wies mit einem Kopfnicken auf einen klobigen Automaten in der Ecke. »Den gibt's aber nur ohne Prütt.«

Tenbrink schüttelte den Kopf. »Danke, aber wir wollen Sie nicht lange von der Arbeit abhalten. Es haben sich da nur ein paar Fragen ergeben.«

»Schießen Sie los!«, sagte Hartmann, setzte sich aufs Sofa, schlug die Beine übereinander und betrachtete gelangweilt seine Fingernägel.

Das ärgerte Tenbrink, darum fragte er: »Hatten Sie eine Affäre mit Ellen Gerwing?«

Schlagartig war es mit Hartmanns aufreizender Lässigkeit vorbei, er spannte sich wie ein Flitzebogen und warf Tenbrink einen bösen Blick zu. »Natürlich nicht!«, rief er. »Wie kommen Sie darauf?«

»Hätten Sie gern eine gehabt?«, fragte Bertram, während er gleichzeitig wie verträumt aus dem Fenster auf den Sonnenuntergang schaute.

»Sie war meine Schwägerin!« Wie schon beim letzten Mal präsentierte sich Hartmann als Meister der ausweichenden Antworten.

»Ihr Bruder ist seit über einem Jahr tot«, erwiderte Tenbrink achselzuckend und setzte, bevor Hartmann reagieren konnte, hinzu: »Und hätten Sie nicht als Erstes sagen müssen: ›Ich bin verheiratet.‹?«

»Wie? Ach so … ja«, stotterte Hartmann und bemühte sich sichtlich, die Ruhe zu bewahren. »Ja, ich bin verheiratet. Glücklich verheiratet. Und nein, ich hatte keine Affäre mit Ellen. Weder in Taten noch in Gedanken. Hat der alte Schultewolter das behauptet?«

Tenbrink hatte den Namen noch nie gehört oder konnte sich nicht daran erinnern. Ein Blick zu Bertram beruhigte ihn. Der konnte mit dem Namen offenbar auch nichts anfangen.

»Und wenn es so wäre?«, fragte Tenbrink und ließ es wie eine Feststellung klingen. »Wollen Sie behaupten, dass Schultewolter gelogen hat?«

»Er hat die Situation vermutlich falsch verstanden«, sagte Hartmann. »Es war nichts weiter, ganz harmlos.«

»Dann erzählen Sie uns doch, wie die Situation tatsächlich war«, sagte Tenbrink und grüßte einen Zivilbeamten, der aus einem der Büros kam und ihm erst überrascht und dann freudig zuwinkte, mit einem verwirrten Nicken.

»Hallo, Tenbrink«, sagte der Kollege, dessen Gesicht ihm trotz der vertraulichen Anrede völlig unbekannt war. »Was macht denn die Kripo Münster hier? Ich hoffe, unser Max hat nichts ausgefressen.«

»Das hoffen wir auch«, antwortete Tenbrink schmallippig.

»Geht's um Ellen Gerwing? Schlimme Sache«, sagte der andere, seufzte und nickte wissend. »Na, dann will ich euch nicht weiter stören.« Er winkte erneut, diesmal zum Abschied. »Mach's gut!«

»Du auch!«, antwortete Tenbrink, der immer noch keine Ahnung hatte, wer das gewesen war, und wandte sich wieder Hartmann zu: »Also?«

»Ellen und ich waren morgens in der Nähe der Kolkmühle spazieren«, sagte Hartmann, nachdem sich der Kollege entfernt hatte. »Sie ist umgeknickt und hat sich den Knöchel verstaucht. Es war der verletzte Fuß, darum hat sie sich auf den Boden gelegt, und ich hab mich neben sie gekniet und ihr das Fußgelenk massiert. Plötzlich stand Schultewolter da und hat uns angestarrt, als würden wir es vor seinen Augen miteinander treiben.«

»Was nicht der Fall war?«

»Was nicht der Fall war.« Hartmann räusperte sich. »Es kann sein, dass es etwas komisch aussah, wie wir beide da hockten, sie auf dem Boden und ich über ihr, und vielleicht hab ich ihr auch das Gesicht gestreichelt, weil sie geweint hat.«

»Wegen der Schmerzen?«, fragte Bertram.

»Weshalb sonst?«

»Weshalb sonst«, sagte Bertram, ohne sich zu Hartmann umzudrehen.

»Und was wollte der alte Herr Schultewolter frühmorgens an der Kolkmühle?«, wollte Tenbrink wissen und notierte den Namen in seinem Notizbuch.

»Der Alte kümmert sich doch vorübergehend um die Mühlenschänke.« Hartmann schien sich über Tenbrinks Frage zu wundern. »Bis die Mühle und das Gasthaus renoviert und umgebaut sind. Früher war Schultewolter selbst Pächter der Schänke, aber inzwischen ist er zu alt dafür und nur noch so was wie ein Mädchen für alles auf dem ›Schulzenhof‹. Hilft dem Gärtner, harkt den Hof, macht am Sonntag die Führung durch die Mühle. Was eben gerade ansteht.«

Der Auffindungszeuge, dachte Tenbrink. Schultewolter war einer der beiden Männer, die Ellen Gerwing vom Galgen geschnitten hatten.

»Aber sonst war nichts zwischen Ellen und Ihnen?«, kam Bertram mit einem schiefen Grinsen auf das eigentliche Thema zurück. »Nur ein verstauchter Knöchel? Und ein paar Tränen?«

»Ja, verdammt!«, rief Hartmann und schüttelte den Kopf. Es wirkte zugleich aggressiv und traurig.

»Wann hat Ellen Ihnen von Michaels Beichte im Flugzeug erzählt?«, fragte Tenbrink und plötzlich fiel es ihm ein: Erster Hauptkommissar Johannes Martin! Der Beamte vorhin war der Leiter der Altwicker Wache gewesen. Sie hatten beim vorjährigen Ball der Polizei in der Münsterlandhalle nebeneinandergesessen. *In der ehemaligen Münsterlandhalle*, dachte Tenbrink, denn die hatte inzwischen ja auch einen neumodischen Namen, an den er sich nicht erinnern konnte.

»Sie wissen davon?«, staunte Hartmann.

»Warum auch nicht?«, fragte Bertram, dem der Polizeihauptmeister sichtlich auf die Nerven ging. »Oder wollten Sie die Tatsache, dass Ihr Bruder den Tod von Eva Gerwing verursacht hat, unter allen Umständen als Geheimnis bewahren?«

Hartmann brauchte eine Weile, bis er begriff, was Bertram damit sagen wollte. Er schnappte nach Luft und rief: »Das ist unerhört! Wollen Sie etwa behaupten, dass ich …?«

»Sie sind Polizist, Herr Hartmann«, unterbrach ihn Tenbrink. »Muss ich Ihnen wirklich erklären, was wir wollen?«

»Aber das ist doch absurd!«

Langsam ging Tenbrink dieser Satz auf den Geist. Alles war absurd, Unsinn, verrückt, unmöglich! Aber dass eine Frau am Galgen hing, das hielten alle für völlig normal, logisch, folgerichtig. Er schob die Broschüren beiseite und setzte sich auf den Tisch, sodass er Hartmann direkt in die Augen schauen konnte. »Wollte Ellen Gerwing die Geschichte an die große Glocke hängen? Hatten Sie Angst um Michaels Ruf?«

»Nein«, antwortete Hartmann und versuchte, seinem Blick auszuweichen. »Es ging ihr nicht darum, Michael nach seinem Tod etwas anzukreiden. Sie wollte nur wissen, was damals passiert ist. Und warum es passiert ist.«

»Konnten Sie ihr dabei helfen?«

»Nicht wirklich.«

»Sie waren in der Silvesternacht nicht mit Ihrem Bruder auf dem Galgenhügel und haben Bierflaschen zerdeppert?«

»Nein!«

»Wer dann?«

»Wieso sind Sie so sicher, dass noch jemand dort war?«

Tenbrink kam Hartmann so nah, dass er dessen schlechten Atem riechen konnte. »Weil es die einzige logische Erklärung ist. Die einzige Erklärung dafür, dass Ellen Gerwing extra nach Ahlbeck kommt, um Fragen nach der Silvesternacht zu stellen. Denn eigentlich war ja mit Michaels Beichte alles geklärt. Sie wusste ja, was passiert war und wieso.«

»Er hat ›wir‹ gesagt.«

»Wie bitte?«

»Michael«, sagte Max Hartmann. »Im Flugzeug. Seine letzten Worte waren: ›Es war kein Unfall, wir haben …‹ Dann ist das Flugzeug aufgeschlagen. Das hat Ellen mir gesagt.«

Tenbrink atmete tief durch und ließ diese Information sacken. Auch Bertram schaute nicht mehr aus dem Fenster, sondern hatte sich neben Hartmann aufs Sofa gesetzt. Drei Männer, die die Köpfe zusammensteckten, als wollten sie Skat spielen. Oder etwas aushecken.

»Hat Ellen herausgefunden, wer es war?«

Hartmann schüttelte den Kopf und zuckte anschließend mit den Schultern.

»Wissen Sie, wer es war?«, fragte Tenbrink.

Wieder ein Kopfschütteln. »Das können viele gewesen sein. Michael hatte viele Freunde, aus der Schule, im Fußballverein. Fast die ganze Ahlbecker Dorfjugend war damals auf der Party. Vielleicht war er mit seiner ganzen Clique auf dem Bülten.«

»Wir brauchen die Namen seiner damaligen Freunde«, sagte Tenbrink.

»Sie glauben wirklich, dass einer von denen Ellen umgebracht hat?«, fragte Hartmann und fuhr sich über den Kinnbart. »Wegen einem Unfall vor sechzehn Jahren? Was hätte derjenige groß zu befürchten gehabt?«

»Bloßstellung?«, vermutete Tenbrink und rieb sich die Nasenwurzel unter seiner Brille. »Das Eingeständnis von Schuld?«

»Finden Sie das nicht ein bisschen weit hergeholt?«

»Ein schwaches Mordmotiv«, wiederholte Bertram, was er vorhin schon auf dem »Schulzenhof« gesagt hatte. »Deswegen bringt man niemanden um.«

Zum ersten Mal waren sich Bertram und Hartmann einig. Beide nickten.

»Es ist die einzige logische Erklärung«, sagte Tenbrink. Aber er wusste, dass sie recht hatten. Deswegen brachte man niemanden um.

»Haben Sie sich das Video schon angeschaut?«, fragte Hartmann.

»Welches Video?«, entfuhr es Tenbrink und Bertram wie aus einem Mund.

»Das Video von der Party.« Hartmann schaute sie an, als hätte er etwas völlig Selbstverständliches gesagt. »Wir haben damals mit der Videokamera gefilmt. Eigentlich war es Michaels Kamera, der hat sich schon immer für Film interessiert, aber an dem Abend hab vor allem ich gefilmt. Weil Ellen nach der Silvesterparty gefragt hat, hab ich in den alten Videos gekramt und Ellen die Kassette vor einigen Tagen gegeben. Sie müsste eigentlich bei ihren Sachen sein.«

Tenbrink schaute Bertram fragend an. Der schüttelte den Kopf.

»Sie haben nicht zufällig eine Kopie des Videos?«

»Nein!« Hartmann lachte abschätzig. »Ich hab nicht mal mehr einen Videorekorder. Außerdem waren das diese kleinen Kassetten, Sie wissen schon, die aus den alten Camcordern, für die man einen Adapter braucht!«

Tenbrink hatte sich nie für Videos interessiert und zuckte mit den Schultern, doch Bertram sagte: »Video 8?«

»Genau«, sagte Hartmann. »War damals der letzte Schrei. Kennt heute kaum noch jemand. Dabei ist das noch gar nicht so lange her. Man vergisst so schnell, nicht wahr?«

»Ja«, sagte Tenbrink, klopfte sich auf die Oberschenkel und stand auf. »Da ist was dran.«

10

Bertram liebte Quizsendungen. Schon als Kind hatte er es geliebt, vor dem Fernseher zu hocken und mit den Prominenten und Kandidaten knifflige Fragen zu beantworten. Angefangen hatte es vor langer Zeit mit »Die Pyramide«, moderiert vom unverwüstlichen Dieter Thomas Heck, später dann »Jeopardy« mit Frank Elstner oder »Das Quiz« mit Jörg Pilawa. Und natürlich »Wer wird Millionär?«, seine einzige Liebe, der er (und die ihm) in all den Jahren nie untreu geworden war. Die Freitag- und Montagabende gehörten Günther Jauch und der Frage: »Nehmen Sie den Zusatzjoker?« Wenn er dienstlich im Einsatz war, nahm er die Sendungen mit dem Festplattenrekorder auf, um sie nach Feierabend anzuschauen.

Bertram war gut bei Wissensfragen und hatte schon mehrfach überlegt, ob er sich nicht als Kandidat für die Sendung bewerben sollte. Er verfügte über ein erstaunliches Gedächtnis und ein sehr breites und detailliertes Allgemeinwissen, mit dem er allerdings ungern hausieren ging. Schon zu Schulzeiten war es ihm oft ein Bedürfnis gewesen, lieber von den Lehrern in Ruhe gelassen zu werden, als mit seinem Wissen zu prahlen. Deshalb täuschte er mitunter Unwissen oder nur vage Ahnung vor. Wie vorhin am Galgenhügel.

Als Tenbrink gefragt hatte, ob er mit den Worten »nisi bene« etwas anfangen könne, hätte er seinem Chef auf Anhieb das vollständige Sprichwort samt Übersetzung aufsagen können, doch das hätte den Hauptkommissar nur irritiert. Dass Bertram das Große Latinum besaß, war irrelevant und hätte ihm womöglich irgendwann einen blöden Spruch eingebracht. Also hatte er lediglich ausreichendes Halbwissen bekundet. Wie so häufig gegenüber Vorgesetzten. Die mochten es zumeist nicht, belesene, gebildete oder intelligente Untergebene zu haben. Auf seine Stärken zu pochen, konnte sich nur leisten, wer keine Schwächen offenbarte. Und das traf auf Maik Bertram nun gewiss nicht zu.

Nur wenn er und Günther Jauch allein waren, konnte er so richtig die Sau rauslassen. Dann hielt ihn keiner zurück, wenn er dem herumstammelnden Quizkandidaten über den Mund fuhr und statt seiner die richtige Antwort gab. Dann durfte er der arrogante und selbstgefällige Besserwisser sein, der es nun mal besser wusste. So eine Quizsendung konnte befreiende, ja fast therapeutische Wirkung haben, fand Bertram.

Deshalb fand es Bertram gar nicht lustig, als es an diesem Montagabend um halb neun an seiner Tür klingelte. Vermutlich ein Nachbar, der etwas ausleihen wollte. Oder ein verspäteter Werbungsausträger. Bertram ignorierte das Klingeln und konzentrierte sich auf die Vierundsechzigtausendeurofrage: »Welcher dieser berühmten Filmregisseure hat bereits Stummfilme inszeniert?«

Wieder klingelte es an der Tür, mehrfach und lange.

Einer der Gründe, warum Bertram nicht nach Münster, sondern ins gut zwanzig Kilometer entfernte Billerbeck gezogen war, hatte darin gelegen, dass er hier niemanden kannte, dass er außerhalb des Dienstes allein sein konnte. Mit den Leuten im Ort hatte er keinen Kontakt gesucht. Nie hatte er Frauenbekanntschaften mit zu sich nach Hause genommen. Und nur Tenbrink, der ja in Schöppingen und somit noch weiter von Münster entfernt wohnte, hatte jemals seine Wohnung betreten.

Doch Tenbrink wusste, dass er vorher anrufen sollte. Und daran hielt er sich. Weil er selbst auch keine Überraschungen mochte.

»Billy Wilder«, sagte der Kandidat im Fernsehen, nachdem er den Fifty-fifty-Joker genommen hatte.

»Alfred Hitchcock, du Armleuchter!«, korrigierte Bertram und nahm erleichtert zur Kenntnis, dass nun eine Werbeunterbrechung folgte. Missmutig stapfte er zur Wohnungstür, riss sie auf und knurrte: »Was gibt's?«

»Kann ich reinkommen?«, fragte Martina Derksen und hielt eine Flasche Champagner in den Händen. »Hast du Lust auf ein Gläschen?«

»Oh, fuck!«, entfuhr es Bertram.

»Ganz, wie du willst! Aber vorher trinken wir was.«

»Ich weiß nicht«, antwortete er, ohne zur Seite zu treten. Er suchte nach einer triftigen Ausrede, doch das Einzige, was ihm einfiel, war: »Ich bin mir nicht sicher, ob das eine gute Idee ist.«

»Vorgestern hast du es noch für eine gute Idee gehalten.«

»Vorgestern war Samstag«, sagte Bertram. »Heute ist Montag.«

»Da wäre ich jetzt nicht drauf gekommen, du Schlaumeier«, antwortete sie, drückte ihm die Flasche in die Hand, einen Kuss auf den Mund und drängte sich an ihm vorbei in die Wohnung. »Darf ich?«

Bertram war wie paralysiert und nicht in der Lage zu reagieren. Damit hatte er nun wirklich nicht gerechnet. Insgeheim hatte er gehofft, dass Martina die Nacht von Samstag auf Sonntag genauso einschätzen würde wie er: als einmalige Angelegenheit. Als harmlosen und vor allem folgenlosen One-Night-Stand. Er wusste selbst nicht so genau, wie es eigentlich dazu gekommen war. Dass es zwischen ihnen gefunkt hatte, war ihm natürlich nicht entgangen, und auch ihre provozierenden Blicke hatte er durchaus richtig interpretiert. Trotzdem war ihm immer noch schleierhaft, was eigentlich geschehen war. Er hatte sie zum Essen eingeladen oder besser: Sie hatte ihn irgendwie dazu gebracht, die Einladung zum Essen auszusprechen, und anschließend hatte sie darauf bestanden, sich mit einem Drink in einer kuscheligen Cocktailbar zu revanchieren. Dass sie es darauf abgesehen hatte, mit ihm im Bett zu landen, war ihm relativ bald klar gewesen, doch die ganze Zeit hatte er sich eingeredet, dass es dazu ja nicht kommen müsste. Bis er dann bei ihr im Bett lag und erst im Morgengrauen in ihren Armen einschlief.

Er wollte nicht behaupten, dass es ein Fehler gewesen oder gar gegen seinen Willen geschehen war. Aber von Beginn an hatte er das Gefühl gehabt, nicht die Fäden in der Hand zu halten. Es hatte Spaß gemacht und war wirklich guter Sex gewesen, außerdem war er Single und sie geschieden, kein Grund also, irgendetwas zu bereuen oder ein schlechtes Gewissen zu haben. Aber die Möglichkeit einer Wiederholung war für ihn dennoch nie in Betracht gekommen. Bis jetzt.

»Hübsch hast du's hier«, sagte sie, ohne erkennen zu geben, ob sie es ironisch meinte, und hängte ihren Mantel an die Garderobe. Statt des obligatorischen Hosenanzugs trug sie ein luftiges, fast durchscheinendes Kleid, das für die Jahreszeit eigentlich unpassend war.

»Martina, ehrlich«, sagte Bertram. »Lass uns vernünftig sein!«

Doch sie war bereits nach nebenan verschwunden. Als er ihr ins Wohnzimmer gefolgt war, räkelte sie sich auf dem Sofa, die Fernbedienung in der Hand. Die bekannte Erkennungsmelodie ertönte, die Werbepause war vorbei.

»Günther Jauch?«, rief sie und lachte. »Das ist nicht dein Ernst, oder?« Dann machte es *klick*, und die Mattscheibe war schwarz.

Dritter Teil

1

Die Anwesenheit der Oberstaatsanwältin tat Tenbrink beinahe körperlich weh. Dass sie ihm gegenüber weisungsbefugt war und er ihr deshalb Rede und Antwort stehen musste, war schon schlimm genug. Aber dass sie nun während der morgendlichen Lagebesprechung im Raum saß, als gehörte sie tatsächlich zum Ermittlerteam, ging ihm dann doch zu weit. Mit einem verschmitzten Grinsen, das Tenbrink nicht recht einordnen konnte, hockte sie auf einem Stuhl in der Ecke und betonte mehrmals, sie werde sich mit Kommentaren zurückhalten und sei nur gekommen, um sich aus erster Hand über den Stand der Ermittlungen zu informieren. Auf Tenbrinks Hinweis, er werde ihr später alle Erkenntnisse geordnet und schriftlich zukommen lassen, reagierte sie beinahe belustigt. Sie hob die Augenbrauen, lächelte charmant und sagte: »Keine Angst, Herr Tenbrink, ich beiße nicht.« Dabei schaute sie allerdings nicht Tenbrink, sondern Bertram an, der mit finsterer Miene auf seine Fußspitzen starrte und keinen Ton hervorbrachte.

Tenbrink blieb nichts anderes übrig, als sich zu fügen. »Wie Sie wollen«, sagte er schließlich und rückte sich die Brille zurecht, die gar nicht verrutscht war. »Womit fangen wir an?«

Reinhard Gehlings Arm ging in die Höhe.

»Ja, Reinhard«, sagte Tenbrink und nickte. »Was sagen die Zeugen?«

»Ich habe mit Bastian Haffner und Heinrich-Josef Schultewolter telefoniert.« Gehling blickte in seine Unterlagen. »Beide Zeugen sind sich sicher, dass sie nicht hinten, also auf der Rückseite des Galgens, am Seil gezogen haben. Schultewolter hat gemeint, sie hätten die Deern ja nicht noch höher ziehen wollen, sondern abschneiden. Allerdings hat Haffner gesagt, dass er die Tote an den Beinen angefasst und hochgehoben hat und dass Schultewolter dabei am Seil gezogen hat, weil es so besser durchzuschneiden war.«

»Also haben sie nun am Seil gezogen oder nicht?«, fragte Tenbrink.

Gehling und blätterte nervös in seinen Papieren. »Wenn ich es richtig verstanden habe … Ja und nein! Ein bisschen. Die beiden waren natürlich sehr aufgeregt. Also nicht gestern, als ich mit ihnen telefoniert habe, sondern vorgestern am Galgen. Haffner hat nur schnippisch gesagt, sie hätten ja nicht gewusst, dass sie beim Abschneiden der Leiche den Galgen nicht beschädigen dürfen.«

Ein leises Schnaufen kam aus der Ecke der Oberstaatsanwältin.

Das fängt ja gut an, dachte Tenbrink und blickte zu Heide Feldkamp. »Würde das die verbogenen Holzsplitter erklären?«

»Schwer zu sagen«, sagte sie und schaute Tenbrink entschuldigend an. »Kommt darauf an, was man unter ›ein bisschen‹ versteht. Ausschließen kann ich es nicht.«

»Gut!«, sagte Tenbrink, obwohl er das Gegenteil meinte, und wandte sich an Bremer: »Arno, danke für die Unterlagen zum Flugzeugabsturz. Das war sehr hilfreich. Wir haben ja inzwischen mit Jens Stein, dem Klatschreporter aus Hamburg, gesprochen und wissen, was Ellen Gerwing gemeint hat, als sie sagte, dass es kein Unfall gewesen ist. Das haben auch Anne Gerwing und Max Hartmann zugegeben. Es ging nicht um den Absturz, sondern um den Tod ihrer Schwester Eva.«

»Vor über sechzehn Jahren«, gab Bremer zu bedenken.

»Für Ellen Gerwing war das eine schockierende Neuigkeit«, sagte Bertram, ohne den Blick von seinen Schuhen zu nehmen. »Der Tod ihrer Schwester war nach all den Jahren immer noch ein Trauma für sie. Die Beichte ihres Mannes hat alles wieder aufgerührt. Und das Erste, was sie nach ihrer Genesung unternommen hat, war die Fahrt nach Ahlbeck. Um Nachforschungen anzustellen.«

»Mit welchem Ziel?«, fragte Bremer. »Das kommt mir alles so schwammig …«

»Wir brauchen dieses Video von der Party«, schnitt Tenbrink ihm das Wort ab. »Habt ihr irgendwas im Auto oder auf dem Laptop oder Handy gefunden?«

»Nichts«, antwortete Heide Feldkamp. »Keine Videokassette, keine DVD, keine Filmdatei. Jedenfalls nichts, was mit der Silvesterparty zu tun hat.«

»Sonst irgendwas?«

»Das Handy lag ausgeschaltet in ihrem Apartment«, antwortete Heide. »Ellen Gerwing hat es seit dem Nachmittag vor ihrem Tod nicht mehr benutzt.«

»Sie fährt mit dem Auto durch die Gegend und lässt ihr Handy zurück?«, wunderte sich Tenbrink. »Wieso?«

»Vergessen?«, mutmaßte Bertram. Tenbrink zuckte zusammen, doch Bertram hatte es nicht so gemeint, wie es sich für ihn angehört hatte.

»Die ausgelesene Gesprächsübersicht vom Handy und die Dateiliste vom Laptop samt E-Mail-Verkehr habe ich dir auf den Tisch gelegt«, fuhr Heide fort. »Außerdem haben wir sämtliche Verbindungsdaten inklusive Einwahlknoten vom Internet-Provider und Telefonanbieter beantragt. Müssten morgen oder übermorgen vorliegen.«

»Irgendwas Auffälliges dabei?«

»Ellen Gerwing hat wenig telefoniert und kaum an ihrem Laptop gesessen. Ihr Browser war leider so eingestellt, dass der Verlauf und der Datencache nach jeder Sitzung gelöscht wurden. Eigentlich vorbildlich, aber für uns wird's dadurch mühsam, da noch irgendetwas zu rekonstruieren. Auch da müssten wir auf die Daten des Providers warten. Sie hat das Internet über das WLAN des Hotels benutzt. Das muss erst noch von den Kollegen gefiltert werden. E-Mails waren auch nur spärlich und unauffällig.«

»Mit wem hatte sie zuletzt Kontakt?«

»Mit ihrer Schwester, ihrem Schwager, ihrem Agenten, ihrer Therapeutin, einige Ahlbecker Nummern. Außerdem taucht einige Male eine Festnetznummer mit holländischer Vorwahl auf.«

»Enschede?«, fragte Tenbrink und dachte mit Unwillen an Maarten Mulders, Anne Gerwings selbstgefälligen Liebhaber, der kein Mann für die Ehe war.

»Nein, Amsterdam«, sagte Heide. »Ich kümmere mich drum.«

Wieder sagte Tenbrink: »Gut.« Diesmal meinte er es auch. »Und kümmere dich auch um die Teilnehmer der Weinprobe. Anne Gerwing hat uns die Liste der Gäste geschickt, wir sollten das auf alle Fälle kontrollieren.«

Heide nickte, und Tenbrink fragte: »Bernd?«

Keine Reaktion.

»Bernd?«, wiederholte Tenbrink.

»Hm?«, machte Hölscher.

»Die Finanzen?«

»Ach so, ja«, sagte Hölscher und richtete seinen massigen Körper auf dem viel zu kleinen Bürostuhl auf, was ihm sichtlich Mühe bereitete. »Bei dem ›Schulzenhof‹ handelt es sich um eine Kommanditgesellschaft mit beschränkter Haftung, und das Ganze ist als geschlossener Immobilienfonds konzipiert.«

»Sind das nicht diese windigen Steuersparmodelle?«, fragte Bremer.

»Früher ja«, antwortete Hölscher, »damit wurde eine Zeit lang viel Schmu betrieben, weil es so gut wie nicht reguliert war. Inzwischen wurden die Gesetze geändert und konkretisiert, sodass die Immobilienfonds nicht mehr so leicht als bloße Abschreibungsprojekte dienen können. Betrug ist da natürlich immer noch möglich. Ich kann das gern weiter ausführen, wenn ihr …«

Tenbrink winkte ab: »Wer ist an dem Immobilienfonds beteiligt?«

»Zunächst einmal die beiden Gerwing-Schwestern, die nach dem Tod der Eltern die Summe einer Lebensversicherung in das Projekt gesteckt haben. Dann zwei örtliche Banken mit einer gewissen Zahl von Kleinanlegern. Den Hauptanteil hat aber eine holländische Immobilien- und Investmentfirma übernommen, eine gewisse ›Mulders B. V.‹ in Haaksbergen.«

»Wer ist Geschäftsführer des Immobilienfonds?«, fragte Tenbrink.

»Anne Gerwing und Maarten Mulders, der auch der Geschäftsführer von ›Mulders B. V.‹ ist. Beide zu gleichen Teilen.«

»Kommt dir an der Finanzierung irgendetwas nicht koscher vor?«

»Die BaFin hat den Verkaufsprospekt geprüft und genehmigt«, antwortete Hölscher und schob die Unterlippe vor. »Mir ist auf den ersten Blick nichts Merkwürdiges aufgefallen, auch weil die Zahl der Anleger sehr überschaubar ist. Ein durchaus übliches Investmentkonzept. Da das Wellness-Hotel inzwischen Gewinn abwirft, kann man auch Anlagebetrug ausschließen, falls du darauf hinaus willst. Das Konzept rechnet sich.«

»Was passiert mit den Anteilen von Ellen Gerwing?«

»Da sie keine weiteren Verwandten hat und falls es kein anderslautendes Testament gibt, werden sie vermutlich an die Schwester fallen.« Bevor Tenbrink nachhaken konnte, setzte Hölscher hinzu: »Es wäre für Anne Gerwing allerdings viel lukrativer gewesen, die Anteile zu Lebzeiten zu übernehmen, wie es ja angeblich von Ellen Gerwing angeboten wurde. Eine Schenkung ist immer günstiger als eine Erbschaft.«

»Hast du was wegen der Versicherung und der Zahlung durch die Fluggesellschaft herausgefunden?«

»Es gab eine Lebensversicherung von Michael Hartmann, allerdings keine Risikoversicherung, sondern eine kapitalbindende. Die Auszahlsumme war also nicht exorbitant hoch. Und wegen dem Flugzeugabsturz …« Hölscher tippte auf der Tastatur herum und schaute gebannt auf seinen Monitor. »Die Airline hat eine Entschädigung an die Opfer und Hinterbliebenen gezahlt, aber die bewegt sich auch nur im höheren fünfstelligen Bereich. Millionenbeträge sind dabei nicht zusammengekommen. Genaueres kann ich noch nicht sagen. Für eine Kontenprüfung brauchen wir einen richterlichen Beschluss.« Dabei schaute er in Richtung der Oberstaatsanwältin.

Arno Bremer, der schon die ganze Zeit unruhig auf seinem Stuhl hin und her gerutscht war, konnte nun nicht länger an sich halten. »Tut mir leid, Heinrich«, wandte er sich an Tenbrink. »Aber die Finanzen halte ich nicht für zielführend! Die einzige Person, die aus dem Tod von Ellen Gerwing einen finanziellen Nutzen zieht, ist ihre Schwester Anne. Aber die hatte es am wenigsten nötig, auf das Erbe zu schielen. Ich meine: Hast du dir den Laden mal angeschaut? Der brummt wie Teufel! Glaubst du im Ernst, dass die wegen vielleicht einhundert- oder zweihunderttausend Euro ihre Schwester umbringt?«

»Nein, das glaube ich nicht. Aber trotzdem ist es hilfreich zu wissen, von welchen Summen wir hier sprechen. Und sei es nur, um etwas auszuschließen. Danke, Bernd!«

»Da nicht für«, antwortete Hölscher und schaute pikiert in Richtung Bremer. Dass die beiden sich nicht riechen konnten, war im KK11 ein offenes Geheimnis. Bremer hielt Hölscher für einen faulen Sesselfurzer. Und Hölscher sah in Bremer einen verhinderten Fallanalytiker, der sich für völlig überqualifiziert hielt. Beides hatte Tenbrink von Bertram erfahren, der seinerseits beide Meinungen teilte.

»Was haben wir also?«, fragte Tenbrink in die Runde.

»Wir haben kein stichhaltiges Mordmotiv«, sagte Bertram zu seinen Schuhen.

»Die Frage sollte anders lauten«, kam es in diesem Augenblick aus der Ecke der Oberstaatsanwältin. Sie erhob sich und sagte: »Haben wir es überhaupt mit einem Mord zu tun?«

Alle Blicke richteten sich auf Tenbrink. Sogar Bertram schaute ihn an. Zweifel sprach aus diesen Blicken, vielleicht auch etwas Mitleid. Bei Bremer zudem ein wenig Genugtuung.

»Könnte ich Sie einen Moment sprechen, Herr Tenbrink?«, fragte Martina Derksen und baute sich vor ihm auf. »In Ihrem Büro?«

2

Die Wand war bereits mit Fotos, Zeitungsausschnitten und Notizen gepflastert. Linierte und gestrichelte Querverbindungen, Ausrufe-, Fragezeichen und Unterstreichungen. In der Mitte der Name Ellen Gerwing, daneben die Schwester Anne und auf der anderen Seite zwei Tote: Michael Hartmann und Eva Gerwing. Neben Max Hartmann und Maarten Mulders hatte Tenbrink zwei Fragezeichen platziert und die gestrichelten Linien zu Ellen und Anne mit einem Herz versehen. Einmal mit Klammern, einmal ausgemalt. Magda Hartmann blieb wie eine graue Eminenz im Hintergrund, mit dicken Linien zu beinahe alle Beteiligten.

»Bremer hat recht«, sagte Martina Derksen und stellte den Stuhl direkt vor Tenbrinks Tisch, sodass er an ihr vorbeischauen musste, um seine Zettelwirtschaft anzusehen. »Das alles ist tatsächlich sehr schwammig.«

»Sie hatten uns noch ein paar Tage gegeben«, entgegnete Tenbrink.

»Dabei bleibt es auch.« Derksen hob abwehrend die rechte Hand. »Am Donnerstag ist die Beerdigung. Wenn Sie bis dahin nicht etwas Belastbareres haben, werde ich die Ermittlungen einstellen müssen.«

»Wenn meine Annahme stimmt …«, begann Tenbrink.

»Ihre Vermutung«, unterbrach ihn Derksen. »Bislang ist es nur eine Vermutung. Weder die Obduktion noch die Tatortuntersuchung haben eindeutige Belege für eine Straftat ergeben. Wir können nicht wochenlang das ganze Team blockieren, um einen Selbstmord zu untersuchen.«

»Es war Mord!«, konterte Tenbrink.

»Sie haben bis einschließlich Mittwochabend Zeit, mich zu überzeugen.« Derksen machte ein Gesicht, als wäre sie damit bereits über ihren Schatten gesprungen.

»Das sind nicht einmal zwei Tage«, antwortete Tenbrink empört.

Derksen nickte. »Bringen Sie mir wenigstens ein Mordmotiv, das nicht völlig nebulös erscheint. Oder einen Verdächtigen, der diese Bezeichnung verdient. Ich habe Ihnen als Kommissariatsleiter die Ermittlungen übertragen, weil wir es mit einem sehr exponierten und sensiblen Fall zu tun haben. Lassen Sie mich nicht zu dem Schluss kommen, dass ich aufs falsche Pferd gesetzt habe.«

Tenbrink zuckte wie unter einem Peitschenhieb zusammen.

»Verstehen Sie mich bitte nicht falsch«, fügte Derksen hinzu, als sie Tenbrinks Gesichtsausdruck sah.

»Aber ja!«, rief er. »Das ist es!«

»Was ist was?«, fragte die Staatsanwältin verwirrt und wich merklich zurück, als Tenbrink hinter seinem Schreibtisch aufsprang. »Wovon reden Sie?«

»Das falsche Pferd!« Er schaute zur Wand, und sein Blick blieb auf der dicken Linie zwischen Magda Hartmann und ihrem Sohn Michael hängen. Tenbrink hatte den Strich mit einem Pfeil in Richtung des Sohnes versehen. Aber nun wusste er, dass er den Pfeil auch in die andere Richtung machen musste. Und dass ein ganz wesentlicher Pfeil fehlte.

Tenbrink öffnete die Tür zum Gruppenraum und rief: »Maik! Wir fahren!«

»Mittwoch!«, sagte Martina Derksen, doch Tenbrink war bereits aus dem Büro gestürmt.

3

Die Glocken im Westturm der Kirche schlugen zur Mittagszeit, als Tenbrink und Bertram den Ahlbecker Friedhof betraten. Diesmal waren keine Fernsehteams anwesend, dennoch herrschte vor der Gruft der Schulzenfamilie ein reges Treiben, weil eine Handvoll Gärtner damit beschäftigt war, die Grabanlage zu säubern, mit frischen Blumen und Grünpflanzen zu bestücken und für die Trauerfeier am Donnerstag herzurichten. Am hinteren Ende des Kirchhofs, direkt an der Mauer, wurde ein schmales Podest aufgebaut, vermutlich für die Kameras und Presseleute.

Auch im unteren Teil des Friedhofs, unweit der Stelle, an der Tenbrink die gebückte Gestalt von Magda Hartmann erkannte, waren Friedhofsgärtner bei der Arbeit. Mit einem Minibagger wurde ein Grab ausgehoben, und mehrere Männer rückten einem Lebensbaum, der offenbar im Weg stand, mit Spaten und Säge zu Leibe. Einer der Gärtner fluchte wütend, weil sich die Wurzeln des Gewächses als äußerst störrisch erwiesen.

Wie am Tag zuvor stand Magda Hartmann auf ihren Knüttel gestützt und starrte unverwandt auf das Familiengrab, obwohl Tenbrink sicher war, dass sie die Ankunft der Kommissare bemerkt, wenn nicht sogar erwartet hatte.

»Guten Tag, Herr Kommissar«, fragte Magda, ohne aufzublicken, und bestätigte damit Tenbrinks Vermutung. »Kommen Sie jetzt auch jeden Tag zum Friedhof?«

»Guten Tag, Magda.« Tenbrink schaute zu dem nahen Grab, wo die Gärtner gerade mit vereinten Kräften an dem gekappten Strunk des Lebensbaumes zogen. »*So süht uut.*«

»Max hat mir erzählt, dass Sie ihn auf der Wache verhört haben.« Magda folgte mit ihren Augen Tenbrinks Blick. »Das ist für Frau Boomkamp«, sagte sie und fuhr sich mit den Fingern über die runzlige Nase. »Lisbeth war lange krank. Ist an Alzheimer gestorben.«

»Kann man an Alzheimer sterben?«, fragte Bertram erstaunt.

Tenbrink räusperte sich, als wäre ihm etwas in den falschen Hals geraten.

»Zum Schluss hatte sie eine Lungenentzündung«, antwortete Magda und machte ein Kreuzzeichen auf der Brust. »Aber der Grund war Alzheimer. Hat ja nur noch im Bett gelegen und an die Decke gestarrt. Sie wird am Donnerstag beerdigt, genau wie Ellen. Aber ohne Fernsehen und Regierungspräsident.« Sie seufzte, blickte wieder aufs Hartmann'sche Grab und fragte: »Was wollen Sie von mir?«

»Die Wahrheit.«

»Welche Wahrheit?«

»Gibt es mehr als eine?«, fragte Bertram.

»Natürlich, junger Mann!« Magda schüttelte den Kopf, wie über einen dummen Schüler, der seine Lektion nicht gelernt hatte. »Das sollten Sie als Polizist eigentlich wissen.«

»Warum war Eva die Falsche?«, fragte Tenbrink und rückte sich die Brille zurecht. »Wen hätte es stattdessen treffen sollen?«

Magda erstarrte. Nur das schwere Atmen und das Zittern des Wurzelholzes in ihrer Hand ließen erkennen, dass es in ihr brodelte. Doch sie schwieg, mahlte mit dem Kiefer und schaute weiterhin zu Boden.

»Michael hat Ihnen erzählt, was auf dem Galgenhügel geschehen ist, nicht wahr?«, fuhr Tenbrink fort und baute sich vor ihr auf, sodass es ihr nicht möglich war, an ihm vorbeizuschauen. Weil er wusste, dass er recht hatte, wartete er nicht auf eine Antwort, sondern präzisierte seine Frage: »*Wann* hat er es Ihnen erzählt?«

Keine Antwort.

»Frau Hartmann!«, bellte Bertram.

»Keine zwei Wochen später«, platzte es aus ihr heraus.

»Zwei Wochen … nach dem Unfall?«, fragte Tenbrink.

»Der Junge war schon immer so feinfühlig«, rief sie, richtete sich auf und starrte Tenbrink herausfordernd an. »Ganze Nächte hat er geheult, als würd's davon besser werden. Als könnte er sie dadurch wieder lebendig machen. Erst hab ich gedacht, er wär in das Schulzenmädchen verliebt gewesen und dass er um sie trauert, aber dann hat er mir erzählt, was passiert ist. Was er gemacht hat.«

»Was genau hat er gemacht?« Bertram wurde langsam ungeduldig. »Und mit wem?«

»Die Zwillinge waren schon immer sehr hübsch«, sagte Magda, richtete ihre Worte aber ausschließlich an Tenbrink. »Alle Jungs waren in sie verliebt, der eine mehr, der andere weniger. Und das haben die Mädchen natürlich gewusst und ausgenutzt. Wie zwei Prinzessinnen.«

Tenbrink merkte, dass Bertram das Gesicht verzog und unwirsch dazwischengehen wollte, deshalb legte er ihm beschwichtigend die Hand auf den Unterarm und fragte: »War Michael auch in eine der Schwestern verliebt?«

»Er hat Ellen geheiratet.« Magda spuckte Tenbrink die Worte regelrecht vor die Füße. »Was glauben Sie? Natürlich war er in sie verliebt. Immer schon. Das glaube ich jedenfalls.«

»Aber in der Silvesternacht ging es nicht um Michael?«, folgerte Tenbrink.

Magda schüttelte den Kopf. »Es ging um Henk, Michaels besten Freund. Sie kannten sich vom Gymnasium und aus dem Fußballverein. Die beiden waren wie Pech und Schwefel, dabei waren sie eigentlich völlig unterschiedlich. Pat und Patachon, hab ich immer gesagt. Henk war immer schon … na ja, ein bisschen sonderlich.«

»Henk?«, fragte Tenbrink. »Und mit Nachnamen?«

»Boomkamp.«

»Boomkamp?« Bertram hob erstaunt die Augenbrauen.

Tenbrink verstand nicht. Sollte ihm der Name etwas sagen? Er schaute seinen Kollegen fragend an. Der deutete mit einem Kopfnicken zu dem ausgehobenen Grab, wo die Gärtner die Baumwurzel inzwischen ausgegraben und auf einen kleinen Hänger gelegt hatten.

»Ja, Herr Kommissar«, sagte Magda und richtete ihren Gehstock in dieselbe Richtung. »Lisbeth war Henks Mutter.«

»Lisbeth Boomkamp«, sagte Tenbrink, zückte seinen Block und notierte die Namen. »Und Henk Boomkamp war Michaels bester Freund.«

»Dat häbb ik di doch ääben vertällt«, antwortete Magda unwirsch.

»Was meinten Sie mit sonderlich?«, fragte Bertram.

»Henk war halt ein bisschen seltsam«, antwortete sie mit Blick auf Tenbrink. »Lange zottelige Haare, ganz verfilzt und dann noch schwarz gefärbt.«

»Eine Rasta-Frisur?«, fragte Bertram.

»Keine Ahnung, wie man das nennt. Sah jedenfalls fürchterlich aus. Sollte es wohl auch. Henk lief immer in bunten Latzhosen und mit abgewetztem Bundeswehrparka herum und auf dem Kopf so 'ne bunte Strickmütze. Ein komischer Kauz. Die Leute sagten, dass er Drogen nimmt. Weiß nicht, ob das stimmt. Die Boomkamps wohnten damals schon in den alten Zollhäusern an der Grenze.« Dabei verdrehte sie vielsagend die Augen und setzte hinzu: »Heute sind das schöne Wohnhäuser im Grünen. Aber vor der Renovierung waren das alte und kaputte Baracken ohne Heizung und Klo. Wer da wohnte ...« Sie wedelte mit den Händen und setzte hinzu: »Sie wissen schon.«

Tenbrink wusste nicht, aber er konnte es sich denken.

»Dass dieser Henk mit Ihrem Sohn befreundet war, hat Ihnen bestimmt nicht gefallen«, vermutete Bertram.

»Michael hat noch nie auf das gehört, was ich ihm gesagt hab. Der hat immer schon seinen eigenen Kopf gehabt. Wie sein Vater. Gott hab ihn selig!« Wieder schlug sie ein Kreuzzeichen vor der Brust.

»Was ist in der Silvesternacht passiert, Magda?«, lenkte Tenbrink die Unterhaltung zum eigentlichen Thema zurück. »Was ist während der Party auf Ihrem Hof geschehen?«

»Lächerlich gemacht haben sie ihn.«

»Wer? Wen?«

»Die Zwillinge. Den armen Henk.« Magda schaute Tenbrink an, als verstünde sich das von selbst. »Ich hab Henk auch nicht besonders leiden können, aber das hatte er nicht verdient. Wie so 'n *Dääskopp* dazustehen und ausgelacht zu werden. Lustig gemacht haben sie sich über ihn, weil er so dumm war, seine Gefühle auszusprechen.«

»Henk war verliebt«, folgerte Tenbrink. »In Eva oder Ellen?«

»Ellen«, antwortete sie, »aber in dieser Hinsicht waren sie beide gleich. Eingebildete Puten. Immer die Nase oben und die Mundwinkel unten.« Magda machte eine entsprechende Grimasse und dann eine wegwerfende Handbewegung. »Keiner war den Zwillingen gut genug. Wie in diesem Märchen von den Brüdern Grimm.«

Tenbrink und Bertram schauten sich irritiert an.

»König Drosselbart«, sagte Magda und schwenkte den Knüttel. »Henk sah ja auch ein bisschen so aus. Mit seinen zotteligen Haaren, den Flusen am Kinn und dem ollen Parka. Michael hat erzählt, dass Henk schon lange in Ellen verliebt war, sich aber nicht getraut hat, es ihr zu sagen. Aus gutem Grund! Aber an diesem Abend hat er sich anscheinend Mut angetrunken und ihr seine Liebe gestanden.« Sie schnaufte abfällig und schüttelte den Kopf. »Und was hat's ihm eingebracht? Spott und Häme! Ellen hat ihn ausgelacht und einen hässlichen Vogel genannt. Sie war wohl auch schon ziemlich betrunken. Gemeinsam mit ihrer Schwester hat sie ihn vor versammelter Menge lächerlich gemacht. Warzenschwein, so haben sie ihn genannt und dabei albern gegrunzt.«

»Warzenschwein?«, wunderte sich Tenbrink.

»Henk hatte zwei dunkle Warzen, vielleicht waren es auch Muttermale. Das weiß ich nicht mehr so genau. Zwei dicke, auffällige Dinger. Die eine hier.« Sie deutete links neben ihre Nase. »Die andere am Kinn.« Sie wies auf eine Stelle direkt unterhalb des rechten Mundwinkels. »Das sah natürlich nicht so schön aus. Aber deswegen ist man noch lange kein Warzenschwein!«

»Tenbrink notierte die Informationen und nickte nachdenklich. »Deshalb hat Henk sich gerächt. Und Michael hat ihm dabei geholfen?«

»Irgendwie hatten die beiden Jungs herausgefunden, dass die Mädchen am nächsten Morgen zum Tütenrutschen auf den Galgenbülten wollten«, antwortete Magda und hatte Mühe, gegen den Lärm des Baggers anzureden, der nun ungehindert weiterbuddeln konnte. »Es war anscheinend Michaels Idee, die Scherben auf dem Bülten in den Boden zu stecken. Um es den eingebildeten Zwillingen zu zeigen. So hat er's mir erzählt. Eine saublöde Idee, auf die sie nur gekommen sind, weil sie total betrunken und wütend waren.« Sie presste die Lippen aufeinander und sah Tenbrink beinahe flehentlich an. »Sie wollten sich rächen, aber sie wollten natürlich nicht, dass eines der Mädchen stirbt. Sie sollten sich nur ein bisschen wehtun. Wie sie Henk wehgetan hatten. Es konnte doch keiner ahnen, dass Eva verbluten wird. Sie haben über die möglichen Folgen gar nicht nachgedacht. Es sollte nur ein Streich sein.«

»Ein Streich?«, knurrte Bertram. »Es war ein feiger und hinterhältiger Plan!«

Magda warf ihm einen bösen Blick zu, doch dann wandelte sich ihre Miene plötzlich. Sie schaute zerknirscht drein und sagte kleinlaut: »Ja, Sie haben recht. Und der Alkohol war keine Entschuldigung. Deshalb hat Michael ja so sehr darunter gelitten. Die Schuld hat fürchterlich an ihm genagt. Er war damals kurz davor, zur Polizei zu gehen und alles zu beichten.«

»Das haben Sie aber nicht zugelassen«, sagte Tenbrink.

Magda wich seinem Blick aus. »Was hätte es den Gerwings gebracht, wenn sie alles gewusst hätten? Niemand wäre dadurch wieder lebendig geworden. *Nümms!* Und Michael und Henk hätte die Geschichte auf Lebzeit nachgehangen.«

»Nachgehangen hat ihnen die Geschichte auch so«, konterte Bertram. »Wegen Evas Tod. Was schließlich dazu geführt hat, dass er Ellen im Flugzeug alles gebeichtet hat.«

»Michael war einfach zu feinfühlig«, wiederholte Magda und fuhr sich mit dem Finger über die Lippen.

»Hätte er doch bloß seinen Mund gehalten. Es ist genau so, wie ich es gesagt habe: Es hat niemanden wieder lebendig gemacht.«

»Ganz im Gegenteil«, sagte Tenbrink und nahm die Brille von der Nase, um sie zu putzen. Und um nachzudenken. Dann fragte er: »Wo ist Henk Boomkamp heute? Lebt er noch in Ahlbeck?«

Magda Hartmann schüttelte den Kopf, deutete mit dem Gehstock zum Grab von Lisbeth Boomkamp und sagte: »Dat kaas sölwes kieken, Herr Kommissar!«

Tenbrink und Bertram wechselten einen Blick und gingen zu dem benachbarten Grab, das ebenfalls ein Familiengrab war. Nur etwas schlichter und nicht ganz so gepflegt. Drei Namen waren auf dem Grabstein eingraviert:

Adriaan Boomkamp, * 6. 2. 1938, † 4. 7. 1994
    Elisabeth Boomkamp, geb. Ottenpeter, * 8. 12. 1939
    Das Sterbedatum war noch nicht eingetragen.
    Und darunter der Name Henk Boomkamp, ohne Datumsangaben.

»Seit wann ist er tot?«, fragte Tenbrink und machte einem Gärtner Platz, der verdorrte Blätter und Zweige zusammenkehrte.

»Seit vier Jahren«, antwortete Magda, die sich ihnen von hinten genähert hatte. »In der Nordsee ertrunken. Lisbeth ist da nie drüber weggekommen. Henk war ihr jüngster Sohn, ein Nachzügler. Seine Brüder, Josef und Wim, waren beide viel älter. Ich persönlich glaube ja, dass Lisbeth auch deswegen krank geworden ist.«

»Wie meinen Sie das?«, fragte Bertram.

»Am Ende hatte sie alles vergessen. Sogar, dass ihr über alles geliebter Benjamin tot ist.«

»Benjamin?«, wunderte sich Bertram. »Ich dachte, der hieß Henk!«

»Ein *Benjamin* ist der jüngste Sohn«, erklärte Tenbrink und lächelte nachsichtig. »Der jüngste Sohn des Jakob. Erstes Buch Mose. Ein Kind der Freude, wenn man den Namen wörtlich übersetzt.«

»Du nun wieder«, sagte Bertram und schüttelte den Kopf.

»Wusste Ellen davon?«, fragte Tenbrink und hakte, da Magda nicht antwortete, nach: »Haben Sie Ellen von Henk Boomkamp erzählt?«

»Ich hab ihr gesagt, sie soll die Toten ruhen lassen«, antwortete Magda und schwenkte ihren Knüttel. »Michael ist tot, und Henk ist tot. *Dat häbb ik seggt.* Und dass es Eva nicht wieder lebendig macht, wenn sie weiter in der Vergangenheit bohrt. Aber davon wollte sie nichts hören.«

»Wegen der Schuldgefühle«, sagte Tenbrink.

»Wie meinst du das?«, fragte Bertram.

»Eva war die Falsche«, sagte Tenbrink und reichte Magda zum Abschied die Hand. »Es war Ellen, in die Henk verliebt gewesen war. Eigentlich hätte es sie treffen sollen. Oder umgekehrt: Wenn Ellen sich Henk gegenüber anders verhalten hätte, wäre Eva nicht gestorben.«

4

»Wär auch zu schön gewesen«, sagte Tenbrink, als sie den Friedhof verließen und zu ihrem Dienstwagen gingen, den Bertram vorm Gasthaus »Zur alten Linde« geparkt hatte. »Oder was meinst du?«

»Vielleicht war ja sonst noch jemand dabei, als sie die Scherben auf dem Galgenhügel platziert haben.« Bertram drückte auf den Türöffner am Autoschlüssel. »Zum Beispiel Max Hartmann?«

»Das glaube ich nicht«, antwortete Tenbrink. »Max ist einige Jahre älter als Michael und war damals wahrscheinlich schon bei der Polizei. Der hätte bei so einem dummen Teenager-Streich bestimmt nicht mitgemacht.«

»Wir sollten ihn trotzdem fragen.« Bertram öffnete die Fahrertür.

»Das sollten wir«, bestätigte Tenbrink und wollte ebenfalls einsteigen, als sein Blick auf einen kleinen Laden direkt neben der Gaststätte fiel. »Dieter's Digiweb« stand in aufgeklebten Lettern auf dem Schaufenster und in kleineren Buchstaben darunter: »Webdesign, WLAN, Internet, Passfotos, Bildbearbeitung, Digitalisierung.« In der Auslage hinter der Scheibe war ein Sammelsurium von technischen Utensilien ausgestellt: ein uralter türkisfarbener Apple-Computer, mehrere Handys unterschiedlichen Alters, ein klobiger Camcorder, eine Schmalfilmkamera, ein Dia-Projektor, dazu diverse CDs, DVDs und Videokassetten, mit und ohne Hülle. Dazwischen waren mehrere lose Streifen Videoband und Zelluloidfilm drapiert. Ein moderner Kraut-und-Rüben-Laden.

»Warte mal einen Augenblick«, sagte Tenbrink und betrat den Laden, über dessen Eingang sich im Inneren eine vorsintflutliche Türglocke befand. Nicht elektronisch oder mit Lichtschranke, sondern mechanisch. »Palim, palim«, machte es, als Tenbrink die Tür öffnete.

»Guten Tag, Herr Kommissar«, wurde Tenbrink von einem Mann mit fransiger Gelfrisur und klobiger Woody-Allen-Brille begrüßt, der in einem ledernen Chefsessel hinter einem gläsernen Schreibtisch saß und von einer Computerzeitschrift aufsah.

»Sie wissen, wer ich bin?« Tenbrink wunderte sich.

»Meine Mutter hat mir von Ihnen erzählt.« Der Mann deutete mit dem Daumen zu der Wand, hinter der sich die Gaststätte »Zur alten Linde« befand. »Mama gehört die Kneipe nebenan.« Er reichte Tenbrink die Hand. »Dieter Grothues. Sie kommen wegen dem Video, stimmt's?«

Tenbrink versuchte, sich seine Überraschung nicht anmerken zu lassen, erwiderte den Handschlag und nickte. »Frau Gerwing hat Ihnen vor einigen Tagen eine Super-8-Kassette zur Digitalisierung gegeben, nicht wahr?«

»Video 8«, korrigierte Grothues und nickte.

»Haben Sie das Video schon umgewandelt?«, fragte Tenbrink.

»Palim, palim« machte die Türglocke und Bertram betrat den Laden, blieb aber kommentarlos und breitbeinig vor der Tür stehen.

»Ihr Gorilla?«, fragte Grothues und machte ein übertrieben furchtsames Gesicht. Im nächsten Moment lachte er. »Ellen Gerwing hat mir das Video am Freitag gebracht, weil sie kein passendes Abspielgerät hatte. Ich sollte eine DVD erstellen.«

»Und?«, fragte Tenbrink. »Haben Sie?«

»Als ich von dem Selbstmord gehört hab, hab ich die Videokassette natürlich nicht mehr angerührt. Wozu auch? Frau Gerwing brauchte sie ja nicht mehr, und die Arbeit zahlt mir keiner.« Als er sah, dass Tenbrink etwas erwidern wollte, hob Grothues abwehrend die Hand und setzte hinzu: »Aber als Mama mir erzählt hat, dass die Polizei im Dorf ist und Fragen stellt, da hab ich das Video trotzdem konvertiert. Für alle Fälle.« Er griff in eine Ablage auf dem Schreibtisch, zog ein kleines Päckchen heraus, reichte es Tenbrink, zog es aber wieder zurück. »Macht 14,95 Euro für die Digitalisierung und 3,95 für den Datenträger.«

Tenbrink funkelte ihn böse an.

Grothues kicherte albern und gab Tenbrink das Gewünschte. »War nur 'n Scherz, Herr Kommissar.«

»Hauptkommissar«, knurrte Tenbrink und verstaute das Päckchen in der Manteltasche.

»Wenn's denn der Wahrheitsfindung dient«, sagte Grothues und griente blöde.

Schwachkopf, dachte Tenbrink und bedankte sich.

»Gibt es hier eine Möglichkeit, sich die DVD anzuschauen?«, fragte Bertram von der Tür. In Tenbrinks Richtung setzte er hinzu: »Dann müssen wir nicht erst nach Münster fahren. Spart Zeit.«

Tenbrink nickte und schaute fragend zu Grothues.

»Sie können sich an meinen Laptop setzen, wenn Sie wollen«, antwortete dieser und deutete auf seinen Schreibtisch. »Oder Sie gehen nach nebenan. In der ›Linde‹ gibt's einen kleinen Fernsehraum im Keller. Mit DVD-Player und Beamer. Für Fußballübertragungen.«

Tenbrink nickte und verließ mit Bertram und einem scheppernden »Palim, palim!« den Laden.

Neben ihrem Dienstwagen stand ein klappriger Twingo mit Hamburger Kennzeichen. Gerade als sie auf den Dorfplatz hinaustraten, stieg Jens Stein mit einem lauten Ächzen aus seinem Wagen. Er sortierte seine Kleider, versuchte vergeblich, einen herausgerutschten Hemdzipfel zwischen Schmerbauch und Gürtel zu schieben, und begnügte sich schließlich damit, den Mantel vor dem Bauch zu schließen. Selbst auf die Entfernung glaubte Tenbrink, Steins penetranten Schweißgeruch wahrzunehmen.

»Herr Hauptkommissar?«, meldete sich Dieter Grothues hinter ihnen.

»Ja?«, fragte Tenbrink, ohne sich umzudrehen.

Grothues räusperte sich. »Wenn Sie noch einen Zeugen brauchen … Ich war auch auf der Party.«

»Welche Party?«, erwiderte Tenbrink und wandte sich nun doch um.

Grothues deutete auf das Päckchen, das aus Tenbrinks Manteltasche ragte. »*Die* Party. Ich bin auch auf dem Video.«

»Sie haben sich den Film angeschaut?«

»Natürlich«, antwortete Grothues grinsend. »Es ist ein analoges Band. Das Kopieren geht nur in Echtzeit. Also wenn Sie etwas wissen wollen …«

»Falls wir Ihre Hilfe benötigen, melden wir uns«, sagte Tenbrink knurrend. »Wir wissen ja, wo wir Sie finden.«

»Video?«, fragte Jens Stein. »Was denn für ein Video?«

»Sie sind immer noch da?«, fauchte Tenbrink ihn an und wandte sich in Richtung Gasthaus. »Genießen Sie die frische Landluft?«

»Ich hab mir ein Zimmer in der ›Linde‹ genommen«, antwortete Stein und knallte die Fahrertür zu. »Sie sind ja auch noch da, Herr Hauptkommissar. Das wird schon seinen Grund haben, nicht wahr?«

Tenbrink überlegte, ob er dem Klatschreporter mit einem derben Spruch antworten sollte, beließ es dann aber bei einem abfälligen Schnaufen und hielt Bertram die Tür zum Gasthaus auf. Erleichtert stellte er fest, dass Stein keine Anstalten machte, ihnen zu folgen.

Bertram zückte sein Handy und wählte eine Nummer.

»Wen rufst du an?«, fragte Tenbrink.

»Max Hartmann. Er könnte nützlich sein, schließlich hat er die Aufnahmen gemacht. Oder willst du die DVD erst mal allein anschauen?«

»Nein, mach nur!«, sagte Tenbrink und nickte. »Kann nicht schaden.« Kurz bevor die Tür sich hinter ihm schloss, hörte er Jens Stein draußen abermals fragen: »Was für ein Video?«

5

»Danke, dass Sie so schnell kommen konnten, Herr Hartmann«, sagte Tenbrink und deutete auf einen der drei Stühle, die er in einer Reihe direkt vor dem Fernseher aufgestellt hatte. Den von Frau Grothues angebotenen Video-Beamer hatte er dankend abgelehnt. Ein kleineres, aber dafür schärferes Bild war ihm allemal lieber.

»Ich bin immer froh, wenn ich mich vor dem Papierkram auf der Wache drücken kann«, antwortete Hartmann und betrachtete die Stühle, als befürchtete er, die Auswahl des Stuhls könnte ein Test sein. Schließlich setzte er sich auf den in der Mitte und starrte auf den Flachbildschirm, auf dem außer der Farbe Blau und der winzigen Einblendung »AV-2« nichts zu sehen war.

Der Fernsehraum befand sich im Untergeschoss des Gasthauses, direkt neben einer Kegelbahn, die aber zu diesem frühen Zeitpunkt noch nicht besetzt war. Wenn sie denn überhaupt noch in Betrieb war, denn selbst im Münsterland war das Kegeln nicht mehr unbedingt eine Trendsportart. Der Raum selbst war karg und winzig und hatte Bertram zu der Bemerkung veranlasst, hier würde er nicht einmal ein Fußballspiel seines geliebten FC Magdeburg anschauen wollen. Normalerweise wurden Fußballspiele direkt in den Gaststätten übertragen und nicht in lieblos eingerichteten Kellerräumen, die an Abstellkammern erinnerten. Mit Stapelstühlen und Klapptischen. Seltsamerweise hatte auch kein Werbeschild eines Pay-TV-Senders an der Fassade des Gasthauses auf die Fußballübertragungen hingewiesen.

»Die tarnen das als privates Empfangsgerät«, hatte Bertram geschlussfolgert und dabei auf einen entsprechenden Receiver in der Ecke gedeutet. »Ist billiger. Und illegal.«

»Früher wurde in Hinterräumen gepokert«, hatte Tenbrink geantwortet, »heute wird heimlich Fußball geguckt.«

Das blaue Bild verschwand, die Einblendung wechselte zu »F-AV«, und eine ohrenbetäubende Rückkopplung ließ erkennen, dass Bertram auf der Fernbedienung einen falschen Knopf gedrückt hatte. Im nächsten Moment hatte er den richtigen gefunden, das Feedback verstummte, »AV-1« blinkte, und das Logo von »Dieter's Digiweb« erschien auf dem Bildschirm. Eigenwerbung als DVD-Menü, mit den beiden Optionen »Start« und »Stop«. Dieter Grothues schien ein Minimalist zu sein.

»Was genau suchen Sie auf dem Video?«, wollte Max Hartmann wissen und rückte seinen Stuhl ein wenig zur Seite, als Tenbrink sich neben ihn setzte.

»Das, was auch Ellen Gerwing auf dem Video gesucht hat«, antwortete er und gab Bertram das Zeichen, die DVD zu starten. »Henk Boomkamp.«

Hartmann schaute ihn verwirrt an, und diese Verwirrung schien echt zu sein. »Wieso Henk Boomkamp?«

»Henk war Michaels bester Freund«, sagte Bertram, der inzwischen zwei Fernbedienungen in der Hand hielt.

Hartmann nickte und kniff die Augenbrauen zusammen.

»Und er war mit ihm in der Silvesternacht auf dem Galgenhügel«, sagte Tenbrink und schaute zum Fernseher. »Ach, du meine Güte!«, entfuhr es ihm beim Anblick des Videos.

Die Aufnahme war völlig unterbelichtet, der Ton klang verheerend, die Farben hatten einen Rotstich, und die Konturen waren so krisselig, als hätte sie ein Parkinson-Patient gezeichnet. Man erkannte ein dunkles Durcheinander mit einigen Farbtupfern, dazu ein musikalisches Gedröhne, das vermutlich nicht einmal der Interpret selbst wiedererkannt hätte.

»Was hast du erwartet?«, fragte Bertram und setzte sich auf den letzten freien Stuhl. »Es ist eine nächtliche Party auf einer düsteren Tenne.«

»Scheune«, verbesserte Hartmann, ohne jedoch zum Bildschirm zu schauen. »Sind Sie sicher, dass Henk dabei war?«

Tenbrink nickte. »Ihre Mutter hat uns das gerade auf dem Friedhof erzählt. Michael hat ihr kurz nach Evas Tod gebeichtet, dass er und Henk die Scherben absichtlich auf dem Galgenhügel eingebuddelt haben, um sich an den Gerwing-Mädchen zu rächen. Aus enttäuschter Liebe und verletztem Stolz. Deshalb hat Michael im Flugzeug ›wir‹ gesagt.«

Statt einer Antwort stieß Hartmann geräuschvoll die Luft aus, verschränkte die Arme vor der Brust und starrte zu Boden.

»Ist das Ellen Gerwing?«, fragte Bertram und drückte auf die Pause-Taste.

Hartmann schaute auf und überlegte kurz: »Das ist Eva. Sie hatte die Haare immer so hochtoupiert oder gewellt. Ellen trug die Haare meistens lang und glatt. Sonst wären sie gar nicht auseinanderzuhalten gewesen.«

»Hübsch«, sagte Bertram, und das war eine massive Untertreibung, fand Tenbrink. Eva Gerwing war eine auffallende Schönheit. Wie ihre Zwillingsschwester. Zwei Prinzessinnen, so hatte Magda sie genannt. Wunderschön und sich dessen bewusst.

»Davon hat sie mir nichts erzählt«, sagte Hartmann und schüttelte den Kopf.

»Wen meinen Sie?«, fragte Tenbrink. »Ihre Mutter oder Ellen Gerwing?«

»Wusste Ellen etwa auch von Henk?«, wunderte sich Hartmann und rutschte unbehaglich auf seinem Stuhl hin und her. Als Tenbrink nickte, verfinsterte sich sein Blick. Wie zu sich selbst sagte er: »Warum hat sie mir nichts davon gesagt?«

»Sie hat Henk Boomkamp mit keinem Wort erwähnt?«, fragte Tenbrink.

Hartmann schüttelte den Kopf.

»Hat sie Ihnen misstraut?«, fragte Bertram, ließ es aber wie eine Feststellung klingen und drückte auf die Start-Taste, bevor Hartmann etwas erwidern konnte.

Das Video wurde auch in den folgenden Minuten nicht ansehnlicher. Die Aufnahmen blieben dunkel, fransig und verwackelt. Wegen der spärlichen Beleuchtung funktionierte zudem der Autofokus der Kamera nicht immer, und so wechselte die Einstellung von Schärfe zu Unschärfe und zurück, bis eine halbwegs beleuchtete Person lange genug vor der Kamera stand, um den Fokus auf sich zu ziehen. Dann wurde zumeist grölend in die Kamera geprostet, zur Musik mitgesungen oder ein blöder Kommentar abgegeben. Alles in dumpfem Ton und nicht sehr aufschlussreich.

»Hatten Sie keinen Scheinwerfer an der Kamera?«, fragte Bertram.

»Es war ja nicht fürs Fernsehen«, knurrte Hartmann. »Und dass es mal als Beweismaterial herhalten muss, konnte ja auch keiner ahnen.«

Nach und nach tauchten in dem Video weitere bekannte Gesichter auf. Tenbrink erkannte Michael Hartmann als DJ hinter einem Biertisch, auf dem ein Plattenteller und verschiedene Hi-Fi-Geräte standen. Mit schulterlangen Haaren, getrimmtem Spitzbärtchen am

Kinn und dunkler Lederweste über dem verwaschenen Baumfällerhemd. Er sah lässig und selbstsicher aus und wippte im Takt der lärmenden Rockmusik.

»Erinnert ein bisschen an Kurt Cobain«, sagte Bertram und setzte hinzu: »Die Musik klingt auch so.«

Hartmann nickte und bestätigte: »Michael war immer schon Nirvana-Fan.«

»Hatte der sich damals nicht bereits den Kopf weggeschossen?«

»Deswegen kann man doch trotzdem Fan sein, oder?«

Tenbrink hatte keine Ahnung, wovon die beiden sprachen, und konzentrierte sich auf den Bildschirm. »Stopp!«, rief er plötzlich. Er wartete, bis Bertram das Standbild aktiviert hatte, und deutete zum Fernseher. »Der junge Mann hinter Michael. Ist das …?«

»Henk«, sagte Hartmann nickend und grinste. »Unverkennbar.«

Henk Boomkamp war tatsächlich eine auffällige Type. Die langen Haare ragten als verfilzte Rasta-Zöpfe unter einer bunten Strickmütze hervor, der zottelige Vollbart sah wegen des lichten Wuchses wie gerupft aus, und die bunte, schlabberige Kleidung erinnerte an die Hippies der 60er. Unter all den neutral bis bieder gekleideten Jugendlichen stach Boomkamp heraus wie ein Buntspecht unter Spatzen.

»Ein Freak«, lautete Bertrams Kommentar, und er ließ das Video weiterlaufen, bis Boomkamps Gesicht deutlicher zu erkennen war. Zwei schwarze Punkte an Kinn und Nase waren schemenhaft zu sehen.

»Ihre Mutter hat uns gesagt, dass Henk zwei Warzen im Gesicht hatte«, sagte Tenbrink und rückte mit seinem Stuhl näher an den Bildschirm heran.

»Muttermale«, korrigierte Hartmann. »Zwei dicke Dinger. So ähnlich wie bei dieser Politikerin.« Als Tenbrink und Bertram ihn fragend anschauten, setzte er hinzu: »Die von den Grünen.«

»Hm«, machte Tenbrink. Er glaubte zu wissen, wen Hartmann meinte, doch ihm fiel der Name nicht ein. »Wussten Sie, dass Henk Boomkamp in Ellen Gerwing verliebt war?«

Hartmann zuckte mit den Achseln. »Das wussten alle. War ja auch nicht zu übersehen.« Er nahm Bertram eine der Fernbedienungen aus der Hand, drückte auf »Start« und deutete mit dem Zeigefinger auf den Bildschirm. »Sehen Sie?«

Zwei Mädchen erschienen vor dem Tisch des DJs und reichten Michael eine Flasche Bier, die dieser – wie sollte es anders sein – prostend in die Kamera hielt. Bei dem einen Mädchen handelte es sich um Ellen Gerwing, wie an den langen, glatten Haaren zu erkennen war, bei dem anderen um ihre jüngere Schwester Anne, die tatsächlich nur wenig Ähnlichkeit mit der heutigen Besitzerin des »Schulzenhofs« hatte. Pausbacken und Doppelkinn, klobiges Kassengestell auf der Nase und eine unvorteilhafte Mauerblümchen-Frisur, wie man sie von der jungen Angela Merkel kannte. *Anne Kaffeekanne*, dachte Tenbrink und war erstaunt, wie sehr ein Mensch sich äußerlich wandeln konnte.

Mindestens so interessant wie das unscheinbare pummelige Mädchen war jedoch die Mimik und Gestik von Henk Boomkamp, der jetzt neben Michael stand, von den Mädchen aber überhaupt nicht beachtet wurde. Während sich die Gerwing-Schwestern mit Michael unterhielten und dabei immer wieder laut und beschwipst lachten, hatte Henk Boomkamp nur Augen für Ellen Gerwing. Er starrte sie unverwandt und stupide lächelnd an, schien alles andere auszublenden und fummelte die ganze Zeit, vermutlich ohne es zu merken, nervös an seinem Kinn und seinem Flusenbart herum. Hartmann hatte recht: Seine Verliebtheit war nicht zu übersehen.

Es folgten weitere Aufnahmen von der Party. Tanzende, lachende, trinkende Menschen im Takt der wummernden Musik. »Männer sind Schweine«, glaubte Tenbrink aus einem Song herauszuhören. Doch er konnte sich auch irren.

»Mensch, Max, mach mal Pause!«, rief ein junger Mann, bei dem es sich womöglich um Dieter Grothues handelte, und hielt eine Schnapsflasche vor die Linse. »Jetzt gibt's Mamas Aufgesetzten!«

Plötzlich wechselte die Szenerie. In der nächsten Einstellung waren das Datum und die Uhrzeit eingeblendet, und beim Blick auf die Zahlen war klar, warum das so war: DEC 31 23:57. Es war der Countdown zum neuen Jahr.

Die Kamera befand sich nun draußen auf dem Hof, der von einem Stalllicht und einigen Laternen oder Baulampen ebenso diffus beleuchtet war wie das Innere der Scheune. Weil es stark schneite und die dicken Flocken immer wieder vors Objektiv flogen, hatte der Autofokus inzwischen völlig ausgesetzt und surrte nur noch hin und her. Man konnte erkennen, dass der Boden schneebedeckt war und dass sich zahlreiche Jugendliche auf das mitternächtliche Neujahrsritual vorbereiteten, indem sie Raketen in Flaschenhälse steckten, Sektkorken knallen und Chinakracher hochgehen ließen. Einige sprangen im Schnee herum und warfen Schneebälle. Aber außer Umrissen und Schemen war von den einzelnen Personen nicht viel zu erkennen. Einmal tauchten Ellen und Eva Gerwing Arm in Arm vor der Kamera auf, schwankten merklich hin und her und grölten irgendetwas Unverständliches. Es war offensichtlich, dass sie betrunken waren. Sternhagelvoll.

Um Mitternacht entstand ein einziges Chaos auf dem Video. Es krachte und blitzte und schepperte, dabei wurde die Kamera hin und her geschleudert, weil der Kameramann umarmt wurde oder einem Schneeball auswich. Irgendwann wurde das Objektiv gen Himmel gerichtet, ohne dass auch nur das Geringste zu sehen war. Außer Schneeflocken auf der Linse.

»War's das?«, fragte Bertram, als das Bild abbrach.

»Nein«, antwortete Hartmann und blähte die Backen auf. »Ich glaube, wir haben später noch weitergefilmt.«

Tatsächlich folgten kurz darauf weitere Aufnahmen in der Scheune. Datum und Uhrzeit waren nach wie vor eingeblendet: JAN 01 01:23. Die Musik lärmte, die Leute tanzten, die Lichter hüpften. Alles wie gehabt.

»Das bringt doch nichts«, meinte Bertram und drückte ungefragt auf die Vorlauftaste. Der scheppernde Ton verstummte, und die Partygäste zappelten in wildem Zeitraffer durchs Bild. Beim Hinsehen wurde Tenbrink ganz schwindlig, und er schloss die Augen. Bertram hatte recht, das brachte nichts.

»Halt!«, rief Max Hartmann plötzlich. »Zurück!«

Tenbrink öffnete die Augen und sah, was Hartmann entdeckt hatte. Während eines Schwenks durch den Raum war die Kamera bei einer Gruppe von Menschen hängen blieben, die auf den ersten Blick im Kreis zu stehen schienen. Tatsächlich aber waren es zwei Halbkreise, jeweils drei Leute, die sich gegenüberstanden. Auf der einen Seite die Gerwing-Schwestern Ellen, Eva und Anne, auf der anderen Seite Henk Boomkamp sowie Michael und Max Hartmann. Er war etwas schlanker als heute, aber dennoch gut zu erkennen. Sogar den auffälligen Oberlippen- und Kinnbart trug er bereits.

»Wer hat das aufgenommen?«, fragte Tenbrink.

»Keine Ahnung«, antwortete Hartmann. »Die Kamera lag normalerweise neben der Anlage. Die konnte jeder benutzen. Vielleicht Dieter Grothues, der hat auch oft gefilmt.«

Leider verweilte die Kamera nicht lange bei der Gruppe, sondern schwenkte zurück durch den Raum. Dabei schwankte sie auf und ab, als hätte der Kameramann Schwierigkeiten, die Balance zu halten. Hinter dem DJ-Tisch stand inzwischen ein anderer Junge, der hörbar softere und langsamere Musik auflegte. »Tainted Love.« Der Song war so alt, dass sogar Tenbrink ihn kannte.

Wieder ging der Schwenk zurück durch den Raum, bis ans andere Ende, wo inzwischen Bewegung in die Sechsergruppe gekommen war. Michael Hartmann schien sich regelrecht im Clinch mit Ellen zu befinden und wurde von hinten von seinem Bruder gehalten und daran gehindert, sich auf sein Gegenüber zu stürzen. Eva stand lachend daneben und fuchtelte aufgeregt mit den Armen, als wollte sie Ellen und Michael anfeuern. Anne Gerwing hatte derweil die Seite gewechselt und redete auf Henk Boomkamp ein, der regungslos und mit hängendem Kopf etwas abseits stand. Es sah aus, als wollte sie ihn trösten, auch wenn das auf die Entfernung und bei der Bildqualität nur schwer auszumachen war.

»I love you though you hurt me so«, krächzte es aus den Boxen. »Tainted love.«

Der Kameramann schien zu bemerken, dass er hier etwas Interessantes filmte, und schlenkerte mit laufender Kamera, wie ein Matrose bei starkem Seegang, in Richtung des Geschehens. Als er die Sechsergruppe erreicht hatte, hatte Max Hartmann es gerade geschafft, seinen Bruder von Ellen wegzureißen und zur Seite zu bugsieren. Wutentbrannt stapfte Michael davon und stieß dabei beinahe mit der Kamera zusammen. Er hielt die Hand vors Objektiv und schrie: »Mach das Scheißding aus, Dieter!«

»Was ist denn los?«, war Grothues' dumpfe Stimme zu hören.

»Das geht dich 'nen Scheiß…!«

Im nächsten Moment brach die Aufnahme ab, das Bild wurde schwarz, die DVD stoppte und wechselte zurück ins Startmenü.

Eine Zeit lang blieben alle stumm. Tenbrink atmete tief aus.

»Also wussten Sie von dem Streit mit den Zwillingen«, sagte Bertram schließlich, stand auf und baute sich vor Hartmann auf.

»Ich wusste von dem Streit, aber ich hatte keine Ahnung, worüber sie sich gestritten hatten«, antwortete Hartmann und starrte zu Boden. »Das muss geschehen sein, als wir um Mitternacht auf dem Hof waren. Ich hab anschließend nur versucht, meinen Bruder zu beruhigen. Er war völlig außer sich und kurz davor, Ellen zu schlagen.«

»Als wir Sie vorgestern gefragt haben, ob auf der Party irgendetwas geschehen ist, da haben Sie nichts von dem Streit erzählt«, hakte Tenbrink nach. »Nicht der Rede wert, haben Sie gesagt.«

»Ich hatte den dummen Streit völlig vergessen«, rechtfertigte sich Hartmann. »Es war so belanglos, wenn man es mit dem vergleicht, was am nächsten Morgen passiert ist. Ich konnte mich an den Streit überhaupt nicht erinnern. Erst als ich gerade das Video gesehen hab, ist es mir wieder eingefallen.«

»Waren Sie mit Ihrem Bruder und Henk Boomkamp auf dem Galgenhügel?«, fragte Bertram. »Oder haben Sie das auch vergessen?«

»Nein!«, blaffte Hartmann zurück.

»Nein, Sie haben es nicht vergessen?«, fragte Tenbrink. »Oder nein, Sie waren nicht auf dem Galgenhügel?«

»Ich war nicht auf dem Galgenhügel!«, rief Hartmann und hob beschwörend die Hände in die Höhe. »Von der Sache mit Henk hab ich nichts gewusst. Ich hatte keine Ahnung. Weder damals noch später!«

»Aber Ellen Gerwing wusste davon«, sagte Bertram.

»Und sie hat Ihnen nichts davon erzählt«, fügte Tenbrink hinzu. »Sie hat Ihnen misstraut, nicht wahr?«

Hartmann kraulte nachdenklich seinen Kinnbart. »Ellen hat niemandem getraut, weder mir noch ihrer Schwester noch sonst jemandem. Anscheinend hat sie gedacht, dass ich auch auf dem Hügel dabei war. Sie hat geglaubt, dass ich …«

»Dass Sie für Evas Tod mitverantwortlich waren«, sagte Tenbrink und stand nun ebenfalls auf. »Ja, das könnte sein, Herr Hartmann.«

6

»Du weißt, was das bedeutet?«, fragte Bertram. Sie saßen im Auto und hatten gerade das Amtsvenn hinter sich gelassen, das nach der zwischenzeitlichen Entwässerung in vergangenen Jahrzehnten allmählich wieder zu einem Feuchtbiotop wurde. Renaturierung statt Torfabbau. Bertram saß am Steuer, und Tenbrink nutzte die Zeit, um seine Notizen zu vervollständigen. Angestrengt überlegte er, was ihm vorhin durch den Kopf gegangen war. Irgendein Gedanke, der ihm beim Ansehen des Videos gekommen war. Eine Kleinigkeit, die ihm aufgefallen war. Es hatte mit Henk Boomkamp zu tun. Mit seiner Kleidung? Seinen Haaren? Den Muttermalen? Er kam nicht drauf.

Er legte den Notizblock beiseite und fragte: »Was hast du gesagt?«

»Ellen wusste von Henk«, antwortete Bertram und wiederholte: »Du weißt, was das bedeutet?«

»Dass Max Hartmann uns nicht die ganze Wahrheit gesagt hat?«

»Das meine ich nicht.« Bertram schüttelte den Kopf und setzte den Blinker, um auf die B 54 zu fahren. »Schuldgefühle! Das hast du selbst auf dem Friedhof gesagt. Wenn Ellen sich Henk gegenüber anders verhalten hätte, wäre Eva nicht gestorben.«

»Und?«, fragte Tenbrink und wusste im selben Moment, worauf Bertram hinauswollte. »Du meinst …?«

Bertram nickte. »Sie kommt nach Ahlbeck, um herauszufinden, wer für Evas Tod verantwortlich ist und aus welchen Gründen sie gestorben ist. Ellen hatte wegen eines Filmrisses keine Erinnerung an die Silvesternacht und weiß nur, was Michael ihr im Flugzeug gebeichtet hat. Doch am Ende stellt sie fest, dass sie selbst Mitschuld am Tod ihrer Schwester hatte. Wäre Ellen nicht gewesen ...« Bertram ließ den Satz unbeendet und presste die Lippen aufeinander.

»Ein mögliches Motiv für den Selbstmord«, sagte Tenbrink und nickte.

»So könnte es jedenfalls die Staatsanwaltschaft sehen«, bestätigte Bertram. »Schuld ist ein starkes Motiv, vor allem in Verbindung mit einem so heftigen Trauma und den ohnehin vorhandenen Depressionen. Ellen ist nie über Evas Tod hinweggekommen, und dann erfährt sie, wie es dazu gekommen ist! Vielleicht war das zu viel für sie.«

»Aber Ellen Gerwing hat sich nicht umgebracht«, konterte Tenbrink.

»Das wissen wir nicht«, erwiderte Bertram und beeilte sich hinzuzusetzen: »Nicht hundertprozentig.«

»*Ich* weiß es«, erwiderte Tenbrink störrisch, doch zugleich war ihm klar, dass Bertram recht hatte. Es war ein starkes Motiv, stärker zumindest als das bisher vermutete Mordmotiv. Sie waren auf dem Holzweg, das stand für Tenbrink fest. Sie ermittelten in die falsche Richtung. Es ging nicht um den Streit in der Silvesternacht oder um die Scherben auf dem Galgenhügel.

»Worum ging es dann?«, fragte Bertram.

Tenbrink hatte gar nicht gemerkt, dass er seine Gedanken laut ausgesprochen hatte. Das machte ihm Angst. Fing er nun etwa an, Selbstgespräche zu führen?

»Heinrich?«, fragte Bertram. »Alles okay?«

»Wir sind auf dem Holzweg«, wiederholte Tenbrink und holte tief Luft. »Wir lassen uns von dem Offensichtlichen blenden. Das Naheliegende führt uns in die Irre.«

Es ärgerte ihn, dass seine Überlegungen klangen wie Sprüche aus einem Glückskeks. Beinahe hätte er gesagt, dass sie den Wald vor lauter Bäumen nicht sahen.

»Weißt du das oder ist das wieder so ein Gefühl?«, fragte Bertram und beschleunigte den Wagen auf der Schnellstraße.

Tenbrink tat so, als hätte er die Frage nicht gehört, und vertiefte sich in seine Notizen. Er hätte ohnehin nicht gewusst, was er antworten sollte.

Als Tenbrink und Bertram eine halbe Stunde später das Büro betraten, empfing sie Heide Feldkamp, indem sie bedeutsam die Augenbrauen hob und aufgeregt mit einem Zettel wedelte. Das sei die Anrufliste von Ellen Gerwings Handy, wie sie geheimnisvoll ausführte, und darin sei sie auf etwas Interessantes gestoßen.

»Gleich!«, sagte Tenbrink und wandte sich zunächst an Hölscher, der wie üblich vor seinem Computer hockte und klackernd auf die Tastatur einhämmerte. Tenbrink bat ihn, möglichst rasch alles über Henk Boomkamp herauszufinden, und nannte ihm dessen Geburts- und Sterbedatum. Vor allem interessierten ihn die Umstände seines Todes, aber auch um die Jahre davor solle Hölscher sich kümmern. Magda Hartmann habe einen möglichen Drogenkonsum erwähnt, vielleicht finde sich ja was in den Akten. »Alles, was du kriegen kannst«, gab Tenbrink ihm mit auf den Weg und schaute sich suchend um. »Wo steckt eigentlich Arno?«

»Unterwegs«, antwortete Hölscher schulterzuckend und ließ die Tastatur klackern. »Er ist vor einer halben Stunde gegangen.«

»Hat er gesagt, wohin?«

Wieder zuckte Hölscher mit den Schultern. Arno Bremer interessierte ihn nicht, und er unternahm keine Anstrengungen, das zu kaschieren.

Tenbrink ließ es unkommentiert, setzte sich zu Heide Feldkamp an deren Schreibtisch und fragt: »Also? Was hast du?«

»Du erinnerst dich an die Amsterdamer Nummer?«

Tenbrink spitzte die Lippen und nickte unverbindlich.

»Ich hab den Namen und die Adresse einer Frau in Amsterdam, die zweimal in der letzten Woche von Ellen Gerwing angerufen wurde«, fuhr Heide fort und tippte auf ihre Liste. »Eine gewisse Marlijn Grooten, sie wohnt im Willemsparkweg 7 in Amsterdam-Zuid.«

»Waren die holländischen Kollegen so schnell?«, wunderte sich Bertram, der sich einen Kaffee eingegossen hatte und nun auf der anderen Seite des Schreibtisches stand.

»Nein, das hab ich gegoogelt«, antwortete Heide. »Die Festnetznummer steht im Telefonbuch, außerdem taucht der Name in mehreren Blogs und Foren auf. Vor allem linke und autonome Szene, wenn ich es recht verstanden habe. In einem dieser Foren war sie so unvernünftig oder nachlässig, ihre Telefonnummer anzugeben. Dadurch bin ich an ihr Online-Pseudonym gekommen: De Groote M. Was ich gefunden habe, liegt auf deinem Schreibtisch. Aber die offizielle Anfrage bei den Amsterdamer Kollegen läuft.«

»So viel Zeit haben wir nicht«, sagte Tenbrink und winkte ab. »Ich ruf da nachher mal an. Oder hast du schon?«

Heide Feldkamp schüttelte den Kopf. »So gut ist mein Holländisch nicht«, sagte sie und fuhr mit den Fingern über ihre Wildlederjacke, als wollte sie Muster darauf malen. »Aber dafür hab ich was anderes, vielleicht noch Interessanteres.«

»Nun mach's nicht so spannend!«, maulte Bertram und nippte an der Tasse.

»In der Anrufliste taucht auch eine Hamburger Nummer auf, und ratet mal, zu wem die gehört?

»Jens Stein«, folgerte Tenbrink. »Nicht wirklich überraschend, oder? Schließlich hat er seit Monaten über Ellen Gerwing berichtet.«

»Uns hat er ja gesagt, dass er versucht hat, mit ihr zu sprechen«, ergänzte Bertram. »Und dass die Gerwing sich geweigert hat. Weil sie seit dem Flugzeugabsturz keine Interviews gab.«

»Ich kenne euren Bericht«, antwortete Heide schnippisch. »Deswegen ist es ja so interessant. Vor zwei Wochen hat Jens Stein zweimal bei der Gerwing auf dem Handy angerufen. Weiß der Teufel, wie der an die Nummer gekommen ist.«

»Er arbeitet für die Klatsch-Presse«, sagte Tenbrink ungeduldig. »Wahrscheinlich gibt's in der Redaktion eine entsprechende Datenbank.«

»Aber in der letzten Woche hat Ellen Gerwing *ihn* angerufen, ebenfalls zweimal.« Heide setzte eine triumphierende Miene auf und schaute Bertram herausfordernd an. »Einmal in der Redaktion, einmal privat.«

»Das ist allerdings eine Neuigkeit«, sagte Bertram.

»Er hat uns angelogen«, sagte Tenbrink.

»Fragt sich nur, wieso?«, fügte Heide nickend hinzu. »Schließlich ist Stein kein Anfänger. Er weiß doch, dass wir von den Telefonaten erfahren werden.«

»Der Fettwanst spielt auf Zeit«, mutmaßte Bertram.

»Er ist uns voraus«, knurrte Tenbrink ärgerlich, »und er will uns auf Abstand halten.« Er klopfte sich auf die Oberschenkel, stand plötzlich auf und ging zu seinem Büro.

»Was hast du vor?«, fragte Bertram.

»Telefonieren.« Tenbrink kramte die DVD aus seiner Jackentasche und reichte sie Bertram. »Bring das bitte rüber zum ZA3 und lass eine Kopie ziehen! Außerdem brauche ich Screenshots der interessanten Szenen und aller beteiligten Personen. Vielleicht können die Kollegen die Bilder am Computer etwas aufmöbeln und deutlicher machen.«

Damit schloss er die Tür hinter sich.

7

Während er das Freizeichen hörte, starrte Tenbrink auf seine Zettelwirtschaft, die so umfangreich und ausufernd war, wie es bei anderen Fällen erst nach vielen Tagen der Fall war. *Vielleicht weil sie in alle Richtungen ermittelten*, dachte Tenbrink. Oder weil sie keine Richtung hatten?

»Ja«, meldete sich eine Frauenstimme am anderen Ende der Leitung.

»Hauptkommissar Tenbrink«, sagte er und schaute auf das Foto der drei lachenden Schwestern, das Anne Gerwing ihm gestern gegeben hatte und das nun im Zentrum seiner Bildersammlung prangte. »Guten Tag, Frau Gerwing.«

»Hallo, Herr Hauptkommissar, gibt es Neuigkeiten?«

»Ja und nein. Haben Sie einen Moment Zeit?«

»Ich bin gerade in der Pfarrei.« Anne Gerwing räusperte sich. »Wegen der Beerdigung und der Trauerfeier. Kann ich Sie später zurückrufen?«

»Es dauert nicht lange. Eigentlich habe ich nur eine Frage.«

»Die Fürbitten besprechen wir später, Herr Pastor«, hörte er sie dumpf sagen. Es raschelte, eine Tür knarrte, dann sprach sie wieder ins Handy: »Ich höre.«

»Was wissen Sie über Henk Boomkamp?«

»Henk Boomkamp?« Es entstand eine Pause, Tenbrink hörte sie leise und etwas unwillig knurren, dann fragte sie: »Was sollte ich über ihn wissen? Er ist tot. Wieso fragen Sie?«

»Hat Ellen Ihnen erzählt, dass Henk Boomkamp in der Silvesternacht mit Michael Hartmann auf dem Galgenhügel war? Dass sie dort gemeinsam und absichtlich die Scherben verstreut haben?«

»Henk und Michael?« Wieder eine Pause und ein lautes Ausatmen. »Nein, davon hat sie mir nichts erzählt. Sonst hätte ich es Ihnen längst gesagt. Sind Sie sicher?«

»Ja«, antwortete Tenbrink. »Es gibt ein Video.«

»Vom Galgenbülten?« Anne Gerwing klang überrascht.

»Nein, von der Party. Offenbar ging es bei der ganzen Sache um einen Streit zwischen den Freunden Michael und Henk und Ihren beiden Schwestern. Henk war in Ellen verliebt und wurde deswegen von den Zwillingen auf der Party lächerlich gemacht. Erinnern Sie sich daran?«

»Um ehrlich zu sein, nein.« Pause. »Es kann sein, dass Henk damals in Ellen verknallt war, aber …« Wieder Pause. »Ich steh grad etwas auf dem Schlauch, Herr Tenbrink. An einen Streit erinnere ich mich nicht. Tut mir leid.«

»Ellen wusste davon.«

»Von dem Streit?«

»Von Henk.«

»Sind Sie sicher, dass das mit den Scherben Absicht war?«

»Sieht so aus.«

»Scheiße!«, entfuhr es ihr. Sofort entschuldigte sie sich dafür und pustete lange und laut in den Hörer. »Soll das heißen, dass eigentlich Ellen …?« Sie unterbrach sich und schob gleich die nächste Halbfrage hinterher: »Und dass sie sich deshalb …?«

»Was wissen Sie über Boomkamp?«, wiederholte Tenbrink seine anfängliche Frage, um nicht mit Ja antworten zu müssen.

»Außer dass er ertrunken ist?«, antwortete sie. »Wenig bis gar nichts. Ich hatte nie viel mit ihm zu tun. Er war eine Zeit lang mit Michael befreundet, aber ich glaube nicht, dass sie später, als Michael in Berlin wohnte, noch Kontakt hatten. Schulfreunde halt. Wenn Sie etwas über Henk erfahren wollen, sollten Sie seine Frau Christiane fragen. Sie wohnt ja in der Nähe von Ahlbeck. In den alten Zollhäusern im Brook.«

»Danke, Frau Gerwing.«

»War's das?«

»Fürs Erste.«

»Wiederhören, Herr Hauptkommissar.«

Tenbrink legte den Hörer auf und pinnte ein leeres Blatt Papier an die Wand. Darauf schrieb er: Henk Boomkamp. Darunter ein großes Fragezeichen. Er musste an Bertrams Bemerkung beim Betrachten des Videos denken: »Ein Freak!«

Tenbrink hatte Heides Internetausdrucke und Notizen vor sich liegen und starrte auf ein Wort, dessen Sinn ihm nicht sofort klar war: »Kraker«. Heide hatte das Wort unterstrichen und mit einem Ausrufezeichen versehen. Es dauerte eine Weile, bis er verstand, was damit gemeint war: Das war die holländische Bezeichnung für Hausbesetzer! Heide hatte vorhin von linker und autonomer Szene gesprochen. Offenbar hatte diese Marlijn Grooten vor einigen Jahren zu den Amsterdamer Hausbesetzern gehört. Tenbrink war überrascht. Er hatte das für ein Phänomen der 80er-Jahre gehalten und nicht gewusst, dass es auch heute noch »Krakers« in Holland gab. Er tippte die Nummer ein und wartete. Da es sich um einen Festnetzanschluss handelte, war nicht gesagt, dass er um diese Zeit, am Nachmittag, jemanden erreichte.

Tatsächlich sprang nach wenigen Freizeichen der Anrufbeantworter an, und Tenbrink wollte bereits auflegen, als der Ansagetext unterbrochen wurde und sich eine Frauenstimme meldete: »*Met Marlijn.*«

»Marlijn Grooten?«, fragte Tenbrink und bemühte sich um eine holländische Aussprache.

»Wie is daar?«

»Hauptkommissar Tenbrink von der deutschen Polizei in Münster«, antwortete er auf Niederländisch. »Spreche ich mit Marlijn Grooten?«

»Ja. Aber ich spreche nicht mit der Polizei«, antwortete sie abweisend, »schon gar nicht mit der deutschen. Dürfen Sie überhaupt …?«

»Es geht um eine Deutsche«, beeilte sich Tenbrink zu sagen. »Ellen Gerwing. Sie hat letzte Woche bei Ihnen angerufen. Erinnern Sie sich?«

Statt einer Antwort klackte es in der Leitung, dann war die Verbindung unterbrochen. »Mist!«, fluchte Tenbrink, drückte die Wahlwiederholung und hörte nach wenigen Freizeichen die automatische Ansage des Anrufbeantworters. Nach kurzem Zögern sprach er aufs Band und hinterließ seine Handynummer. Für den Fall, dass Marlijn doch über Ellen Gerwing sprechen wollte. Bevor er auflegte, setzte er hinzu: »*Mevrouw Gerwing is dood.*«

Es klopfte an der Tür, und im nächsten Augenblick steckte Hölscher seinen Kopf durch den Türspalt. »Kannst du mal kurz kommen?«, fragte er.

»Hast du was über Boomkamp rausgefunden?«

»Allerdings.« Hölscher nickte und setzte hinzu: »Eine merkwürdige Geschichte.«

8

Tenbrink hatte wenig Ahnung von Musik und besaß in dieser Hinsicht weder besondere Vorlieben noch Abneigungen. Eigentlich war ihm Musik egal, solange sie nicht allzu penetrant oder stumpfsinnig war. Doch genau das war das Problem im Gasthaus »Zur alten Linde«. Die krachlederne Volks- und Schlagermusik, die hier aus den Boxen plärrte, setzte ihm gewaltig zu und stellte seine Friedfertigkeit auf eine gehörige Probe. Er war kurz davor, sich zu den anderen Männern in den Keller zu gesellen, die sich dort irgendeine Fußballübertragung anschauten. Dienstagabend, kurz vor zehn. Wahrscheinlich Champions League. Aber Fußball war ihm ungefähr so egal wie Musik.

»Heute kein Tango, Herr Kommissar?«, fragte die Wirtin, als sie ihm die zweite Apfelschorle auf den Tresen stellte.

»Ich muss noch fahren«, antwortete er achselzuckend.

»Sie sind doch Polizist«, sagte sie und zwinkerte ihm zu. »Oder sind Sie um diese Uhrzeit noch im Dienst?«

Er lächelte gequält und hob abwehrend die Hand. »Sie wissen nicht zufällig, wann Herr Stein zurückkommt?«, fragte er und steckte ein 20-Cent-Stück in den kugelförmigen Erdnussautomaten.

»Der geht nicht«, sagte Frau Grothues und deutete auf die Kugel. »Steht hier nur aus Nostalgie. Wer kauft denn heute noch kandierte Erdnüsse? Dieter hat das Ding im Internet ersteigert. Das wären Kindheitserinnerungen, hat er gemeint. Die Nüsse da drin sind wahrscheinlich jahrzehntealt.«

»Wer ist Dieter?«, fragte Tenbrink.

»Mein Sohn. Er hat den Computer-Laden nebenan. Abends und am Wochenende, wenn sein Geschäft geschlossen ist, hilft er hier in der ›Linde‹ aus.«

»Ach, richtig«, sagte Tenbrink und erinnerte sich: *Dieter's Digiweb*. Für alle Fälle kramte Tenbrink seinen Notizblock und einen Stift aus der Jacke. »Und Jens Stein?«

»Wann der wieder da ist, weiß ich nicht«, antwortete Frau Grothues, während sie gleichzeitig einige Biergläser unter den Zapfhahn stellte. »Er ist Gast in meiner Pension und nicht mein Ehemann!« Sie lachte scheppernd. »Bei dem wusste ich früher auch nie, wann er kommt.«

Tenbrink überlegte kurz, ob sie das anzüglich gemeint hatte, sah aber kein Schelmengrinsen in ihrem Gesicht und versuchte vergeblich, die Münze wieder aus dem Schlitz zu bekommen. Dass er überhaupt hier saß, war Folge einer spontanen und unüberlegten Entscheidung gewesen. Seit dem Nachmittag hatte er eine seltsame Unruhe und Aufgeregtheit verspürt, wie so oft, wenn er glaubte, einen Wendepunkt bei den Ermittlungen erreicht zu haben. Als er nach Feierabend in Schöppingen mit einem Buch auf der Couch saß, hatte er sich kaum auf die Zeilen vor seinen Augen konzentrieren können. »Hummeln im Hintern«, hatte Karin früher immer gesagt, wenn er durch die Wohnung getigert war und ihr dabei in regelmäßigen Abständen die Sicht auf den Fernseher genommen hatte. Darum hatte er das Buch beiseitegelegt und sich in den Wagen gesetzt, um nach Ahlbeck zu fahren. Aufs Geratewohl.

Jens Stein hatte er zwar nicht angetroffen, auch telefonisch hatte er den Klatschreporter nicht erreicht, aber mit der Wirtin der Dorfkneipe zu reden, konnte nie verkehrt sein. Vor allem, wenn es um Gerüchte und Mutmaßungen ging.

Wie nebenbei fragte er: »Sie waren am Samstag auch bei der Weinprobe im ›Schulzenhof‹, nicht wahr?«

»Das lass ich mir nicht entgehen«, antwortete die Wirtin und grinste. »Anne ist so nett, mich jedes Jahr einzuladen, obwohl ich gar nichts bei dem Weinhändler bestelle. In unserer Kneipe trinkt keiner so edlen und vor allem teuren Wein. Aber Anne sieht das nicht so eng, sie übernimmt alle Kosten und bestellt allein für ihr Hotel so viel Wein, dass es sich für den Händler lohnt.«

»Bis wann dauerte die Weinprobe?«

Sie zuckte mit den Schultern. »Ich glaube, ich war um zwei wieder hier. Dieter hatte schon abgeschlossen und die Tageskasse gemacht. Nach Mitternacht ist in der ›Linde‹ nicht mehr viel los.«

»Nett von Frau Gerwing, die Wirte aus Ahlbeck einzuladen.«

»Auf Anne lass ich nichts kommen.« Frau Grothues beugte sich über den Tresen. »Das ist eine ganz patente Frau! Nicht so von oben herab und gar nicht eingebildet.«

»Anders als ihre Schwester?«, fragte Tenbrink.

»Das haben Sie gesagt.«

Tenbrink nickte nachdenklich. »Kennen Sie eigentlich die Familie Boomkamp?«

»Ahlbeck ist ein Dorf«, lautete die überraschte Antwort der Wirtin.

»Da kennt jeder jeden, oder?«, fragte Tenbrink und pulte an dem Erdnussautomaten herum.

»Warum fragen Sie?«, wollte Frau Grothues wissen. »Hat das was mit dem Selbstmord zu tun?«

»Lisbeth Boomkamp wird am Donnerstag beerdigt«, sagte Tenbrink ausweichend und fluchte, weil er sich den Fingernagel an dem Geldschlitz abgebrochen hatte. »Am selben Tag wie Ellen Gerwing.«

»Ich bin froh, wenn der ganze Rummel vorbei ist«, sagte die Wirtin und reichte ihm eine Pinzette. »Dann ist endlich wieder Ruhe.«

»Kannten Sie Henk Boomkamp?« Da er ahnte, was sie gleich sagen würde, korrigierte er seine Frage: »Was war er für ein Kerl?«

»Henk?« Sie hob die Achseln und zapfte Schaumkronen auf die bereitstehenden Biere. »Das war auch so 'n eigener Patron.«

Tenbrink schmunzelte über den Ausdruck. Wenn Bertram jetzt hier gewesen wäre, hätte er vermutlich wieder die Augen verdreht.

Die Wirtin stellte die frisch gezapften Biere auf ein Tablett. Dann stampfte sie zweimal mit den Füßen auf den Boden. Vermutlich ein Signal für den Fernsehraum, der sich direkt unter dem Tresenraum befand.

Tenbrink stocherte mit der Pinzette in dem Schlitz herum, bekam aber das Geldstück nicht zu fassen. »Wieso eigen?«, wollte er wissen.

»Aus dem wurde man nie so recht schlau«, sagte Frau Grothues und schielte zu einem weiteren Gast, der am anderen Ende der Theke saß und versonnen auf sein halb volles Bierglas starrte. »Den kriegte man einfach nicht zu fassen. Ich meine, wer hätte denn gedacht, dass der mal bei der Sparkasse unterkommt. Ausgerechnet Henk Boomkamp.« Sie beugte sich über den Tresen und schaute Tenbrink über den Rand ihrer Brille an. »Früher immer in bunten Latzbuxen und mit ungewaschenem Krüllekopp und plötzlich mit Anzug und Krawatte hinterm Bankschalter. Ich hätte ja eher gedacht, dass der irgendwann im Gefängnis landet.«

»Vermutlich wäre er da gelandet, wenn er nicht vorher gestorben wäre.«

»Auch wieder wahr«, sagte die Wirtin und grinste. »Und ein Unfall war das bestimmt nicht. Kein vernünftiger

Mensch schwimmt bei Ebbe ins Meer hinaus. Das hat der mit Absicht gemacht. Um sich vor der Verhaftung zu drücken. Was meinst du dazu, Dieter?«

Dieter Grothues war aus dem Fernsehzimmer hochgekommen, um das Tablett mit den Bieren abzuholen. Er schaute seine Mutter verwirrt an, nickte Tenbrink beiläufig zu und fragte: »Was meine ich wozu?«

»Henk Boomkamp sein Tod.«

Ihr Sohn zuckte mit den Schultern und sagte: »Auf jeden Fall 'ne komische Sache.« Damit verschwand er eiligst samt Tablett wieder im Keller.

»Ja, komisch«, bestätigte die Wirtin. »Wenn man so drüber nachdenkt.«

Tenbrink hatte den ganzen Nachmittag und Abend darüber nachgedacht und war zu dem gleichen Schluss gekommen. Wie hatte Bernd Hölscher im Büro gesagt? *Eine merkwürdige Geschichte.*

Henk Boomkamp war im Sommer vor vier Jahren in der holländischen Nordsee ertrunken. Laut Ermittlungsbericht hatte er mit seiner Frau Christiane und den beiden Söhnen Urlaub auf der westfriesischen Insel Ameland gemacht und war bei einsetzender Ebbe zu weit ins Meer hinausgeschwommen. Der Sog war wegen einer Springtide besonders groß gewesen, und die Strömung hatte Boomkamp ins offene Meer gezogen. Vielleicht hatte er einen Muskelkrampf bekommen, vielleicht war er einfach zu erschöpft gewesen und hatte seine Kraftreserven überschätzt, womöglich war er aber auch mit Selbstmordabsichten ins Meer hinausgeschwommen. Der große Tidenhub infolge einer Vollmondkonstellation wäre dafür besonders günstig gewesen, hieß es in dem Bericht.

Befördert wurde die Suizid-These auch durch den Umstand, dass genau zu dieser Zeit die Staatsanwaltschaft Münster gegen Henk Boomkamp wegen Anlagebetrugs und schwerer Untreue ermittelte und einen Haftbefehl beantragt hatte, der vermutlich ausgeführt worden wäre, sobald Boomkamp wieder deutschen Boden betreten hätte.

Die Witwe, Christiane Boomkamp, sagte später aus, ihr Mann sei ein guter Schwimmer gewesen und habe oft und lange Strecken im Meer geschwommen. Allerdings sei er normalerweise parallel zum Strand geschwommen, während er an besagtem Donnerstag geradeaus ins Meer geschwommen und schließlich vom Strand aus nicht mehr zu sehen gewesen sei. Weil sie etwas abseits und nicht an einem bewachten Strandabschnitt gelegen hätten, habe kein Bademeister etwas bemerkt oder dagegen unternommen. Frau Boomkamp habe sich anfangs, trotz der gehissten roten Flaggen, keine Sorgen gemacht, doch als Henk auch nach einer Stunde nicht zurückgekehrt sei, habe sie bei den Rettungsschwimmern des »KNRM« Alarm geschlagen. Die anschließende Suche mit Booten und Helikoptern der »*Reddingsbrigade*« sei allerdings erfolglos geblieben. Christiane Boomkamp habe ihren Mann nie wiedergesehen. Erst vor knapp einem Jahr war er offiziell für tot erklärt worden.

Vor allem, dass Boomkamps Leiche nie gefunden wurde, machte Tenbrink hellhörig. Die Tatsache an sich war zwar nicht ungewöhnlich oder unerklärlich, denn die Gezeitenströmung wies bei Ebbe nach Nordosten und somit in die offene Nordsee, aber es sorgte trotzdem dafür, dass es in Tenbrinks Kopf seit Stunden rumorte und rotierte. Noch am Nachmittag hatte er zu Bertram gesagt, dass sie sich bislang auf dem Holzweg befunden hatten. Sie hatten die richtigen Fragen gestellt, aber nach allzu einfachen und naheliegenden Antworten gesucht.

Was sie herausgefunden hatten, war nicht falsch gewesen, aber es hatte zu kurz gegriffen. Es war nur die halbe Wahrheit gewesen. Jetzt aber wiesen die Ermittlungen in eine völlig andere und unerwartete Richtung, und Tenbrink vermutete Zusammenhänge, die zuvor nicht erkennbar gewesen waren. Er konnte zwar nicht ausschließen, dass sie lediglich den einen Holzweg gegen einen anderen ausgetauscht hatten, aber trotzdem hatte er plötzlich das Gefühl, nicht mehr nur richtungslos im Dunkeln zu stochern. Und dieses Gefühl versetzte ihn beinahe in Hochstimmung.

Auch das, was der Kollege Hölscher über Boomkamps Vorgeschichte zusammengetragen hatte, erwies sich als äußerst interessant. Tatsächlich war Henk Boomkamp, wie Magda Hartmann es auf dem Friedhof angedeutet hatte, mehrfach vom Zoll oder der Polizei wegen Drogenbesitzes gefasst und mit verschiedenen Jugendstrafen belegt worden. Die Menge der dabei sichergestellten Drogen, zumeist Cannabisprodukte oder Partydrogen wie Ecstasy und Speed, deutete darauf hin, dass Boomkamp nicht nur Konsument, sondern vermutlich auch Dealer gewesen war. Der komische Kauz und alternative Freak, bei dem sich die brave Dorfjugend mit Gras, Shit und allerlei Gute-Laune-Pillen eindecken konnte. Dass Boomkamp mit seiner Mutter in den alten Zollhäusern und somit in unmittelbarer Nähe der grünen Grenze gewohnt hatte, war dem Handel vermutlich zuträglich gewesen.

Ebenso erstaunlich wie die durchaus ansehnliche Liste der Vorstrafen oder gegen Bußgeld eingestellten Ermittlungen war jedoch die Tatsache, dass es mit Boomkamps kleinkrimineller Karriere wenig später schlagartig vorbei war. Ein Jahr nachdem Michael Hartmann zur Filmhochschule Babelsberg gegangen war, begann auch Henk Boomkamp ein Studium. Wirtschaftsmathematik und BWL an der Universität Köln. Eine seltsame Fächerwahl für einen Drogenfreak und verspäteten Hippie. Während des Studiums änderte sich nicht nur Boomkamps Lebenswandel, sondern auch sein Aussehen. Die Rastazöpfe wurden abgeschnitten, die Latzhosen in die Mottenkiste gepackt, und der abgewetzte Bundeswehrparka durch einen Anzug ersetzt. Boomkamp schloss sein Studium in Rekordzeit mit Auszeichnung ab und begann seine anschließende Banker-Karriere in einem Rechenzentrum der Sparkasse Münster. Binnen weniger Jahre wechselte er zunächst ins Privatkundengeschäft (in dieser Zeit war er auch als Anlageberater in der Ahlbecker Sparkasse tätig) und schließlich zum weitaus lukrativeren, aber auch riskanteren Investmentbanking und Fondsmanagement. Was ihm letztlich zur Verlockung und zum Verhängnis geworden war.

»Du sagst einem auch nicht die Tageszeit, was?«, wurde Tenbrink durch eine knurrige Männerstimme aus seinen Gedanken geholt.

»Welche Tageszeit?«, fragte Tenbrink und schaute in das von einem grauen Vollbart gerahmte Gesicht eines alten Mannes, der sich direkt neben ihn an die Theke gesetzt hatte.

»Guten Abend, hab ich gesagt«, sagte der Alte.

»Ach, *die* Tageszeit«, antwortete Tenbrink grinsend. »Guten Abend!«

»Geht doch«, sagte der Alte, legte seinen Filzhut auf den Tresen und wandte sich an die Wirtin: »Mia, tu mir mal 'n Bier! Und eins für meinen neuen Freund hier. Vom vielen Reden wird ihm sonst noch die Kehle trocken.«

»Heini, weißt du nicht, wer das ist?«

»Weiß ich, wer du bist?«, fragte der Alte und fuhr sich über die rote Säufernase.

»Hauptkommissar Tenbrink, Kripo Münster«, sagte Tenbrink.

»Dann weiß ich, wer du bist.« Der Mann reichte ihm die schwielige Hand. »Heinrich-Josef Schultewolter. Aber alle nennen mich Heini.«

»Heinrich Tenbrink«, sagte Tenbrink und schüttelte Schultewolters Hand. »Aber alle nennen mich Herr Hauptkommissar.«

»Wo kommst du weg, Herr Hauptkommissar?«, fragte Schultewolter.

Tenbrink verstand nicht.

»Du bist aus dem Münsterland, oder? Wo genau?«

»Schöppingen.«

»Ach so«, sagte Schultewolter und zuckte mit den Schultern, als wollte er sagen: Mach dir nichts draus!

»Sie arbeiten auf dem Schulzenhof?«, fragte Tenbrink, nachdem er sich mit einem Blick in sein Notizbuch versichert hatte.

»Willst du mich beleidigen?«

»Ich? Nein, wieso?«

»Bei Mia wird keiner gesiezt«, antwortete der Alte und wandte sich an die Wirtin: »Stimmt doch, oder?«

»Wenn er doch Kommissar ist«, sagte Mia Grothues nachsichtig und stellte ihm ein Bier vor die Nase. Auch Tenbrink bekam ungefragt ein Bier hingestellt.

»Und wenn er der Papst persönlich ist«, erwiderte Schultewolter und hob das Glas in die Höhe. »Immerhin ist er ein Hiesiger. So weit kommt's noch, dass ich mich bei Mia siezen lass.«

»Zum Wohl!« Tenbrink prostete Schultewolter zu. Anders war aus dem Alten nichts herauszubringen, und schlimmstenfalls musste Tenbrink mit dem Taxi nach Hause fahren. Er nippte an seinem Bier und setzte hinzu: »Du arbeitest auf dem Schulzenhof? War bestimmt ein schlimmer Anblick. Die Frau am Galgen, meine ich. Du hast sie doch gefunden, oder?«

»Das vorlaute Blag hat sie gefunden«, antwortete Schultewolter. »Ich hab die *Deern* bloß vom Galgen geschnitten.«

»Hab deine Aussage gelesen«, sagte Tenbrink, unternahm einen letzten Versuch, das Geldstück aus dem Schlitz des Automaten herauszubekommen und legte schließlich die Pinzette beiseite. Er bekam die Münze nicht zu fassen.

»Darf ich mal?« Schultewolter wartete nicht auf eine Antwort, nahm die Erdnusskugel und stellte sie kurzerhand auf den Kopf. Dann schlug er einmal kräftig mit der Faust von oben auf den Boden, und im nächsten Augenblick kullerte das 20-Cent-Stück über den Tresen und blieb direkt neben Tenbrinks Bierglas liegen. »Da musst du zwei Groschen reintun. Mit Euro und Cent kann das Ding nichts anfangen.«

»Wie war die Ellen Gerwing eigentlich so?«, fragte Tenbrink und steckte die Münze ein. »Ich meine privat. Du hast sie doch bestimmt ein paar Mal auf dem Schulzenhof gesehen. Bestimmt interessant, 'nen Fernsehstar in der Nähe zu haben.«

»*Gao mi wegg!*«, antwortete Schultewolter und leerte sein Glas mit einem großen Schluck. »Mit unsereins wollte die nichts zu tun haben. Immer von oben herab und mit schiefer Flappe. Ganz anders als die Schulzin.« Er lachte plötzlich und setzte hinzu: »Kannst ja mal unseren Dorfsheriff fragen.«

»Max Hartmann?«

»Wen sonst?«, antwortete Schultewolter und machte eine wegwerfende Handbewegung. Dann deutete er auf Tenbrinks Bier und fragte: »Brauchst du immer so lange?«

»Mia, noch 'ne Runde«, sagte Tenbrink und leerte hastig sein Glas. »Und schenk dir auch eins ein, damit wir nicht so einsam sind.« Dann wandte er sich an Schultewolter: »Warum soll ich Hartmann fragen? Und wonach?«

»Ich hab ja schließlich Augen im Kopf«, antwortete der Alte, tippte sich dabei aber aus unerfindlichen Gründen an die Runkelnase.

»Heini und Max sind sich nicht grün«, mischte sich die Wirtin ein. »Seit der Geschichte auf dem Schützenfest.«

»Das war bloß 'ne harmlose Prügelei«, knurrte Schultewolter. »Nichts Besonderes. Wie auf jedem Schützenfest. Aber der Saukerl macht daraus 'ne Staatsaffäre, nur weil ihm ein Zahn stiften gegangen ist.«

»Stiften gegangen?« Mia Grothues lachte. »Du hast ihm das Ding mit 'nem Korkenzieher ausgeschlagen.«

»Der kann froh sein, dass ich nicht das spitze Ende genommen hab«, rief der Alte aufgebracht. »Dann hätte der jetzt 'nen Winkel in seiner Visage.«

»Und was hat das mit Ellen Gerwing zu tun?«, fragte Tenbrink.

»Nichts«, sagte Schultewolter. »Zum Schützenfest war die ja noch gar nicht in Ahlbeck. Und selbst wenn, beim Schützenfest hätte die eh nicht mitgemacht. Nicht mal als Königin. Dafür hat die die Nase immer viel zu hoch getragen.«

»Nun komm schon, Heini, du weißt, was ich meine. Was hast du gesehen?«

»Wie er sie vergewaltigen wollte!«

»Heini!«, rief die Wirtin und stellte die Biere auf den Tresen. »Du bringst dich in Teufels Küche, wenn du Sachen sagst, die du nicht beweisen kannst.«

»Wenn ich's doch mit eigenen Augen gesehen hab!«, beharrte Schultewolter. »Auf ihr draufgelegen hat er. Mit der einen Hand an ihren Brüsten und mit der anderen zwischen ihren Beinen.« Er kam ganz nah an Tenbrink heran und setzte verschwörerisch hinzu: »Wenn ich nicht gewesen wär, hätte er sich an ihr vergangen. Das ist meine Meinung!«

»Die hier keiner hören will«, sagte die Wirtin und hob ihr Glas. »Prost!«

»Prost!«, echote Tenbrink und wandte sich an Schultewolter. »Uns hat er gesagt, dass er der Gerwing nur den verstauchten Knöchel befühlt hat. Weil sie beim Spaziergang umgeknickt ist.«

»Wo der hingefasst hat, gab's zu meiner Zeit keine Knöchel«, antwortete der Alte kichernd. »Umgeknickt, so 'n Quatsch! Warum liegt er denn ganz auf ihr drauf, wenn sie nur 'nen verknacksten Fuß hat? *Nä, dat kaas mi nich vertällen.* Sonst hätte die sich ja auch nicht mit Händen und Füßen gewehrt und wär anschließend nicht wie ein Kaninchen vorm Fuchs davongerannt. Die hatte richtig Angst vor dem.« Er tippte sich an die Stirn und nickte vielsagend.

»Warum hast du das am Sonntag nicht der Polizei gesagt?«, wollte Tenbrink wissen. »Das könnte doch wichtig sein.«

»*Du büs wall nich ganz wies!*«, schimpfte Schultewolter. »Der Polizei sagen, dass ein Polizist der *Deern* an die Wäsche wollte? Ich bin doch nicht verrückt. Eine Krähe hackt der anderen kein Auge aus, das weiß doch jeder. Erst recht auf dem Dorf. Geh mir bloß weg!«

»Ich bin auch Polizist«, sagte Tenbrink.

»Du bist Heinrich, ich bin Heini, und wir trinken ein Bier bei Mia«, sagte Schultewolter. »Das ist ganz was anderes. Mit der Polizei hat das nichts zu tun.«

»Mia«, sagte Tenbrink und streckte zwei Finger in die Höhe. »Tu Heini und mir noch mal zwei Pils.«

Intermezzo

Nun würde sich der Ausflug nach Westfalen also doch noch bezahlt machen. Zwischenzeitlich hatte er ernsthaft bezweifelt, dass er außer einer rührend tragischen Titelgeschichte irgendetwas Verwertbares aus Ahlbeck mitnehmen würde. Doch nun wusste er, dass er auf eine Goldmine gestoßen war.

Als Ellen Gerwing ihn am Freitag in der Redaktion angerufen hatte, war er wie aus allen Wolken gefallen. Stein schmunzelte über den Vergleich, ein passendes Bild, wenn man an Ellen Gerwings Flugzeugabsturz dachte. Am Telefon hatte sie verängstigt geklungen, zugleich aber seltsam verwirrt und desorientiert. Als wüsste sie selbst nicht, warum sie angerufen hatte und mit wem sie gerade sprach. Anfangs hatte er gedacht, sie wäre womöglich betrunken oder wieder auf Drogen, und mittlerweile wusste er, dass er mit dieser Vermutung nicht ganz falsch gelegen hatte. Von dem alten Schultewolter, dem ebenso neugierigen wie geschwätzigen Faktotum des Schulzenhofs, hatte er erfahren, dass Ellen Gerwing eigenmächtig ihre Antidepressiva abgesetzt hatte und vermutlich unter Halluzinationen und Paranoia litt. Jedenfalls habe sie sich, wie Schultewolter behauptete, regelrecht in ihrem Zimmer verbarrikadiert und sei immer zusammengezuckt, wenn man sie nur angesprochen habe. Ganz durcheinander sei die Deern gewesen und immer so fahrig.

Stein gegenüber nannte die Gerwing keine Namen und drückte sich sehr kryptisch und verworren aus. Es ginge um ihre tote Schwester, meinte sie, aber darum ginge es eben gar nicht. Das sei ja gerade ihr Fehler gewesen. Auch ihr verstorbener Mann habe damit gar nichts zu tun, obwohl Michael natürlich ein Mörder sei. Dann sprach sie plötzlich von Untoten und fragte ihn, ob er an so etwas glaube. Sie kenne nämlich einen. Als er über diesen Unsinn ungläubig lachte, schimpfte sie plötzlich und nannte ihn einen Schmierfinken und Aasgeier. Auf seine Frage, warum sie ihn überhaupt angerufen habe, antwortete sie nach langem Zögern: »Weil mir kein anderer einfällt, der eine solch absonderliche Geschichte glauben würde.« Dann murmelte sie eine hastige Entschuldigung und legte auf.

Nur eine halbe Stunde später rief sie ihn erneut an, diesmal auf dem Handy und nicht mehr ganz so haspelnd und verworren. Er solle nach Ahlbeck kommen, dann werde er schon sehen. Das sei eine Geschichte ganz nach seinem Geschmack, so viel könne sie ihm versichern. Wenn er eine echte Verschwörung suche, könne sie ihm eine bieten. Am Telefon sei das alles schwer zu erklären. Warum sie nicht zur Polizei gehe, wollte er von ihr wissen, doch sie lachte nur abfällig und legte abermals auf.

Einen Tag später baumelte sie am Galgen, genau an jener Stelle, an der auch ihre Zwillingsschwester gestorben war. Ein Selbstmord, wie er im Buche stand, mit gleich einer Handvoll Motiven für die Verzweiflungstat.

Eine Geschichte ganz nach seinem Geschmack! Stein ärgerte sich, dass er nicht sofort nach Ahlbeck gefahren war. Eine läppische Promi-Scheidung war ihm dazwischengekommen und hätte ihn um ein Haar die Story seines Lebens gekostet. Um ein Haar! Doch er hatte Glück gehabt.

Stein ließ den Schulzenhof und den Galgenhügel rechts liegen, setzte den Blinker und bog links ab in

Richtung Wassermühle. Boomkamp hatte am Telefon vorgeschlagen, sie könnten sich bei ihm zu Hause treffen, doch das hatte Stein natürlich abgelehnt. Schließlich war er nicht lebensmüde. Stattdessen hatte er Boomkamp zu sich in die »Linde« eingeladen, was dieser aber ebenso kategorisch abgelehnt hatte. In Ahlbeck wolle er sich, aus naheliegenden Gründen, nicht sehen lassen, schon gar nicht in der Kneipe von Maria Grothues, wo die Wände Ohren hätten. Boomkamp hatte dann gefragt, ob Stein die Mühlenschänke an der Grenze kenne. Dort könnten sie sich treffen und alles in Ruhe besprechen.

Ein guter Kompromiss, fand Stein, ein Treffpunkt fernab des Dorfes und doch an einem öffentlichen Ort. Er war zwar noch nicht in der Kneipe gewesen, aber Gasthäuser waren schließlich alle ähnlich. Und zumindest einen Wirt würde es dort geben, dessen Anwesenheit ihm Schutz bieten würde.

Als Boomkamp aufgelegt hatte, war Stein ein seltsamer Gedanke gekommen. Ihm war aufgefallen, dass Boomkamp fast ohne Dialektfärbung gesprochen hatte. Keine münsterländischen Idiome, kein plattdeutsch angehauchtes und kehliges Genuschel, keine überflüssigen Füllwörter wie »echt« und »wohl«, die hier so inflationär benutzt wurden. Boomkamp hatte ein dialektfreies Hochdeutsch gesprochen, wie Stein es sonst nur von Leuten aus dem Raum Hannover kannte. Dabei war Boomkamp in Ahlbeck geboren und hatte hier fast sein Leben lang gewohnt. Schon seltsam!

Doch was war an dieser Geschichte nicht seltsam? Dass es sich bei Ellen Gerwings »Untoten« nur um Henk Boomkamp handeln konnte, hatte er bald herausgefunden, auch wenn er immer noch nicht verstand, was das Ganze mit der toten Schwester auf dem Galgenhügel zu tun hatte. Die Art und Weise, wie er Boomkamps neuer Identität auf die Schliche gekommen war, erschien ihm im Nachhinein fast unglaublich. Wenn er am Mittag nicht zufällig mitbekommen hätte, wie die Kommissare aus Dieter Grothues' Laden gekommen waren, und wenn Grothues nicht so nett gewesen wäre, ihm – gegen üppige Bezahlung – eine Kopie der Videoaufnahme in die Hand zu drücken, hätte er niemals das kleine Detail entdeckt, das ihn nun zur Mühlenschänke führte. Aber so war es oft: Auf die Kleinigkeiten kam es an, denn die wurden gern übersehen. Auch Stein hatte es erst am Abend beim zweiten Ansehen bemerkt. Doch dann war er aktiv geworden.

Es war inzwischen stockfinster und dichter Nebel lag über dem Ahlbach und dem morastigen Ufer. Stein lenkte seinen Twingo vorsichtig über das schmale Mühlenwehr. Als er die düstere Kolkmühle passierte, wunderte er sich über die spärliche Beleuchtung der gegenüberliegenden Kneipe. Das Schild mit der Aufschrift »Zum schwarzen Kolk« wurde von einem kleinen Scheinwerfer angestrahlt, und auch im Inneren der Kneipe schien es einige funzelige Lichter zu geben. Aber das Gasthaus wirkte nicht so, als wäre es geöffnet oder als befänden sich Gäste darin. Kein Auto oder Fahrrad stand vor dem Haus, und auch der vom Nebel eingehüllte Parkplatz neben der Mühle war leer. Im Schritttempo fuhr er weiter. Ruhetag, dachte er, oder war die Schänke etwa gar nicht mehr in Betrieb? Hätte Boomkamp das nicht wissen müssen? Eine Falle, schoss es ihm durch den Kopf, und er wollte aufs Gaspedal treten, als plötzlich eine dunkle Gestalt vor ihm auf der Straße auftauchte und mit ohrenbetäubendem Lärm auf seiner Motorhaube landete.

Er bremste, schrie gleichzeitig und wusste nicht, ob er nun Boomkamp oder ein Wildtier überfahren hatte. Als jedoch ein weiterer Schatten auf das Auto zusprang und die Fahrertür aufgerissen wurde, wusste er, dass er es nicht mit Wildschweinen oder Rehen zu tun hatte. Eine Falle, dachte er erneut. Es war sein letzter Gedanke.

Vierter Teil

1

Bertram wachte mit hämmernden Kopfschmerzen auf, aber die kamen nicht von den paar Gläsern Sekt, die er am gestrigen Abend getrunken hatte. Oder dem bisschen Koks, das er zwischendrin im Bad geschnupft hatte. Der Grund für die Kopfschmerzen lag direkt neben ihm. Worauf hatte er sich da bloß eingelassen? Er brauche einen Puffer, hatte Tenbrink vor zwei Tagen zu ihm gesagt, und Bertram solle der Oberstaatsanwältin, wenn nötig, etwas Honig um den Mund schmieren. Aber das hatte Tenbrink bestimmt nicht gemeint, als er ihn gebeten hatte, die Derksen bei Laune zu halten.

Am Samstag war es ein One-Night-Stand gewesen. Am Montag hatte sie ihn mit einem überraschenden Frontalangriff auf dem falschen Fuß erwischt. Doch für die letzte Nacht hatte er keine Entschuldigung oder Ausrede parat. Sie hatte ihn nicht überfallen, er war nicht betrunken gewesen, und an Tenbrinks Puffer hatte er schon gar nicht gedacht. Er war mit Martina essen gegangen und hatte sie anschließend zu sich eingeladen, weil er Lust auf sie gehabt hatte. Vielleicht sogar mehr als nur Lust. Es hatte ihm gutgetan, *sie* tat ihm gut. Und er musste sich, verdammt noch mal, nicht dafür entschuldigen.

»Entschuldigen?«, murmelte Martina schläfrig und drehte sich zu ihm um. »Bei wem willst du dich entschuldigen?« Sie schmiegte sich an ihn und gab ihm einen schmatzenden Kuss auf die Brust.

»Ich musste gerade an Tenbrink denken«, sagte Bertram wahrheitsgemäß und hielt Martinas Hand fest, die sich unter der Bettdecke langsam in Richtung seiner Lendengegend vortastete.

»Danke für das Kompliment«, antwortete sie lachend und schlug ihm mit der flachen Hand auf den Bauch. »Jetzt kannst du alleine sehen, wie du deinen Morgenständer loswirst. Tenbrink! Ich fasse es nicht.«

»Warum bist du eigentlich so schlecht auf ihn zu sprechen?«

»Du willst jetzt nicht wirklich über Tenbrink reden, oder?«

»Warum nicht?«

Sie schnaufte, drehte sich auf den Rücken und verschränkte die Arme unterm Kopfkissen, wodurch sich ihr Busen hob und die Brustwarzen unter der Bettdecke zum Vorschein kamen. Sie sahen zum Anbeißen aus, fand Bertram und ärgerte sich, dass er das Thema angeschnitten hatte. Er hatte jetzt tatsächlich einen Morgenständer.

»Er hat mich nie als Vorgesetzte akzeptiert«, sagte sie und starrte zur Decke. »Von Anfang an nicht. Entweder weil ich eine Frau bin oder jünger als er oder ohne münsterländischen Stallgeruch, auf den er so viel Wert legt. Tenbrink hat mich immer behandelt, als würde er mich nicht für voll nehmen. Als wäre er derjenige, der mir Anweisungen zu geben hat. Warum sollte ich also gut auf ihn zu sprechen sein?«

»Er ist ein verdammt guter Polizist.«

»Ich bin eine verdammt gute Staatsanwältin«, konterte sie.

Das Schlimme war, dass Bertram ihr in Bezug auf Tenbrink nicht einmal widersprechen konnte. Oft genug hatte er dem Hauptkommissar ins Gewissen geredet und ihm geraten, sich der Staatsanwältin gegenüber freundlicher oder zumindest diplomatischer zu verhalten. Nicht nur um sich Ärger zu ersparen, sondern weil Tenbrink mit seiner grundsätzlichen Abneigung in Bertrams Augen völlig falsch lag. Ja, Martina war eine gute Oberstaatsanwältin, und Tenbrink ein guter Kommissar, und darum war es nicht einzusehen, dass sie sich gegenseitig das Leben und die Arbeit so schwer machten. Wie Katz und Hund!

»Das Thema hat sich vermutlich ohnehin bald erledigt«, sagte Martina mit starrem Blick zur Decke.

»Was soll das nun wieder heißen?«, fragte Bertram.

»Komm schon, Maik!«, antwortete Martina, ohne ihn anzusehen. »Jetzt tu nicht so, als hättest du nichts mitbekommen.«

»*Was* mitbekommen?«

»Dass er's nicht mehr drauf hat. Dass er's gerade verliert.« Sie schien auf eine Entgegnung zu warten, doch weil die ausblieb, setzte sie hinzu: »Du hast gerade gesagt, dass Tenbrink ein guter Polizist ist. Ich würde allerdings eher die Vergangenheitsform verwenden. Er *war* ein guter Polizist.«

»Weil er hin und wieder einen Termin verschwitzt? Oder ihm ein Name entfällt?« Bertram richtete sich auf. »Oder geht's nur darum, dass er dich nicht leiden kann?«

»Unfug!«, antwortete sie und setzte sich ebenfalls hin, zog sich aber die Bettdecke bis unters Kinn. »Persönliche Befindlichkeiten haben damit nichts zu tun. Der Polizeipräsident sieht das übrigens genauso wie ich.«

»Du hast mit dem Präsidenten über Tenbrink gesprochen?«

»Natürlich«, sagte sie und schaute Bertram verdutzt an. »Was denkst du denn? Dass wir alle blind und doof sind? Seitdem seine Frau gestorben ist, hat Tenbrink merklich abgebaut, das weißt du so gut wie ich. Dass er Sachen vergisst, ist halb so wild, wir werden schließlich alle nicht jünger. Aber seit er Witwer ist, ist er zunehmend beratungsresistent und störrisch geworden. Er macht, was er will, und lässt sich von niemandem etwas sagen. Er hält sich nicht an Absprachen und lässt keinen an sich heran. Das war früher schon so, aber in der letzten Zeit nimmt es Überhand. Das KK11 ist schließlich nicht sein Privatvergnügen.«

Bertram nickte widerwillig. Er hätte an dieser Stelle sagen können, dass das Störrische und Beratungsresistente direkt mit dem Vergessen zu tun hatte, doch er biss sich auf die Lippen und schwieg. Dann fiel ihm ein, was Martina vorhin gesagt hatte. »Und warum hat sich das Thema bald erledigt?«

»Weil Bremer in absehbarer Zeit das KK11 übernehmen wird«, sagte sie ungerührt. »Wir haben gestern bereits mit ihm gesprochen.«

»Was?«, rief Bertram, sprang aus dem Bett und suchte seine Unterhose. »Ihr wollt Tenbrink die Leitung entziehen? Wollt ihr ihn suspendieren oder in den Ruhestand schicken oder was? Mit welcher Begründung?«

»Nichts dergleichen.« Martina fischte ihren BH vom Boden. »Er bleibt Erster Hauptkommissar und wird die paar Jahre bis zu seiner Pensionierung im Leitungsstab der SG1 arbeiten. Keinesfalls eine Verschlechterung, sondern nur eine personelle Umstrukturierung. Vermutlich ist dann sogar noch die Beförderung zum Kriminalrat drin.«

»SG1?«, fragte Bertram und hatte Mühe in seine Boxershorts zu steigen.

»Behördenstrategie und Behördencontrolling«, antwortete Martina.

»Fuck!«, rief Bertram, blieb mit dem dicken Zeh in der Unterhose hängen, hüpfte auf einem Bein herum und landete schließlich bäuchlings auf dem Boden.

»Das bleibt unter uns, Maik! Kein Wort zu Tenbrink!« Martina lugte über die Bettkante. »Hast du dir wehgetan?« Sie hatte sichtlich Mühe, sich ein Grinsen zu verkneifen.

»Das könnt ihr nicht machen!« Bertram rieb sich die schmerzende Schulter. Er wusste, dass sie es machen konnten und machen würden. Leitungsstab Behördenstrategie! Eine Beförderung ins Abseits.

Am Montag hatte Bertram zu Tenbrink gesagt, er solle die Derksen nicht unterschätzen. Und ihn nicht überschätzen. Jetzt wusste er, dass er recht gehabt hatte. Das Hämmern der Kopfschmerzen begann von Neuem und verbündete sich mit dem Stechen in der Schulter. Worauf hatte er sich da bloß eingelassen?

2

Als ihn das Klingeln weckte und er auf den Wecker schaute, bekam Tenbrink einen Schreck. 9 Uhr. Er hatte verschlafen! Erst mit etwas Verzögerung begriff er den Widersinn des Ganzen. Wenn der Wecker klingelte, wieso hatte er dann verschlafen? Es dauerte einige weitere Momente, bis er die Erklärung fand. Der Wecker war stumm und gar nicht aktiviert, dafür fiepte sein Handy. Irgendwo. Bis er das Gerät in seiner Hose auf dem Boden gefunden und herausgefischt hatte, war das Klingeln verstummt. Nur die Nummer war noch auf dem Display zu lesen. Sie begann mit +31. Holland.

Er ahnte, dass ihm das etwas sagen müsste, aber das war leider nicht der Fall. Statt erst zu duschen, einen Kaffee zu trinken, seine Notizen zu sichten und seine Gedanken zu sortieren, drückte Tenbrink auf die Anruftaste.

»*Goedemorgen, mijnheer Tenbrink*«, meldete sich eine Frauenstimme.

»Mit wem spreche ich?«, fragte er auf Holländisch und erschrak über seine Reibeisenstimme.

»Marlijn Grooten«, antwortete die Frau verwirrt. »Ich sollte Sie anrufen.«

»Richtig«, sagte er und konnte sich nicht erinnern. Allerdings wusste er nicht, ob das an seiner Vergesslichkeit oder seinem Alkoholkater lag. Auch an die letzten Stunden im Ahlbecker Gasthaus hatte er nur eine blasse Erinnerung. Für alle Fälle sagte er: »Es geht um Ellen Gerwing.« Das konnte nicht verkehrt sein.

Diesmal sagte Frau Grooten: »Richtig!« Sie räusperte sich und setzte hinzu: »Sie sagten gestern, dass sie tot ist.«

»Ja.« Tenbrink war inzwischen aus dem Bett gekrochen und auf der Suche nach seiner Jacke. »Das stimmt.«

Wieder ein Räuspern. »Wie ist sie gestorben?«

»Sie wurde ermordet.«

Kein Räuspern. Kein Atmen. Nichts.

»Frau Grooten?« Tenbrink hatte inzwischen seine Jacke und darin sein Notizbuch gefunden. »Sind Sie noch dran?«

»Wer hat sie ermordet?«, fragte sie.

Tenbrink hatte den Eintrag gefunden, und plötzlich war alles wieder da. Der Telefonkontakt aus Amsterdam. Die politische Links-Aktivistin. Die Hausbesetzer. *Ich rede nicht mit der Polizei!*

»Warum hat Frau Gerwing bei Ihnen angerufen?«, antwortete Tenbrink mit einer Gegenfrage. »Was wollte sie von Ihnen? Woher kannten Sie sich?«

»Wir kannten uns nicht«, kam es wie aus der Pistole geschossen. »Sie hat sich verwählt.«

»Zweimal?«, fragte Tenbrink.

»Bitte?«

»Sie hat sich zweimal verwählt?«

»Beim ersten Mal hat sie auf meinen Anrufbeantworter gesprochen«, antwortete sie. Wieder kam die Antwort viel zu schnell. Wie zurechtgelegt. »Beim zweiten Mal hat sich dann herausgestellt, dass sie eine andere Marlijn Grooten gesucht hat. Sie hatte meine Nummer aus dem Telefonbuch.«

»Eine andere Marlijn Grooten?« Tenbrink kam sich vor wie ein Papagei, auch weil er so krächzte.

»Ja«, antwortete sie. »Auf jeden Fall war ich die Falsche. Der Name Grooten ist nicht so selten in Holland. Es war eine Verwechslung.«

»Wissen Sie, was Frau Gerwing von der richtigen Marlijn Grooten wollte?«

»Nein.«

»Woher wissen Sie dann, dass Sie die falsche waren?«

Er hörte nur ihr Atmen, dann sagte sie: »Weil Frau Gerwing das gesagt hat. Ich konnte ihr nicht weiterhelfen. Ich sagte ja, eine Verwechslung.«

»Verstehe«, sagte Tenbrink, obwohl er etwas völlig anderes meinte. »Aber …«

»Auf Wiederhören, Herr Kommissar.«

»Der Mörder ist noch auf freiem Fuß«, beeilte Tenbrink sich zu sagen. Nach einer kurzen Pause, in der am anderen Ende der Leitung nichts zu hören war, setzte er hinzu: »Wir wissen noch nicht, wer Frau Gerwing ermordet hat.«

»Ja?«, sagte Marlijn Grooten.

»Passen Sie auf sich auf!«, sagte Tenbrink.

»Warum?« Ein nervöses Lachen war zu hören.

»Nur so. Nicht dass Sie noch mal … verwechselt werden.«

»*Tot ziens.*« Es klackte in der Leitung.

Von wegen verwählt, dachte Tenbrink und erschrak, als im selben Augenblick das Handy erneut klingelte. Er schaute auf das Display: Maik Bertram.

»Wo steckst du?«, fragte Bertram. »Wir warten auf dich.«

»Holst du mich ab?«, antwortete Tenbrink.

»Bis ich in Schöppingen bin, bist du doch längst in Münster«, wunderte sich Bertram.

»Mein Wagen steht noch in Ahlbeck.«

»Aha.«

»Hol mich ab! Wir fahren an die Grenze«, sagte Tenbrink und legte auf.

3

Bertram war auffallend schweigsam. Doch das konnte Tenbrink nur recht sein, er selbst hatte auch keine Lust zu reden. Auf dem Weg zur Grenze hatte er seinem Kollegen nur in knappen Worten mitgeteilt, was er gestern im Wirtshaus und heute Morgen am Telefon erfahren hatte. Außerdem hatten sie Halt am Gasthaus »Zur alten Linde« gemacht, um sich nach Jens Stein zu erkundigen, doch die Wirtin konnte ihnen lediglich sagen, dass der Reporter in der Nacht entweder gar nicht im Zimmer gewesen oder nur kurz dort und bereits in aller Herrgottsfrühe wieder verschwunden war. Das Frühstück habe er jedenfalls verpasst, wie sie missbilligend hinzufügte.

»Sie lügen, Maik«, sagte Tenbrink und schaute aus dem Beifahrerfenster auf die abgeernteten Maisfelder, die sich rechter Hand beinahe bis zum Horizont erstreckten. Seinen Wagen hatte er vor der »Linde« stehen lassen und es vorgezogen, mit Bertram zu fahren.

»Wen meinst du?«, fragte dieser und bog kurz vor dem Grenzübergang von der Landstraße ab.

»Alle miteinander. Jens Stein, Marlijn Grooten, Max Hartmann, Anne Gerwing. Wenn es um Ellen geht, lügen sie wie gedruckt oder verdrehen die Wahrheit. Fragt sich nur wieso!«

»Glaubst du die Geschichte, die der alte Schultewolter dir erzählt hat?«

»Er hatte keinen Grund, die Unwahrheit zu sagen.«

»Vielleicht eine Retourkutsche gegen den verhassten Dorfsheriff?«, vermutete Bertram. »Hartmann wird doch nicht so dämlich sein, einen berühmten Filmstar wie Ellen Gerwing vor der eigenen Haustür vergewaltigen zu wollen.«

»Im Krieg und in der Liebe«, sagte Tenbrink und zuckte mit den Schultern. »Gab's eigentlich was Neues bei der Besprechung?«

»Heide hat mit Regener gesprochen.«

Tenbrink hatte keine Ahnung, wer das war, und wartete genervt.

»Ellen Gerwings Manager oder Agent«, erklärte Bertram. »Er hat in den Tagen vor ihrem Tod mehrfach bei ihr angerufen und noch am Samstagabend diverse Nachrichten hinterlassen, weil ihr Handy ausgeschaltet war oder sie nicht rangegangen ist.«

»Was hat Heide rausgefunden?«

»Erst hat er ziemlich rumgedruckst, aber nachdem er lange genug über den großen Verlust gejammert hat, hat er schließlich zugegeben, dass er ziemlich sauer auf die Gerwing war.«

»Warum?«

»Weil er ein äußerst lukratives Angebot für sie hatte, das sie aber partout nicht annehmen wollte.«

»Ein Filmangebot?«, wunderte sich Tenbrink. »Ellen Gerwing konnte doch gerade erst wieder ohne Krücken gehen.«

»Sie sollte eine deutsche Afghanistan-Veteranin im Rollstuhl spielen, eine Kriegsversehrte mit tragischer Familiengeschichte. Hätte also gepasst, und der Publicity-Effekt wäre riesig gewesen. Aber sie hat Regener deutlich zu verstehen gegeben, dass sie nie wieder vor der Kamera stehen will.«

»Sie wollte ihre Karriere endgültig an den Nagel hängen?«

»Scheint so«, sagte Bertram. »Das hat Regener natürlich gar nicht gepasst. Wie es aussieht, hatte der Flugzeugabsturz den Marktwert der Gerwing sogar noch gesteigert. Ziemlich zynisches Gewerbe! Kein Wunder, dass Regener sauer war, denn ihre Verweigerung hat ihn eine Stange Geld gekostet.«

»Hat er das so gesagt?«

»Mehr oder weniger. Laut Heide war er kurz davor, nach Ahlbeck zu fahren, um Ellen Gerwing umzustimmen. Dazu kam es aber nicht mehr.«

»Sagt er«, meinte Tenbrink nachdenklich und schaute angestrengt nach vorne. Hinter einem Schwarzerlenhain sah er zwei massige Backsteinhäuser auftauchen. Zweistöckige Quader aus dunkelrotem Klinkerstein, die ein wenig an Kasernen erinnerten und vor langer Zeit als Unterkünfte für die Zöllner der nahe gelegenen Zollstelle gedient hatten. Außer der etwas schlichten und einfallslosen Bauweise deutete aber wenig auf »die kaputten Baracken« hin, von denen die Wirtin gesprochen hatte. Die Auffahrt war mit frischem Kies bestreut und von akkurat gestutzten Hecken gesäumt, der alte Klinker war ausgebessert und offenbar mit Sandstrahl gereinigt worden, die Walmdächer waren neu gedeckt, und auch die altmodischen weißen Stürze über den etwas schmal geratenen Fenstern wirkten wie unlängst eingefügt. Die gesamte Wohnanlage, zu der auch ein Spielplatz und eine umzäunte Rasenfläche mit Sitzbänken gehörten, machte einen gepflegten und adretten Eindruck. Kein aufgemotztes Luxusquartier, aber nach Außentoiletten und Kohleöfen, von denen Mia Grothues gesprochen hatte, würde man hier vergeblich suchen.

»Hübsch«, sagte Tenbrink und stieg aus dem Wagen.

»Bisschen weit ab vom Schuss«, fand Bertram und folgte ihm zur Haustür mit der Nummer 38. »Nachts ist es hier bestimmt ganz schön einsam.« Er deutete auf das Klingelschild und fragte: »Welcher von den beiden ist es?«

Tatsächlich stand zweimal der Name Boomkamp neben den insgesamt vier Klingeln, jeweils mit einem Buchstaben vor dem Namen: E und C. Die alte Frau Boomkamp hieß Lisbeth, also Elisabeth, die Witwe von Henk hieß Christiane.

Tenbrink drückte auf die Klingel, und beinahe im selben Augenblick ertönte der Summer. Er hatte vor einer knappen Stunde bei Christiane Boomkamp angerufen und ihr Kommen angekündigt. »Ich bin bis elf zu Hause«, hatte sie gesagt, »danach muss ich ins Dorf, ich muss mich um die Blumen für die Beerdigung kümmern.«

Die beiden Boomkamp-Wohnungen befanden sich im Obergeschoss, die Witwe und ihre Schwiegermutter hatten also Tür an Tür gewohnt. Durchaus praktisch, wenn man sich um eine demenzkranke alte Frau kümmern musste.

Christiane Boomkamp erwartete sie mit verschränkten Armen auf dem Treppenabsatz, der wie der gesamte Hausflur mit rotem Sisalteppich ausgelegt war. Sie war ganz in Schwarz gekleidet, lediglich die gelben Filzpantoffeln an ihren Füßen passten nicht zur Trauerkleidung. Ihre dunkelblonden Haare waren nicht ganz schulterlang und mit blonden Strähnen versehen. Tenbrink erinnerte die Frisur an einen Wehrmachtshelm. Auch ihr finsterer Blick wirkte auf ihn ein wenig »kriegerisch«, ihre Augen waren zu Schlitzen verengt.

»Hauptkommissar Tenbrink?«, fragte sie und streckte ihm die Hand entgegen.

Tenbrink nickte, schüttelte die Hand und sagte: »Das ist mein Kollege, Oberkommissar Bertram.«

»Guten Tag!« Sie nickte ebenfalls und führte die beiden in die Wohnung. »Was kann ich für Sie tun? Möchten Sie vielleicht Kaffee?«

»Gerne«, sagte Bertram. »Wenn's keine Umstände macht.«

»Dauert nur eine Sekunde, der Kaffee ist schon durchgelaufen. Setzen Sie sich doch!« Frau Boomkamp deutete auf eine Sitzgruppe in der Ecke des Wohnzimmers, das sehr hell und durchaus geschmackvoll eingerichtet war. Alles farblich aufeinander abgestimmt und sowohl funktional als auch gemütlich. Verstreute Lego- und Playmobilteile sowie Kinderbücher auf dem Sofatisch deuteten auf die Anwesenheit von Kindern hin. Tenbrink las auf einem Buchdeckel: »Die Zeitdetektive.«

»Unser Beileid!«, sagte Tenbrink, als Frau Boomkamp nur wenig später mit einem Tablett samt Kaffeekanne und Geschirr aus der Küche zurückkam.

»Danke«, sagte sie, goss ihnen ein, stellte Milch, Zucker und Kekse auf den Tisch und seufzte. »Es war nicht immer einfach mit Mama.«

»Sie haben Ihre Schwiegermutter bis zuletzt gepflegt?«, fragte Bertram.

»Nicht allein«, antwortete sie und pustete in ihre Tasse. »Eine Pflegerin hat geholfen, und wenn's knapp wurde, sind die Nachbarn eingesprungen. Ich musste ja auch noch halbtags arbeiten, sonst wären wir gar nicht über die Runden gekommen. Hin und wieder mussten wir Lisbeth aber auch in die Kurzzeitpflege geben. Wenn's zu viel wurde. Mama konnte ganz schön aggressiv werden, weil sie dachte, sie würde von Fremden gegen ihren Willen hier festgehalten. Dann ist sie richtig wild und biestig geworden.«

»Bestimmt nicht einfach, wenn man von der eigenen Schwiegermutter nicht mehr erkannt wird«, sagte Bertram und starrte in seine Tasse, als hätte er Angst, Tenbrinks Blick zu begegnen.

Frau Boomkamp schüttelte den Kopf. »Ach, wenn's nur das Vergessen oder das Verwirrtsein wäre. Sie hat ja am Ende nichts mehr gekonnt, weder essen noch aufs Klo. Wir waren rund um die Uhr mit ihr beschäftigt.«

»Gab es sonst keine Familienmitglieder?«, wollte Tenbrink wissen. Er rückte seine Brille zurecht und betrachtete ein großformatiges, gerahmtes Familienfoto an der gegenüberliegenden Wand. Henk Boomkamp mit Frau Christiane und zwei kleinen Jungs im Kindergarten- oder Grundschulalter vor einer hellgrünen Leinwand. Der Mann im weißen Leinenanzug, die Frau im geblümten Sommerkleid, der Nachwuchs in kurzen Hosen und königsblauen Fußballtrikots. Eine fast kitschige Familienidylle.

»Henks Brüder wohnen beide nicht mehr in Ahlbeck und haben sich schon früher nicht um ihre Mutter gekümmert«, antwortete sie und stellte die Kaffeetasse auf den Tisch, als wollte sie damit das Thema beenden. »Aber Sie sind bestimmt nicht hier, um mit mir über Lisbeth zu sprechen.«

»Wir würden gern mit Ihnen über Ihren Mann sprechen«, sagte Tenbrink mit Blick auf Henk Boomkamp, der auf dem Foto einen Kinnbart trug, um eines der beiden auffälligen Muttermale zu verdecken, wie Tenbrink vermutete. Der Kurzhaarschnitt mit Seitenscheitel hatte wenig Ähnlichkeit mit den einstigen Rastalocken, und auch der Leinenanzug wollte so gar nicht zum früheren Parka mit Latzhose passen.

»Hab ich mir schon gedacht«, sagte Frau Boomkamp, lehnte sich zurück und verschränkte erneut die Arme vor der Brust. »Hat der Schmierfink Sie gerufen?«

»Schmierfink?«, fragte Tenbrink. »Meinen Sie Jens Stein?«

»Er war gestern Nachmittag hier«, antwortete sie nickend. »Ein fürchterlich aufdringlicher und gemeiner Kerl.

Ganz schreckliche Sachen hat er gesagt und mir die absurdesten Sachen vorgehalten. Als wäre ich eine Verbrecherin. Richtig grob und beleidigend ist der geworden. Ich musste mit der Polizei drohen und ihn vor die Tür setzen. Aber die Polizei hat er ja offenbar selbst gerufen.«

»Was wollte Stein von Ihnen?«, fragte Bertram, nachdem er sich mit einem Seitenblick zu Tenbrink vergewissert hatte, den Irrtum unaufgeklärt zu lassen.

»Er wollte wissen, wo mein Mann ist!«, rief sie aufgebracht, atmete heftig durch die Nase und biss sich auf die Lippen. Es war offenkundig, dass sie Mühe hatte, ihre Fassung zu bewahren und die Tränen zu unterdrücken. »Er hat gefragt, ob ich mit Henk unter einer Decke stecke und ihm geholfen habe, seinen Tod vorzutäuschen. Das muss man sich mal vorstellen! Richtig ausfallend ist der geworden, der eklige Kerl, und gedroht hat er. Ich soll ihm sagen, wo mein Mann ist, sonst wird er dafür sorgen, dass bald alles in der Zeitung steht.«

»Sie haben ihn rausgeworfen?«, fragte Tenbrink.

»Natürlich!«, rief sie wütend. »Was fällt dem denn ein, nach all den Jahren plötzlich mit so einem Unfug aufzutauchen und die Leute in Angst und Schrecken zu versetzen! Ich bin jetzt noch ganz fertig, wenn ich nur daran denke, was der alles behauptet hat. Nicht genug damit, dass Henks Grab leer ist und ich nicht weiß, wo seine Leiche geblieben ist. Jetzt soll ich ihn auch noch versteckt halten! Wo denn? Im Keller vielleicht? Oder auf dem Dachboden?« Ihre Augen füllten sich mit Tränen, und erneut biss sie sich auf die Lippen.

»Hat Stein gesagt, wieso er glaubt, dass Ihr Mann noch lebt?«, wollte Tenbrink wissen. »Und warum er ausgerechnet jetzt zu Ihnen kommt.«

Sie schüttelte den Kopf und starrte zu Boden.

»Ihr Mann wurde vor knapp einem Jahr für tot erklärt?«, fragte Bertram.

Frau Boomkamp wischte sich mit dem Handrücken über die Augen und nickte. »Was glauben Sie, warum das so lange gedauert hat? Ständig mussten wir neue Formulare ausfüllen oder Erklärungen abgeben. Bei der Versicherung, bei der Staatsanwaltschaft, bei der Polizei. Weil damals gegen Henk wegen dieser Banksache ermittelt wurde, hat die Polizei seinen Tod sehr genau untersucht, aber da gab es nichts weiter zu untersuchen. Er ist ins Meer hinausgeschwommen und nicht zurückgekommen. Ich hab's doch mit eigenen Augen gesehen. Und meine Jungs auch. Glauben Sie, das war leicht für uns? Die Ungewissheit, der Schrecken und die Sorge, bis klar war, dass alles vorbei war. Dass er nie wiederkommt. Unser ganzes Leben wurde schlagartig auf den Kopf gestellt. Die Kinder können bis heute nicht ans Meer oder einen Badesee fahren, weil ihnen schon beim Gedanken daran schlecht wird. Sobald sie Sandstrand und Dünen sehen, fangen sie an zu weinen. Sie können das alles immer noch nicht begreifen. Und dann steht der dicke Mann da in seinem verschwitzten Hemd und sagt einem so was auf den Kopf zu!«

»Glauben Sie, dass Ihr Mann sich umgebracht hat?«, wollte Tenbrink wissen und rührte lange in seiner Kaffeetasse herum, um den Blick gesenkt zu halten. »Dass er es getan hat, um nicht ins Gefängnis zu müssen?«

»Auf keinen Fall!«, entfuhr es Frau Boomkamp, sie schaute Tenbrink nun direkt in die Augen. »So ein Typ war Henk nicht. Der hat nicht so schnell klein beigegeben und sich unterkriegen lassen. Und er hätte uns niemals im Stich gelassen. Schon gar nicht die Kinder. Nein, Selbstmord wäre für Henk nicht infrage gekommen. Niemals!«

»Und finanziell?«, fragte Bertram. »Welche Folgen hatte Henks Tod in dieser Hinsicht? Sie sprachen gerade von einer Versicherung?«

Christiane Boomkamps Blick wurde lauernd. Sie schluckte und schüttelte mehrmals den Kopf. »Solange Henk nicht für tot erklärt und ein Selbstmord nicht ausgeschlossen war, hat die Lebensversicherung keinen Cent gezahlt.«

»Risiko oder Kapital?«, fragte Bertram.

»Risiko«, antwortete sie und hob sofort abwehrend die Hand. »Von dem Geld haben wir aber erst mal nichts gesehen. Die Versicherung hat uns am ausgestreckten Arm verhungern lassen, und auch die Bank hat uns übel mitgespielt, weil wir die Kredite nicht bedienen konnten. Henks Konto war ja gesperrt oder gepfändet oder wie das heißt, und ich hatte fast kein Einkommen. Wir mussten das Haus im Dorf verkaufen und hier einziehen. Auch wegen Mama. Lisbeth hat das alles im wahrsten Sinne krank gemacht, nach Henks Tod ist sie richtig siech geworden.«

»Die Boomkamps haben schon immer hier gewohnt, nicht wahr?«, fragte Tenbrink und nippte an dem viel zu dünnen Kaffee. »Auch als die Zollhäuser noch nicht so schick renoviert waren.«

»Henks Vater war Tagelöhner und Erntehelfer bei verschiedenen Bauern in der Gegend«, sagte Frau Boomkamp und leerte ihre Tasse. »Ich hab ihn nicht mehr kennengelernt, aber er muss wohl ein Lump und Trinker gewesen sein und das meiste Geld versoffen haben. ›Keinen Schuss Pulver wert‹, hat Lisbeth immer gesagt. Die Wohnungen in den alten Zollhäusern waren damals einfach und billig, und darum sind sie hier gelandet. Lisbeth hat über vierzig Jahre in der Wohnung nebenan gewohnt, anfangs sogar mit Toilettenhäuschen auf dem

Hof. Auch als der Rest des Hauses leer stand und verfiel, weil kein Mensch in die Ruine investieren wollte, ist sie geblieben. Sie hatte genau so einen Dickschädel wie Henk. ›Einen alten Baum verpflanzt man nicht‹, hat sie gesagt.«

»Haben Sie Henk bereits gekannt, als er noch nicht bei der Bank gearbeitet hat?« Wieder ging Tenbrinks Blick zum Familienfoto an der Wand, und er setzte hinzu: »Er soll damals ein *eigener Patron* gewesen sein.«

Christiane Boomkamp schüttelte den Kopf. »Ich komm nicht aus Ahlbeck und hab Henk erst während seines Studiums in Köln kennengelernt. Seine wilde Zeit kenne ich nur vom Hörensagen und von Fotos. Henk war das immer etwas peinlich, und er hat nie viel darüber erzählt. Nur Lisbeth hat sich manchmal über die bunten Klamotten und die Vogelscheuchenfrisur von früher lustig gemacht. Henk fand das gar nicht komisch, vor allem wenn die Kinder zuhörten. Das Kapitel war für ihn abgehakt und damit basta! In dieser Hinsicht war er sehr …« Sie suchte nach dem passenden Wort: »… konsequent.«

»Wie war eigentlich seine Beziehung zur Familie Gerwing?«, fragte Tenbrink und stellte die Kaffeetasse auf den Tisch. Die Plörre war ungenießbar.

»Zur Schulzenfamilie? Wieso fragen Sie?« Frau Boomkamp sah ihn verwirrt an. »Sind Sie deshalb hier? Wegen Ellen Gerwing?«

»Henk war früher einmal mit Michael Hartmann befreundet.«

»Mag sein. Aber das ist lange her. Die beiden hatten schon ewig keinen Kontakt mehr, glaube ich. Das wär mir jedenfalls neu. Auch wenn Michael in Ahlbeck war, um seine Eltern zu besuchen, haben die sich nie getroffen. Wie gesagt, das Kapitel war für Henk abgehakt.«

»Konsequent«, sagte Tenbrink. Der Tod von Eva Gerwing, den er mitverantwortet hatte, hatte offenbar eine radikale Wirkung auf Henk Boomkamp gehabt: neues Aussehen, neuer Job, neue Freunde.

»Und Ellen Gerwing?«, fragte Bertram. »Hatte er zu ihr Kontakt?«

Christiane Boomkamp schüttelte den Kopf. »Ellen kannte ich bislang nur aus dem Fernsehen. Die war ja auch fast nie in Ahlbeck. Letzte Woche bin ich ihr überhaupt zum ersten Mal begegnet.«

»Letzte Woche?«, fragte Tenbrink.

»Ja, Mittwoch oder Donnerstag«, sagte sie und deutete auf Tenbrinks Tasse. »Schmeckt er nicht?«

»Mein Magen«, sagte Tenbrink und rieb sich mit Leidensmiene den Bauch.

Frau Boomkamp nickte verständnisvoll und fuhr fort: »Ich war selbst überrascht, als sie plötzlich vor der Tür stand.«

»Sie hat Sie besucht? Was wollte sie?«

»Sie hatte Fotos dabei«, antwortete sie und strich sich den schwarzen Rock glatt. »Bilder von früher, als sie Jugendliche waren. Sie hatte die Fotos auf dem Dachboden gefunden und dachte, ich würde mich vielleicht dafür interessieren.«

»Hat sie die Fotos dagelassen?«

»Nein, sie hat mir die Bilder nur gezeigt und ein bisschen darüber erzählt, wie es früher in Ahlbeck war, als sie und ihre Schwestern und Michael und Henk befreundet waren.« Christiane Boomkamp machte eine Pause, zog die Stirn kraus und setzte nachdenklich hinzu: »Es kam mir beinahe so vor, als wär sie nur hergekommen, um über die alten Zeiten zu plaudern und in Erinnerungen zu schwelgen. Dabei hab ich doch damals noch gar nicht hier gewohnt. Seltsam, nicht?«

»Hat sie nach Henk gefragt?«, wollte Bertram wissen.

»Nicht direkt«, antwortete sie und ließ die Filzpantoffeln an den Füßen wippen. »Es war eher so, dass sie über ihn erzählt hat und dann gewartet hat, wie ich darauf reagiere. Auch wegen den Drogengeschichten und den ganzen Jugendsünden. So kam's mir jedenfalls vor. Eigentlich hätte sie wissen können, dass ich von den alten Geschichten gar nichts weiß.«

»Ging es auch um den Tod ihrer Zwillingsschwester?«

Sie lachte plötzlich nervös, nickte und rieb sich das Kinn. »Es ging ihr vor allem um die Toten. Um ihre Schwester Eva, um Michael, um Henk. Das war irgendwie komisch. Wie bei alten Leuten, die sich immer nur darüber unterhalten, wer gerade wieder unter der Erde liegt. Als würde sie bloß noch in der Vergangenheit leben. Sie ist dann auch nicht lange geblieben, weil sie gemerkt hat, dass ich dazu wenig sagen konnte und auch gar nichts sagen wollte. Schließlich lag nebenan unsere Mama im Sterben.«

»Kein guter Zeitpunkt«, sagte Bertram.

»Nein.« Sie seufzte. »Letzte Woche hatte ich so viel um die Ohren, dass ich gar nicht darüber nachgedacht habe, aber wenn ich es mir jetzt so überlege, war das ein ganz schön seltsamer Besuch. Denn eigentlich gab es gar keinen Grund dafür. Und merkwürdig auch, dass Ellen jetzt selbst tot ist. Wie all die Freunde auf ihren Fotos. Und keiner ist auf natürliche Weise gestorben. Glauben Sie, dass sie da schon vorhatte, sich das Leben zu nehmen?«

»Gab es sonst noch etwas, an das Sie sich erinnern?«, antwortete Tenbrink mit einer Gegenfrage. »Hat sie vom Galgenhügel gesprochen oder der Silvesterparty vor Evas Tod?«

Christiane Boomkamp schaute verwirrt und zuckte dann mit den Schultern. »Nein, daran kann ich mich nicht erinnern. Ich hab sie nur gebeten, ihre Schwester ganz lieb von mir zu grüßen, und dann ist sie gegangen.«

»Kennen Sie Anne Gerwing gut?«, wunderte sich Tenbrink.

Ein offenes Lächeln breitete sich in ihrem Gesicht aus. »Anne ist ein Schatz! Die hat ihr Herz am rechten Fleck. Auch wenn sie nach außen die toughe Geschäftsfrau mimt und als Chefin knallhart sein kann. Ohne Anne wären wir damals vor die Hunde gegangen.«

»Wieso?«

»Nach Henks Tod, als uns alle im Dorf behandelt haben, als wären wir Verbrecher oder Aussätzige, da hat sie sich sonntags in der Kirche demonstrativ neben mich gesetzt und mich vor allen Leuten in den Arm genommen. Das klingt jetzt vielleicht ein bisschen albern, aber das hat mir viel Kraft gegeben.«

Tenbrink nickte. Er fand das gar nicht albern.

»Anne war es auch, die dafür gesorgt hat, dass wir diese Wohnung in den Zollhäusern bekommen haben. Und als die Bank uns den Geldhahn zugedreht hat, ist sie uns beigesprungen, als wär's das Selbstverständlichste von der Welt.«

»Sie hat Ihnen Geld gegeben?«

»Einen zinslosen Kredit, den wir erst zurückzahlen mussten, wenn Henks Lebensversicherung ausbezahlt wurde«, antwortete sie, blickte zur Standuhr in der Ecke des Wohnzimmers und fuhr erschrocken in die Höhe. »Oh, schon so spät? Tut mir leid, aber ich muss los!«

»Sollen wir Sie ins Dorf bringen?«, fragte Bertram und erhob sich ebenfalls.

»Danke, nicht nötig.« Frau Boomkamp streifte ihre Pantoffeln ab und ging zur Garderobe. »Ich fahr selbst mit dem Auto, sonst weiß ich später nicht, wie ich wieder herkommen soll. Der Bus fährt ja nur zweimal am Tag.«

»Sie wohnen ganz schön weit draußen.«

Sie nickte und zog sich eine anthrazitfarbene Jacke über das schwarze Kostüm. »Das wird zum Glück bald alles anders werden«, sagte sie, schlüpfte in ein Paar schwarze Schuhe und rief Tenbrink zu, der die Kaffeekanne und die Tassen in die Küche bringen wollte: »Lassen Sie einfach alles stehen, ich räum das später ab!«

»Wieso?«, fragte Tenbrink.

»Ich hab jetzt nicht die Zeit dafür«, antwortete sie. »Das kann stehen bleiben.«

»Nein. Wieso wird das bald alles anders werden?«

»Weil ich mit den Jungs zurück ins Dorf ziehe«, sagte sie und öffnete die Wohnungstür. »Wir haben vor einem halben Jahr einen alten Kotten gekauft und lassen ihn gerade renovieren. Und jetzt, wo Mama tot ist, gibt's keinen Grund …«

»Die Risikolebensversicherung wurde also ausbezahlt?«, fragte Bertram.

»Ja«, sagte sie und schaute ihn herausfordernd an. »Aber erwarten Sie nicht, dass ich mich dafür schäme oder entschuldige. Wir haben in den letzten Jahren einiges aushalten müssen und mussten lange auf das Geld warten. Das war kein Zuckerschlecken, das können Sie mir glauben. Jetzt wird's Zeit, dass ich auch mal an mich denke. Und an die Jungs.«

»Natürlich«, sagte Tenbrink und betrachtete ein kleines gerahmtes Foto, das etwas versteckt neben der Garderobe über einem Schlüsselbrett hing. Es zeigte Christiane Boomkamp in grünlich brauner Jagdkleidung vor einem Hochstand, mit wasserdichter Jacke, weiten Cargohosen, breitkrempigem Lodenhut und geschultertem Gewehr. »Sie jagen?«, fragte er überrascht und wechselte einen Blick mit Bertram.

»Früher mal«, antwortete Christiane Boomkamp, die bereits im Hausflur stand und auf sie wartete. »Ich war schon seit Jahren nicht auf der Jagd. Dafür braucht man nämlich Zeit, und die hab ich nicht. Mein Jagdschein ist längst abgelaufen. Aber manchmal nehme ich noch als Treiber an Gesellschaftsjagden teil.«

»Verstehe.« Tenbrink trat mit Bertram ins Treppenhaus hinaus. Als Frau Boomkamp die Tür hinter ihnen abschloss, sagte er: »Ich habe noch eine letzte Frage. Sie müssen aber nicht antworten, wenn es Ihnen unangenehm ist.«

Christiane Boomkamp hob die Augenbrauen: »Ja?«

»Was wäre, wenn Jens Stein richtig mit seinen Behauptungen läge? Wenn Ihr Mann tatsächlich noch leben würde?«

»Henk ist tot!«

Tenbrink nickte und setzte hinzu: »Nur mal angenommen.«

Sie schnaufte abfällig und fragte: »Nur mal angenommen, dass er sich klammheimlich aus dem Staub gemacht hat, während um uns herum alles zusammenbrach und wir nicht aus noch ein wussten?«

»Ja.«

Sie überlegte eine Weile, Tenbrink konnte sehen, wie es in ihr arbeitete. Plötzlich verhärtete sich ihr Gesichtsausdruck, ihre Kiefer mahlten aufgeregt. »Wenn herauskommen sollte, dass Henk noch lebt, dann wird der Mistkerl sich wünschen, wieder tot zu sein!«

4

Statt auf direktem Weg zu Max Hartmann zu fahren, der heute seinen freien Tag hatte, wie Tenbrink auf der Polizeiwache Altwick erfahren hatte, bat Tenbrink Bertram, über die Grenze nach Enschede zu fahren. Zwar lief die offizielle Anfrage bei den niederländischen Kollegen in Amsterdam wegen Marlijn Grooten bereits, doch Tenbrink hatte die Erfahrung gemacht, dass der »kleine Grenzverkehr« zumeist schneller und effektiver funktionierte, auch wenn er nicht immer den Vorschriften und Leitlinien entsprach. Ein Kollege von der Polizeistation Enschede-Centrum, der *hoofdinspecteur* Jan Bonnema, war ein alter Bekannter und hatte Tenbrink schon so manche Information unter der Hand zugesteckt, bevor dasselbe Ergebnis Tage später über den Dienstweg auf seinem Schreibtisch gelandet war. Selbstverständlich hatte Tenbrink dieselbe »Amtshilfe« ebenso oft in entgegengesetzter Richtung geleistet. Bonnema stammte, wie der Name verriet, aus Friesland, dem »Münsterland der Niederlande«, wie Tenbrink gern sagte, und er war Tenbrink in vielerlei Hinsicht recht ähnlich. Ein kantiger, wortkarger und etwas kauziger Kerl, auf den aber hundertprozentig Verlass war, wenn man ihm mit Respekt und Sympathie begegnete. Dazu gehörte auch, dass man sich nie ungefragt in die Ermittlungen des anderen einmischte. Bis der Dienstweg es vorschrieb.

Die Polizeistation Enschede-Centrum befand sich übergangsweise in einer alten, backsteinernen Feuerwache an der Hengelosestraat. Die eigentliche Wache im Stadtzentrum, ein heller und freundlich wirkender Neubau, wurde gerade renoviert und würde noch einige Zeit geschlossen bleiben. Bonnema war froh, die Kollegen aus Münster zu sehen. So hatte er einen Vorwand, um den düsteren und etwas überdimensionierten Klinkerbau verlassen und mit ihnen in einem Café nebenan einen *lekker koffie* trinken zu können.

»Schicke Basecap«, sagte Bertram, als Bonnema seine dunkelblaue Dienstkappe aufsetzte, die seit einiger Zeit zur Uniform der niederländischen Polizei gehörte.

»Um ehrlich zu sein«, antwortete Bonnema auf Deutsch. »Die alten Schirmmützen haben mir besser gefallen. Die neuen Uniformen sind mir ein bisschen zu *sportief*.« Dabei klopfte er mit beiden Handflächen auf seinen Bauch, der unter dem blau-gelben Polohemd merklich spannte.

Tenbrink informierte Bonnema in aller Kürze über ihren derzeitigen Fall und bat ihn, Informationen über zwei niederländische Staatsangehörige einzuholen: Marlijn Grooten aus Amsterdam und Maarten Mulders aus Haaksbergen. Er gab dem Hauptinspektor die Adressen und bat um Eile und Verschwiegenheit. Ein Zusatz, der sich eigentlich erübrigte.

»Suchst du irgendwas Bestimmtes?«, fragte Bonnema.

»Marlijn Grooten ist oder war im linksalternativen Spektrum und in der Amsterdamer Kraker-Szene unterwegs«, antwortete Tenbrink und nippte an seinem *koffie verkeerd*, der sich so wohltuend von der faden Plempe bei Frau Boomkamp unterschied.

»Und Mulders?«

»Leitet Mulders B. V. Eine Immobilien- und Investmentfirma.«

»Irgendwelche Querverbindungen zwischen den beiden?«

Tenbrink schüttelte den Kopf. »Nur dass sie beide Holländer sind und mit der Familie Gerwing zu tun haben. Mich interessiert alles, was ich nicht auch im Internet oder im Telefonbuch finde.«

Bonnema versprach, sich darum zu kümmern und sich zu beeilen.

»*Hartelijk bedankt*«, sagte Tenbrink.

»*Doei*«, antwortete Bonnema.

Auf dem Weg zum Auto fragte Bertram: »Glaubst du, dass Maarten Mulders Dreck am Stecken hat?«

Tenbrink grinste. »Er verdient sein Geld mit Immobilien. Natürlich hat er Dreck am Stecken.«

5

Tenbrinks Schädel dröhnte. Es fühlte sich an, als steckte sein Kopf in einer Schraubzwinge. Das Stop-and-go des Stadtverkehrs und die vielen Kreisverkehre, von denen es in Enschede nur so wimmelte, machten es nicht besser. Am liebsten hätte er sich im Bett verkrochen und die Decke über den Kopf gezogen. Die gestrige Euphorie war wie weggeblasen. Geblieben war die Erkenntnis, dass sie einfach nicht schnell genug waren. Dass sie sich verfransten.

Sie hatten das Stadtgebiet von Enschede gerade verlassen und fuhren in Richtung Buurse. Die sich dunkel auftürmenden Wolken über dem westlichen Horizont versprachen nichts Gutes.

Als hätte er Tenbrinks Gedanken gelesen, sagte Bertram plötzlich: »Heute ist Mittwoch.«

»Das weiß ich«, knurrte Tenbrink.

»Heute Abend will die Derksen Resultate sehen.«

Auch das wusste Tenbrink, ließ es aber unkommentiert. Bertram blieb unerbittlich: »Was haben wir bis jetzt?«

»Was willst du von mir?«, blaffte Tenbrink ihn an. »Ich weiß selbst, dass wir nichts Konkretes in der Hand haben. Ist es das, was du hören willst?«

»Nein, Heinrich, ich meine das gar nicht provokant«, sagte Bertram und hielt den Wagen vor einem Hinweisschild an. Darauf war zu lesen, dass es in Richtung Buurse und Ahlbeck geradeaus ging. Das Navi zeigte aber an, dass er links abbiegen sollte. Er zuckte mit den Schultern, setzte den Blinker und fuhr fort: »Lass uns einfach mal zusammentragen, was wir bislang wissen. Was genau ist eigentlich mit Ellen Gerwing passiert?«

»Meinetwegen«, sagte Tenbrink besänftigt und überlegte kurz. »Alles fängt mit dem Flugzeugabsturz an, mit Michael Hartmanns unerwarteter Beichte über den Unfall auf dem Galgenhügel.«

»Genau«, sagte Bertram und schaute mit zusammengekniffenen Augenbrauen auf die Straße. »Ellen Gerwing erfährt, dass ihr Mann und mindestens eine weitere Person für den Tod ihrer Schwester verantwortlich waren. Und somit für ein Trauma, das Ellen damals völlig aus der Bahn geworfen und bis heute nicht losgelassen hat.«

»Kaum ist sie körperlich einigermaßen wieder auf dem Damm«, setzte Tenbrink den Gedanken fort, »schon macht sie sich auf nach Ahlbeck, um herauszufinden, wer in der Neujahrsnacht mit Michael auf dem Galgenhügel war. Und aus welchem Grund.«

»Sie kommt schließlich dahinter, was auf der Silvesterparty geschehen ist und dass ihr eigenes Verhalten der Auslöser für Evas Tod war«, sagte Bertram und schaltete den Scheibenwischer an, weil leichter Nieselregen einsetzte.

»Damit wären wir bei Henk Boomkamp, Michaels Freund und Mittäter, der angeblich vor vier Jahren in der Nordsee ertrunken ist.«

»Und gegen den zur gleichen Zeit ein Haftbefehl wegen Untreue und Anlagebetrugs beantragt war«, fügte Bertram hinzu. »Was ist eigentlich aus dem veruntreuten Geld geworden?«

»Ein Großteil davon ist bis heute verschollen«, antwortete Tenbrink, schaute durch die beschlagene Windschutzscheibe und stellte fest, dass die geteerte Straße direkt vor ihnen endete und zu einem Sandweg mit Mittelbewuchs wurde, der direkt ins Heidegebiet führte. »Bist du sicher, dass wir hier richtig sind?«

»Grüne Grenze«, antwortete Bertram achselzuckend und deutete zum Beweis auf sein Navigationsgerät. Dann fragte er: »Aber was ist dann passiert? Was ist mit Ellen Gerwing geschehen.«

»Sie hat ihn gefunden.«

»Boomkamp?«

Tenbrink nickte. »Deshalb musste sie sterben. Nicht weil Henk Boomkamp vor vielen Jahren als Jugendlicher irgendwelche Scherben auf dem Galgenhügel vergraben hat, sondern weil er vor vier Jahren *eben nicht* in der Nordsee ertrunken ist. Sie ist ihm irgendwie auf die Schliche gekommen. Das war das Mordmotiv. Mit der Sache auf dem Hügel hat das gar nichts zu tun.«

»Aber wie soll sie ihm auf die Schliche gekommen sein? Sie hat Ahlbeck doch überhaupt nicht verlassen. Boomkamp wird nicht so dämlich sein, sich ausgerechnet hier zu verstecken. Selbst wenn er sein Aussehen verändert hat, wäre es hier doch viel zu gefährlich.«

»Amsterdam«, sagte Tenbrink. »Ich glaube, dass Marlijn Grooten der Schlüssel zu allem ist. Zwischen ihr und Boomkamp muss es eine Verbindung geben. Vielleicht hat sie ihm vor vier Jahren geholfen, seinen Tod auf Ameland vorzutäuschen. Vielleicht war oder ist sie seine Geliebte. Durch sie ist Ellen Gerwing auf Boomkamps Spur gekommen. Das bedeutet, dass Marlijn entweder eine Komplizin ist oder jetzt selbst in Gefahr schwebt.«

»Ich weiß nicht«, sagte Bertram und schaltete das Gebläse eine Stufe höher, weil die Scheiben immer mehr beschlugen. »Wenn Ellen Gerwing tatsächlich Henk Boomkamp ausfindig gemacht hat, warum geht sie dann nicht zur Polizei? Wieso wendet sie sich ausgerechnet an einen windigen Klatschreporter wie Jens Stein. Denn dass der jetzt ebenfalls nach Boomkamp sucht, beweist doch, dass die Gerwing ihn informiert hat. Oder ihm gegenüber zumindest Andeutungen gemacht hat.« Bertram schüttelte ungläubig den Kopf und wiederholte seine Frage: »Warum geht sie nicht zur Polizei?«

Tenbrink musste an das denken, was der alte Schultewolter gestern in der Kneipe gesagt hatte. Dass eine Krähe der anderen kein Auge aushackt. Vor allem auf dem Dorf. Er sagte: »Max Hartmann.«

»Wegen Hartmann geht sie nicht zur Polizei?«, fragte Bertram. »Und warum? Weil er mit Boomkamp unter einer Decke steckt? Oder weil er ihr an die Wäsche wollte? Das ergibt doch keinen Sinn. So wichtig oder einflussreich ist unser Dorfsheriff nicht, dass er irgendwas vertuschen oder sabotieren kann.«

»Fragen wir ihn«, sagte Tenbrink, fuhr mit dem Ärmel über die feuchte Windschutzscheibe und deutete mit dem Kinn nach vorne, wo die Heide in den Bruchwald überging und es schlagartig so dunkel wurde, dass Bertram das Licht anschalten musste, um nicht vom Weg abzukommen.

»Eines verstehe ich immer noch nicht«, sagte Bertram und fuhr sich übers Stoppelkinn. »Wie haben sie Ellen Gerwing an den Galgen gebracht?«

Tenbrink schaute angestrengt nach vorne. »Vermutlich hat sie sich mit Henk Boomkamp getroffen, und er hat ihr das Rohypnol verabreicht. Wahrscheinlich in einem Glas Rotwein, damit die blaue Farbe nicht so auffällt. Das würde sich mit der Obduktion decken.«

»Und die Suffusionen am Hals?«

»Sie wurde gewürgt, bis sie ohnmächtig war«, vermutete Tenbrink. »Dann haben sie sie am Galgen aufgeknüpft. Damit es wie ein Selbstmord aussah, musste Ellen Gerwing noch leben, als sie am Galgen hing.«

Bertram schien nicht wirklich überzeugt. »Klingt aufwendig und umständlich. Und man braucht mindestens zwei starke Männer, um das zu bewerkstelligen. Boomkamp hatte also einen Komplizen.«

»Da hinten ist die Grenze«, sagte Tenbrink und nickte. »Nur noch ein paar Meter durch den Wald, dann sind wir am Galgenhügel. Und irgendwo da hinten ist der Vennekotten.«

»Was für ein Kotten?«

»Der Vennekotten.« Tenbrink deutete auf einen schmalen Weg, der sich linker Hand durchs Dickicht schlängelte. »Der verfallene Moorhof, den Anne Gerwing und Maarten Mulders zu ihrem heimlichen Liebesnest gemacht haben.« Der Trampelpfad erschien ihm breiter als zuletzt, Zweige waren umgeknickt, das Gras war niedergetrampelt, und Tenbrink glaubte, breite Traktorspuren auf dem feuchten Boden zu erkennen.

»Ach, richtig«, sagte Bertram, während sie den Trampelpfad hinter sich ließen und den Galgenhügel und damit deutsches Gebiet erreichten. Das rot-weiße Absperrband war verschwunden, nur ein winziger Überrest hing in einer Tanne am Wegesrand und flatterte im Wind. »Was ist dieser Mulders eigentlich für ein Typ?«, fragte Bertram. »Ich kenne ihn ja nur von den Fotos.«

Tenbrink schüttelte nachdenklich den Kopf. »Ein selbstgefälliger Lackaffe. Sehr von sich überzeugt und gleichzeitig auf seine Wirkung bedacht. Alles an dem wirkt so aufgesetzt und aufdringlich. Sogar sein holländischer Akzent klingt zu sehr nach Rudi Carrell.«

»Rudi Carrell *war* doch Holländer«, sagte Bertram. »Oder etwa nicht?«

»Du weißt, was ich meine«, sagte Tenbrink.

»Nein, ehrlich gesagt, weiß ich das nicht.«

Tenbrink wollte antworten, doch plötzlich tauchten auf der Straße zwei Spaziergänger mit riesigem Regenschirm auf, die ihnen Arm in Arm entgegenkamen. Trotz des inzwischen prasselnden Regens und des überdimensionierten Schirms erkannte Tenbrink den karierten Dufflecoat und sagte: »Wenn man vom Teufel spricht!«

»Mulders?«

»Und Anne Gerwing«, fügte Tenbrink nickend hinzu.

Bertram wunderte sich. »Ist das nicht der Weg zum Hartmann-Kotten? Was die da wohl gewollt haben?«

»Halt bitte an!«, sagte Tenbrink, schlug den Kragen hoch und stieg aus, als Bertram den Wagen am Straßenrand abgestellt hatte.

»Herr Hauptkommissar!«, begrüßte Anne Gerwing ihn und streckte ihm ihre Hand entgegen. »Sie werden ja klitschnass, kommen Sie unter den Schirm.«

»Nicht nötig.« Tenbrink winkte ab und nickte Mulders zu.

»*Goeiedag*«, sagte der Holländer knapp und hielt den Schirm so, dass Tenbrink der Regen zumindest nicht länger ins Gesicht peitschte. Böiger Wind war aufgekommen und jagte die Regentropfen beinahe waagerecht übers Land.

»Wollten Sie zu mir?«, fragte Anne Gerwing. »Gibt es etwas Neues?«

Tenbrink schüttelte den Kopf, ohne zu erkennen zu geben, auf welche Frage er damit antwortete. »Sie waren auf dem Hartmann-Kotten?«

Anne Gerwing nickte und sagte: »Wegen der Beerdigung.«

»Warum? Was haben die Hartmanns damit zu tun?«

»Sie sind die nächsten Nachbarn«, sagte sie.

»Nächste Nachbarn?«, fragte Bertram, der nun ebenfalls aus dem Wagen gestiegen war und sich eine Zeitung über den Kopf hielt.

»Ein alter bäuerlicher Brauch«, erklärte Tenbrink. »Früher waren die nächsten Nachbarn auch für Familienfeiern zuständig. Als Hochzeitsbitter oder Sargträger. Das kommt aus der Zeit, als die bäuerliche Nachbarschaft noch sehr wichtig war.« Er fuhr sich über die Brille, die vom Regen völlig blind war.

»Magda war etwas pikiert, weil wir sie nicht gebeten haben, bei der Organisation der Trauerfeier zu helfen«, sagte Anne Gerwing und hob bedeutsam die Augenbrauen. »Magda ist bei solchen Dingen immer etwas altmodisch. Darum waren wir zum Kaffee bei ihr und haben sie zu besänftigen versucht.«

»Zusammen?« Tenbrink ließ seinen Blick zwischen Mulders und Anne Gerwing hin und her wandern.

»Warum nicht?«, fragte Mulders, der sich sehr wortkarg gab und anders als beim letzten Mal nicht unentwegt lachte und seine Zähne zeigte.

»Ich dachte, Sie hätten etwas dagegen, wenn die Leute tratschen und sich über Ihr Privatleben das Maul zerreißen«, sagte Tenbrink, dem der Regen trotz hochgeschlagenem Kragen in den Nacken lief. »Ist Magda Hartmann verschwiegen? Wird sie Ihr kleines Geheimnis nicht verraten?«

»Maarten und ich haben beschlossen, dass wir unsere Beziehung nicht länger verheimlichen«, antwortete Anne Gerwing und schaute Tenbrink unverwandt an. »Als Sie uns letztens am Vennekotten ertappt haben, ist uns klar geworden, wie kindisch und albern wir uns verhalten haben. Wir sind schließlich erwachsen und haben nichts Verbotenes getan.«

»Keine Familienfehde wie bei Romeo und Julia?«, fragte Bertram.

»Wie meinen Sie das?«, entfuhr es Mulders. »Das ist doch hier kein Theater!« Wieder zupfte der Holländer auf dieselbe merkwürdige Weise an seiner Wange herum, die Tenbrink schon beim letzten Mal aufgefallen war. Er schien nervös oder verärgert zu sein.

»Nein, nichts Derartiges«, sagte Anne Gerwing und legte ihre Hand auf Mulders Finger. »Wir haben nur keine Lust mehr auf Heimlichkeiten.«

»Das ist verständlich«, sagte Tenbrink und gab Bertram das Zeichen, zum Wagen zurückzukehren. »Heimlichkeiten gibt es in Ahlbeck mehr als genug. Auch Ihre Schwester hat Ihnen so manches verheimlicht.«

Anne Gerwing sah ihn verwirrt an und schüttelte verständnislos den Kopf.

»Oder hat Ellen Ihnen gesagt, dass sie Henk Boomkamp begegnet ist?«

»Ich verstehe nicht«, sagte sie und schaute Tenbrink hilfesuchend an. »Boomkamp ist tot. Wie kommen Sie darauf, dass Ellen ihm begegnet ist?«

»Zumindest hat sie nach ihm gesucht.«

»Vielleicht hat sie Gespenster gesehen«, sagte Mulders achselzuckend.

Anne Gerwing fuhr sich mit der regennassen Hand durchs Gesicht. »Ellen hätte niemals die Medikamente absetzen dürfen. Sie konnte nicht mehr schlafen, war nervös und rastlos und mit den Nerven am Ende. Es war einfach alles zu viel für sie. Sie hätte niemals nach Ahlbeck kommen dürfen.«

»Glauben Sie an Gespenster, Frau Gerwing?«, fragte Tenbrink.

»Ich?«, antwortete sie und lachte ungläubig. »Nein!«

»Sehen Sie«, sagte Tenbrink und hob die Hand zum Abschied. »Ich auch nicht.«

6

Max Hartmann wartete bereits auf sie. Gemeinsam mit seiner Mutter stand er in der Scheunentür des alten Kottens und kam Tenbrink mit einem Regenschirm entgegen, als dieser aus dem Wagen stieg. Bertram musste ohne Nässeschutz zum Haus laufen.

»Wie ich sehe, hat Frau Gerwing Sie gewarnt«, sagte Tenbrink, als er die Tenne betrat und Magda begrüßte, die statt der bunten nun eine dunkelgraue Kittelschürze trug.

»Wovor sollte sie uns warnen?«, fragte Hartmann hinter ihm und beeilte sich, sie in den Wohnbereich des Bauernhauses zu geleiten.

»Wir wollten eigentlich zu Ihnen, Herr Hartmann, und nicht zu Ihrer Mutter«, sagte Bertram und schüttelte sich, als wollte er sich wie ein Hund die Nässe aus dem Fell schleudern.

»Wir haben keine Geheimnisse voreinander«, sagte Magda.

»Merkwürdig«, meinte Tenbrink und musste widerwillig grinsen. »Plötzlich sind alle Geheimnisse verschwunden und sämtliche Familien miteinander versöhnt. Ganz Ahlbeck ein einziges Kaffeekränzchen. Wollen Sie Ihre Frau nicht auch noch dazubitten?«

Hartmann zuckte zusammen und schüttelte den Kopf. »Ich kann mir denken, worüber Sie mit mir sprechen wollen. Es geht um das, was der alte Schultewolter gesagt hat. Marlene muss davon doch nichts mitbekommen, oder?«

»Marlene?«, fragte Tenbrink.

»Meine Frau.«

»Natürlich«, sagte Tenbrink und räusperte sich. Er hatte den Namen vergessen und griff automatisch nach seinem Notizbuch in der Manteltasche, das von der Nässe ein wenig aufgeweicht war.

In Magdas Wohnküche sah es noch genauso aus wie am Sonntag, sogar dasselbe Kaffeegeschirr stand auf dem Tisch, auch wenn es natürlich von Anne Gerwing und Maarten Mulders benutzt worden war. Lediglich das mit Kadavern übersäte Fliegenpapier über dem Tisch war verschwunden.

Hoher Besuch, dachte Tenbrink.

»Kaffee?«, fragte Magda.

»Nein, danke«, antwortete Tenbrink, setzte sich unaufgefordert an den Eichentisch und schlug sein Notizbuch auf. »Kaffee hatten wir heute schon genug.«

»Wir würden gern über Ihr Verhältnis zu Ellen Gerwing sprechen«, sagte Bertram, hängte die nasse Lederjacke an einen Haken an der Wand und lehnte sich an den Bauernschrank neben der Tür.

»*Gaor sitten, Jung!*«, sagte Magda Hartmann und starrte ihn an, als hätte sie tatsächlich einen kleinen Lausbuben vor sich. »*Sett di hen!*«

Tenbrink schmunzelte, wartete bis Bertram neben ihm Platz genommen hatte, und wandte sich dann an Max Hartmann: »Was war nun zwischen Ihnen und Ellen im Venn? Ich glaube nicht, dass Schultewolter sich getäuscht hat. Und kommen Sie uns nicht wieder mit einem verstauchten Knöchel!«

»Was soll schon gewesen sein«, sprang Magda ihrem Sohn bei, doch diesmal fuhr Tenbrink ihr auf Plattdeutsch über den Mund: »*Du schwiggst stille, Magda!*«

»Das mit dem verstauchten Knöchel stimmt«, sagte Hartmann, der unruhig auf der vorderen Kante des Stuhls saß und dabei vor und zurück wippte. »Aber es ist nicht beim Spazieren passiert.«

»Sondern?«

»Sie wollte wegrennen.«

»Vor Ihnen?«

»*Dumm Tüüg!*«, schnauzte Magda.

Tenbrink hob drohend den Zeigefinger, und die alte Frau, die gar nicht so alt war, wie sie wirkte und aussah, verstummte schlagartig und schaute verschämt auf die Tischplatte.

»Also?«, fragte Bertram.

»Ja, vor mir«, antwortete Hartmann kleinlaut. »Sie hat irgendetwas in den falschen Hals gekriegt und ist plötzlich vom Weg ab und ins Venn gehumpelt, als wär der Teufel hinter ihr her.«

»Vielleicht war der Teufel hinter ihr her?«, vermutete Tenbrink.

»Ich hab ihr nichts getan«, sagte Hartmann, schaute dabei aber nicht Tenbrink, sondern seine Mutter an. »Vielleicht bin ich ihr beim Dehnen etwas zu nah gekommen, aber es war nichts weiter.«

»Beim Dehnen?«, lachte Bertram.

»Ehrlich! Ich hab sie nur an der Wange berührt, da ist sie plötzlich ausgeflippt, hat mich angeschrien und ist weggelaufen, als wollte ich sie verprügeln. Mit ihrem kaputten Bein ist sie natürlich nicht weit gekommen und im Dickicht über irgendwas gestolpert. Als ich ihr aufhelfen wollte, hat sie um sich getreten und mich weggestoßen. Dabei bin ich auf sie raufgefallen. Und dann war plötzlich Schultewolter da, als wäre er aus dem Boden gewachsen.«

»Dummer Junge!«, murmelte Magda kaum hörbar.

»Alles ohne Grund?« Bertram kratzte sich den kahlen Schädel. »Ellen Gerwing rennt vor Ihnen weg und schlägt auf Sie ein, ohne dass es einen Anlass gab? Einfach so?«

Hartmann hob die Achseln. »Ellen war in den letzten Tagen irgendwie seltsam, ganz anders als zuvor. Sie war sehr nervös und zittrig und ist oft zusammengezuckt, wie aus dem Nichts, ganz ohne Grund. Dann wurde sie plötzlich aggressiv und hat einen angefaucht, obwohl gar nichts vorgefallen war. Inzwischen weiß ich natürlich, dass das die Entzugserscheinungen waren.«

»Antidepressiva machen nicht süchtig«, sagte Tenbrink.

»Keine Ahnung, wie man das nennt, jedenfalls war Ellen ganz komisch, seitdem sie ihre Medikamente nicht mehr genommen hat. Sie hat gesagt, dass sie die Tabletten nicht mehr nimmt, weil sie einen klaren Kopf behalten will. Aber das Gegenteil war der Fall. Als würde sie unter Verfolgungswahn leiden oder Halluzinationen haben. Als hätten sich alle gegen sie verschworen.«

»Sie hat Gespenster gesehen?«, fragte Bertram und hob skeptisch die Augenbrauen.

Hartmann nickte. »Genau.« Er klang beinahe erleichtert.

»Hm«, machte Tenbrink. Er wusste es besser. Als er am Morgen darauf gewartet hatte, von Bertram abgeholt zu werden, hatte er bei Frau Dr. Block in Berlin angerufen und sich die Absetzsymptome des Medikaments Anafranil genauer erklären lassen. Die Nervosität, Schlaflosigkeit und Aggressivität, von denen Max Hartmann und auch Anne Gerwing gesprochen hatten, passten durchaus ins Bild und waren nicht untypisch. Manche Patienten litten außerdem unter Kopfschmerzen und Übelkeit, einige auch unter »Blitzen im Kopf«, wie Dr.

Block sich ausdrückte, kleinen Stromschlägen im Gehirn, die zu kurzen Blackouts führen konnten. Doch weder Paranoia noch Sinnestäuschungen oder Halluzinationen zählten laut Therapeutin zu den bekannten Absetzsymptomen. Wer das Medikament absetzte, sah keine Gespenster und wurde auch nicht von ihnen verfolgt. Jedenfalls nicht aus diesem Grund.

»Ellen Gerwings Gespenst heißt Henk Boomkamp«, sagte Tenbrink und überhörte geflissentlich das nervöse Räuspern aus Bertrams Richtung.

»Sie meinen die Sache auf dem Galgenbülten?«, fragte Magda, die sich zum ersten Mal wieder zu Wort meldete und unsicher zu Tenbrink schaute. »Das ist doch Schnee von gestern. *Olle Döönken.*«

»Nicht für Ellen«, erwiderte Tenbrink. »Und erst recht nicht für Henk Boomkamp.«

Magda schaute ihn verständnislos an, und Max Hartmann zog die Augenbrauen zusammen, als zweifelte er an Tenbrinks Verstand.

»Henk ist tot«, sagte Magda. »Sie haben doch an seinem Grab gestanden.«

»Ein leeres Grab. Henk Boomkamp lebt.«

Wieder ein Räuspern von Bertram.

»Wie kommen Sie darauf?«, fragte Hartmann.

»Falsche Frage«, sagte Tenbrink, obwohl Hartmanns Frage durchaus berechtigt und naheliegend war. »Viel interessanter ist: Wie kam Ellen Gerwing darauf? Wo ist sie Boomkamp begegnet? Hat sie Ihnen gegenüber irgendetwas angedeutet?«

»Kein Wort!« Hartmann schüttelte nachdenklich den Kopf, dann verfinsterte sich seine Miene, und er fragte: »Soll das heißen, dass Ellen gedacht hat, ich würde mit Henk Boomkamp unter einer Decke stecken? Und dass sie deshalb Angst vor mir hatte?«

»Dass sie Angst vor Ihnen hatte, liegt auf der Hand«, sagte Bertram und schaute Hartmann lauernd an. »Die Frage ist also: Haben Sie mit Boomkamp unter einer Decke gesteckt? Wissen Sie, wo er steckt?«

»Nein!«, donnerte Hartmann ihm entgegen. »Ich hab doch überhaupt keine Ahnung gehabt, dass er noch lebt. Wenn das denn überhaupt stimmt. Was Sie sich da zusammenreimen, klingt ziemlich abenteuerlich.«

»Und Sie, Magda?«, fragte Tenbrink. »Wissen Sie etwas darüber?«

Statt einer Antwort stand sie unvermittelt auf, rief »*Godverdorrie*!« und ging schnurstracks zum Kühlschrank. »Jetzt brauch ich erst mal was für die Nerven.« Sie holte eine Flasche mit dunkelroter Flüssigkeit aus dem Kühlfach und stellte sie auf den Tisch. »Will noch jemand 'nen Roten?«

»Doch nicht jetzt!«, rief Max Hartmann und schüttelte vorwurfsvoll den Kopf.

Bertram hob abwehrend die Hand: »Für mich keinen Schnaps.«

»Aufgesetzter«, verbesserte Tenbrink. Und in Magdas Richtung sagte er: »Aber nur 'nen Kleinen. Brombeere oder Sauerkirsche?«

»Sauerkirsche«, sagte Magda, holte zwei Schnapsgläser aus dem Schrank, goss ein, stieß mit Tenbrink an und kippte den Roten herunter, ohne mit der Wimper zu zucken.

Tenbrink tat es ihr nach, verzog aber kurz das Gesicht, weil der Rote saurer war, als er gedacht hatte: »Der ist aber lecker!«

Magda nickte abwesend, leckte sich über die Lippen und sagte: »Gut, dass das die alte Lisbeth nicht mehr miterleben muss. Henks Tod hat sie fast um den Verstand gebracht. Die arme Frau!«

»Und Christiane?«, fragte Hartmann. »Wusste die Bescheid?«

Tenbrink schüttelte den Kopf. »Wir möchten Sie auch bitten, mit niemandem darüber zu reden. Das ist nicht für die Öffentlichkeit gedacht, wir stecken noch mitten in den Ermittlungen. Haben wir uns verstanden, Herr Polizeihauptmeister?«

Hartmann zog eine beleidigte Miene. »Das müssen Sie mir nicht extra sagen, Herr Kriminalhauptkommissar!«

»Dann ist ja gut«, sagte Tenbrink und klappte sein Notizbuch zu.

»Irgendwie hab ich das immer gewusst«, sagte Magda und goss sich einen zweiten Aufgesetzten ein. »Von Anfang an.«

»Was?«, fragte Bertram. »Dass Boomkamp noch lebt?«

»Henk war immer schon so 'n Schlawiner«, sagte sie und kippte sich den Roten hinter die Binde. »Der hat sich immer und überall durchgemogelt. Schon in der Schule und auch im Fußballverein. Michael konnte da eine Unmenge Geschichten von erzählen. Immer hat er Mist gebaut, aber nie haben sie ihn dafür drangekriegt. Typisch Patjacke!«

»Mama!«, rief Max Hartmann.

»Patjacke?«, wunderte sich Tenbrink. »Ist Henk Boomkamp denn Holländer?«

»Henk nicht«, sagte Magda, »aber sein unseliger Vater. *Dat was ook so 'n Aos!* Für die Arbeit auf dem Land nicht zu gebrauchen, aber im Kartenspiel und beim Saufen immer vorneweg.«

»Nun lass mal gut sein!«, sagte Hartmann.

»Was wahr ist, muss wahr bleiben«, konterte Magda.

Tenbrink schlug sein Notizbuch wieder auf und blätterte, bis er die Seite gefunden hatte, auf der er die Grabinschrift notiert hatte: »Adriaan Boomkamp, * 6. 2. 1938,

† 4. 7. 1994« Das doppelte A im Vornamen hatte ihn gleich stutzig gemacht. Ein Holländer! Wie der andere Mann mit dem Doppelvokal im Namen.

»Kennen Sie eigentlich Maarten Mulders gut?«, fragte Tenbrink.

»Mulders?« Hartmann zuckte mit den Schultern. »Eigentlich nur vom Sehen. Bei der Einweihung des Schulzenhofs bin ich ihm zum ersten Mal begegnet, und später bei irgendeinem Richtfest. Aber sonst hat man den wenig in Ahlbeck gesehen, er wohnt ja auch drüben in Twente. Heute war er zum ersten Mal bei uns auf dem Hof. Dass er und Anne zusammen sind, hab ich nicht gewusst.«

»Du vielleicht nicht«, rief Magda und lachte gallig. »Aber das ganze Dorf wusste Bescheid. Heini hat die beiden mal im Dustern beim alten Vennekotten gesehen, und da waren sie bestimmt nicht auf Schwarzwildjagd.«

»Heini Schultewolter?«, fragte Tenbrink.

»Der schleicht immer wie ein Phantom durch die Gegend«, fauchte Hartmann und fuhr sich über den Kinnbart. »Und steckt seine Nase in Sachen, die ihn nichts angehen. Verdammter Spökenkieker!«

»Er hat Ihnen einen Zahn ausgeschlagen, nicht wahr?«, fragte Tenbrink, erhob sich und nickte Bertram zu, der daraufhin nach seiner nassen Lederjacke griff.

»Das hat damit gar nichts zu tun«, behauptete Hartmann. »Schultewolter ist ein ganz durchtriebener Halunke. Früher hat er immer Sachen über die grüne Grenze geschmuggelt und in seiner Kneipe verkauft. Schnaps, Kaffee und Tabak in rauen Mengen. Gewildert hat er auch und nicht zu knapp. Zusammen mit dem alten Boomkamp, der war genauso ein Windhund.«

»Schultewolter war mit Boomkamps Vater befreundet?«, fragte Bertram, der bereits an der Tür stand.

»Pack schlägt sich, Pack verträgt sich«, knurrte Hartmann.

»Stimmt das, Magda?«, wollte Tenbrink wissen.

Magda strich sich nervös über die Kittelschürze. »Was heißt schon ›befreundet‹? Sie haben in Heinis alter Mühlenschänke zusammen Karten gespielt und geschmuggelten Schnaps getrunken. Und hinterm Schuppen haben sie die gewilderten Wildschweine und Rehböcke verkauft. Aber befreundet war der alte Boomkamp mit keinem. Ein eigener Patron, genau wie sein Sohn.«

»Der Apfel fällt nicht weit vom Stamm«, bestätigte Max Hartmann. »Nur hat Henk keinen Tabak, sondern Drogen über die Grenze geschmuggelt und hier im Dorf verkauft. Was glauben Sie, woher Ellen damals nach Evas Tod die Partydrogen hatte? Von Henk! Dabei war er doch angeblich in sie verliebt und hatte gerade ihre Schwester auf dem Gewissen.« Er schüttelte unwirsch den Kopf und setzte hinzu: »Aus Henk Boomkamp wurde man nie schlau!«

»Danke«, sagte Tenbrink und wandte sich zur Tür. »Auch für den Roten.«

»Daor nich föör«, sagte Magda.

»Marlene erfährt nichts davon, oder?«, fragte Hartmann.

»Marlene?«, fragte Tenbrink.

»Meine Frau«, sagte Hartmann verwirrt.

»Ach, richtig.« Tenbrink zuckte mit den Schultern. »Ich dachte, es wäre nichts zwischen Ihnen und Ellen Gerwing vorgefallen.«

»Es ist ja auch nichts vorgefallen.«

»Na, dann.« Tenbrink tippte sich zum Abschied an die Stirn und verließ mit Bertram die Wohnstube.

»Du Stöffel!«, hörte Tenbrink die alte Magda sagen, als die Tür ins Schloss gefallen war.

7

»Glaubst du, dass das klug war?«, fragte Bertram, als sie im Wagen saßen und im Schritttempo vom Hof fuhren. Der Regen hatte inzwischen etwas nachgelassen, es nieselte nur noch, dafür hatte die Dämmerung eingesetzt, und der unvermeidliche Nebel stieg aus dem Boden.

»Was meinst du?«, fragte Tenbrink.

»Von Boomkamp zu erzählen.« Bertram lenkte das Auto vorsichtig durch eine tiefe, mit Regenwasser gefüllte Bodensenke und fuhr dann auf dem geteerten Weg in Richtung Galgenhügel. »Magda Hartmann ist doch eine Klatschbase, wie sie im Buch steht. Bald weiß das ganze Dorf davon.«

»Ein bisschen Unruhe kann vielleicht nicht schaden«, antwortete Tenbrink und schrak zusammen, als plötzlich sein Handy klingelte. Er fingerte das Smartphone aus der Brusttasche und sah auf dem Display eine ihm unbekannte Ahlbecker Festnetznummer.

»Ja?«, meldete er sich.

»Mia hier«, antwortete eine Frauenstimme.

»Mia wer?«

»Mia Grothues.«

Verdammte Namen, dachte Tenbrink. Wenn er ein Gesicht zu dem Namen sah, konnte er sich zumeist erinnern. Aber am Telefon war es jedes Mal zum Verrücktwerden. Namen waren wie Schall und Rauch, sie lösten sich in Nichts auf.

»Gestern doch zu viel getrunken, was?«

Endlich fiel der Groschen: die Lindenwirtin!

»Hallo, Mia, was gibt's?«, fragte Tenbrink. »Ist Jens Stein wieder da?«

»Der Vogel ist ausgeflogen.«

»Ausgeflogen?«

»Er ist weg! Kein Wagen vor der Tür. Und seine Sachen hat er auch mitgenommen. Nichts mehr da. Das Bett war anscheinend benutzt, aber das Zimmer ist leer.«

»Er ist verschwunden, ohne zu bezahlen?«

»Das ist ja das Komische. Geld hat er auf dem Nachttisch neben dem Zimmerschlüssel liegen lassen. Mit 'nem üppigen Trinkgeld obendrauf.«

»Er hat sich nicht verabschiedet oder eine Rechnung verlangt?«

»Nein«, sagte Mia. »Er muss mitten in der Nacht weggefahren sein. Ich hab ihn seit gestern nicht mehr gesehen.«

»Hm«, machte Tenbrink.

Im selben Augenblick flog ihm das Handy aus der Hand. Er wurde nach vorne geschleudert und knallte mit dem Kopf gegen die Windschutzscheibe, weil er vergessen hatte, sich anzuschnallen.

»Verflucht!«, schnauzte er Bertram an, der eine Vollbremsung gemacht hatte und mitten auf der Kreuzung zweier Landwirtschaftsstraßen stand. Linker Hand ging es zum Galgenhügel und zum Schulzenhof, rechts führte die Straße in Richtung Ahlbeck.

Bertram zuckte entschuldigend mit den Schultern und deutete nach vorne durch die Scheibe. »Das Arschloch hat mir die Vorfahrt genommen!«, sagte er und drückte wütend auf die Hupe. Direkt vor Bertrams Wagen stand ein zweites Auto, ein dunkelblauer VW Golf, der von links gekommen war und beim Ausweichen beinahe im Graben gelandet wäre. Trotz der Dunkelheit war der Wagen offenbar ohne Licht gefahren und trotz des Regens ohne Scheibenwischer. Hinterm Steuer saß eine nur schemenhaft zu erkennende Person, die sich nicht regte.

»Was ist das denn für 'ne Schlafmütze?«, knurrte Bertram. »Oder ist der betrunken?«

Tenbrink kramte eine Taschenlampe aus dem Handschuhfach und stieg aus. »Alles in Ordnung?«, fragte er, als er sich dem Wagen genähert hatte, doch hinter dem Steuer war nach wie vor keine Bewegung zu erkennen. Der Motor des Autos war beim abrupten Bremsen ohne Kupplung ausgegangen.

»He, hören Sie?« Tenbrink klopfte an die Seitenscheibe. Erst jetzt wandte der Fahrer den Kopf in seine Richtung, und im Schein der Taschenlampe erkannt Tenbrink, dass es eine Frau war. Christiane Boomkamp starrte durch die regennasse Scheibe, als hätte sie keine Ahnung, wer vor ihr stand oder was passiert war.

»Frau Boomkamp?«, sagte Tenbrink und öffnete die Fahrertür. »Haben Sie sich verletzt? Geht es Ihnen gut?«

»Was?« Christiane Boomkamp schaute ihn verwirrt an. »Ja, alles gut, alles in Ordnung.« Sie schüttelte den Kopf und setzte hinzu: »Ich hab Sie gar nicht gesehen.«

»Sie haben vergessen, das Licht anzumachen«, sagte Tenbrink und gab Bertram ein Zeichen, seinen Wagen zurückzusetzen, damit Frau Boomkamp wieder auf die Straße fahren konnte.

»Ja?«, sagte sie und nickte, obwohl sie wirkte, als verstünde sie kein Wort. Dann startete sie den Wagen und schaltete die Scheinwerfer an. »Danke!«

»Wo kommen Sie denn jetzt her?«, fragte Tenbrink.

»Hm?«, machte sie und runzelte die Stirn.

»Wo waren Sie?«, wiederholte er.

»Bei Anne«, sagte sie und deutete mit einer Kopfbewegung zum Schulzenhof. »Wegen der Beerdigung. Mama wird doch morgen früh beerdigt. Ich musste noch was mit ihr besprechen.« Sie lachte plötzlich und völlig unangebracht. »Natürlich nicht mit Mama, sondern mit Anne. Wegen der Beerdigung.«

»Ist wirklich alles in Ordnung?«

»Ich muss zur Totenwache«, sagte sie und schloss die Tür.

Als sie losfahren wollte, klopfte Tenbrink erneut gegen die Scheibe.

Christiane Boomkamp fuhr zusammen und starrte ihn erschrocken an.

»Die Scheibenwischer!«, rief Tenbrink und deutete auf die verschmierte Windschutzscheibe.

Sie nickte, schaltete die Scheibenwischer an, setzte ruckartig zurück, schaltete kreischend in den ersten Gang und fuhr mit durchdrehenden Reifen in Richtung Ahlbeck davon.

»Gruß vom Getriebe!«, sagte Bertram, der ebenfalls ausgestiegen war und dem hochtourig fahrenden Wagen hinterherschaute. »Was ist denn mit der los?«

Tenbrink hob und senkte die Schultern.

»Und jetzt?«, fragte Bertram.

»Auf in die Höhle des Löwen!«

Fünfter Teil

1

Der Nebel hatte sich über Nacht noch verdichtet und waberte über den Boden, als könnte man ihn mit den Händen greifen. Vom höher gelegenen Eingang des Friedhofs aus waren die Trauernden am Grab der Familie Boomkamp nur als Schemen zu erkennen. Die Sonne stand wie ein blasser Tagmond über dem ehemaligen Pastorat und tauchte alles in ein unwirkliches Licht. Lediglich eine Handvoll Menschen war um das offene Grab versammelt und gab Lisbeth Boomkamp die letzte Ehre. Neben Christiane Boomkamp, die ihre Arme um die Schultern ihrer beiden Söhne gelegt hatte, standen zwei Männer von etwa 45 oder 50 Jahren sowie eine etwas jüngere Frau, die einen der Männer an der Hand hielt. Vermutlich handelte es sich bei den Männern um die Söhne der alten Lisbeth. Henk Boomkamps ältere Brüder.

Aus dem Dorf waren nur Magda Hartmann, der alte Schultewolter und die Wirtin Grothues sowie vier oder fünf weitere Ahlbecker anwesend. Ein trauriger Anblick, fand Tenbrink, vor allem wenn man bedachte, was in wenigen Stunden vor der frisch geputzten Familiengruft der Gerwings los sein würde. Langsam näherte er sich dem Grab, blieb aber die ganze Zeit in unmittelbarer Nähe der Friedhofsmauer und war darauf bedacht, keine Aufmerksamkeit zu erregen. Sich zu den Trauernden zu gesellen, wäre ihm unpassend und pietätlos erschienen. Er kam sich vor wie ein Eindringling und Unruhestifter.

»Wir übergeben den Leib der Erde«, rief der Priester und ließ sich von einem Messdiener das Aspergill mit dem Weihwasser reichen. »Christus, der von den Toten auferstanden ist, wird auch unsere Schwester Elisabeth zum Leben erwecken.« Er sprengte Weihwasser auf den Sarg, gab das Aspergill zurück und bekam stattdessen eine flache Schale mit Erde gereicht. »Von der Erde bist du genommen, und zur Erde kehrst du zurück.« Es klopfte dumpf, als die Erdbrocken auf den Sarg fielen. »Der Herr wird dich auferwecken!«

Tenbrink fuhr ein Schauer über den Rücken, und er lehnte sich Halt suchend an einen Grabstein. Er hatte in der Nacht kaum geschlafen und fühlte sich ausgelaugt und fiebrig. Sein geschwächter Zustand war allerdings nicht der Grund, warum er sich heute Morgen krankgemeldet und das Büro gemieden hatte. Die gestrige Niederlage steckte ihm noch in den Knochen. Er war vorgeführt und gedemütigt worden. Und das hallte auch jetzt noch nach.

Die Oberstaatsanwältin war nicht überzeugt gewesen. Natürlich nicht. Sie hielt sich an schlichte Fakten und hatte für Ahnungen und Mutmaßungen, die nicht durch eindeutige Beweise gestützt wurden, wenig übrig. Dass sie für Tenbrink wenig übrighatte, kam noch erschwerend hinzu. Manchmal kam es ihm so vor, als ginge es gar nicht um den Fall, sondern vor allem um ihre gegenseitige Abneigung und persönlichen Animositäten. Sie wollte ihn loswerden, und der Fall Ellen Gerwing war der Hebel, den sie dafür ansetzen konnte.

Tenbrink hatte die Staatsanwältin am gestrigen Abend vor versammelter Mannschaft des KK11 auf den aktuellen Stand der Ermittlungen gebracht und ihr seine Schlussfolgerungen mitgeteilt. Er hatte gewusst, dass er sich mit seiner Theorie auf dünnes Eis begab, dass seine Vermutungen über den Mörder und das Tatmotiv allzu haarsträubend klangen. Eine abenteuerliche Geschichte, so hatte Max Hartmann es am Nachmittag genannt. Erst die uralte Geschichte mit dem Galgenhügel, dann der Untote aus der Nordsee. Es hörte sich an wie eine schaurige Ballade aus dem 19. Jahrhundert. Dass Martina Derksen ihn am Ende seiner Ausführungen mit einem nervösen und ungläubigen Lachen abfertigte, ärgerte Tenbrink zwar, überraschte ihn aber nicht wirklich. Fantasie war noch nie ihre Stärke gewesen. Was ihn jedoch persönlich traf und völlig auf dem falschen Fuß erwischte, war die Tatsache, dass sich plötzlich Arno Bremer zu Wort meldete und ihm ganz offen in den Rücken fiel. Er bezweifelte Tenbrinks Version rundherum, hielt sie für viel zu kompliziert und »um die Ecke gedacht«. Bremer brachte genau das vor, was auch Bertram bereits angemerkt hatte: dass die Vorfälle auf der Silvesterparty und die »Mitschuld« der Gerwing am Tod ihrer Schwester ein durchaus triftiger Grund für einen Suizid darstellten. Gerade weil Ellen Gerwing nicht nur wegen des damaligen Vorfalls traumatisiert, sondern obendrein depressiv und zum Tatzeitpunkt ohne entsprechende Medikation war. Der Selbstmord infolge der Schuldgefühle sei jedenfalls weitaus plausibler als das wacklige Konstrukt, das Tenbrink aufgebaut habe.

Natürlich war Bremers Einwand nicht aus der Luft gegriffen, aber ihn vorzubringen, nachdem Tenbrink seine Ausführungen beendet hatte und auf eine Entgegnung der Oberstaatsanwältin wartete, empfand er als dreiste Illoyalität. Es entzog ihm den Boden unter den Füßen. Er fühlte sich im Stich gelassen, auch weil der Rest der Mannschaft beharrlich schwieg und mit betretener Miene zu Boden starrte. Dass Bertram nach einer Weile in das peinliche Schweigen hinein beteuerte, auch er glaube nicht an einen Selbstmord und so abwegig, wie Bremer es darstellte, sei der jetzige Ermittlungsansatz nicht, war zwar nett gemeint, aber wenig mehr als eine hilflose Geste. Tenbrink stand im Abseits, er hatte verloren. Und insgeheim ahnte er, dass sich das nicht nur auf den vorliegenden Fall bezog.

Die polizeilichen Ermittlungen wurden auf Weisung der Staatsanwaltschaft vorerst eingestellt. Nur vier Tage nach der Auffindung der Toten und entgegen der ausdrücklichen Empfehlung des leitenden Ermittlers. Eigentlich undenkbar! Die Oberstaatsanwältin betonte zwar, dass der Fall jederzeit wieder geöffnet werden könnte, falls neue Anhaltspunkte oder Beweise auftauchen sollten, aber bis dahin werde Ellen Gerwings Tod als Suizid behandelt und nicht weiter vom KK11 untersucht. Tenbrink solle die Unterlagen auf den letzten Stand bringen und dann die Akte der Staatsanwaltschaft übergeben.

»Was ist mit Jens Stein?«, fragte Tenbrink.

»Ja«, konterte Derksen. »Was ist mit ihm?«

»Ist sein Verschwinden nicht ein neuer Anhaltspunkt?«

»Inwiefern?«

Tenbrink zuckte mit den Achseln. »Er ist verschwunden.«

»Das ist an sich noch keine Straftat, oder?«, antwortete sie und runzelte die Stirn. »Auch wenn Sie bestimmt eine Theorie dazu haben.«

»Sehen Sie denn den Zusammenhang nicht?«, brauste Tenbrink auf und konnte gar nicht aufhören, seine Brille zu putzen. »Stein ist auf der Suche nach Henk Boomkamp, und kurz nachdem er mit dessen Witwe gesprochen und ihr unverhohlen gedroht hat, verschwindet er spurlos.«

»Ich will keine Vermutungen, sondern Tatsachen!«, rief Martina Derksen genervt.

»Das ist eine Tatsache!«, hatte Tenbrink entgegnet.

Die Oberstaatsanwältin hatte den Kopf geschüttelt und sich zum Gehen gewandt. »Bringen Sie mir Henk Boomkamp! Dann haben Sie Ihren Fall zurück.«

Und genau das würde er nun tun, dachte Tenbrink grimmig und starrte in den immer dichter werdenden Nebel. Der Staatsanwältin Boomkamp bringen! Wie man der Salome den Kopf des heiligen Johannes gebracht hatte. Auf einem Tablett!

»Im Kreuz unseres Herrn Jesus Christus ist Auferstehung und Heil«, rief der Priester und machte das Kreuzzeichen über dem Sarg. »Der Friede des auferstandenen Herrn sei mit dir!«

Tenbrink zuckte zusammen, als sein Handy in der Hosentasche vibrierte. Zum Glück hatte er es beim Betreten des Friedhofs auf stumm geschaltet. »Bertram«, las er auf dem Display, überlegte kurz und drückte den Anruf weg. Er wollte kein Mitleid, kein »Kopf hoch!« Kurz darauf kam eine SMS von Bertram: »Ich muss mit dir reden. Über Bremer und Derksen. Melde dich!«

Was gab es da noch zu reden? Tenbrink wusste doch längst, was hinter seinem Rücken vor sich ging. Der Polizeipräsident hatte ihn vor einiger Zeit beiseitegenommen und betont beiläufig gefragt, ob es für Tenbrink nicht langsam Zeit sei, in den Leitungsstab zu wechseln. »Kürzer treten«, wie er es nannte. In der SG1 werde demnächst eine Stelle frei, und er könne sich Tenbrink durchaus in dieser Position vorstellen. Er sei ja auch nicht mehr der Jüngste und ob er sich das stressige KK11 wirklich bis zu seiner Pensionierung antun wolle. Der Polizeipräsident hatte es wie einen Gefallen oder eine Wohltat klingen lassen, doch Tenbrink war nicht in die Falle getappt. Freiwillig würde er nicht die Segel streichen. SG1! Behördencontrolling. So weit kam's noch!

Arno Bremer also. Verdienter Hauptkommissar und nach Tenbrink der dienstältseste Ermittler im KK11. Ständig auf Fort- und Weiterbildung, Operative Fallanalyse, Tatortermittlung und Erster Angriff, Systemische Führung im Polizeidienst. Völlig überqualifiziert und seit Langem fällig für die Position des Ersten Hauptkommissars und Leiters eines eigenen Kriminalkommissariats.

Tenbrinks Kommissariat!

»Herr, gib ihr und allen Verstorbenen die ewige Ruhe«, beendete der Priester die Zeremonie und streckte die Hände gen Himmel.

»Und das ewige Licht leuchte ihnen«, antwortete die Trauergemeinde.

»Lass sie ruhen in Frieden!«

»Amen«, sagte Tenbrink etwas zu früh und etwas zu laut.

Heini Schultewolter wandte sich überrascht um, sah Tenbrink an der Friedhofsmauer stehen und nickte ihm beinahe komplizenhaft zu.

Wieder vibrierte Tenbrinks Handy.

»Lass gut sein, Maik!«, murmelte er, doch auf dem Display las er einen anderen Namen: »Bonnema«. Es dauerte eine Weile, bis er den Namen einordnen konnte, dann nahm er das Gespräch entgegen, ging in Richtung Ausgang und sagte: »Jan, wie schön, mal wieder von dir zu hören!«

Schweigen auf der anderen Seite.

»Hallo?«, fragte Tenbrink.

»Willst du mich verapfeln?«

»Was? Nein, natürlich nicht«, sagte Tenbrink und wich einem Kameramann aus, der mit der Kamera in der einen Hand und einem Metallkoffer in der anderen den Friedhof betrat. *Konzentrier dich*, schalt er sich. Er versuchte, sich zu erinnern, und sagte ins Telefon: »Schieß los, Jan! Was gibt's?«

»Hattest du nicht gesagt, dass es keine Verbindung zwischen ihnen gibt?«

»Keine Verbindung?« Tenbrink hatte keine Ahnung, wovon Bonnema sprach. »Redest du von Marlijn Grooten?«

Wieder folgten einige Sekunden Schweigen. »Geht's dir nicht gut? Soll ich später wieder anrufen?«

»Nein«, sagte Tenbrink und sah einen weiteren Mann, der mit einem Scheinwerfer über der Schulter dem Kameramann folgte. »Scheiß Nebel!«, fluchte der Techniker und rief dem Kameramann zu: »Wenn die verdammte Suppe nicht verschwindet, können wir die Aufnahmen in die Tonne kloppen.«

»Wo steckst du?«, fragte Bonnema.

»Auf dem Ahlbecker Friedhof«, antwortete Tenbrink und beeilte sich hinzuzufügen: »Was hast du herausgefunden?«

»Sie waren befreundet.«

»Wer?«

»Marlijn Grooten und Maarten Mulders.«

Tenbrink hielt inne und atmete tief durch.

»Sehr gut befreundet«, fuhr Bonnema fort. »Vielleicht waren sie sogar ein Paar. Das ist allerdings nur eine Vermutung. Jedenfalls haben sie als *krakers* zusammen Häuser besetzt und waren mehrmals in Polizeigewahrung.«

»Gewahrsam«, korrigierte Tenbrink und ärgerte sich sofort darüber. Er konnte es auch nicht ausstehen, wenn andere ihn verbesserten, deshalb beeilte er sich zu fragen: »Weshalb wurden sie verhaftet?«

»Nichts Besonderes, nur das Übliche: Sitzblockaden, Widerstand gegen die Polizei, Sachbeschädigung *en vandalisme*. Das war vor zehn, fünfzehn Jahren.«

»In Amsterdam?«, fragte Tenbrink und trat durch die Friedhofspforte.

»Korrekt! Aber in den letzten Jahren lag nichts mehr gegen Mulders vor. Er hat offenbar mit den Autonomen und Hausbesetzern nichts mehr zu tun.«

»Dafür mit Hausbesitzern«, sagte Tenbrink und schüttelte den Kopf. »Ein Kraker als Immobilienmakler. Nicht zu fassen!«

»*Mijnheer* Mulders hat die Seiten gewechselt.«

»Hast du ein Foto von ihm?«, fragte Tenbrink. »Von damals, meine ich.«

»Sicher«, sagte der Kollege. »Kann ich dir per Mail schicken.«

»Schick's mir bitte aufs Handy! Ich bin im Moment nicht im Büro zu erreichen.« Er wartete auf eine Nachfrage, doch die blieb dankenswerterweise aus. Deshalb fragte er: »Und Marlijn Grooten? Was weißt du über sie?«

»Sie ist immer noch in der linksalternativen Szene aktiv, wie es scheint, aber sie besetzt keine Häuser mehr, prügelt sich nicht mehr mit Polizisten und hat sich seit Jahren, wie sagt man, keine Schulden zukommen lassen.«

Tenbrink widerstand dem Impuls, Bonnema zu korrigieren. »Hat sie Familie?«

»Sie ist unverheiratet, hat keine Kinder und lebt allein in Amsterdam. *Mevrouw* Grooten arbeitet als Sozialarbeiterin in irgendeinem Projekt für Drogenabhängige. Sie ist immer noch engagiert und politisch aktiv, aber nicht mehr so wild wie in ihrer Jugend.« Bonnema pustete hörbar in den Apparat und setzte hinzu: »Und wenn man den Fotos glauben darf, ist sie eine sehr hübsche Frau.«

Tenbrink ignorierte diese letzte Information. »Bist du in deinen Unterlagen zufällig über den Namen Boomkamp gestolpert? Henk Boomkamp?«

»Een Nederlander?«, fragte Bonnema.

»Ein Deutscher. Aber mit holländischem Vater. Auch so ein Freak, der unvermittelt die Seiten gewechselt hat. Vom Drogendealer zum Investmentbanker.«

»Dafür muss man nicht die Seiten wechseln, *vind ik*.«

»Stimmt«, sagte Tenbrink und grinste. »Angeblich ist er vor einigen Jahren auf Ameland ertrunken. Vielleicht stand er früher mit Mulders oder Grooten in Kontakt. Könntest du mal nachschauen?«

»Ich kümmer mich darum«, versprach Bonnema, wartete einen kurzen Augenblick und sagte dann: »*Tot kijk.*«

»*Bedankt*«, antwortete Tenbrink und legte auf.

Die kleine Trauergesellschaft hatte inzwischen ebenfalls den Friedhof verlassen und machte sich auf zum Leichenschmaus im gegenüberliegenden Gasthof »Zur alten Linde«. Tenbrink suchte vergeblich nach dem Priester, der üblicherweise die Hinterbliebenen zu diesem Trauerritual begleitete. Vermutlich war er direkt durch den Hintereingang in die Sakristei gegangen, um sich auf die nächste, weitaus bedeutendere Beerdigung vorzubereiten.

Als Christiane Boomkamp auf Armeslänge an Tenbrink vorbeiging, nickte er ihr zu und flüsterte: »Mein Beileid, Frau Boomkamp!« Doch sie schien ihn überhaupt nicht zu bemerken und wandelte wie ein Geist mit versteinerter Miene über den Kirchplatz. Vielleicht wollte sie ihn aber auch nicht bemerken.

»Eine Schande ist das!«, hörte Tenbrink in diesem Moment Schultewolters knurrige Stimme neben sich. »So was gehört sich einfach nicht.«

»Was meinst du, Heini?«

»Bei jeder anderen Beerdigung wäre das halbe Dorf auf den Beinen gewesen.« Der Alte fuhr sich ärgerlich durch den Vollbart, der wegen der Feuchtigkeit noch krauser und zerrupfter wirkte. »Aber für die alteingesessenen Pfahlbürger war die arme Lisbeth nie eine Hiesige. Nur weil sie mit ‚nem Patjacken verheiratet war und in den Zollhäusern wohnte. Da wurde die Nase gerümpft, dass man's bis nach Holland hören konnte!«

»Du warst mit den Boomkamps befreundet, nicht wahr?«, fragte Tenbrink und folgte der Gruppe zur Schänke. »Wie ich gehört hab, hast du früher mit dem alten Boomkamp allerlei Unfug getrieben. Draußen an der Mühle, wo euch keiner auf die Finger gucken konnte.«

»Lass mich raten, wer dir das erzählt hat«, rief Schultewolter grimmig, unterließ es aber, den Namen seines Intimfeindes zu nennen. »Nichts als Tratsch und üble Nachrede. Man darf nicht alles glauben, was man hört.«

»Sicher«, antwortete Tenbrink schmunzelnd. »Wohnst du eigentlich immer noch an der Mühle? Oder auf dem Schulzenhof?«

Schultewolter rieb sich mit dem Zeigefinger unter der Knollennase. »Der Schulzenhof ist nichts für mich. Da hab ich zwar ein Bett in einer Abstellkammer stehen, aber mit den feinen Wellness-Pinkeln kann ich nichts anfangen. Da wohn ich lieber in meiner alten Bruchbude über der Mühlenschänke. Das Haus ist zwar baufällig, und im Winter friert man sich den Allerwertesten ab, aber für mich reicht's.«

»Und wenn die Mühle und das Gasthaus demnächst renoviert werden?«

»Dann zieh ich in die Zollhäuser im Brook«, antwortete der Alte und deutete mit einer Kopfbewegung zu Christiane Boomkamp, die inzwischen das Gasthaus erreicht hatte und ihren Söhnen vor dem Betreten die Haare glatt strich. »Christiane wohnt bald mit den Blagen wieder im Dorf. Und Lisbeths Wohnung ist ja jetzt auch frei.« Mit stolzem Unterton setzte er hinzu: »Das hab ich alles längst mit der Schulzin geregelt.«

»Was hat denn Anne Gerwing damit zu tun?«, fragte Tenbrink.

»Ihr gehören doch die Zollhäuser!«

»Bist du sicher?«

»Der Schulzenhof, die Kolkmühle, die Zollhäuser und ein paar kleinere Kotten, die sie an Touristen vermietet. Wie früher, als den Schulzen noch das halbe Dorf gehörte. Wusstest du das nicht?«

Nein, das hatte Tenbrink tatsächlich nicht gewusst. Oder hatte er es vergessen?

»Jetzt kommt mal rein in die gute Stube!«, rief Mia Grothues und hielt der Familie Boomkamp die Tür zu ihrer Schänke auf. Ihrem Sohn, der drinnen auf die Trauergäste wartete, rief sie zu: »Dieter, tu uns allen mal 'nen Kurzen! Bei dem Mistwetter sind alle ganz durchgefroren.«

»Schnaps am Morgen?«, wunderte sich Tenbrink.

»Eine Beerdigung ohne Schnaps ist keine Beerdigung«, sagte Schultewolter und wollte ebenfalls den Gasthof betreten, doch Tenbrink hielt ihn an der Schulter fest und gab der Wirtin ein Zeichen, die Tür hinter sich zu schließen.

»Warst du eigentlich auch mit Henk Boomkamp befreundet?«, fragte Tenbrink, als sie allein vor dem Gasthof standen. »Der soll seinem Alten ja recht ähnlich gewesen sein, wie man hört.«

»Dummes Zeug!«, knurrte Schultewolter auf Plattdeutsch. »Henk und Adriaan waren wie Tag und Nacht. Lisbeth hat den Kleinen verhätschelt und verzogen, und Adriaan hat sich ständig darüber aufgeregt, dass sein Jüngster ein komischer Vogel wird. Im Suff ist ihm wohl auch hin und wieder die Hand ausgerutscht.«

»Und Henk?«

»Der war hart im Nehmen, schon als Kind. Keinen Mucks hat der von sich gegeben. Auch wenn das mit dem Prügeln natürlich nicht in Ordnung war. Das hab ich Adriaan auch gesagt, aber der wollte davon nichts wissen. Ich könnte mich ja selbst um das verdammte Blag kümmern, hat er gemeint. Das hab ich dann auch gemacht, als Adriaan tot war. War ja sonst kein Kerl im Haus. Die beiden älteren Brüder waren damals schon über alle Berge. Und Lisbeth war immer blind und taub, wenn's um ihren Liebling ging. Da musste ich hin und wieder ordentlich bei ihm durchsprechen.«

»Durchsprechen?«

»Ihn mir zur Brust nehmen.«

»Du warst also für Henk so was wie ein väterlicher Freund?« Tenbrink beobachtete aus den Augenwinkeln, wie sich der Parkplatz vor dem Friedhof langsam füllte. Ein Übertragungswagen des WDR parkte in diesem Moment direkt vor dem Eingang und versperrte die Sicht.

Schultewolter zuckte mit den Achseln. »Kann man so sagen. Aber Henk war immer schon ein Eigenbrötler, an den war schwer ranzukommen. Der hat immer nur ›Ja, ja!‹ gesagt, wenn ich ihn mir vorgeknöpft hab, und dann hat er doch getan, was er wollte. Eigentlich hatte Henk nur einen echten Freund im Dorf, und das war Michael Hartmann. Richtig angehimmelt hat er den. Wie ein Idol.«

»Aber als Michael zum Studieren nach Potsdam gegangen ist, war's mit der Freundschaft vorbei. Aus den Augen aus dem Sinn.«

»Vielleicht waren Michael die alten Freunde in der Heimat peinlich, vor allem wenn's so ein Kauz wie Henk war. Das konnte der bestimmt nicht gut verknusen, auch wenn er nie ein Wort darüber verloren hat, soweit ich weiß.«

»Wie hat Henk eigentlich reagiert, als er von Michael Hartmann und Ellen Gerwing erfahren hat? Konnte er das auch nicht gut verknusen?«

Schultewolter sah Tenbrink fragend an.

»Der ehemals beste Freund heiratet die ehemals große Liebe«, erklärte Tenbrink und öffnete die Tür zum Wirtshaus. »Und vermutlich war Henk nicht einmal zur Hochzeit eingeladen.«

Wieder zuckte Schultewolter mit den Schultern. Dann sah er Tenbrink lange nachdenklich an und sagte: »Kann schon sein. Aber wen interessiert das heute noch, ist doch alles schon so lange her.«

Damit betraten sie die Schänke, hängten die Mäntel an die Garderobe und gingen zum Tresen, wo bereits zwei Klare auf sie warteten.

»Auf Lisbeth«, sagte Mia Grothues, die hinter der Theke stand und eine Thermoskanne mit Kaffee füllte.

»Auf Lisbeth«, echote Schultewolter und genehmigte sich den Kurzen.

»Möge sie ruhen in Frieden«, antwortete Tenbrink, ließ den Schnaps unangetastet und betrachtete das Schlüsselbrett, das über der Kasse hinterm Tresen hing. Acht Haken, an denen vier Schlüssel hingen.

»Trinkst du keinen?«, fragte Schultewolter und schielte auf das volle Schnapsglas.

»Bedien dich, Heini!« Tenbrink schob dem Alten den Schnaps rüber und wandte sich an die Wirtin: »Mia, ist das Zimmer von Jens Stein eigentlich noch frei?«

»Da ist nichts mehr drin«, antwortete sie und verschloss die Thermoskanne. »Alles leer. Hab ich doch gesagt. Außerdem hab ich da längst sauber gemacht.«

»Ist das Zimmer noch frei?«, wiederholte er.

Mia Grothues nickte verwundert, lachte plötzlich und fragte: »Zu Hause rausgeflogen?«

»Rausgeflogen?«, antwortete Tenbrink. »Ja, so was Ähnliches.«

2

Das Zimmer Nummer drei befand sich direkt über dem Tresenraum des Gasthofs. Von den beiden Fenstern aus schaute man auf den Kirchplatz, von dem im Moment aber wegen des Nebels kaum etwas zu sehen war. Tenbrinks Blick ging zu der seltsamen Kinder-und-Hasen-Skulptur, deren Umrisse hinter dem dichten Vorhang aus Feuchtigkeit nur zu erahnen waren. Weder den alten Kirchturm noch den Friedhof konnte er von hier aus erkennen. Alles wie zugekleistert.

Tenbrink wusste selbst nicht genau, warum er das Zimmer gemietet hatte. Wie so oft war er einem plötzlichen Impuls gefolgt, ohne lange über Sinn und Logik seines Handelns nachzudenken. Ganz zu schweigen davon, dass ihm niemand die Kosten ersetzen würde. Es gab keine Ermittlungen mehr, er war nicht als Polizist, sondern als Privatperson in Ahlbeck. Nicht nur weil er sich krankgemeldet hatte und eigentlich gar nicht hätte hier sein dürfen. Tenbrink auf Stöbereinsatz, würde Bertram vermutlich sagen. Wie ein Jagdhund, aber ohne Spur oder Fährte. Lediglich mit einem Gefühl im Bauch, das er nicht einmal in Worte hätte fassen können.

Er wandte sich vom Fenster ab und schaute auf die gegenüberliegende Wand, auf der inzwischen statt der ursprünglichen kitschigen Heide- und Moorgemälde seine Zettelwirtschaft prangte. Neu sortiert und mit einem anderen Zentrum, weil sich sein Blick auf den Fall verschoben hatte. Dass er den Karton mit den Fotos, handgeschriebenen Zetteln und Notizen, ausgedruckten Lebensläufen und Zeitungsausschnitten überhaupt im

Kofferraum gehabt hatte, war ein bloßer Zufall gewesen. Gestern Abend, nach der Abfuhr durch die Oberstaatsanwältin, hatte er den ganzen Kram von seiner Bürowand genommen und in eine Pappschachtel gestopft, um nicht länger mit dem eigenen Misserfolg konfrontiert zu sein. Eigentlich hatte er die Papiere, bei denen es sich um Kopien und somit nicht um offizielle Akteninhalte handelte, nach Hause schaffen wollen, doch dann hatte er den Karton im Kofferraum vergessen.

Nun also hatte er seine Zettelei wieder hervorgekramt und aufgehängt. Während seine bisherigen Ermittlungen mit Ellen Gerwing begonnen und sie ins Zentrum gerückt hatten, waren nun zwei Fotos von Henk Boomkamp der Start- und Mittelpunkt des Puzzles. Das eine Foto zeigte ihn in jungen Jahren, mit Dreadlocks und wucherndem Fusselbart, das andere war kurz vor seinem vermeintlichen Tod aufgenommen, mit akkuratem Seitenscheitel und gestutztem Kinnbart. Beinahe das einzige, was die beiden Männer auf den Fotos gemein hatten, waren die auffälligen Muttermale an Nase und Kinn. Davon abgesehen wirkten sie wie ungleiche Brüder mit höchstens vager Familienähnlichkeit.

Neben Henk Boomkamp hatte Tenbrink ein Foto von Michael Hartmann platziert: Freund, Idol und Komplize beim Tod von Eva Gerwing, die wie ihre Zwillingsschwester Ellen etwas in der Höhe versetzt zwischen den ehemaligen Freunden stand. Beide tot, beide durch Boomkamp getötet.

Doch wohin mit der dritten Schwester? Anne Gerwing fiel aus dem Rahmen, passte irgendwie nicht ins Bild. Ebenso wie ihr holländischer Freund und Geschäftspartner, Maarten Mulders. Das Foto des Holländers, das er zwischen Anne und Henk Boomkamp an die Wand gepinnt hatte, zeigte Mulders mit schneidiger

Kurzhaarfrisur, modischer Hornbrille und angegrautem Fünftagebart. Tenbrink versuchte, Ähnlichkeiten mit Boomkamp zu erkennen, aber sosehr er sich auch anstrengte, er fand keine. Keine sichtbaren Narben oder haarlose Flecken an den Stellen, wo bei Boomkamp die Muttermale prangten. Keine prägnanten Übereinstimmungen der Nasen- und Kinnpartie, auch die Ohren passten nicht. Natürlich war die plastische Chirurgie inzwischen zu wahren Wunderdingen fähig, aber Tenbrink hätte doch gern ein paar Ähnlichkeiten entdeckt. Und seien sie bloß so vage wie bei den beiden Boomkamp-Fotos.

Christiane Boomkamp und Max Hartmann vervollständigten die Bildergalerie, die Tenbrink beinahe an eine therapeutische Familienaufstellung erinnerte. Wer stand wie und wo mit wem in Verbindung, wer blieb außen vor oder hinter den anderen zurück? Und welche Dynamiken und Konflikte entstanden daraus?

Tenbrink starrte auf das Wirrwarr der Linien, Pfeile und Fragezeichen, mit denen er sein Schaubild versehen hatte. Ihm kam es so vor, als müsste er nur genau hinschauen, um die Lösung erkennen zu können. Es war alles da! Er sah es nur nicht. Alles da! Vor seinen Augen. Da war er sich sicher. Auch wenn es außer ihn niemanden mehr interessierte.

Sein Blick fiel auf einen weiteren Namen, der ihm Kopfzerbrechen bereitete: Heinrich-Josef Schultewolter. Ein ganz durchtriebener Halunke, wie Max Hartmann ihn genannt hatte. Ein Phantom, das immer auftauchte, wenn man nicht damit rechnete, und nach Gutdünken Informationen oder Halbwissen streute. Mit Boomkamp Junior und Senior befreundet und wie diese ein bestenfalls geduldeter Außenseiter.

»Pack schlägt sich, Pack verträgt sich!«, hatte Hartmann gesagt.

Tenbrinks Handy vibrierte. Eine MMS von Bonnema, kurz darauf eine zweite. Tenbrink lud die Bilder herunter und verfluchte sein vorsintflutliches Smartphone, weil es ein so winziges Display hatte. Er schob sich die Brille auf die Stirn und hielt sich das Handy direkt vor die Nase. Die Fotos zeigten Maarten Mulders und Marlijn Grooten in jungen Jahren, beide mit strubbeliger und blondierter Punkfrisur und grimmigem Gesichtsausdruck. Nicht verwunderlich auf Polizeifotos.

Tenbrink verglich den Mulders von heute mit dem von damals und fand die Ähnlichkeit, nach der er zwischen Boomkamp und Mulders vergeblich gesucht hatte. Das forsche Kinn, der durchdringende Blick, die buschigen Augenbrauen. Nur die Hornbrille und der graue Fünftagebart fehlten.

Es klopfte an der Tür.

»Ja?«, fragte Tenbrink durch die geschlossene Tür.

Dieter Grothues fragte, ob der Herr Hauptkommissar sich zur Trauergesellschaft gesellen wolle. Christiane Boomkamp habe ihn gebeten, das auszurichten. Sie habe Tenbrink vorhin gar nicht erkannt.

»Nicht erkannt?«, fragte Tenbrink und öffnete die Tür.

»Christiane ist ganz schön durch den Wind«, sagte Grothues und lugte neugierig ins Zimmer. »Mochten Sie die Bilder nicht?«, fragte er grinsend und deutete auf die gerahmten Moorgemälde, die Tenbrink aufs Bett gelegt hatte. Als Grothues sah, was stattdessen an der Wand hing, pfiff er durch die Zähne. »Wow, wie bei ›C.S.I. Miami‹!«

Tenbrink verdrehte die Augen. »Haben Sie einen Drucker hier im Haus, auf dem ich einige Fotos ausdrucken könnte?« Er schob sich die Brille wieder auf die Nase und deutete auf sein Handy.

»Zeigen Sie mal!«, antwortete Grothues und nahm dem verdutzten Tenbrink ungefragt das Smartphone aus der Hand. Er wischte über das Display, vergrößerte den Ausschnitt mit Daumen und Zeigefinger. »Ordentliche Auflösung! Wenn Sie nachher zu mir in den Laden kommen oder mir die Bilder mailen, kann ich Ihnen einen Laserausdruck machen. Mama hat hier nur so einen ollen Tintenstrahler, den können Sie für Fotos vergessen!« Wieder wischte er über das Display, schaute plötzlich interessiert und pfiff erneut durch die Zähne.

»Was?«, fragte Tenbrink.

»Kommt mir irgendwie bekannt vor.«

»Das ist Maarten Mulders.«

»Nein«, lachte Grothues und hielt Tenbrink das Handy hin. »Das ist *nicht* Maarten Mulders!« Auf dem Display war Marlijn Grooten zu sehen: jung, wild und wütend. »Ein heißer Feger!«, kommentierte Grothues. »Sieht ein bisschen aus wie Pink.«

»Pink?« Tenbrink schüttelte verständnislos den Kopf, nahm ihm das Handy aus der Hand und fragte: »Kennen Sie die Frau?«

»Vielleicht ist es nur so eine Ähnlichkeit«, antwortete Grothues achselzuckend. »Aber irgendwo hab ich die schon mal gesehen. Ich komm jetzt nur nicht drauf.«

»Das Foto ist fünfzehn Jahre alt«, sagte Tenbrink.

»Ach, deshalb!« Grothues schnaufte leise, presste die Lippen aufeinander, klatschte plötzlich in die Hände und sagte: »Also? Was soll ich Christiane sagen?«

»Ich komme gerne«, sagte Tenbrink. »Aber nur wenn ich keinen Schnaps trinken muss.«

3

Bertram machte sich ernsthaft Sorgen. Der finstere Gesichtsausdruck, mit dem Tenbrink gestern Abend nach der desaströsen Besprechung in seinem Büro verschwunden war, hatte ihm nicht gefallen, und auch die Tatsache, dass der Hauptkommissar anschließend die Tür verriegelt und es abgelehnt hatte, mit den Kollegen zu reden, hatte Bertram alarmiert. Weil er diesen Zustand von sich selbst kannte und nur zu gut wusste, dass daraus selten etwas Gutes entstand.

»Der kriegt sich schon wieder ein«, hatte Bremer beim Verlassen des Büros gemeint und abfällig gelacht. »Bleibt ihm ohnehin nichts anderes übrig!«

Bertram hatte daraufhin einen Fehler begangen und nicht wie sonst geschwiegen, sondern Bremer seine unverblümte Meinung gesagt: »Du bist ein verdammtes Arschloch, Arno!«

»Das sagt ja der Richtige!«, hatte Bremer gekontert und schief gegrinst, als wäre dies durchaus als Drohung gedacht. »Ich an deiner Stelle würde mein Maul nicht so weit aufreißen! Wir haben schließlich alle unsere Leichen im Keller.«

Bertram hätte ihm am liebsten seine Faust in die hässliche Visage gedonnert, doch das hätte alles nur noch schlimmer gemacht. Die Sache mit Martina war schon kompliziert genug, da konnte er sich nicht auch noch den zukünftigen Chef des KK11 zum Feind machen. Wenn das nicht ohnehin schon geschehen war. Alles geriet aus den Fugen. Wieder einmal!

Und nun war also Tenbrink abgetaucht. Krankgemeldet und telefonisch nicht erreichbar, weder auf dem Festnetz noch auf dem Handy. Und seine Zettelwirtschaft hatte er gleich mitgenommen. Verdammter westfälischer Dickschädel! Bertram ahnte insgeheim, wo er Tenbrink finden könnte, doch das war zugleich äußerst unwahrscheinlich, denn auch der Polizeipräsident und die Oberstaatsanwältin würden vermutlich bei der Beerdigung in Ahlbeck sein. Vermintes Gelände! So dumm oder dreist würde Tenbrink nicht sein.

»Maik!«, wurde er aus seinen Gedanken gerissen. Heide Feldkamp stand vor seinem Schreibtisch und hielt einen großen Karton in der Hand. »Die Techniker von der ZA3 haben den Laptop ausgelesen. Was sollen wir damit machen?«

»Du hast doch gehört, was die Oberstaatsanwältin gesagt hat«, antwortete Bertram und starrte auf Heides Wildlederjacke, die sie trotz bullernder Heizung nicht ausgezogen hatte. »Pack die Ergebnisse zu den sonstigen Unterlagen, schließ die Akte und dann ab damit an die Staatsanwaltschaft!«

»Willst du nicht wenigstens vorher hineinschauen?«

»Die Dateilisten hatten wir doch schon, oder?«

»Die Kollegen von der IT-Abteilung haben alles noch mal genauer unter die Lupe genommen«, antwortete Heide und hielt ihm den Karton hin. »Du weißt schon. Ob noch gelöschte Dokumente oder irgendwelche Daten aus dem Zwischenspeicher zu rekonstruieren sind.« Sie lachte und setzte hinzu: »Jungs-Kram!«

Bertram seufzte, kratzte sich die Bartstoppeln und nickte schließlich. »Gib schon her!« Er nahm den erstaunlich schweren Karton entgegen. Darin befand sich neben einem schicken Apple-Laptop ein dicker Aktenordner, der bis zum Anschlag mit Papieren gefüllt war. »Das ist nicht dein Ernst!«, rief Bertram.

»Viel Spaß!«, sagte Heide, hob abwehrend und zugleich entschuldigend die Hände und verschwand nach draußen.

Bertram widerstand dem drängenden Impuls, den gesamten Ordner ungeprüft zu den anderen Unterlagen zu packen, die heute an die Staatsanwaltschaft geschickt werden sollten, und schlug missmutig den Deckel auf. Wenigstens hatten die Kollegen ein Inhaltsverzeichnis erstellt und die »geretteten Dateien«, wie sie genannt wurden, nach Endungen sortiert. Zuerst kamen die Word- und PDF-Dokumente, und davon gab es eine schiere Unmenge. Schon auf den ersten Blick erkannte Bertram, dass es sich hauptsächlich um Drehbücher und Treatments handelte. Die Schwachköpfe von der IT hatten doch tatsächlich sämtliche Film-Scripts, die Ellen Gerwing gelöscht hatte, wiederhergestellt und ausgedruckt. Hunderte Seiten voller Dialoge, Szenenbeschreibungen und Regieanweisungen. Offensichtlich hatte die Schauspielerin den Laptop hauptsächlich als Lesegerät für unterwegs benutzt. Private Dokumente fanden sich kaum auf dem Rechner.

Bertram ging zurück zum Inhaltsverzeichnis und wechselte zu den wenigen HTML-Dateien, die auf dem Laptop gefunden worden waren. Bereits die erste Untersuchung des Geräts hatte ergeben, dass Ellen Gerwing ihren Browser so eingestellt hatte, dass nach jeder Sitzung die komplette Chronik mit Daten-Cache und Browser-Verlauf gelöscht wurde. Entsprechend dürftig waren die Ergebnisse bei den gefundenen Internet-Seiten. Auch hier bezog sich das meiste aufs Filmgeschäft. Bertram stieß auf Seiten wie »vdfkino«, »medianetworx«

oder »cinebiz«. Alles nicht relevant, befand er, schob sämtliche Blätter wieder zurück, fixierte den Klemmbügel, überflog erneut das Deckblatt und klappte missmutig den Deckel zu.

Dann aber stutzte er und öffnete den Ordner erneut. Ganz unten im Inhaltsverzeichnis hatte er etwas entdeckt, das er nicht sofort einordnen konnte. »Unsichtbare Ordner«, stand da, dann folgte »s. deskt.« und schließlich die Seitenzahl. Auf der entsprechenden Seite, die Bertram nun aufschlug, fand er aber lediglich eine kurze Dateiliste, bei der jeder Dateiname mit »Bildschirmfoto« begann und mit »JPG« endete. Die Bilddateien selbst hatten die Kollegen allerdings nicht ausgedruckt. Typisch!

Bertram rief bei der Zentralabteilung an und fragte nach, wer von den IT-Kollegen sich mit dem Laptop von Ellen Gerwing beschäftigt hatte.

»Kleinen Moment«, lautete die Antwort. Der Moment dauerte etwa drei Minuten, dann sagte der Kollege: »Das war Maximilian Lohse. Aber der ist gerade zu Tisch.«

»In der Kantine?«

»Vermutlich.«

»Danke«, sagte Bertram, legte auf, schnappte sich Ordner und Laptop und verließ das Büro.

4

Es war elf Uhr. Zu spät fürs Frühstück, zu früh fürs Mittagessen. Entsprechend leer war die Kantine. Maximilian Lohse, den Bertram von früheren Fällen kannte, saß an einem Fensterplatz in einer Ecke des Raums, hielt eine dampfende Tasse vor sich und starrte gedankenverloren nach draußen, wo der Nebel sich einfach nicht auflösen wollte. Lohse war kein Polizeibeamter, sondern arbeitete als angestellter IT-Fachmann im Dezernat ZA3, dessen Aufgaben sich von Kfz-Angelegenheiten über Telekommunikation und Informationstechnik bis zur technischen Einsatzunterstützung samt Waffenangelegenheiten erstreckten. Jungs-Kram, wie Heide sehr treffend gesagt hatte. Bertram hatte Lohse als ausgesprochenen Computerspezialisten und fast manischen Technikfreak kennengelernt, der seine Spezialkenntnisse für Allgemeinwissen hielt und sich entsprechend herablassend verhielt und kryptisch ausdrückte. Mit anderen Worten, er war ein Fachidiot und Computer-Nerd, wie er im Buche stand.

Lohse blickte kaum auf, als Bertram sich zu ihm setzte, und fuhr sich gelangweilt über die langen Haare, die er oben auf seinem Scheitel kunstvoll verknotet hatte. Bertram war sich nicht sicher, ob das cool und hip aussehen sollte, oder ob es lediglich praktisch war, weil auf diese Weise nicht so leicht zu erkennen war, dass die Haare fettig und ungewaschen waren.

»Noch Fragen?«, fragte Lohse, deutete auf den Laptop und nippte an seinem Kaffee.

»Dir auch einen schönen Morgen«, sagte Bertram und nickte bestätigend.

Lohse verdrehte die Augen. »Schieß los!«

»Unsichtbare Ordner?«, fragte Bertram, öffnete den Aktenordner und schob ihn über den Tisch. »Was versteht man darunter?«

»Dass man sie nicht sehen kann.«

Nun verdrehte Bertram die Augen.

Lohse grinste, warf einen flüchtigen Blick auf das Inhaltsverzeichnis und sagte: »Das Betriebssystem OS X basiert ja auf Unix …«

»Stopp!«, rief Bertram und wedelte mit den Händen, weil er schon nichts mehr verstand. »Stell dir vor, du hast einen zehnjährigen Jungen vor dir, und dem sollst du die unsichtbaren Ordner erklären.«

»Zehn Jahre?«

»Ja. Oder sagen wir: Acht.«

Lohse holte tief Luft, schüttelte genervt den Kopf und begann erneut: »Bei dem Betriebssystem, das auf diesem Laptop installiert ist, gibt es Ordner, deren Namen mit einem Punkt beginnen. Dadurch werden sie auf der grafischen Benutzeroberfläche unsichtbar. In den meisten dieser Ordner befinden sich wichtige Systemkomponenten, die genau deshalb unsichtbar sein sollen. Weil sonst jeder Idiot im System herumstümpern könnte.«

»Wenn ich also den Namen eines Ordners ändere, indem ich einen Punkt am Anfang hinzufüge, dann wird er unsichtbar?«

»Ganz so einfach ist es nicht, denn sonst könnte ja jeder Idiot …«

»Ja, ja«, unterbrach ihn Bertram. »Aber es ist möglich.«

Lohse nickte. »Man muss im Terminal die entsprechende Kommandozeile ändern. Es ist möglich, wenn man sich ein wenig auskennt.«

»Und man kann das auch rückgängig machen?«

»Wenn man sich auskennt.«

Bertram glaubte zu verstehen. »Und alle gewöhnlichen Idioten, die sich nicht auskennen, haben keine Ahnung, dass es diese unsichtbaren Ordner überhaupt gibt.«

»Du sagst es.«

»Warum hast du uns den Inhalt des Ordners nicht ausgedruckt?«, fragte Bertram und deutete in der Liste auf die JPG-Dateien, deren Namen mit »Bildschirmfoto« begannen.

»Weil die Dateien nicht gerettet werden mussten, sie sind ja alle da und problemlos lesbar«, schnaufte Lohse und schien sich tatsächlich vorzukommen, als hätte er einen Achtjährigen vor sich. Er deutete auf das Kürzel »s. deskt.« und hob vielsagend die Augenbrauen.

»Soll heißen?«

»Siehe Desktop«, antwortete Lohse ungeduldig und deutete auf den Laptop. »Ich hab den Ordner wieder sichtbar gemacht. Liegt auf dem Schreibtisch.«

»Also auf dem Computer-Schreibtisch?«, fragte Bertram vorsichtshalber.

Diese Frage schien so blöd zu sein, dass es unter Lohses Würde war, darauf außer mit einem schiefen Grinsen zu antworten.

»Danke«, sagte Bertram, klemmte sich Ordner und Rechner unter den Arm und stand auf. Leise setzte er hinzu: »Freak!«

»Das hab ich gehört«, sagte Lohse und lachte abfällig. »Ach, übrigens: Ist dir eigentlich aufgefallen, dass der Laptop nicht durch ein Passwort gesichert war?«

»Ja?«, fragte Bertram, verstand aber nicht, was daran so bedeutsam war.

»Ist doch komisch, oder? Warum macht man sich solche Mühe, diesen einen Ordner unsichtbar zu machen, wenn man stattdessen und viel einfacher den ganzen Rechner sperren könnte?«

Das war allerdings komisch, fand auch Bertram und sagte: »Danke für den Hinweis!«

Doch Lohse gab keine Antwort, weder mit Worten noch durch Gestik oder Mimik. Er hatte seine Festplatte in den Sleep-Modus geschaltet.

5

Als Bertram wieder an seinem Schreibtisch saß, startete er Ellen Gerwings Laptop und fand bestätigt, was Lohse gesagt hatte: Direkt unter dem Festplattensymbol war nun ein Ordner mit dem Namen ».HB« sichtbar, der sich problemlos öffnen ließ. In dem Ordner befanden sich die Bildschirmfotos, die im Inhaltsverzeichnis gelistet waren. Auch diese ließen sich anstandslos öffnen.

Bei den JPGs handelte es sich um Screenshots verschiedener Internetseiten, hauptsächlich Blogs und Internetforen, manche offensichtlich aus dem linksalternativen oder autonomen Spektrum und allesamt in holländischer Sprache. Bertram stieß mehrmals auf den Usernamen »De Groote M.« und erinnerte sich, dass Heide dies als das Internet-Pseudonym von Marlijn Grooten entschlüsselt hatte. Außerdem entdeckte er in den Texten wiederholt den Namen Maarten Mulders. Die beiden schienen also in irgendeiner Verbindung miteinander zu stehen. Leider verstand Bertram nur bruchstückhaft Holländisch und hatte daher keine Ahnung, worum es in diesen Foren-Beiträgen und Blog-Kommentaren ging.

Bertram verfluchte Tenbrink, weil der sich aus dem Staub gemacht und wie ein beleidigtes Kind verkrochen hatte. Sollte Tenbrink sich doch um diese Marlijn Grooten kümmern. Schließlich hatte er auch mit ihr gesprochen. Was ging das alles Bertram an? Die Ermittlungen waren eingestellt, Ellen Gerwing hat sich umgebracht, und damit war das Thema erledigt.

Dann aber ging ihm Lohses letzte Bemerkung über den ungeschützten Laptop durch den Kopf, und eine weitere Frage drängte sich ihm auf. Warum hatte Ellen Gerwing Bildschirmfotos der Internetseiten gemacht, wenn es doch viel einfacher und bequemer war, die Internetseiten direkt über die Browserfunktion komplett zu speichern? Die Antwort war eigentlich ganz einfach und hatte direkt mit der Tatsache zu tun, dass sie die Bilddateien in einem unsichtbaren Ordner gespeichert hatte. Internetseiten waren auf ihren Textinhalt hin zu durchsuchen, Bilddateien jedoch nicht. Solange sie unsichtbar blieben. Auf einem ansonsten ungeschützten Laptop. Was eigentlich keinen Sinn ergab.

In diesem Moment stürmte Bernd Hölscher zur Tür herein, und die Schweißperlen auf seiner Stirn bewiesen, dass er seinen voluminösen Körper durch übermäßige Geschwindigkeit malträtiert hatte.

»Ist Tenbrink inzwischen da?«, fragte er und keuchte atemlos.

Bertram schüttelte den Kopf und fragte: »Was gibt's?«

»Das kam gerade vom VK2«, antwortete Hölscher und reichte Bertram ein Papier. »Die Kollegen aus Enschede haben das gestern geschickt. Leider hat beim VK2 keiner bemerkt, dass es für uns wichtig sein könnte, und es nach Hamburg weitergeleitet.«

»Was haben wir mit dem Verkehrskommissariat zu schaffen?«, fragte Bertram, klappte den Laptop zu und nahm das Papier entgegen. »Und wieso Hamburg?«

»Jens Stein!« Hölscher stützte im Stehen die Hände auf den Knien ab. »Lies selbst!«

Bertram las die wenigen Zeilen, und es dauerte eine Weile, bis er begriff, was sie bedeuteten. »Ein Autounfall? Mit Fahrerflucht?« Bertram schüttelte verständnislos den Kopf.

Hölscher zuckte die speckigen Schultern.

Bertram griff sich den Laptop, schnappte sich seine Jacke und ging zur Tür.

»Wo willst du hin?«, fragte Hölscher.
»Zu einer Beerdigung!«

6

Wirklich namhafte Prominenz war nicht anwesend. Ähnlich wie bei Michael Hartmann würde es neben der vergleichsweise bescheidenen Bestattung in Ahlbeck eine offizielle Gedenkfeier in Berlin geben, vermutlich nicht auf einem nebligen Friedhof, sondern in einem gediegenen Kino oder Theater. Und all die Film- und Fernsehgrößen würden sich vorzugsweise dort die Hände schütteln, gegenseitig in die Arme sinken und die Krokodilstränen vergießen. Vor dem Westturm der Ahlbecker Kirche hatte sich jedenfalls bislang nur die regionale Prominenz versammelt und wartete auf den Einlass. Ehrfürchtig bestaunt von zahlreichen Dorfbewohnern, bei denen nicht klar war, ob sie wegen der Beerdigung oder der Berühmtheiten gekommen waren. Tenbrink glaubte neben dem Kultusminister auch den Polizeipräsidenten von Münster sowie einige halbwegs hochrangige Politiker unter den Trauergästen erkannt zu haben. Allerdings hatte Tenbrink ohnehin Schwierigkeiten, Gesichter wiederzuerkennen, und der dichte Nebel machte es für ihn nicht einfacher. Bei Stars und Sternchen aus der Fernseh- und Unterhaltungsbranche war er zudem nicht annähernd auf dem Laufenden. Davon gab es schlichtweg zu viele und mit zu geringer Halbwertzeit.

Zu seiner Verwunderung und auch Verärgerung war der Polizeipräsident in Begleitung von Arno Bremer erschienen, der sich in seiner Rolle als künftiger KK11-Chef bereits gut zu gefallen schien und in seinem beinahe knöchellangen schwarzen Designermantel und mit dem breitkrempigen Borsalino-Hut wie ein Mafioso aussah. Vielleicht war Tenbrink aber auch nur neidisch, denn egal, was er trug oder anzog, er machte niemals eine gute Figur und wirkte immer schlecht gekleidet. »Pater-Beda-Schick«, hatte Heide Feldkamp einmal in Anspielung auf die Altkleidersammlung gescherzt.

Wie vorhin bei der Beerdigung von Lisbeth Boomkamp hielt Tenbrink sich im Hintergrund und achtete darauf, von niemandem gesehen zu werden. Dass er Bremer oder dem Präsidenten nicht über den Weg laufen wollte, lag auf der Hand, doch das war nicht der Grund, warum er sich in dem schmalen Durchgang zwischen der Gaststätte »Zu alten Linde« und Dieter Grothues' Elektronik-Kiosk herumdrückte. Manchmal war es interessanter und aufschlussreicher, die Menschen heimlich zu beobachten, als ihnen bohrende Fragen zu stellen und auf ehrliche Antworten zu hoffen. Und so schmulte er wie ein kleiner Junge, der Detektiv spielte, um die Ecke und behielt den Eingang zur Kirche im Auge.

Weder Anne Gerwing noch Maarten Mulders waren zu sehen. Vermutlich befanden sie sich bereits in der Kirche, wo in etwa zwanzig Minuten der Gottesdienst beginnen sollte. Magda Hartmann und ihr Sohn Max, Letzterer in dunkelblauer Bürodienstuniform und mit sichtlich betretener Miene, standen etwas abseits des Pulks und beäugten ihrerseits die Menschenmenge, die beständig größer wurde. Neben ihnen stand eine mürrisch dreinschauende Frau, die ihre Arme vor der üppigen Brust verschränkt hatte. Das war Hartmanns Ehefrau, deren Namen Tenbrink erneut vergessen hatte. Marlies oder Margret. Anders als die meisten anderen machte sie keine andächtige Trauermiene und hielt auch nicht den Kopf gesenkt. Ihre resolute, fast abweisende Haltung und der funkelnde Blick überraschten Tenbrink. Sie wirkte wütend oder aufgebracht, und das schien direkt mit ihrem Gatten zu tun zu haben, der auch deshalb so angestrengt in die Menge glotzte, um den Blick seiner Frau zu meiden. So kam es Tenbrink jedenfalls vor.

Der Jägermeister stieß ihm auf. Natürlich war er vorhin nicht darum herumgekommen, mit einem Schnaps auf die tote Lisbeth anzustoßen. Dafür hatte Mia Grothues schon gesorgt, die es quasi als Beleidigung der Verstorbenen empfunden hatte, den obligatorischen Totentrunk zu verweigern. Dass Tenbrink den Doppelkorn gegen einen Kräuterschnaps getauscht hatte, machte die Sache nicht besser, und dass er auf einem Bein nicht hatte stehen können, wie der bereits angeschickerte Schultewolter schelmisch beharrte, war beinahe vorhersehbar gewesen. Genauso wie der dritte Schnaps »für die Straße«. Und nun bemerkte er die Wirkung des Alkohols auf nüchternen Magen. Ein leichtes Flimmern vor den Augen, wacklige Knie und ein zunehmendes Sodbrennen.

Eigentlich hatte Tenbrink die Gelegenheit nutzen wollen, mit Christiane Boomkamp über die seltsame Szene vom Vortag zu reden, über ihre Irrfahrt ohne Licht und Scheibenwischer durchs Venn, doch sie hatte gleich abgewinkt und das Ganze als harmlos und unwichtig abgetan. Sie habe immer einen zu niedrigen Blutdruck, und manchmal sei ihr deswegen etwas schwindelig. Vor allem wenn sie nicht genug gegessen oder getrunken habe. Sie habe in der letzten Zeit einfach zu viel um die Ohren gehabt, hatte sie gemeint und dabei ihre beiden Schwäger vorwurfsvoll angeschaut.

Die Boomkamp-Brüder hatten die ganze Zeit keinen Ton von sich gegeben und sich vermutlich gewünscht, Ahlbeck bald wieder den Rücken kehren zu können. Immer wieder hatten sie Tenbrink lauernd und beinahe wütend angestarrt. Es war offensichtlich, dass Magda Hartmann den Boomkamps brühwarm mitgeteilt hatte, was Tenbrink am Vortag über ihren Bruder Henk gesagt hatte. Die Vorstellung, dass ihr Bruder womöglich gar nicht tot war, schien ihnen nicht zu behagen. Als Tenbrink dem älteren der beiden seine Visitenkarte gegeben und »für alle Fälle« seine Handynummer notiert hatte, hatte dieser die Karte nur widerwillig entgegengenommen und gesagt: »Solche Fälle gibt's nicht.«

Tenbrink schaute erneut zur Kirche, wo die alte Magda gerade dabei war, ihrem Sohn den Kragen der Uniform zurechtzurücken, während ihre Schwiegertochter dreinschaute, als müsste sie sich gleich übergeben.

Plötzlich war er wieder da. Der Name der mürrischen Schwiegertochter. »Marlene!«, sagte Tenbrink zufrieden und merkte wieder einmal nicht, dass er seine Gedanken laut aussprach.

»Nein, Martina«, meldete sich eine weibliche Stimme neben ihm

»Jesses!«, rief Tenbrink erschrocken, fuhr herum und starrte entgeistert in das Gesicht der Oberstaatsanwältin, die ihn ihrerseits mit einer Mischung aus Missbilligung und Mitleid anschaute.

»Warum schleichen Sie sich denn so an?«, schimpfte er und räusperte sich. »Sie erschrecken einen ja zu Tode!«

»Ich bin es nicht, die sich in einem dunklen Durchgang verkriecht und heimlich um die Ecke lugt«, antwortete Martina Derksen und schüttelte verächtlich den Kopf. Wie immer trug sie einen eleganten Hosenanzug, diesmal anthrazitfarben, und darüber eine Art Mantille oder Wollumhang, der Tenbrink spanisch vorkam. Im wahrsten Sinn des Wortes.

Reiß dich zusammen, dachte er und musste wider Willen grinsen. Wieder stieß ihm der Kräuterlikör auf. Er versuchte, nicht zu rülpsen.

»Haben Sie getrunken?«, fragte Martina Derksen und wedelte indigniert mit der Hand vor ihrer Nase herum, als hätte er einen fahren lassen.

»Aus medizinischen Gründen«, sagte Tenbrink. Das Grinsen wollte einfach nicht weichen.

»Richtig, Sie sind ja krank«, antwortete sie und ließ es wie eine Drohung klingen. »Sie wissen, dass man eine falsche Krankmeldung als Betrugsversuch werten könnte. Wenn Sie tatsächlich krank sind, dann sollten Sie …«

Doch Tenbrink hörte und beachtete sie gar nicht mehr. Es war Bewegung in die Menge gekommen, die ersten Trauergäste betraten die Kirche, die Menschentraube schwoll an, weil nun auch die Umstehenden dem Eingang zuströmten. Doch das war es nicht, was Tenbrinks Aufmerksamkeit erregt hatte. Sein Blick ging zum anderen Ende des Dorfplatzes. Eine einzelne Gestalt war genau in dem Moment, als die Kirchentür geöffnet wurde, auf dem Parkplatz vor dem Friedhof aus einem Geländewagen gestiegen und hatte einen Totenkranz aus dem Kofferraum geholt. Statt jedoch in Richtung Kirche zu gehen, betrat die Person mit dem Kranz den Friedhof.

»Herr Tenbrink?«, fragte Martina Derksen und stieß ihn von der Seite an. »Hören Sie überhaupt zu? Kommen Sie nun oder nicht?«

Er schüttelte den Kopf, ohne sie dabei anzusehen. »Ich bin krank.« Damit ließ er die Oberstaatsanwältin kurzerhand im Durchgang stehen, überhörte deren verärgertes Schnauben und überquerte den Dorfplatz.

7

Tenbrink hatte Maarten Mulders trotz des Nebels sofort an seinem karierten Dufflecoat erkannt. Eine seltsame Kleidung für eine Beerdigung, fand Tenbrink, doch er wusste, dass man in Holland nicht so viel auf einen allzu strengen Dresscode gab. Als er den Friedhof betrat, hatten sich bereits einige Kamerateams auf dem provisorischen Podest versammelt, die Scheinwerfer wurden ausgerichtet und getestet, was den Nebel rund um die Gruft der Gerwings aber nur noch dichter und undurchdringlicher machte. Kein Fernseh-Wetter!

Maarten Mulders suchte er vergeblich. Zunächst vermutete Tenbrink, der Holländer sei in der Gruft verschwunden, doch dann sah er die karierte Gestalt wie einen Geist zwischen zwei Nebelschwaden im unteren Teil des Friedhofs auftauchen. Mulders legte gerade den mit roten und weißen Blumen geschmückten Totenkranz auf das frische Grab der Lisbeth Boomkamp.

»*Goiedag, mijnheer* Mulders!«, sagte Tenbrink, als er das Familiengrab erreicht und sich mit vor dem Bauch gefalteten Händen neben Mulders gestellt hatte.

»Guten Tag, Herr Hauptkommissar«, antwortete Mulders, ohne den Blick vom Grab zu nehmen, das von den Friedhofsgärtnern provisorisch mit den wenigen Blumen und Kränzen bedeckt worden war. Er deutete auf den üppigen Totenkranz, der sich schon von der Größe her merklich von den anderen Gestecken unterschied. »Anne hat mich gebeten, den Kranz auf das Grab zu legen. Sie konnte leider nicht zur Beerdigung kommen.«

»In stillem Gedenken«, las Tenbrink auf dem einen Ende der Trauerschleife und auf dem anderen: »Anne Schulze Gerwing.« Er fragte: »Kannten Sie Frau Boomkamp?«

Mulders hob die Achseln. »Anne war gut mit ihr bekannt, wie mit den meisten Leuten hier. Ahlbeck ist ein kleines Dorf, wie Sie wissen.«

»Ich meinte eigentlich Sie, Herr Mulders.«

Mulders schaute Tenbrink überrascht an und schüttelte den Kopf.

»Immerhin war Lisbeth Boomkamp doch Ihre Mieterin«, sagte Tenbrink und hielt Mulders' forschem Blick stand.

»Sie irren sich. Die Zollhäuser sind Eigentum der Schulzenhof GmbH«, antwortete Mulders und hob etwas schulmeisterhaft den Zeigefinger. »Meine Firma hat lediglich geholfen, die Finanzierung, wie sagt man, anzuschicken.«

»Anzuschieben«, korrigierte Tenbrink und kam sich diesmal nicht schäbig deswegen vor. »Ihre Firma und die Schulzenhof GmbH sind sehr eng miteinander verbandelt, nicht wahr?«

»Verbandelt?«, fragte Mulders und schien etwas länger zu brauchen, um die Bedeutung des Wortes zu ergründen. Dann nickte er und sagte: »Anne und ich sind sehr eng miteinander *verbandelt*. Privat wie geschäftlich.«

»Und Marlijn Grooten?«, fragte Tenbrink.

»Marlijn Grooten?« Wieder der überraschte Blick. »Was ist mit ihr?«

»Haben Sie noch Kontakt zu ihr?«

»Seit Jahren nicht«, antwortete Mulders und kniff die Augen zusammen, als müsste er gegen die Sonne schauen. »Warum fragen Sie?«

»Wilde Zeiten damals?«, sagte Tenbrink statt einer Antwort. »In Amsterdam.«

»Wilde Zeiten, auf die ich nicht besonders stolz bin«, antwortete Mulders achselzuckend. »Die aber nun mal zu meinem Leben gehören. Wie Ihnen die niederländischen Kollegen offenbar berichtet haben. Harmlose Jugendsünden, Herr Tenbrink. *Verleden tijd.*«

»Sie haben inzwischen die Seiten gewechselt.«

»Ich bin erwachsen geworden«, erwiderte Mulders und rückte sich die Hornbrille zurecht. »Früher habe ich Häuser besetzt, um Wohnraum zu schaffen. Heute plane und finanziere ich Häuserprojekte mit dem gleichen Ziel. Von einem Seitenwechsel kann also keine Rede sein.« Er räusperte sich laut, fixierte Tenbrink und setzte hinzu: »Sie haben mir aber immer noch nicht gesagt, warum Sie nach Marlijn Grooten fragen. Sie interessieren sich doch nicht wirklich für unsere unrühmliche Vergangenheit als *krakers*.«

»Können Sie sich vorstellen, worüber Ellen Gerwing mit Marlijn Grooten sprechen wollte? Warum sie in Amsterdam angerufen hat?«

»Hat sie das?«

»Mehrmals.«

»Es geht also um Ellen?«, fragte Mulders und bückte sich, um an der Trauerschleife herumzuzupfen. »Ich dachte, die Ermittlungen wurden eingestellt. Das hat vorhin jedenfalls Ihr Kollege Bremer behauptet.«

Tenbrink schluckte und räusperte sich. »Das ist richtig«, sagte er schließlich und wischte sich nervös über die beschlagenen Brillengläser. »Die Ermittlungen ruhen bis auf Weiteres. Das wird Frau Gerwing vermutlich erleichtern.«

»Erleichtern?«, fauchte Mulders, und wieder bildete sich die tiefe Furche über der Nase. »Die Tatsache, dass ihre Schwester sich umgebracht hat, soll Anne erleichtern? Wie kommen sie auf eine so dumme Idee? *Ik begrijp het niet.*«

Tenbrink wusste nicht, was er darauf sagen sollte, und schwieg.

»Wenn die Ermittlungen eingestellt wurden«, sagte Mulders, richtete sich auf und blickte nun so herausfordernd und selbstgefällig wie bei ihrer ersten Begegnung am Vennekotten, als er Anne Gerwing wie eine Trophäe neben sich präsentiert hatte. »Wenn Ellens Tod geklärt ist und es keine Ermittlungen mehr gibt, warum stellen Sie dann immer noch Fragen?«

»Es geht nicht um Ellen, sondern um Henk Boomkamp«, sagte Tenbrink und deutete auf den Grabstein vor sich.

»Was hat Boomkamp damit zu tun?«

»Kannten Sie sich? Sie und Marlijn und Henk? Aus Ihren wilden Zeiten? Sind Sie sich damals begegnet?«

Mulders überlegte und schüttelte dann den Kopf. »Nicht dass ich wüsste. Ich hatte damals keine Bekannten in Deutschland.«

»Henk Boomkamp hat früher einmal Drogen aus Holland geschmuggelt.«

Mulders' Gesichtsausdruck verfinsterte sich schlagartig, und er baute sich direkt vor Tenbrink auf. »Worauf wollen Sie eigentlich hinaus?«, rief er und piekste mit seinem Zeigefinger in Tenbrinks Brust. »Was reden Sie denn da? Glauben Sie, dass ich zusammen mit Boomkamp Drogen geschmuggelt hab? *Bent je gek?*«

In diesem Moment setzten die Kirchenglocken ein und riefen die Trauernden zum Gottesdienst, der in wenigen Minuten beginnen würde.

Tenbrink unterließ es, auf Mulders' Fragen zu antworten, und schob dessen Zeigefinger beiseite. »Sie müssen in die Kirche!«

»Muss ich das?«, entgegnete Mulders, verschränkte die Arme vor der Brust und rührte sich nicht vom Fleck. »Sagen Sie mir nicht, was ich zu tun oder zu lassen habe, Herr Kommissar! Das steht Ihnen nicht zu!«

Wie zwei Kampfhähne standen sie sich gegenüber, taxierten sich mit Blicken und lauerten, als warteten sie nur auf die Gelegenheit, zuzuschlagen. Tenbrink war selbst erschrocken darüber, wie sehr ihn dieser arrogante Holländer reizte. Vermutlich der Alkohol, dachte er und kämpfte gegen einen Schluckauf an.

Ein lautes Räuspern ließ sowohl ihn als auch Mulders zusammenzucken. Tenbrink fuhr herum und starrte in Maik Bertrams verständnislos dreinschauendes Gesicht. Bertram zog die Stirn kraus und fragte: »Was ist denn hier los?«

»Wieso?«, stammelte Tenbrink.

Mulders nutzte die Gelegenheit, nickte kurz zum Gruß und verließ eilig den Friedhof.

»Was willst du hier?«, fragte Tenbrink, als Mulders im Nebel verschwunden war.

»Was *ich* hier will?«, konterte Bertram und schüttelte ärgerlich den Kopf. »Das Gleiche müsste ich dich fragen. Du meldest dich krank, gehst nicht ans Telefon, und jetzt stehst du hier mit Mulders und siehst aus, als hättest du ihm einen Kopfstoß geben wollen. Was ist bloß mit dir los, Heinrich?«

»Was willst du hier?«, wiederholte Tenbrink, der an Bertrams Miene erkennen konnte, dass er nicht wegen der Beerdigung oder wegen Tenbrinks seltsamem Verhalten in Ahlbeck war. »Was ist passiert?«

»Stein ist tot«, antwortete Bertram. »Ein Autounfall in Holland.«

Tenbrink brachte keinen Ton heraus und brauchte eine Weile, um das Gehörte zu begreifen.

»Komm!«, sagte Bertram und fasste Tenbrink am Oberarm. »Wir fahren hin.«

8

Der Erholungspark »Het Rutbeek« mit dem gleichnamigen See befand sich südwestlich der Stadtgrenze von Enschede und war nur wenige Kilometer von der deutsch-holländischen Grenze entfernt. Einst war dies ein winziger Tümpel inmitten einer Sandkuhle gewesen, doch inzwischen hatte sich »Het Rutbeek« zu einem über hundert Hektar großen Naherholungsgebiet mit künstlich erweitertem See, zahlreichen Stränden und Liegewiesen, befestigten Wanderwegen, FKK-Gelände und trendigen Freizeitangeboten wie Wasserski, Kletterpark oder Paintball gemausert. Selbst einen eigens errichteten Hang mit Skipisten gab es hier. Tenbrink war vor vielen Jahren einmal mit Karin und der kleinen Maria zum Baden hier gewesen. Damals war die Rutbeek noch ein schlichtes Baggerloch gewesen und hatte Tenbrink viel besser gefallen als der überdimensionierte »*recreatiepark*«, der bei dem nebligen Oktoberwetter nur unwesentlich einladender wirkte als der Ahlbecker Friedhof.

Bonnema wartete bereits am Schlagbaum des zentralen Parkplatzes P1, den sie als Treffpunkt vereinbart hatten. Die breiten und leuchtend gelben Streifen auf seiner dunkelblauen Uniform waren weithin sichtbar. Tenbrink hatte den Kollegen von unterwegs angerufen, und Bonnema hatte prompt angeboten, ihnen die Unfallstelle am Oude Buurserdijk zu zeigen. Er war zwar nicht direkt mit dem Vorgang befasst, wollte aber mal einen Blick in die Akten werfen und alles Wesentliche für sie zusammentragen. Kleiner Grenzverkehr eben.

Sie begrüßten sich mit Handschlag, und Bonnema fragte, ob sie den Rest mit dem Auto fahren oder zu Fuß gehen wollten.

»Wie weit ist es noch?«, fragte Tenbrink.

»Ein paar Hundert Meter.«

»Wir gehen«, entschied Tenbrink.

Bertram sagte nichts. Er war offenbar immer noch sauer und ließ es Tenbrink spüren. Auch im Auto hatte er keinen Ton von sich gegeben und Tenbrink lediglich das knappe Schreiben des VK2 gegeben. Die darin enthaltenen Infos reichten Tenbrink fürs Erste, und so hatten sie den Weg über die Grenze und zur Rutbeek schweigend und schmollend verbracht.

»Hier lang«, sagte Bonnema und führte sie von der asphaltierten Straße auf einen unbefestigten und von der Feuchtigkeit aufgeweichten Sandweg, der auf der einen Seite von Birken, Schwarzerlen und Kiefern und auf der anderen von einem Fahrradweg und einem Dränagegraben gesäumt war. Wie in Holland nicht verwunderlich, war der *fietspad* in weit besserem Zustand als der mit tiefen Spurrillen durchzogene Feldweg.

»Was um alles in der Welt hat Stein hier gewollt?«, fragte Tenbrink, ohne wirklich eine Antwort zu erwarten. Auf einem blauen Straßenschild las er den Namen des Feldwegs: Oude Haaksbergerdijk. Weit und breit war kein Mensch zu sehen, nicht einmal die sonst unvermeidlichen Kühe und Pferde standen auf den Weiden, weder ein Haus noch einen Hof konnte Tenbrink ringsum erkennen, und das lag nicht allein am Nebel. Eine gottverlassene Gegend, zumindest im Herbst und Winter, wenn keine Ausflügler und Badegäste zur Rutbeek unterwegs waren.

»Es ist gleich da vorne.« Bonnema deutete mit ausgestrecktem Arm auf eine Stelle, wo der Oude Haaksbergerdijk im rechten Winkel auf einen weiteren Feldweg stieß. Das musste der Oude Buurserdijk sein.

Als sie die Kreuzung erreicht hatten, drehte sich Tenbrink mehrmals im Kreis und betrachtete den Ort, an dem Jens Stein vor zwei Tagen ums Leben gekommen war. Lediglich einige Glassplitter, Metallteilchen und Lackreste auf dem matschigen Boden sowie das rot-weiße Flatterband, mit dem ein Teil der angrenzenden Böschung abgesperrt war, deuteten auf den Unfall hin.

»Was ist hier geschehen, Jan?«, fragte Tenbrink, und diesmal erwartete er eine Antwort. »Wie kann man auf einem Feldweg zu Tode kommen?«

»Der Deutsche kam aus der Richtung, aus der wir gerade gekommen sind.« Bonnema wies nach Osten. »Der andere Wagen kam auf dem Oude Buurserdijk von Süden und hat den Renault offenbar direkt auf der Fahrerseite gerammt und beim Aufprall über die Böschung und in das Wäldchen dort geschleudert.« Er deutete auf das Flatterband und einen umgeknickten Baum am Wegesrand. Dahinter begann ein Dickicht aus Bäumen und Gestrüpp, das zum Teil platt gewalzt war.

Tenbrink kratzte sich das Kinn. »Aber wie soll das gehen? Dann müsste der andere Wagen ja mit einem Mordstempo den holprigen Sandweg entlanggefahren sein. Das ist doch gar nicht möglich.«

Bonnema nickte und schüttelte gleich darauf den Kopf. »Der Oude Buurserdijk ist nur hier am nördlichen Ende ein Waldweg, weiter hinten ist er asphaltiert. Eine etwa drei Kilometer lange und schnurgerade Straße, die nur an einer Stelle von einer weiteren geteerten Straße gekreuzt wird. *Een geliefd renbaan.*«

»Wie meinst du das?«, fragte Tenbrink.

»*Zoals ik het zeg*«, antwortete Bonnema und rückte seine Dienstkappe zurecht. »Auf dem Buurserdijk werden manchmal illegale Autorennen veranstaltet, meistens nachts und mit gestohlenen Autos. Die Fahrer starten am Südende, und drüben im Wald ist das Ziel. In diesem Jahr hat es hier schon drei Unfälle gegeben, bisher alle glimpflich und nur mit Blechschaden. Die Autos bleiben anschließend im Wald oder Graben liegen, und die Fahrer verschwinden.«

»Jugendliche?« Es war das erste Wort, das Bertram seit der Begrüßung gesprochen hatte.

»Vermutlich«, erwiderte Bonnema achselzuckend. »Die Wagen werden in Enschede oder Hengelo gestohlen und später irgendwo stehen gelassen. Verdreckt, verkratzt und mit Beulen. Und manchmal eben auch mit einem Totalschaden.«

»Und Stein ist versehentlich auf die Rennstrecke geraten?« Tenbrink lachte ungläubig. »Wer soll denn den Unsinn glauben?«

Wieder zuckte Bonnema mit den Schultern. »Der andere Wagen wurde da vorne gefunden.« Er deutete nach Norden, wo der Oude Buurserdijk mitten durch Wald und Heide führte. »Ein paar Meter weiter gibt es eine Lichtung mit einer Sandkuhle, wo die Jugendlichen ihre Kunststücke mit den geklauten Autos üben.« Er tippte sich an die Stirn und setzte hinzu: »*Gek!*«

»Was war das für ein Auto?«, fragte Bertram.

Bonnema blätterte in den Papieren, die er aus der Brusttasche seiner Jacke gezogen hatte. »Ein SUV. Mercedes G-Klasse.«

Bertram pfiff anerkennend durch die Zähne. »Mit Bullenfänger?«

Bonnema schaute ihn verständnislos an.

»So ein dicker Bügel als vordere Stoßstange«, erklärte Bertram. »Eigentlich ein Schutz gegen Wildunfälle.«

Bonnema reichte Bertram ein Foto aus seiner Mappe und nickte bestätigend. »Der Wagen wurde am Dienstagabend am Bahnhof in Enschede gestohlen«, fuhr er fort. »Der Eigentümer kommt als Unfallfahrer nicht infrage. Er saß zu dem Zeitpunkt des Unfalls im Zug nach Eindhoven.«

»Wann ist Jens Stein gestorben?«, fragte Tenbrink und winkte ab, als Bertram ihm ebenfalls das Foto zeigen wollte.

»Zwischen 21 und 23 Uhr am Dienstag«, antwortete Bonnema und blickte, während sie auf dem Oude Buurserdijk in Richtung Sandkuhle gingen, erneut in die Akte. »Das hat die Autopsie ergeben. Er muss bei dem Aufprall sofort tot gewesen sein.«

»Irgendwelche Auffälligkeiten an der Leiche?«, wollte Tenbrink wissen. »Oder Unklarheiten wegen der Todesursache?«

Bonnema schüttelte mit dem Kopf. »Er hatte starke Verletzungen am Kopf, im Nacken und im Brustbereich. Die haben zum Tod geführt. Der Geländewagen hat ihn genau seitlich am Oberkörper getroffen. In dem winzigen Twingo hatte er gegen den bulligen Mercedes-Panzer keine Chance.«

»Wurde in Steins Auto irgendwas gefunden?«, fragte Tenbrink.

»Meinst du etwas Bestimmtes?«, fragte Bonnema.

»Persönliche Sachen. Kleidung oder Papiere, Koffer oder Reisetaschen, Laptop oder Smartphone?«

Bonnema schaute in die Unterlagen. »Eine gepackte Reisetasche befand sich im Kofferraum. Von einem Laptop oder *mobieltje* steht hier nichts. Aber das kann ich rausfinden.«

»Das wäre nett«, sagte Tenbrink.

Sie hatten inzwischen die Lichtung erreicht, und Bonnema deutete auf die zahlreichen Reifenspuren im Sand. Von der Heide, die hier einst gestanden hatte, war kaum noch etwas übrig. Das ganze Gelände war durchfurcht und mit riesigen Kratern übersät, hier und da ragten nackte Baumstümpfe aus der Mondlandschaft. Die Sandkuhle sah aus, als wäre eine Bombe eingeschlagen.

»Warum haben die den Mercedes stehen gelassen?«, fragte Bertram. »Auf dem Foto sieht der Wagen nicht nach einem Totalschaden aus.«

»Vermutlich hatten sie hier ihre Autos geparkt und sind mit denen weggefahren«, antwortete Bonnema. »Leider waren wegen des Regens kaum noch Spuren zu sichern. Ihr seht ja, wie es hier aussieht.«

»Wann wurde der Unfall entdeckt?«, fragte Tenbrink und nahm die Brille ab.

»Gestern Mittag. Radfahrer haben das verbeulte SUV am Wegesrand gesehen und die Polizei gerufen. Der Twingo wurde erst später gefunden, als die Kollegen das Gelände abgesucht haben.«

Tenbrink wischte mit einem Taschentuch über die Brillengläser und konnte gar nicht mehr damit aufhören. In seinem Kopf ging es drunter und drüber. Was Bonnema ihnen berichtet hatte und was sie hier vor Ort gesehen hatten, ergab vordergründig Sinn und war gleichzeitig völlig absurd. Es passte alles zusammen und klang dennoch grotesk. Allerdings war Tenbrink sich nicht sicher, ob sich hier jemand über sie lustig machte oder selbst in Panik geraten war und auf die Schnelle etwas improvisiert hatte. Das Ganze war durchdacht und fadenscheinig zugleich.

»Heinrich?«, fragte Bertram.

Tenbrink hörte ihn, reagierte aber nicht. Er war wie gelähmt.

»Tenbrink?«, versuchte es Bonnema.

Tenbrink hob mühsam die Hand, setzte seine Brille auf, die sofort wieder beschlug, und sagte: »Das waren keine Jugendlichen.«

»Das war auch nur eine Vermutung«, antwortete Bonnema. »Es steht jedenfalls fest, dass der Unfallwagen vorher in Enschede ...«

»Nein«, unterbrach ihn Tenbrink. »Es war kein Unfall.«

»Sondern?«

»Henk Boomkamp.«

»Der Tote von Ameland, von dem du vorhin am Telefon gesprochen hast?« Bonnema schaute Hilfe suchend zu Bertram, doch der blickte auf seine Schuhe, als ginge ihn das alles gar nichts an.

»Boomkamp hat Stein liquidiert, weil der ihm auf die Schliche gekommen ist«, stellte Tenbrink nüchtern fest und nickte. »Genauso wie er vorher Ellen Gerwing aus dem gleichen Grund getötet hat. Nur diesmal etwas überstürzt und deshalb nicht ganz so clever und ausgeklügelt. Er musste improvisieren.«

»Und wie hat er das gemacht?«, wunderte sich Bertram. »Wie hat Boomkamp das alles inszeniert? Denn wenn das Absicht war, dann muss das ein filmtauglicher Stunt gewesen sein. Stein wird ja kaum auf dieser einsamen Kreuzung gestanden und darauf gewartet haben, dass er von einem Geländewagen gerammt wird.«

»Richtig! Er wird vor allem nicht so dämlich oder lebensmüde gewesen sein, sich ausgerechnet in dieser Einöde mit Boomkamp zu treffen«, ergänzte Tenbrink.

»Was heißt das?«, fragte Bertram und runzelte die Stirn.

Ik snap het niet«, murmelte Bonnema verwirrt.

Tenbrink merkte, wie sich die Unordnung in seinem Kopf langsam zurechtruckelte. »Wir dürfen nicht von dem ausgehen, was wir sehen. Denn das ist nur, was Boomkamp uns vorgaukelt. Wir dürfen ihm nicht auf den Leim gehen und müssen alles bezweifeln, was offensichtlich oder naheliegend scheint.« Dabei wies er auf die Akte in Bonnemas Hand und machte eine wegwerfende Geste. »Nichts davon ist so geschehen, wie es den Anschein macht.«

»Nichts davon?«, fragte Bonnema und lachte nervös. »Das wird den Kollegen aber gar nicht gefallen.«

Tenbrink zuckte entschuldigend mit den Schultern und setzte hinzu: »Ich weiß nicht, wie und wieso Stein hierher gekommen ist, aber freiwillig bestimmt nicht. Der ganze Unfall wurde in Szene gesetzt. Wahrscheinlich war Stein bereits bewusstlos, als der Geländewagen ihn gerammt hat. Auch die Reisetasche wurde vermutlich erst später in den Kofferraum gelegt.«

Bonnema machte ein betretenes Gesicht. »Es wird besser sein, wenn die Kollegen von der Verkehrsinspektion direkt mit euch Kontakt aufnehmen. Wenn das hier mit eurem Mordfall zu tun hat, sollten wir rasch den offiziellen Weg über die Grenze gehen.«

»Es gibt keinen Mordfall mehr«, knurrte Tenbrink. »Die Ermittlungen wurden eingestellt. Und bis die Staatsanwältin den Fall wieder eröffnet hat, ist Boomkamp längst über alle Berge.«

»Wie kommst du darauf?«, wunderte sich Bertram.

»Schau dir das doch an!«, rief Tenbrink so laut, dass Bonnema zusammenzuckte, und drehte sich mit ausgestreckten Armen um die eigene Achse. »Mit dem Mord an Stein hat Boomkamp vielleicht Verwirrung gestiftet und Zeit gewonnen, aber damit kommt er niemals durch. Das passt doch vorne und hinten nicht! Und das weiß er auch.«

»*En nu?*«, fragte Bonnema.

»Mir ist kalt«, sagte Bertram und schüttelte sich.

»*Koffie?*«, schlug Bonnema vor.

»Gerne«, meinte Tenbrink und rieb sich die Hände.

9

Eigentlich war das »*Eetcafe Rutbeek*« noch nicht geöffnet, doch weil am Abend die Vereinsfeier irgendeines Sportclubs in dem Pavillon stattfinden sollte und gerade entsprechende Vorbereitungen getroffen und Zutaten fürs Büfett geliefert wurden, waren die Türen nicht verschlossen. Sie betraten das Café, und weil Bonnema in seiner schicken Uniform so nett darum gebeten hatte, bekamen sie sogar einen Kaffee serviert. Aufs Haus!

Tenbrink saß am Panoramafenster, rührte in seiner Tasse und starrte hinaus in den Nebel. Eigentlich hätte man von hier aus auf den See sowie den künstlichen Hügel mit den drei Skipisten schauen können, doch so reichte der Blick gerade mal bis zur steinernen Terrasse mit den eingeklappten Sonnenschirmen. Dass er den seltsamen Hang, auf dem graue Kunststoffmatten den Schnee ersetzten, nicht zu Gesicht bekam, fand Tenbrink nicht gar so tragisch. Der Anblick hätte ihn vermutlich nur deprimiert.

Bertram und Bonnema saßen ihm gegenüber und schauten gemeinsam auf den Laptop, den Bertram aus seinem Auto geholt hatte. Wenn Tenbrink es richtig verstanden hatte, handelte es sich um Ellen Gerwings Computer, auf dem sich irgendwelche Screenshots in unsichtbaren Ordnern befanden, die inzwischen aber nicht mehr unsichtbar, dafür aber in holländischer Sprache waren. Tenbrink hatte nur mit halbem Ohr zugehört und war in Gedanken immer noch auf der Unfallkreuzung. An der kein Unfall, sondern ein Mord stattgefunden hatte.

Lustlos blätterte er in Bonnemas Unterlagen und betrachtete nun doch das Foto des Geländewagens, das ihm Bertram vorhin unter die Nase gehalten hatte. Der Mercedes unterschied sich merklich von den SUVs, die etwa Maarten Mulders oder auch Ellen Gerwing fuhren oder gefahren hatten. Dieser hier sah irgendwie futuristisch aus und war offensichtlich als echter Offroader konstruiert. Der Bullenfänger erinnerte Tenbrink an die Schienenräumer an alten Westernzügen, und die Reifen waren fast so groß und breit wie bei einem Traktor. Mit entsprechend markantem Reifen-Profil. Beim Anblick der Reifen rührte sich irgendetwas in seinem Hirn, doch er versuchte erst gar nicht, nach dem Grund zu fahnden.

»Sie hat nach ihm gesucht«, sagte Bonnema in diesem Moment. »Sie fragt hier, ob irgendjemand weiß, wo er steckt, oder ob jemand in den letzten Jahren etwas von ihm gehört hat.«

»Verstehe«, antwortete Bertram. »Das ist also eine Art Suchanzeige oder Vermisstenmeldung? So ähnlich wie bei StayFriends?«

»Was ist das?«

»Eine Internetseite, auf der man nach alten Schulfreunden suchen kann.«

»Nicht ganz«, antwortete Bonnema. »Das hier ist eher so was wie ein geschlossenes Forum für Mitglieder aus dem linksautonomen Milieu.«

»Wenn es ein geschlossenes Forum ist, wieso konnte Ellen Gerwing dann so einfach den Screenshot aufnehmen?«, wunderte sich Bertram.

»Entweder war sie Mitglied«, vermutete Bonnema und leerte sein *kopje koffie*. »Oder die Suchanfrage war in einem für die Öffentlichkeit zugänglichen Bereich des Forums gepostet worden. Manchmal reicht dann schon ein Facebook-Account, um die Beiträge lesen zu können. Das machen die Betreiber manchmal, um den geheimen Blog besser zu tarnen.«

»Was für eine Suchanfrage?«, fragte Tenbrink und schloss Bonnemas Akte.

»Marlijn Grooten hat nach Maarten Mulders gesucht«, antwortete Bonnema. »Ich hatte dir doch erzählt, dass sie früher mal in Amsterdam zusammen waren. Offensichtlich wollte Grooten den Kontakt wiederherstellen.«

»Ellen Gerwing hat die Suchanfrage im Internet entdeckt und einen Screenshot davon gemacht«, fügte Bertram hinzu und drehte den Laptop so, dass Tenbrink auf den Bildschirm schauen konnte. »Und anschließend hat sie das Bildschirmfoto in einem unsichtbaren Ordner auf ihrem Laptop versteckt.«

»Was heißt unsichtbarer Ordner?«, wollte Tenbrink wissen und beeilte sich hinzuzufügen: »Und sag jetzt nicht, dass man ihn nicht sehen kann.«

Bertram lachte schallend und etwas unpassend, wie Tenbrink fand, verkniff sich das Lachen aber, als er Tenbrinks finsteren Gesichtsausdruck sah. »Offenbar wollte Ellen Gerwing nicht, dass irgendjemand diesen Screenshot sieht. Allerdings hat sie nicht den ganzen Laptop mit einem Passwort geschützt, sondern nur diesen einen Ordner unsichtbar gemacht. Seltsam, oder?«

»Es sollte ein Geheimnis bleiben«, folgerte Tenbrink. »Aber eines, das für andere nicht als Geheimnis erkennbar ist.«

»Du meinst ihre Schwester Anne?«, fragte Bertram.

Tenbrink zuckte mit den Schultern und sagte: »Oder sonst jemand auf dem Schulzenhof, der sich Zugang zu ihrem Laptop verschaffen konnte.«

»Warum so umständlich?«, fragte Bonnema und schüttelte den Kopf.

»Das hab ich doch gerade gesagt«, knurrte Tenbrink und war selbst erschrocken darüber, wie streitbar er klang. »Das Geheimnis sollte …«

»Nein, ich meine Marlijn Grooten«, erwiderte Bonnema und winkte mit den Händen ab. »Maarten Mulders steht im Telefonbuch, er hat eine Firma, die nach ihm benannt ist, und eine eigene Internetseite mit Kontaktadresse. Es wäre ganz einfach gewesen, ihn zu finden. *Een kinderspel.*«

»Wenn man weiß, wo man suchen muss«, gab Bertram zu bedenken. »Und das wusste Frau Grooten offenbar nicht. Sonst hätte sie Mulders einfach gegoogelt.«

»Vielleicht hat sie Mulders gegoogelt, aber den Immobilienfritzen nicht mit dem früheren Hausbesetzer in Verbindung gebracht«, sagte Tenbrink und starrte hinaus in den Nebel. »Weil sie ihn ganz woanders vermutet hat.«

»Wir sollten sie danach fragen«, meinte Bertram. »Auch nach Boomkamp.«

»Das wird nicht so einfach sein«, wandte Bonnema ein und leckte an seinem Kaffeelöffel wie an einem Lolly. »Als du gestern von Marlijn Grooten gesprochen hast und dass du *informatie* brauchst, die man nicht auch im Internet findet, da hab ich einen Freund und Kollegen in Amsterdam angerufen und ihn gebeten, sich mal unauffällig bei *mevrouw* Grooten umzuhören. Auf der Arbeit und in ihrer Nachbarschaft. Er hat sich vorhin gemeldet.«

»Und?«, fragte Tenbrink, obwohl er die Antwort zu kennen glaubte.

»Sie ist im Urlaub.«

»Was?«, entfuhr es Bertram.

»*Vacantie*«, wiederholte Bonnema auf Holländisch, als wäre das verständlicher. »Sie hat sich kurzfristig bei ihrem Arbeitgeber abgemeldet, um Überstunden abzubauen, dann hat sie der Nachbarin die Wohnungsschlüssel wegen der Katze und der Blumen gegeben und ist mit gepacktem Koffer verschwunden. Ihr *mobieltje* ist übrigens ausgeschaltet.«

»Das gibt's doch nicht!«, rief Bertram und klappte den Laptop zu.

»Sie hat Angst«, sagte Tenbrink und dachte an sein Telefonat mit Marlijn Grooten. An ihre Reaktion auf den Tod von Ellen Gerwing. Die ganze Zeit schaute er aus dem Fenster, als müsste sich nur der Nebel draußen lichten, um die Wahrheit sichtbar werden zu lassen.

»Oder sie steckt mit Henk Boomkamp unter einer Decke«, vermutete Bertram.

»Oder beides«, sagte Bonnema.

Tenbrink nickte und suchte seine Kaffeetasse. Sie war verschwunden. Er hatte gar nicht bemerkt, dass sie abgeräumt worden war. Als er zu Bertram und Bonnema schaute, stellte er erstaunt fest, dass er allein am Tisch saß. Die beiden hatten das Café bereits verlassen, ohne dass er es bemerkt hatte.

10

Am Morgen hatte sich Bertram ernsthafte Sorgen um ihn gemacht, doch inzwischen machte Tenbrink ihm regelrecht Angst. Der Hauptkommissar verlor zusehends die Kontrolle, nicht nur über die Ermittlungen und sein Team, sondern über sich selbst und sein Verhalten. Seine Aussetzer waren Bertram unheimlich und hatten ein Ausmaß angenommen, das mehr als bedenklich war. Früher waren es nur die Gedächtnislücken und seine etwas schrulligen Marotten gewesen, doch mittlerweile wirkte Tenbrink, als wäre er im wahrsten Sinne nicht bei sich. Seine aggressiven Überreaktionen und unvermittelten Wutausbrüche sahen ihm nicht ähnlich. Der merkwürdige Hahnenkampf mit Maarten Mulders auf dem Ahlbecker Friedhof, den Bertram zufällig mitbekommen hatte, war ein Beispiel dafür, aber auch die verbalen Attacken gegen den Kollegen Bonnema, der mehrmals vor Schreck zusammengezuckt war, schienen für Bertram ein Zeichen zu sein, dass Tenbrink eine Auszeit brauchte. Dass er Hilfe benötigte.

Mindestens so befremdend wie die unvermittelten Ausraster waren die Phasen, in denen Tenbrink wie apathisch wirkte und nicht ansprechbar war. Auf dem Feldweg in Holland etwa, als er minutenlang Löcher in die Luft gestarrt und nicht auf Bertrams oder Bonnemas Ansprachen reagiert hatte. Oder später in dem Café an der Rutbeek, als er geistesabwesend in den Nebel gestiert und sich überhaupt nicht für das interessiert hatte, was Bertram auf Ellen Gerwings Laptop entdeckt hatte. Gerade so, als ginge ihn der ganze Fall nichts mehr an. Als hätte er abgeschlossen. Womit auch immer.

Bertram saß in seinem Dienstwagen und schaute durch die Windschutzscheibe auf den Ahlbecker Kirchplatz und die Gaststätte »Zur alten Linde«. Der Nebel hatte sich ein wenig gelichtet, vermutlich weil Wind aufgekommen war und in Böen über den Platz fegte. Hinter dem erleuchteten Fenster im ersten Stock des Gasthauses huschte ein Schatten vorbei, und Bertram überlegte, ob er nicht doch noch einen Anlauf unternehmen sollte, seinen Chef zur Vernunft zu bringen. Dass Tenbrink nun in Steins verlassenem Zimmer die Nacht verbringen wollte, erschien Bertram nicht nur ermittlungstechnisch höchst unangemessen und unprofessionell, sondern schlicht unsinnig. Was wollte Tenbrink dort? Was glaubte er, in dem Zimmer erfahren zu können, was er nicht auch zu Hause oder im Büro in Erfahrung bringen könnte? Was war nur in ihn gefahren?

Doch Tenbrink hatte sich partout nicht davon abbringen lassen. Je länger und eindringlicher Bertram auf ihn eingeredet hatte, desto störrischer und feindseliger war er geworden. Er solle endlich verschwinden, hatte Tenbrink gewettert, und sich lieber um seine Staatsanwältin kümmern, als hier den Aufpasser zu spielen. Und so hatte Bertram schließlich die Schultern gezuckt und klein beigegeben. Was hätte er sonst tun sollen? Ihn mit Gewalt aus dem Gasthaus bugsieren? Bertram hatte Tenbrink immerhin das Versprechen abgerungen, am nächsten Morgen nach Hause zu fahren und ihn im Büro anzurufen. Dann würde er Tenbrink hoffentlich dazu bringen, endlich einen Arzt aufzusuchen. Um dem Spuk ein Ende zu machen.

Als Bertram den Wagen startete und das Licht anschaltete, sah er einen weiteren Schemen hinter einem Fenster. Dieter Grothues stand in seinem Internet-Laden und kramte in irgendeinem Regal herum, das direkt neben dem Schaufenster an der Wand stand. Mehrmals zog er etwas heraus, das wie eine CD oder DVD aussah, beäugte es durch seine unförmige Woody-Allen-Brille und schüttelte anschließend den Kopf. Als der Scheinwerfer beim Wenden direkt auf das Schaufenster gerichtet war, schaute Grothues überrascht nach draußen, kniff die Augen zusammen und grüßte schließlich mit seinem typischen Schelmengrinsen. Er deutete mit dem Zeigefinger zur Seite, in Richtung der Kneipe seiner Mutter, und machte eine fragende Miene.

Bertram verstand zwar nicht genau, was er wollte, vermutete aber, dass es um Tenbrink ging, und nickte bestätigend. Grothues griente wie ein Kasperle und hob den Daumen.

Wichtigtuer, dachte Bertram und fuhr los. Bloß raus aus diesem Kaff!

An der Umgehungsstraße setzte er den Blinker, um auf der Bundesstraße in Richtung Münster zu fahren, doch als die Straße frei war, fuhr er stattdessen geradeaus in Richtung Grenze. Irgendetwas wurmte ihn und ließ ihn nicht in Ruhe. Allerdings hätte er nicht sagen können, was ihn eigentlich störte oder irritierte. Es ging um Fragen, die nicht gestellt, und um Zusammenhänge, die nicht gesehen worden waren. Zugleich ärgerte er sich, weil er nun schon anfing, genauso zu denken und zu ermitteln wie Tenbrink. Aus dem Bauch heraus. Aufgrund eines vagen Gefühls.

Er wollte zum »Schulzenhof«. Denn die Fragen betrafen Anne Gerwing, und die Zusammenhänge bezogen sich auf die Vorfälle am Galgenhügel vor sechzehn Jahren. Bertram hatte das Gefühl, dass sie die Schwester bisher viel zu nebensächlich und behutsam behandelt hatten. Tenbrink war ja regelrecht vernarrt in die zugegebenermaßen recht beeindruckende und selbstbewusste Frau gewesen und hatte sie, nicht nur weil sie gerade ihre Schwester verloren hatte, mit Samthandschuhen angefasst. Dabei war Anne Gerwing der Dreh- und Angelpunkt der ganzen vertrackten Angelegenheit! Sie verschwieg etwas Wesentliches oder sagte die Unwahrheit. Davon war Bertram überzeugt, und dafür gab es zugleich keinerlei Anhaltspunkte. Es war eben nur so ein Gefühl.

Kurz vor der Grenze bog Bertram von der Landstraße ab und fuhr auf dem schmalen Weg, der zur Kolkmühle führte. Der Nebel, der sich im Dorf bereits gelichtet hatte, war hier im Venn noch unverändert dicht. Allerdings sorgte der zunehmend stürmische Wind dafür, dass die Nebelschwaden wie Theatervorhänge vor ihm auf und zu gingen. Bertram würde sich nie an das Wetter im Münsterland gewöhnen, die ständige Feuchtigkeit ging ihm auf die Nerven. Und nun kam auch noch Wind hinzu! Im Radio hatten sie von einem Sturmtief namens Wenzel gesprochen, von Luftmassen, Polarkappen und Temperaturunterschieden, die für ordentlich Bewegung in der Atmosphäre sorgten. Herbstwetter eben!

Die Dämmerung hatte längst eingesetzt. Sowohl die Wassermühle wie auch die Mühlenschänke auf der anderen Straßenseite lagen unbeleuchtet und verlassen da. Nur Schultewolters klobiger Volvo-Oldtimer stand trotzig auf dem Parkplatz neben der Schänke, als wollte er die Stellung halten. Von dem alten Kauz war allerdings nichts zu sehen.

Bertram passierte das Mühlenwehr und fuhr weiter in Richtung Wacholderheide, bis er an dem Abzweig zum Galgenhügel ankam. Er versuchte sich vorzustellen, wie es hier ausgesehen hatte, als der Hügel nicht nur ein Name, sondern ein tatsächlicher Hügel gewesen war. Groß genug, um darauf Schlitten zu fahren. Bertram war die Protokolle der letzten Tage noch einmal durchgegangen und dabei auf Ungereimtheiten gestoßen. Als Anne Gerwing ihnen zum ersten Mal von dem tragischen Unfall berichtet hatte, war es ihm nicht aufgefallen, weil er ja noch nicht gewusst hatte, dass es gar kein Unfall gewesen war. Doch sein jetziges Wissen legte neue Fragen nahe, die bisher nicht gestellt worden waren.

Bertram blieb auf der asphaltierten Straße und wollte einige Meter weiter in den schmalen Hohlweg einbiegen, der linker Hand zum »Schulzenhof« führte, als sich von dort ein Geländewagen mit heulendem Motor und Fernlicht näherte. Bertram hatte gerade noch Zeit genug, seinen Wagen auf den Seitenstreifen zu lenken, als das SUV mit irrem Tempo und schlingerndem Heck an ihm vorbeisauste und sich mit einem wütenden Hupen in Richtung Kolkmühle verabschiedete. Bertram hatte den Fahrer nicht erkannt, wohl aber das holländische Kennzeichen. Maarten Mulders schien es entweder sehr eilig oder schlechte Laune zu haben.

Als Bertram den »Schulzenhof« erreichte und seinen Wagen unter der Linde parkte, waren einige Hotelbedienstete gerade damit beschäftigt, Tische und Stühle aus dem Restaurant durch das Tennentor nach draußen zu befördern und dort auf einem bereitstehenden Anhänger zu stapeln. Andere Angestellte liefen mit Tischdecken, Platzdeckchen oder blauen Plastiksäcken umher oder entsorgten leere Flaschen in einem Container neben dem Haus. Es war offensichtlich, dass die Trauerfeier für Ellen Gerwing längst beendet war und sich der »Schulzenhof« anschickte, sich wieder seinem Kerngeschäft zu widmen: der Wellness.

Bertram durchquerte die Lounge, in der ebenfalls emsiges Treiben herrschte, und betrat die »Tenne«, die beinahe wieder so gediegen und gemütlich aussah wie am

Sonntag, als sie das Hotel zum ersten Mal betreten hatten. Sogar einige große Holzscheite brannten in der gemauerten Feuerstelle und verströmten neben einer wohltuenden Wärme den unverkennbaren, fast etwas aufdringlichen Duft eines herbstlichen Kaminfeuers. Vermutlich hatten sie mit Duftstoffen nachgeholfen. *Wunderbaum*, dachte er und musste unangebracht grinsen.

»Sie kommen zu spät«, hörte er plötzlich eine weibliche Stimme hinter sich. »Die Feier ist bereits zu Ende. Auch Ihre Kollegen aus Münster sind längst wieder nach Hause gefahren.«

»Ich weiß«, log Bertram und wandte sich zu Anne Gerwing um, die in ihrem schwarzen, figurbetonten Kostüm umwerfend aussah. Die Trauerfarbe brachte das Rot ihrer Haare regelrecht zum Leuchten. Allerdings war ihr Gesicht noch blasser als sonst, und dunkle Ringe waren unter ihren Augen zu erkennen. Die schwarze Schminke war an einigen Stellen verwischt. Bertram kam es beinahe so vor, als hätte sie geweint. Nicht verwunderlich bei einer Trauerfeier, aber insgeheim vermutete er, dass es eher mit dem davonbrausenden Maarten Mulders und weniger mit der verstorbenen Schwester zu tun hatte.

Bertram räusperte sich. »Ich bin nicht wegen der Trauerfeier hier.«

»Sondern?«

»Wegen Ihnen.«

Anne Gerwing schüttelte nervös den Kopf. »Aha?«

»Haben Sie einen Moment Zeit?«

»Die Ermittlungen wurden eingestellt, oder?«, fragte sie und deutete mit ausgestrecktem Arm zur Feuerstelle, wo zwei Angestellte wie auf einen unhörbaren Befehl hin zwei hölzerne Lehnstühle mit Sitzkissen bestückten und ans Feuer stellten. »Oder sind Ihre Fragen eher privater Natur?«

Bertram zuckte lediglich mit den Schultern, folgte ihr zu der Feuerstelle, wartete, bis sie sich gesetzt hatte, und hockte sich dann ebenfalls auf einen Lehnstuhl. Das Feuer knackte und knisterte, dass es eine wahre Freude war.

»Was für ein Holz benutzen Sie?«, fragte Bertram überrascht und starrte auf die Holzscheite in der Feuerschale. »Sieht aus wie Buche.«

»Richtig«, sagte Anne Gerwing verwirrt. »Das ist Buche.«

»Warum knackt das Feuer dann?«, wunderte sich Bertram. »Das macht es doch eigentlich nur bei harzigen Nadelhölzern. Ich dachte immer, Buche verbrennt ganz leise und unspektakulär.«

»Sie sind ein guter Polizist, Herr Bertram«, antwortete sie und hob anerkennend die Augenbrauen. »Früher haben wir Kiefer und Fichte benutzt, aber die ständigen Funken und kleinen Explosionen des Harzes haben uns den Boden und die Polstermöbel ruiniert, deshalb verwenden wir jetzt Buche oder Eiche.«

»Und das Knacken und Knistern?«

»Kommt vom Band«, sagte Anne Gerwing und deutete auf einen kleinen Lautsprecher, der kaum sichtbar in die Mauerfassung der Feuerstelle eingelassen war. »Die Leute denken, dass ein gemütliches Kaminfeuer knistern muss, also lassen wir es knistern. Auch wenn das eigentlich Unsinn ist.«

»Die Welt will betrogen sein«, sagte Bertram und schnaufte abfällig.

»Das ist eine sehr polizeiliche Sicht der Dinge«, antwortete sie achselzuckend. »Wir geben den Menschen lediglich das beruhigende Gefühl, dass alles so ist, wie es idealerweise sein sollte. Wir erfüllen nur Erwartungen, egal, ob berechtigt oder unberechtigt. Von Betrug kann also keine Rede sein.«

»Das ist eine sehr weibliche Sicht der Dinge«, fand Bertram.

»Sie kennen offenbar die falschen Frauen«, konterte Anne Gerwing und faltete die Hände auf dem Schoß. »Aber Sie sind bestimmt nicht hier, um mit mir über Feuerholz und Frauen zu plaudern. Was genau wollen Sie von mir wissen?«

»Warum hat Ihre Schwester Ihnen misstraut?« Bertram erkannte an ihrem Gesicht, dass er sie überrascht hatte.

»Hat sie das?«, antwortete sie mit einer Gegenfrage.

»Zumindest hat Sie Ihnen nicht den wahren Grund genannt, warum sie nach Ahlbeck gekommen ist und wen oder was sie hier gesucht hat. Sie hat Ihnen einiges verheimlicht.« Er dachte an die unsichtbaren Ordner auf Ellens Laptop.

»Ich vermute, Sie reden von Henk Boomkamp?«, sagte Anne Gerwing und zuckte mit den Schultern. »Warum sollte Ellen mit mir darüber reden, wenn sie doch wusste, dass ich die ganze Sache für ein Hirngespinst hielt? Ellen war nicht besonders gut darin, mit Widerspruch und Kritik umzugehen. Sie war dann immer wie ein trotziges Kind, dem man mit Argumenten nicht mehr beikam. Vielleicht habe ich ihr meine Meinung etwas zu deutlich und vehement gesagt.«

»Wie lange haben Sie gebraucht, um Ihrer Schwester verzeihen zu können?« Wieder war offensichtlich, dass sie mit einer solchen Frage nicht gerechnet hatte.

»Was verzeihen?«, fragte Anne Gerwing. »Dass sie sich umgebracht hat?«

»Nein, ich meine Ihre Zeit als Kinder und Jugendliche. Als Mädchen.«

»Was hätte ich ihr da verzeihen sollen?«, sagte sie und zupfte unsichtbare Flusen von ihrer Hose. »Wir waren Schwestern. Sehr unterschiedliche Schwestern zwar, aber trotzdem waren wir eine Familie. Wie haben uns geliebt, wie sich vermutlich nur Schwestern lieben können.«

»Anne Kaffeekanne!«, sagte Bertram und hielt ihrem funkelnden Blick stand. »So gemein können vielleicht auch nur Schwestern sein.«

»Kinder!«, sagte sie nach einer Weile und machte eine wegwerfende Handbewegung. »Das sollte man nicht überbewerten. Was sich neckt, das liebt sich. So sind Geschwister eben.«

»Es war bestimmt nicht einfach, die kleine Schwester von Ellen und Eva zu sein, nicht wahr? Immer im Schatten der hübschen Prinzessinnen, um die sich alles dreht, während man selbst kaum Beachtung findet und obendrein auch noch als unscheinbares Mauerblümchen verspottet wird. Dabei waren Sie die Kluge und Talentierte der drei Gerwing-Schwestern, jedenfalls wurde uns das so berichtet.«

Anne Gerwing stierte in die Flammen. »Es hat mir offensichtlich nicht geschadet, mich als Kind gegen Widerstände durchbeißen zu müssen. Ich habe, ehrlich gesagt, nicht das Gefühl, in meinem Leben zu kurz gekommen zu sein. Man weiß eben nie, wofür es am Ende gut ist.«

»Was einen nicht umbringt, macht einen stärker?«, fragte Bertram ungläubig.

»Wenn Sie so wollen.«

Bertram schüttelte beinahe trotzig den Kopf. »Das ist für meinen Geschmack eine allzu erwachsene Sicht der Dinge. Als Kind fühlt man sich benachteiligt und schlecht behandelt. Da ist es kein Trost, dass einem diese harte Schule später einmal von Vorteil sein kann. So denken Kinder nicht. Narben bleiben Narben. Niemand wird gern gehänselt, jedenfalls nicht, ohne sich dann und wann zu wünschen, die böse Hexe ins Feuer zu stoßen.«

Anne Gerwing zuckte unmerklich zusammen, richtete sich in ihrem Lehnstuhl auf und verschränkte die Arme vor der Brust. »Worauf wollen sie eigentlich hinaus, Herr Oberkommissar? Wovon reden Sie überhaupt?«

»Von Evas Tod auf dem Galgenhügel.«

»Was ist damit?«

»Wer wusste damals von Ihrem Plan, auf dem Hügel tütenzurutschen?«

»Niemand. Nur wir drei. Das habe ich Ihnen doch schon gesagt. Wir wollten den Galgenhügel für uns allein haben.«

»Das haben Sie gesagt«, sagte Bertram und nickte, »aber es stimmt nicht. Henk Boomkamp und Michael Hartmann wussten ebenfalls davon. Sonst hätten die beiden ja keine Ahnung gehabt, wo und wann sie die Glasscherben platzieren sollten, um es den Zwillingen heimzuzahlen. Woher hatten sie ihr Wissen?«

Anne Gerwing sagte nichts, aber ihr Blick wurde lauernd.

»Hatten Sie Mitleid mit dem armen gedemütigten Henk Boomkamp? Oder wollten Sie es Ihren Schwestern heimzahlen? Schließlich wussten Sie aus eigener Erfahrung, was es heißt, von den beiden getriezt und schikaniert zu werden.«

Sie biss sich auf die Lippen und schluckte.

»Warum haben Sie den Jungs verraten, was Sie am Morgen vorhatten?«, bohrte Bertram weiter. »Oder haben Sie sogar gemeinsam den Plan mit den Scherben ausgeheckt? Haben Sie die Jungs erst auf die Idee gebracht?« Nach einer kurzen Pause setzte er hinzu: »Sie wussten, was auf dem Galgenhügel unter dem Schnee verborgen war, nicht wahr?«

Plötzlich und völlig unvermittelt sprang Anne Gerwing auf die Beine und baute sich vor Bertram auf. Sie fuhr sich mit dem Ärmel über die dunklen Augenwinkel und sagte sehr leise, aber bestimmt: »Ich muss Sie jetzt bitten zu gehen, Herr Bertram.«

»Wie Sie wünschen«, sagte Bertram nach kurzem Zögern und stand auf. Er wollte noch etwas sagen, doch sie hob abwehrend die Hand und schüttelte den Kopf.

»Bitte gehen Sie!«

Er nickte unsicher und verließ die Tenne. Als er sich in der Tür zur Lobby umwandte, stand Anne Gerwing nach wie vor am Feuer und stierte unverwandt in die unecht knisternden Flammen.

11

Tenbrink hatte sich eigentlich nur kurz ausruhen und die geschwollenen Beine hochlegen wollen, doch kaum hatte er sich aufs Bett gelegt und die Augen zugemacht, schon war er in einen tiefen, beinahe komatösen Schlaf gefallen, aus dem er nun mit einem Schrecken auffuhr, ohne dass er wusste, was ihn geweckt hatte. Sein Herz raste, seine Schläfen pochten, die grelle Deckenlampe blendete ihn, und er hatte Mühe, sich auf dem viel zu weichen Bett aufzurichten.

Jemand klopfte ungeduldig an die Tür.

»Ja?«, rief er, rieb sich die Augen und schlug sich mit beiden Händen auf die Wangen, um wach zu werden. »Wer ist da?«

»Herr Kommissar?«, meldete sich eine Männerstimme. »Grothues hier.«

Verfluchte Namen, dachte Tenbrink verärgert und fragte: »Was gibt's?«

»Die Fotos!«

Automatisch ging sein Blick zur Zettelwirtschaft an der Wand. Doch die Erinnerung wollte sich nicht einstellen. Er hatte keine Ahnung, was dieser Grothues von ihm wollte. Und wer er überhaupt war.

»Einen Moment!«, rief er und quälte sich aus dem Bett. *Verdammter Alkohol*, dachte er und wusste zugleich, dass dies bestenfalls die halbe Wahrheit war. Die Schnäpse am Morgen waren nicht der Grund für seine momentane Orientierungslosigkeit. Er schlurfte schwerfällig zur Tür, öffnete sie einen Spalt breit und sah in das grienende Gesicht eines nicht mehr ganz jungen Mannes, der ihm zwei Schwarz-Weiß-Fotos im DIN-A4-Format vor die Nase hielt.

»Kommen Sie rein!«, sagte Tenbrink, öffnete die Tür und nahm die Fotos entgegen. Plötzlich dämmerte es ihm. Das waren Ausdrucke der Polizeifotos, die Jan Bonnema ihm am Morgen gemailt hatte. Maarten Mulders und Marlijn Grooten als junge Hausbesetzer in Amsterdam. Und der unentwegt grinsende Mann mit der gegelten Fransenfrisur und der extravaganten Ray-Ban-Brille war Dieter Grothues, der Sohn der Wirtin.

»Danke«, sagte Tenbrink und heftete die Fotos mit Stecknadeln an die Wand. »Das hilft mir sehr.«

»Immer zu Diensten«, antwortete Grothues und setzte sich breitbeinig auf einen cordbezogenen Drehsessel, der am Fußende des Bettes stand und noch aus den Siebzigern zu stammen schien. »Ich hab übrigens noch was für Sie.«

»Aha«, sagte Tenbrink, ohne den Blick von den Fotos zu nehmen. Wieder verglich er die beiden Aufnahmen von Maarten Mulders. Er dachte an das, was Bertram am Nachmittag gesagt hatte. Dass Marlijn Grooten im Internet nach dem ehemaligen Hausbesetzer gesucht, aber den heutigen Immobilienmakler nicht entdeckt hatte. Obwohl er doch so leicht zu finden gewesen wäre.

»Ich hab Ihnen ja gesagt, dass sie mir bekannt vorkam«, sagte Grothues.

»Wer?«

»Die Holländerin.«

Tenbrink wandte sich überrascht um und sah, dass Grothues mit ausgestrecktem Zeigefinger auf das Polizeifoto von Marlijn Grooten deutete.

»Ich hab nämlich ein sehr gutes Gedächtnis für Gesichter. Vor allem, wenn es sich um schöne Frauen handelt.«

»Und?«, fragte Tenbrink. »Woher kennen Sie sie?«

Statt einer Antwort zog Dieter Grothues eine CD oder DVD aus der Innentasche seiner Jacke und strahlte übers ganze Gesicht. Tenbrink überlegte, ob der Kerl womöglich irgendwelche Drogen nahm. Sein permanentes Grinsen wirkte unnatürlich und ein wenig beängstigend.

»Was ist das?«

Grothues lehnte sich zurück und schlug die Beine übereinander. »Eine DVD. Vermutlich wissen Sie, dass ich schon seit ewigen Zeiten Filme aufnehme und bearbeite. Da ist ein hübsches Archiv zusammengekommen.«

Tenbrink wusste es nicht, nickte aber dennoch.

»Man kann mich auch für besondere Anlässe mieten, Hochzeiten oder Abi-Feiern oder Geburtstage. Was immer Sie wollen. Früher hab ich auf Video und Schmalfilm aufgezeichnet, später dann digital oder auch als Stream fürs Internet. Das war schon immer mein Hobby.«

»Wie Michael Hartmann?«, fragte Tenbrink. »Wollten Sie auch Regisseur werden?«

Grothues nickte. »Michael und ich waren früher Kumpels und hatten ähnliche Interessen. Einen Teil des Equipments haben wir uns sogar geteilt, weil die Sachen ein Schweinegeld gekostet haben. Die Kamera und der Schnittplatz und der ganze Kram. Heute kriegt man den Krempel überall für 'nen Appel und 'n Ei, aber in den Neunzigern waren das noch echte Investitionen. Michael wollte schon damals immer Spielfilme drehen und eigene Drehbücher schreiben, er war eher der Künstlertyp. Ich hab einfach die Kamera draufgehalten und alles aufgenommen, was mir vor die Linse kam.«

»Sie waren mit Michael Hartmann befreundet?«, wunderte sich Tenbrink.

»Das wäre wiederum übertrieben. Wir waren in einer Clique und haben am Wochenende manchmal was zusammen unternommen. Michael und Henk Boomkamp und noch ein paar Jungs aus unserem Kaff, die keinen Bock auf die übliche Dorfdisco oder den Schützenverein hatten.«

Tenbrink ahnte, dass nun der eigentlich spannende Teil folgen würde, verkniff sich einen bissigen Kommentar und machte eine auffordernde Geste mit der Hand.

»Oft sind wir am Wochenende nach Holland gefahren«, fuhr Grothues fort und wedelte mit der DVD. »Zum Kiffen oder Billardspielen. Manchmal auch zu irgendwelchen Konzerten und Festivals. In Hengelo und Enschede gab's ein paar Läden, wo gute Musik lief und interessante Bands aufgetreten sind. Eher so die Independent-Schiene.«

Tenbrink war sich nicht sicher, was er sich unter dieser Schiene vorzustellen hatte, beließ es aber beim Schulterzucken und fragte: »Was hat das alles mit Marlijn Grooten zu tun?«

Grothues sprang auf, als hätte er nur auf dieses Stichwort gewartet, ging hinüber zu dem Flachbildfernseher, der auf einem Sideboard zwischen den Fenstern stand, und griff nach der Fernbedienung. »Schauen Sie selbst!«

»Es gibt hier keinen DVD-Player«, sagte Tenbrink und stellte sich hinter Grothues. »Nur einen Fernseher. Vielleicht sollten wir uns das im Keller anschauen.«

Grothues lächelte mitleidig. »Der Fernseher *ist* der DVD-Player.« Er drückte auf einen roten Knopf, das Gerät summte leise, auf dem Bildschirm erschien das Logo des Herstellers, und beinahe gleichzeitig fuhr eine silberne Scheibe rechts oben aus dem Gehäuse.

»Nanu«, sagte Grothues überrascht, »da war ja noch eine drin.« Er zog die Disc heraus, betrachtete sie und setzte hinzu: »Und ich weiß sogar, was da drauf ist.« Er deutete auf einen Aufkleber, auf dem zu lesen war: »Dieter's Digiweb.«

»Was ist das für eine DVD?«, fragte Tenbrink. »Was ist da drauf?«

»Die Silvesterparty. Das ist der gleiche Film, von dem ich Ihnen eine Kopie gemacht habe. Sie wissen schon, das Video, das ich für Ellen Gerwing digitalisieren sollte.«

»Und wie kommt die DVD in den Fernseher?«

»Ich hab sie für den Journalisten aus Hamburg gebrannt. Dieser dicke Kerl mit der alten Klapperkiste. Wie hieß er doch gleich?«

»Jens Stein?«

»Genau. Das hier war sein Zimmer, oder? Er scheint sie vergessen zu haben.«

»Sie haben Jens Stein den Film von der Silvesterparty kopiert?«

»Warum nicht?«, antwortete Grothues und legte die DVD aufs Sideboard. »Er hat sich sehr dafür interessiert, und im Gegensatz zu Ihnen hat er auch dafür bezahlt. Außerdem hatten Sie nicht gesagt, dass es sich um ein Staatsgeheimnis handelt.« Wieder wedelte er mit der anderen DVD und fragte: »Was ist nun, wollen Sie die Holländerin sehen oder nicht?«

Tenbrink schluckte seinen Ärger hinunter und nickte. Er schob den Cordsessel vor den Fernseher und setzte sich.

Grothues legte die DVD ein, drückte ein paar Knöpfe auf der Fernbedienung und sagte: »Voilà, Herr Kommissar!«

Auf dem Bildschirm erschien die mit Graffiti übersäte Fassade eines schmucklosen Backsteingebäudes, über dessen Eingang der neonbeleuchtete Schriftzug »Accident« zu lesen war. Neben der Tür hing ein großformatiges Plakat, das an altmodischen Siebdruck erinnerte und auf dem ein Konzert der Band »Screamplay« angekündigt war. »zat. 8 april«, las Tenbrink am oberen Rand des Plakats, darunter war das Logo der Band zu sehen, das an das berühmte Gemälde »Der Schrei« angelehnt war, und ganz unten auf dem Plakat stand neben einer Adresse in Hengelo: »Entree: ƒ 10,-« Eintritt zehn Gulden. Das Konzert hatte demnach vor der Einführung des Euro stattgefunden, also vor dem Jahr 2002.

Das Bild wechselte. In der nächsten Einstellung war eine spärlich beleuchtete und etwas mickrige Bühne zu sehen, auf der drei schwarz gekleidete Musiker einen Heidenlärm machten. Vermutlich sollte der Krach ein Intro oder einen Tusch darstellen, jedenfalls war der Platz hinter dem Mikrofon in der Mitte der Bühne noch unbesetzt, und das zunehmende Gejaule und Getrommel wurde zu einem ohrenbetäubenden Crescendo.

»Kann man das vorspulen?«, fragte Tenbrink.

»Kleinen Moment noch«, antwortete Grothues, war aber so gnädig, den Ton etwas leiser zu stellen. »Geht gleich los.«

Tatsächlich war nun eine Frau hinter dem Mikro zu erkennen, allerdings nur als Schattenriss, weil ein Scheinwerfer sie direkt von hinten anstrahlte. Ihre ringsum hochtoupierten Haare erinnerten Tenbrink an einen grotesken Heiligenschein. Auf einen Schlag verstummte der Krach, und das Licht erlosch. Ebenso plötzlich gab die Sängerin einen markerschütternden Schrei von sich, und der gleißende Strahl eines Scheinwerfers war nun frontal auf ihr weiß geschminktes Gesicht gerichtet. Die Kamera zoomte heran, bis der Kopf der Sängerin den gesamten Bildschirm füllte. Ihre blutrot geschminkten Lippen formten ein großes O. Wie auf dem Plakat am Eingang.

Grothues drückte auf die Pause-Taste und sagte: »Darf ich vorstellen: Marlijn Grooten. Die Stimme von Screamplay.«

Trotz der Schminke und der albernen Frisur hatte Tenbrink sie sofort erkannt. Er nickte anerkennend und war doch ein wenig enttäuscht. Marlijn Grooten war also vor vielen Jahren Sängerin in einer Band gewesen und in einem Club in Hengelo aufgetreten. Ein durchaus interessantes Detail, aber letztlich nicht von Belang. Nach dem geheimnisvollen Brimborium, das Grothues vorher um die DVD gemacht hatte, hatte Tenbrink etwas Spannenderes erwartet. Dass Hausbesetzer in Krachbands spielten, gehörte in der Szene vermutlich zum guten Ton und war nicht wirklich erstaunlich.

»Danke, Herr Grothues«, sagte Tenbrink, ohne seine Enttäuschung verbergen zu können. »Das war ein interessanter Hinweis.«

Das Grinsen in Grothues' Gesicht wurde breiter und gespenstischer.

»Sonst noch was?«, fragte Tenbrink und erhob sich.

»Ich hab sie vorhin angeflunkert«, sagte Grothues.

»Inwiefern?«

»Kein Mensch hat so ein gutes Gedächtnis.«

Tenbrink verstand nicht und zuckte unmerklich zusammen.

Grothues deutete auf das Foto von Marlijn Grooten und schüttelte den Kopf. »Nur wegen des Konzerts im ›Accident‹ hätte ich mich niemals an sie erinnert.«

»Sondern?« Tenbrink setzte sich wieder.

»Wir haben sie besucht.«

»Wer ist wir?«

Statt einer Antwort griff Grothues erneut zur Fernbedienung.

»Bitte nicht noch mal das Gekreische!«, bat Tenbrink.

Doch Grothues betätigte den schnellen Vorlauf, der glücklicherweise stumm war, und als der Auftritt der Band zu Ende war, änderte sich erneut der Bildausschnitt. Jetzt war eine Theke zu sehen, an der mehrere junge Leute saßen und sich unterhielten. Grothues verringerte die Vorlaufgeschwindigkeit und als er die gesuchte Stelle gefunden hatte, drückte er abermals auf die Pause-Taste.

Marlijn Grooten, immer noch weiß geschminkt und mit hochtoupierten Haaren, saß zwischen zwei jungen Männern am Tresen und prostete lächelnd in die Kamera.

»Links von ihr sitzt Michael Hartmann«, sagte Dieter Grothues und deutete mit der Fernbedienung auf den Bildschirm. »Und der Kerl da rechts, das ist Henk Boomkamp, wie man unschwer erkennen kann.«

Tenbrink sah die Rasta-Zöpfe, die bunte Strickmütze und den schäbigen Parka. Und er glaubte sogar, die beiden Muttermale in Boomkamps Gesicht erkennen zu können.

»Sie sagten gerade, dass Sie Marlijn besucht haben?«

»Wir haben sie nach dem Auftritt kennengelernt und ein paar Biere zusammen getrunken«, antwortete Grothues. »Die war echt nett und lustig und hat uns erzählt, dass ihre Band am nächsten Wochenende auf einem großen Festival in Amsterdam spielt. Sie hat uns eingeladen und gemeint, wir könnten bei ihr übernachten. Sie hat in den ›Kalenderpanden‹ gewohnt, das war damals ein besetztes Fabrikgelände mitten in Amsterdam, und da wären immer Pennplätze für Besucher frei, hat sie gesagt.«

»Also sind Sie zu dritt nach Amsterdam gefahren?«

»Nur Henk und ich. Michael hatte keine Zeit oder keine Lust. Ich glaube, er wollte an dem Wochenende nach Potsdam, um seinen Umzug nach Babelsberg vorzubereiten.«

»Dann war das Konzert nur wenige Monate nach Eva Gerwings Tod auf dem Galgenhügel?«, folgerte Tenbrink.

»Kann schon sein.« Grothues zuckte mit den Achseln. »Jedenfalls sind Henk und ich eine Woche später zu dem

Festival gefahren. Ist ja nicht weit bis Amsterdam. Es war vor allem Henk, der da hinwollte. Ich glaube, er hat sich insgeheim Hoffnungen gemacht, bei dieser Marlijn landen zu können. Aber daraus wurde nichts.«

»Weil Marlijn einen Freund hatte«, sagte Tenbrink, drehte seinen Sessel und schaute zu dem Foto von Maarten Mulders. »Einen Freund, der mit ihr zusammen als Kraker in den ›Kalenderpanden‹ wohnte.«

»Genau!« Grothues nickte, schüttelte gleich darauf den Kopf und schaute ebenfalls zu den Polizeifotos an der Wand. »Das hat Henk aber nicht besonders gewurmt. Ich glaube, er hat sich mit den beiden ganz gut verstanden. Vielleicht weil sie genauso schräge Vögel waren wie er.«

»Inwiefern?«

»Marlijn war eine verrückte Nudel. Sie haben sie ja auf der Bühne gesehen, und so war sie auch privat. Echt lustig, aber total überdreht. Und Maarten war voll der Freak, ständig auf Achse, ein echter Weltenbummler. Es gab keinen Ort, wo der noch nicht gewesen war. Er hat uns erzählt, dass er irgendwann mal komplett aussteigen und auf irgendeiner winzigen Insel vor Sumatra leben will. Es gibt dort einige fast unberührte Gegenden, und dort wollte er in einer Hütte am Strand wohnen.« Grothues lachte und setzte hinzu: »Und wo ist er gelandet? Als Immobilienfritze in Haaksbergen. Tragisch, oder?«

»Henk Boomkamp war also mit Marlijn Grooten und Maarten Mulders befreundet?«, fragte Tenbrink. Das hatte Mulders noch am Morgen vehement bestritten. Er habe damals keine Bekannten in Deutschland gehabt.

»So könnte man das sagen«, bestätigte Grothues. »Jedenfalls war er noch ein paar Mal bei ihnen in Amsterdam. Wenn ich mich richtig erinnere, hat er sogar kurz überlegt, dahin zu ziehen und ebenfalls in den ›Kalenderpanden‹ zu wohnen. Als halber Holländer wär das für ihn auch sprachlich kein Problem gewesen.«

»Wieso hat er es nicht gemacht?«

»Keine Ahnung«, antwortete Grothues. »Henk und ich haben uns dann aus den Augen verloren, auch weil Michael nicht mehr in Ahlbeck wohnte. Unsere Clique hat sich ganz allmählich aufgelöst. Michael ist nach Babelsberg gegangen, und Henk hat wenig später in Köln studiert. Auch als er dann wieder in Ahlbeck war, hab ich eigentlich keinen Kontakt mehr zu ihm gehabt. Mir kam es manchmal so vor, als wär ihm seine Vergangenheit peinlich.«

Tenbrink nickte zufrieden. Maarten Mulders und Henk Boomkamp! Der eine ein Hausbesetzer und Weltenbummler, der zum Immobilienmakler mutiert. Der andere ein Kleindealer und Dorfhippie, der von Amsterdam träumt und als Banker nach Ahlbeck zurückkehrt. Tenbrink ahnte, dass das, was Grothues ihm berichtet hatte, der Schlüssel zu der ganzen vertrackten Geschichte war. Nun musste Tenbrink nur noch das passende Schloss finden. Er bemerkte, dass das ein etwas schiefes Bild war, und schüttelte ärgerlich den Kopf. Wenn er sich doch nur konzentrieren könnte!

Reiß dich zusammen, Heinrich!

»Herr Kommissar?«, fragte Grothues. »Alles in Ordnung?«

»Hm?«, machte Tenbrink.

»Reden Sie mit mir?«

»Nein, alles in Ordnung.« Tenbrink hatte gar nicht gemerkt, dass er laut gesprochen hatte, er richtete sich im Sessel auf und räusperte sich. »Vielen Dank, Herr Grothues. Sie haben mir sehr geholfen.« Diesmal meinte er es auch so.

»Gerne.« Grothues war sichtlich irritiert und ging zur Tür. »Die DVD dürfen Sie behalten. Geht aufs Haus.«

Tenbrink hob die Hand. »Eine Frage noch. Waren die Gerwing-Schwestern eigentlich auch in ihrer Clique?«

Statt einer Antwort lachte Grothues laut. »Die Zwillinge? Für die waren wir nur irgendwelche Penner und Asos. Die haben uns wie Aussätzige behandelt.«

»Und Anne Gerwing?«

»Die war anders. Jedenfalls nicht so hochnäsig und gehässig wie Eva und Ellen. Sie war immer schon unglaublich klug, die hatte echt was in der Birne, aber sie war eher so der ruhige und unscheinbare Typ. Kann man sich heute kaum noch vorstellen.« Grothues zog die Stirn kraus und setzte hinzu: »In unserer Clique war Anne nicht, aber ich weiß, dass sie eine Zeit lang in Michael verliebt war.«

»Aha?«

»Jedenfalls bis die Zwillinge sich eingemischt haben.«

»Wieso?«, fragte Tenbrink. »Was ist geschehen?«

»Sie haben das Video doch gesehen«, antwortete Grothues verwundert.

»Das Video von der Silvesterparty?«

Grothues nickte und sagte: »Gott, haben die sich gezofft!«

»Ich verstehe nicht«, sagte Tenbrink. »Bei dem Streit auf der Party ging es doch um Henk Boomkamp. Er war in Ellen verliebt und wurde deswegen von den Zwillingen lächerlich gemacht.«

»Darum ging es *auch*«, antwortete Grothues. »Bei dem Streit ging es aber auch um Anne, wenn ich mich richtig erinnere. Anne hat sich eingemischt und versucht, ihre betrunkenen Schwestern zu besänftigen oder zu stoppen, doch dann haben die Zwillinge den Spieß umgedreht und sich über Anne lustig gemacht.«

»Weil Anne in Michael verliebt war?« Tenbrink dämmerte, was das zu bedeuten hatte. »Die Schwestern haben Annes Geheimnis ausgeplaudert?«

»Wenn es darum ging, andere zu verhöhnen und lächerlich zu machen, waren Eva und Ellen unschlagbar«, sagte Grothues und nickte. »Wie zwei Schlangen haben sie ihr Gift verspritzt. Anne hatte bei ihren Schwestern echt nichts zu lachen, das können Sie mir glauben.«

Tenbrink nickte nachdenklich. Michael Hartmanns letzte Worte während des Flugzeugabsturzes gingen ihm durch den Kopf. *Oh nein*, dachte er, *es war kein Unfall. Und erst recht kein Zufall!*

»Sie hat sich bitter gerächt«, sagte er schließlich.

»Gerächt?«, fragte Grothues. »Wie meinen Sie das?«

Doch Tenbrink beachtete ihn nicht weiter und starrte stattdessen zum Fernseher, auf dem immer noch das Standbild zu sehen war. Zwei Männer und eine Frau am Tresen. Michael mit Zigarette im Mund, Marlijn mit Bierglas in der Hand, und Henk mit den Fingern am Flusenbart.

»Ich geh dann jetzt«, sagte Grothues.

Tenbrink antwortete nicht. Er stierte verstört auf den Bildschirm.

Die Tür fiel ins Schloss.

»Das gibt's doch nicht!«, murmelte Tenbrink, griff nach der Fernbedienung und drückte auf die Play-Taste.

Sechster Teil

1

Bertram war überzeugt davon, dass er mit seiner Vermutung recht gehabt hatte, aber es verschaffte ihm keine Genugtuung und hinderte ihn nicht daran, ein schlechtes Gewissen zu haben. Er war sich sicher, dass Anne Gerwing für den Tod ihrer Schwester Eva mitverantwortlich war und dass sie damals mit Henk Boomkamp und Michael Hartmann unter einer Decke gesteckt hatte. Und doch kam er sich nun vor wie ein Schuft. Wieder sah er sie reglos am Feuer stehen und musste sich eingestehen, dass er womöglich zu weit gegangen war. Anne Gerwing war damals sechzehn Jahre alt gewesen, ein unbedarfter Teenager, dem die älteren Schwestern über Jahre hinweg übel mitgespielt hatten und der sich auf unbeabsichtigt folgenschwere Weise gerächt hatte. Was als lediglich schmerzhafte Abreibung gedacht gewesen war, war zu einer tödlichen Falle geworden. Vermutlich hatte Anne unter Evas Tod ähnlich gelitten wie Ellen und sogar aus vergleichbaren Gründen. Ellen hatte es sich nie verziehen, dass sie den Tod der Zwillingsschwester nicht hatte verhindern können. Und auch Anne hatte seit nunmehr sechzehn Jahren mit dem Wissen um die eigene Schuld leben müssen. Allerdings war das, anders als bei Ellen, keine subjektiv empfundene, sondern eine tatsächliche Schuld.

Bertram ärgerte es vor allem, dass er Anne Gerwing diese Schuld nur deshalb wie einen Spiegel vorgehalten hatte, weil ihm ihre allzu selbstsichere und mitunter selbstgefällige Art auf den Geist gegangen war. Für den Mord an Ellen Gerwing waren die damaligen Vorfälle auf dem Galgenhügel letztlich gar nicht von Belang, wie sie inzwischen herausgefunden hatten. Ob Anne Gerwing mit Michael Hartmann und Henk Boomkamp in der Silvesternacht gemeinsame Sache gemacht hatte, war nicht wirklich entscheidend. Nein, Bertram hatte ihr den Tod der Schwester nur deshalb unter die Nase gerieben, um sie aus ihrer sphinxhaften Ruhe und stoischen Überheblichkeit zu reißen. Um sie zu quälen. Und das fühlte sich schäbig an. Weil er sich von persönlichen Gefühlen hatte leiten lassen.

Bertram fuhr in Richtung Mühle und kämpfte gegen die Müdigkeit an. Der Sturm hatte in der Zwischenzeit noch zugenommen und den Nebel fast vollständig vertrieben, der nur noch als milchiger Bodensatz im Graben neben der Straße zu sehen war. Der Wind rüttelte an den Baumwipfeln und wirbelte das Herbstlaub auf, das im Scheinwerferlicht an Vogelschwärme erinnerte und seltsame Schatten auf die Bäume und den Asphalt warf. Bertram hatte Mühe, sich zu konzentrieren, seine Augen brannten, und die Nackenmuskeln schmerzten. Er schüttelte den Kopf, um die wirren Gedanken zu verscheuchen. Was für ein seltsamer und verworrener Tag! Alles war aus den Fugen geraten, die Dinge waren befremdlich ins Wanken geraten. Und noch war der Tag nicht zu Ende.

Als hätte er es geahnt, klingelte in diesem Moment sein Handy. Bertram hatte gerade das Mühlenwehr überquert und parkte seinen Wagen vor der nach wie vor unbeleuchteten Mühlenschänke. Schultewolters Volvo, der vorhin noch auf dem Parkplatz gestanden hatte, war inzwischen verschwunden. Bertram stellte den Motor aus, zog das Handy aus der Tasche und hoffte, dass Tenbrink anrief. Doch auf dem Display las er Hölschers Dienstnummer.

»Hallo Bernd, was gibt's? So spät noch im Präsidium?«

»'n Abend, Maik. Hast du 'ne Ahnung, wo Tenbrink steckt?«

»In Ahlbeck. Er hat sich ein Zimmer im Gasthof an der Kirche genommen.«

»Warum? Ist sein Auto kaputt?«

Statt einer Antwort schnaufte Bertram ins Handy.

»Ich kann ihn nicht erreichen«, sagte Hölscher. »Er geht nicht ans Telefon.«

»Vermutlich hat er sein Handy ausgeschaltet. Tenbrink war heute ziemlich schräg drauf und nicht gerade gesprächig. Außerdem ist er krankgemeldet. Worum geht's denn?«

»Ein Herr Boomkamp hat für ihn angerufen.«

»Henk Boomkamp?«, fragte Bertram und war plötzlich hellwach.

»Nein, Josef Boomkamp.« Es raschelte, als blätterte Hölscher in irgendwelchen Papieren, dann sagte er: »Der älteste Bruder. Er hat gesagt, dass es wichtig ist. Anscheinend hat er ein paar Mal versucht, Tenbrink auf dem Handy zu erwischen. Der Chef hat ihm seine Nummer heute Morgen auf der Beerdigung gegeben. Für alle Fälle, wie Boomkamp meinte.«

»Und?«, fragte Bertram. »Was ist so wichtig?«

»Es geht um seine Schwägerin Christiane. Irgendwas scheint da nicht zu stimmen. Er macht sich Sorgen.« Nach einer kurzen Pause setzte Hölscher hinzu: »Sag mal, wo bist du gerade?«

»An der Kolkmühle.«

»Na, das passt ja. Dann kannst du doch …«

»Was?«

»Bei Boomkamp im Ahlbecker Brook vorbeischauen«, meinte Hölscher. »Ist ja nicht weit. Er ist über Nacht in der Wohnung seiner Mutter untergebracht. Du weißt doch, wo die Zollhäuser an der Grenze sind, oder?«

»Eigentlich wollte ich gerade nach Hause«, knurrte Bertram und merkte selbst, wie fadenscheinig es klang. »Warum macht er sich denn Sorgen?«

»Seine Schwägerin ist verschwunden. Offenbar mit einem Jagdgewehr. Er scheint zu befürchten, dass sie eine Dummheit vorhat.«

Bertram schluckte und dachte an das Foto in ihrer Garderobe. Christiane Boomkamp in Jagdmontur mit geschultertem Gewehr. Und er erinnerte sich an ihre Worte: *Dann wird der Mistkerl sich wünschen, wieder tot zu sein!*

»Maik, bist du noch dran?«, fragte Hölscher.

»Bin schon unterwegs«, sagte Bertram und startete den Wagen.

2

Tenbrinks erster Impuls war es, die Oberstaatsanwältin anzurufen und ihr auf der Stelle mitzuteilen, was er herausgefunden hatte. *»Bringen Sie mir Henk Boomkamp!«*, hatte sie gestern Abend gesagt. *»Dann haben Sie Ihren Fall zurück.«* Tenbrink *hatte* Boomkamp ausfindig gemacht, und er *wollte* seinen Fall zurück! Doch dann zögerte er, steckte das Handy, das er am Nachmittag ausgeschaltet hatte, wieder ein und versuchte sich vorzustellen, wie Martina Derksen auf seine neuen Erkenntnisse reagieren würde. Ein seltsames Knibbeln am Kinn würde ihr kaum als belastbares Indiz oder gar als schlüssiger Beweis für seine Theorie ausreichen. Sie würde ihn auslachen. Dass sie ihn ohnehin für übergeschnappt und obendrein inkompetent hielt, hatte sie in den letzten Tagen allzu deutlich zu erkennen gegeben. Noch einmal wollte Tenbrink ihr nicht die Gelegenheit geben, ihn wie einen dummen Jungen abzukanzeln.

Er wusste, dass er sich nicht irrte. Als er auf dem Bildschirm gesehen hatte, wie sich der jugendliche Henk Boomkamp am zotteligen Kinn gezupft und gekratzt hatte – mit Daumen, Zeige-, Mittel- und Ringfinger, wobei der Mittelfinger über den Flusenbart fuhr –, da war ihm plötzlich alles klar gewesen. Dasselbe Knibbeln war ihm mehrmals bei Maarten Mulders aufgefallen. Weil es so ulkig ausgesehen hatte. Tenbrink hatte eine solch seltsame Angewohnheit noch bei keinem anderen Menschen bemerkt. Sein Aussehen hatte Boomkamp chirurgisch ändern und die markanten Muttermale entfernen lassen, seine Sprache hatte er als Zweisprachler mühelos umstellen können und vermutlich auch den Klang der Stimme durch Sprech- und Stimmbandtraining moduliert. Aber seine Schrullen und Marotten abzulegen, war ungleich schwieriger. Weil sie unbewusst abliefen und nicht auf Knopfdruck abzustellen waren. Wahrscheinlich wusste Boomkamp gar nicht, dass er so eigentümlich knibbelte und es komisch aussah, wenn er es tat.

Womöglich hatte Ellen Gerwing genau dieses Knibbeln stutzig gemacht und dazu gebracht, sich im Internet und später bei Marlijn Grooten in Amsterdam nach Maarten Mulders zu erkundigen. Und vielleicht war auch Jens Stein über dieses Fummeln an den Barstoppeln gestolpert.

Tenbrink dachte an die DVD von der Silvesterparty, die Stein offenbar kurz vor seinem Tod geschaut und im Fernseher gelassen hatte. Er legte die DVD ein und suchte nach den Stellen, an denen Henk Boomkamp zu sehen war. Er brauchte nicht lange, um fündig zu werden. Gleich am Anfang war auf dem Video zu sehen, wie Ellen und Anne Gerwing zum DJ-Pult gingen und Michael Hartmann, der gerade Platten auflegte, eine Flasche Bier reichten. Neben Hartmann, der mit der Flasche in Richtung Kamera prostete, stand Henk Boomkamp, grinste stupide und starrte Ellen Gerwing verliebt an. Gleichzeitig zupfte und knibbelte er nervös an seinem Kinn herum. Mit vier Fingern.

Als Tenbrink das Video zum ersten Mal gesehen hatte, hatte er lediglich darauf geachtet, wie Boomkamp die hübsche Ellen *angeschaut* hatte. Der verliebte Blick war so auffällig und dominant gewesen, dass Tenbrink auf weitere Details kaum geachtet hatte. Und als er Maarten Mulders wenig später wiederbegegnet war, hatte er das eigentümliche Knibbeln nicht mehr präsent gehabt. Gut möglich, dass er es schlichtweg vergessen hatte.

Doch was war nun zu tun? Was *konnte* Tenbrink tun? Einen Haftbefehl erwirken, einen europäischen Haftbefehl obendrein? Tenbrink würde keinen Richter finden, der aufgrund derart vager Indizien eine Verhaftung anordnete, und auf die Unterstützung der Staatsanwaltschaft konnte er schon gar nicht rechnen. Auch Bonnema und der »kleine Grenzverkehr« würden ihm in diesem Fall nicht weiterhelfen, denn der *hoofdinspecteur* würde – bei aller Freundschaft – nicht aus bloßer Gefälligkeit gegen geltendes Recht verstoßen und sich selbst in die Bredouille bringen. Es war keine Gefahr im Verzug, und auch eine akute Fluchtgefahr war nicht ohne Weiteres geltend zu machen.

Und doch war es gerade diese Fluchtgefahr, die Tenbrink so nervös machte und zum Handeln antrieb. Am Nachmittag hatte er Bertram gegenüber vermutet, dass Boomkamp bereits auf dem Absprung war. Der allzu schlampig kaschierte Mord an Jens Stein hatte Tenbrink in dem Glauben bestärkt, dass es Boomkamp nur darum gegangen war, Verwirrung zu stiften und Zeit zu gewinnen. Um sein abermaliges Untertauchen vorzubereiten.

Im selben Augenblick wusste er, was zu tun war und an wen er sich zu wenden hatte. Anne Gerwing! Sie steckte mit Boomkamp unter einer Decke, das lag auf der Hand, auch wenn es keinerlei Beweise dafür gab. Womöglich war sie sogar das Mastermind hinter allem und hatte ihm nicht nur bei der Unterschlagung der Millionen, sondern auch beim Vortäuschen seines Todes geholfen. Wie hatte Dieter Grothues vorhin gesagt? »*Sie war immer schon unglaublich klug, die hatte echt was in der Birne.*« Hinzu kam, dass sie es gewohnt war, die Zügel in der Hand zu halten und die Richtung vorzugeben.

Zugleich aber war sie Boomkamps Schwachstelle, seine Achillesferse. Denn anders als er konnte und würde sie nicht so einfach untertauchen und alles stehen und liegen lassen, was sie sich über Jahrzehnte erarbeitet und aufgebaut hatte. So schätzte sie Tenbrink nicht ein. Boomkamp ging es um seine Freiheit, dafür hatte er schon einmal Frau und Kinder aufgegeben, doch bei Anne Gerwing ging es um mehr. Es ging um ihr Leben, da war er sich sicher.

Tenbrink schaltete sein Handy ein und war überrascht, als der Apparat ihn mit einem Klingelton und der Nachricht »16 Anrufe in Abwesenheit« begrüßte. Bertram hatte diverse Male versucht, ihn zu erreichen, aber auch Bernd Hölscher fand er mehrfach in der Anrufliste, außerdem eine Handynummer, die er nicht auf Anhieb zuordnen konnte. Was war passiert, dass er plötzlich so gefragt war?

Er wählte Bertrams Nummer und hörte ein Besetzzeichen. Wie üblich hatte Maik die Anklopffunktion deaktiviert. Also rief Tenbrink im Präsidium an, aber auch unter Hölschers Durchwahl bekam er nur ein Besetztzeichen. Ob die beiden etwa gerade miteinander telefonierten? Egal, dachte er, die Kollegen konnte er auch später noch anrufen. *First things first*, wie die Engländer sagten und Tenbrink dachte, und deshalb wählte er die Handynummer von Anne Gerwing.

Freizeichen, immerhin, doch nach wenigen Sekunden meldete sich Anne Gerwings Stimme und bat um Entschuldigung und eine Nachricht nach dem Piepton. Also wählte er ihre Duchwahlnummer im »Schulzenhof« und wurde nach einer Ewigkeit automatisch zur Rezeption durchgestellt. Tenbrink hatte einfach kein Glück.

Frau Gerwing sei nicht zugegen, lautete die Auskunft des Mannes am Empfang. Die Chefin habe das Haus vor etwa einer Viertelstunde verlassen, kurz nachdem sie mit einem von Tenbrinks Kollegen gesprochen habe, einem jungen Mann mit Kurzhaarschnitt und dunkler Lederjacke. Wohin sie gegangen sei, könne er leider nicht sagen.

Tenbrink war verwirrt. Das lag nicht nur daran, dass er sich nicht erklären konnte, was Bertram von Anne Gerwing gewollt hatte, sondern auch daran, dass er plötzlich in seinem Auto saß und auf schmalen Asphaltwegen durch die Ahlbecker Bauerschaften fuhr. Die Uhr auf dem Armaturenbrett zeigte neun Uhr. Er konnte sich nicht erinnern, sein Zimmer verlassen zu haben und zum Wagen gegangen zu sein. Und doch saß er nun hinterm Steuer seines Audis und fuhr in Richtung Grenze. Die letzten Minuten waren wie aus seinem Hirn gelöscht, und das machte ihm Angst. Er verlor sich. Wieder einmal.

Er hatte gerade die Zufahrt zum Hof der Hartmanns passiert und hielt fünfzig Meter weiter an der nächsten Weggabelung. Rechts führte der Hohlweg zum »Schulzenhof«, links ging es zur Kolkmühle und direkt vor ihm lagen der Bruchwald, das Venn und der Galgenhügel. Aus den Augenwinkeln bemerkte er eine Bewegung zu seiner Rechten, doch als er in Richtung »Schulzenhof« schaute, war nichts mehr zu sehen. Eine dunkle Gestalt war seitlich in den Büschen verschwunden, doch Tenbrink hätte nicht einmal sagen können, ob es sich um einen Menschen oder ein Tier gehandelt hatte. Oder ob er es sich nur eingebildet hatte. Es war stürmisch geworden, Laub wirbelte umher, Bäume schwankten im Wind und erinnerten Tenbrink an geheimnisvolle Tänzer.

Er schüttelte sich und setzte den Blinker, als plötzlich ein Licht im Bruchwald zu sehen war. Das war eindeutig keine Einbildung! Das Licht bewegte sich auf und ab und war so stark, dass Tenbrink einen Handscheinwerfer oder vielleicht sogar ein Auto als Quelle vermutete.

Statt rechts abzubiegen, fuhr er geradeaus und folgte dem Sandweg, von dem nach einigen Metern der Trampelpfad zum Galgenhügel abzweigte. Wieder war für einen kurzen Moment das helle Licht zu sehen, bevor es erneut verschwand und nicht wiederkam. Dennoch hatte Tenbrink erkannt, dass der Lichtschein nicht vom Galgenhügel, sondern weiter hinten aus dem angrenzenden Bruchwald gekommen war. Dort befand sich der verfallene Vennekotten, an dem er vor einigen Tagen Anne Gerwing und ihren Liebhaber beim heimlichen Stelldichein überrascht hatte.

Tenbrink schaltete das Licht aus und fuhr im Schritttempo bis zu der Stelle, an der rechter Hand der schmale Weg durchs Dickicht und zur Lichtung mit der alten Eiche und der Ruine des Moorhofs abzweigte. Er parkte den Wagen auf dem *fietspad*, holte die Taschenlampe aus dem Handschuhfach, stieg aus und leuchtete ins Unterholz. Wieder fielen ihm die umgeknickten Zweige und die platt gedrückten Sträucher auf, ebenso die Traktorspuren im feuchten Boden. Dann aber stutzte er. Für einen Trecker waren die Reifen zu schmal und das Profil nicht markant genug, außerdem war der Radabstand zu gering.

Im selben Moment wusste er, dass er diese Reifenabdrücke heute schon einmal gesehen hatte. Auf den Fotos, die Bonnema ihnen am Nachmittag gezeigt hatte. Die Abdrücke stammten von einem robusten Mercedes-Geländewagen mit Bullenfänger und Offroad-Reifenprofil. Vermutlich hatte Boomkamp das SUV nach dem Diebstahl in Enschede zwischenzeitlich am Vennekotten abgestellt, bevor es in der Nacht dazu gedient hatte, Jens Stein zu ermorden. Die illegale Rennstrecke am Oude Buurserdijk war nicht einmal zwei Kilometer von der Ruine entfernt.

Tenbrink folgte dem morastigen Pfad bis zur Lichtung und hielt nach allen Seiten Ausschau. In der Dunkelheit war nicht viel zu sehen, kein Licht, keine Bewegung, und weil der Sturmwind durch das alte Gemäuer heulte und die vertrockneten Blätter der riesigen Eiche wie eine Meeresbrandung rauschten, konnte er auch nichts Verdächtiges oder Ungewöhnliches hören. Die Reifenspuren führten zu einer Art Stall oder Garage, von dem lediglich die backsteinernen Mauern übrig geblieben waren. Es fehlten das Dach und das einstmals breite Holztor. Im Inneren des Gemäuers lag eine große, schwarze Siloplane, die beinahe den gesamten Boden bedeckte. Tenbrink hob die Plane an einer Seite an, leuchtete darunter und nickte. Auch hier waren die Reifenspuren im Boden zu erkennen. Dies war der Ort, an dem Boomkamp das SUV abgestellt und unter der Plane versteckt hatte.

Tenbrink ging zurück zur Eiche, die früher einmal direkt vor dem Bauernhaus gestanden hatte, und drehte sich im Kreis. Der Schein der Taschenlampe fiel auf die baufällige und dachlose Hütte am Rand der Lichtung, in der Anne Gerwing und Maarten Mulders sich miteinander vergnügt hatten. Langsam näherte er sich dem Häuschen, doch diesmal war kein lustvolles Stöhnen zu hören und keine Bewegung hinter den glaslosen Fenstern zu erkennen. Tenbrink nahm seine Pistole aus dem Schulterholster und war zugleich erstaunt, dass er bewaffnet war. Er konnte sich nicht erinnern, das Holster angelegt zu haben. Oder hatte er es etwa den ganzen Tag getragen? Er wusste es nicht.

Die Tür zur Hütte, die früher vermutlich als Gesindehaus gedient hatte, war nicht verschlossen. Tenbrink öffnete sie vorsichtig, zuckte beim Quietschen der Scharniere zusammen und leuchtete mit der Taschenlampe ins

Innere. Ein alter gusseiserner Ofen stand in der gegenüberliegenden Ecke, außerdem befand sich eine Art Waschtisch mit Emailleschüssel neben der Tür, und ein dreibeiniger Holzschemel stand einsam in der Mitte des Raums. Sonst nichts. Außer Spinnweben und Staub. Auf der linken Seite führte ein Durchgang in den Nachbarraum, wo eine schmale und unbezogene Matratze auf dem schmutzigen Boden lag. Direkt daneben stand eine große und schwere Holztruhe unter einem glaslosen Fenster. Die Kiste mit dem gewölbten Deckel und dem verrosteten Scharnierbeschlag erinnerte an eine Schatz- oder Aussteuertruhe und war nicht verschlossen. Darin befanden sich allerdings nur einige Decken und Laken sowie ein mit altem Werkzeug gefüllter Metalleimer. Nichts von Wert oder Belang.

Tenbrink schloss die Truhe und leuchtete die Zimmerdecke und den Fußboden ab. Zwischen Truhe und Matratze waren frische Schleifspuren im Staub zu erkennen, als wäre die hölzerne Kiste gerade erst verschoben worden. Tenbrink steckte die Pistole ins Holster und rückte die Truhe zur Seite. Darunter befand sich, wie er vermutet hatte, eine Bodenklappe ohne sichtbaren Riegel oder Öffnungsmechanismus. Nur der rechteckige Schnitt der Bodendielen ließ erkennen, dass sich unter den Brettern ein Hohlraum befand. Die Hütte war, zumindest an dieser Stelle, unterkellert. Vielleicht waren hier einst Vorräte oder verderbliche Lebensmittel gelagert worden.

Tenbrink hatte Mühe, den Deckel zu fassen zu bekommen, nach oben zu hebeln und zur Seite zu schieben. Als er es schließlich geschafft hatte und in die Tiefe leuchtete, war er enttäuscht, dass sie so tief gar nicht war. Ein gemauerter Kriechkeller, in dem man nicht einmal gebückt stehen konnte und dessen Grundfläche nur einem Drittel des darüberliegenden Raumes entsprach.

Tenbrink kletterte hinunter und suchte die unterirdische Kammer mit der Taschenlampe ab, doch er fand nur alte Regalbretter, vergammelte Stroh- oder Mehlsäcke, einige Vorratsbehältnisse wie Eimer und Töpfe und weitere Tücher und Decken, die nach Fäulnis und Moder rochen. In einer Ecke des engen Verschlags sah Tenbrink etwas Helles, und als er auf allen vieren dorthin kroch, erkannte er im Schein der Taschenlampe, dass es ein einzelnes Papier war. Es handelte sich um einen Kassenzettel eines Elektronikfachhandels. »dLAN 200 AVplus 200 Mbit/S Powerline«, entzifferte Tenbrink die Bezeichnung des gekauften Artikels, ohne sich jedoch irgendetwas darunter vorstellen zu können. Interessant an der Quittung war allerdings die Anschrift des Elektronikladens: Bergedorfer Str. 106, 21029 Hamburg. Der einzige Hamburger, dem er in den letzten Tagen begegnet war, war Jens Stein gewesen.

Fieberhaft suchte Tenbrink nach weiteren Papieren oder sonstigen Gegenständen und kramte in den herumliegenden Säcken und Gefäßen, doch wie auch immer dieser Kassenbon hierher gekommen sein mochte, es war der einzige Hinweis auf den ermordeten Journalisten. Falls sich noch weitere Gegenstände aus dem Besitz von Jens Stein in diesem Kriechkeller befunden hatten, waren sie vor wenigen Minuten von dem oder der Unbekannten mit dem Schweinwerfer beiseitegeschafft worden. Tenbrink war zu spät gekommen.

Er kroch zurück zur Öffnung und fuhr überrascht zusammen, als er mit seinem Knie auf etwas Hartes unter einem leeren Mehlsack stieß und im selben Augenblick ein knirschendes Geräusch zu hören war. Tenbrink nahm die Taschenlampe zwischen die Zähne, suchte mit beiden Händen den Boden unter den gammeligen Säcken ab und fand ein Smartphone. Mit goldfarbenem

Gehäuse, zersplittertem Display und angebissenem Apfel auf der Rückseite. Das gleiche Modell, das Tenbrink vor wenigen Tagen bei Jens Stein gesehen hatte.

Also doch! Tenbrink richtete sich auf, als er die Öffnung erreicht hatte. Dann aber schüttelte er den Kopf. Denn das ergab überhaupt keinen Sinn. Warum sollte Henk Boomkamp alias Maarten Mulders das Smartphone seines Mordopfers im Keller einer verfallenen Bauernhütte im Venn verstecken? Es wäre viel sinnvoller und naheliegender gewesen, es in irgendeinem Moortümpel zu entsorgen oder im Wald zu vergraben. Zusammen mit den Notizen und Aufzeichnungen des Journalisten sowie dem Laptop, der womöglich bis vor wenigen Augenblicken ebenfalls in dieser Kammer gelegen hatte. Tenbrink begriff nicht, warum Boomkamp so unvorsichtig und dumm gewesen sein sollte.

Doch dann dämmerte es ihm, dass es nicht Boomkamp gewesen war, der das Handy hier versteckt und vermutlich beim Herausklettern verloren hatte. Auch Anne Gerwing kam dafür nicht infrage. Dass die beiden diese Hütte als Liebesnest benutzt hatten, war vermutlich reiner Zufall gewesen. Die unterirdische Kammer war möglicherweise kein Vorratsraum, sondern ein Versteck für Schmuggelware gewesen. Noch ehe direkt hinter ihm eine Bodendiele knarrte, wusste Tenbrink, wer Boomkamp bei den Morden an Ellen Gerwing und Jens Stein zur Hand gegangen war: Ein väterlicher Freund! Seit Jahrzehnten durch krumme Geschäfte mit der Familie Boomkamp verbunden.

»Du hast was verloren, Heini«, sagte Tenbrink, ohne sich umzudrehen. Er hielt das Handy in die Höhe und tastete sich gleichzeitig mit der anderen Hand zur Pistole vor. »Ist das hier dein Geheimversteck? Hast du früher schon deine Sachen in diesem Kriechkeller gelagert?«

»Der Vennekotten gehörte früher mal unserer Familie«, antwortete Schultewolter und nahm ihm von hinten das Handy aus der Hand. »Als Kinder haben wir hier Verstecken gespielt. Damals war das noch ein richtiger Bauernhof.«

»Verstehe«, sagte Tenbrink und holte vorsichtig die Pistole aus dem Holster. »Trotzdem nicht sehr klug, den Pröddel hier zu bunkern. Warum hast du den Kram nicht einfach in den Kolk geworfen? Hat Henk dir nicht gesagt, du sollst das Handy verschwinden lassen? Genauso wie den Laptop?«

»Wieso Pröddel?«, schimpfte Schultewolter. »Die Sachen sind doch noch was wert. Wär doch schade drum gewesen. Dieter hätte mir bestimmt noch ein paar Euro dafür gegeben. So was wirft man doch nicht weg!«

»Du wolltest die Sachen an Dieter Grothues verscherbeln?« Tenbrink lachte, während er gleichzeitig die Pistole vor dem Bauch hielt. »Konntest nicht aus deiner Haut, was, Heini?« Er entsicherte die Waffe und fuhr herum. »Dummkopf!«

»So dumm nun auch wieder nicht!«, rief Schultewolter und holte im selben Augenblick aus.

Der Holzschemel traf Tenbrink an der Schläfe, grelle Blitze explodierten in seinem Kopf, eine Schockwelle fuhr durch seinen Körper, die Beine knickten ein, die Arme suchten vergeblich nach Halt, die Pistole fiel zu Boden. Ein zweiter Schlag traf ihn am Hinterkopf, dann wurde es dunkel und still.

3

Obwohl die Wohnung der toten Lisbeth Boomkamp genauso geschnitten, ähnlich tapeziert und identisch grundausgestattet war wie die Wohnung von Christiane Boomkamp gegenüber, erschien sie Bertram doch wie das exakte Gegenteil. Wie Tag und Nacht, im wahrsten Sinn des Wortes. Während Christiane ihre Wohnung hell, freundlich und geschmackvoll eingerichtet hatte, war Lisbeths Wohnung düster, altbacken und beklemmend. Dunkle und wuchtige Schränke mit Eichenfurnier, grüne Polstersessel mit Veloursbezug am achteckigen Fliesentisch, schwere Vorhänge aus Damast oder Brokat vor den ohnehin schon kleinen Fenstern. An den Decken hingen hölzerne Hängelampen mit gelblich gefärbten Glaskugeln. Gelsenkirchener Barock in Reinform.

Hinzu kam der muffige und ein wenig modrige Geruch, der Bertram augenblicklich hüsteln ließ, als er von Josef Boomkamp ins Wohnzimmer geführt wurde. Es roch nach Staub und Schimmel und Körperausdünstungen. Bertram fand, dass es nach Krankheit und Tod roch, aber das lag vielleicht nur daran, dass er wusste, dass Lisbeth Boomkamp in diesen Wänden gestorben war.

Boomkamp schien Bertrams Blicke bemerkt und das Hüsteln richtig gedeutet zu haben, denn er sagte: »Mama hat darauf bestanden, dass die Wohnung nach der Renovierung wieder genauso aussieht wie früher. Sie hat den ganzen ollen Kram irgendwo zwischengelagert und anschließend alles wieder an Ort und Stelle gebracht. Wir haben ihr angeboten, die Wohnung neu einzurichten, aber davon wollte sie partout nichts wissen. Wir hatten sogar Mühe, ihr den alten Kohleofen für die Küche auszureden.« Er lachte abfällig und setzte hinzu: »Alte Menschen sind manchmal eigen und dickköpfig. Vielleicht waren das aber auch schon die ersten Anzeichen ihrer Krankheit. Sie hat auf niemanden mehr gehört.«

Bertram verscheuchte den plötzlichen Gedanken an Tenbrink und fragte: »Ihr Bruder ist nicht mehr in Ahlbeck?«

»Wim?«, erwiderte Boomkamp, als müsste er sich überzeugen, dass Bertram nicht von Henk gesprochen hatte. »Er ist mit seiner Frau gleich nach dem Leichenschmaus wieder nach Dortmund gefahren. Es hat mich gewundert, dass er überhaupt zur Beerdigung gekommen ist. Mama und er haben sich nicht besonders verstanden, auch als sie noch nicht krank war. Unsere Familie war noch nie besonders harmonisch, eher im Gegenteil, aber nachdem Henk tot war … nun ja …« Statt den Satz zu beenden, zuckte er mit den Schultern und verdrehte vielsagend die Augen.

»Und die Jungs?«, fragte Bertram und schüttelte den Kopf, als Boomkamp mit der Hand auf einen der Velourssessel wies. »Wo sind Ihre Neffen? Sind sie noch wach?«

»Die sitzen nebenan vor der Glotze.« Boomkamp fuhr sich nervös mit den Fingern über die Nasenwurzel. »Ich hab ihnen eine Star-Wars-DVD eingelegt, damit sie ruhig sind und nicht nerven.«

Star Wars zur Beruhigung, wunderte sich Bertram, ließ es aber unkommentiert. Was Kinder anging, war er nun wahrlich kein Experte. »Was ist genau passiert? Seit wann ist Ihre Schwägerin verschwunden?«

»Seit etwa einer Stunde«, antwortete Boomkamp. »Wir waren drüben bei Christiane und haben Abendbrot gegessen. Zwischendurch musste ich für einige Zeit aufs Klo, und plötzlich hab ich die Wohnungstür knallen gehört. Als ich wieder ins Wohnzimmer kam, war Christiane weg. Die Jungs wussten nur, dass sie zum Telefonieren in die Küche gegangen war und mit jemandem laut gestritten hatte. Vom Fenster aus hab ich dann gesehen, wie sie in ihren Golf gestiegen ist.« Nach einer kurzen Pause setzte er hinzu: »Vorher hat sie das Gewehr in den Kofferraum gepackt.«

»Sind Sie sicher, dass es ein Gewehr war?«

Statt einer Antwort ging Boomkamp zu einem metallenen Schrank, der in der Ecke des Zimmers stand und an einen massiven Spind erinnerte. Der Schlüssel steckte, und als Boomkamp den Schrank öffnete, sah Bertram zwei schmale Fächer für Schusswaffen. In einem der Fächer befand sich eine altmodische Schrotflinte mit Doppellauf und Kippverschluss, das andere Fach war leer.

»Die Flinte ist uralt und gehörte unserem Vater«, erklärte Boomkamp. »Deshalb steht der Waffenschrank auch in Mamas Wohnung. Genau da, wo er früher gestanden hatte. Außerdem fand Christiane es sicherer, die Gewehre hier aufzubewahren. Wegen der Kinder.«

»Was befand sich in dem zweiten Fach?«, fragte Bertram.

»Christianes Jagdgewehr. Eine ziemlich schicke Repetierbüchse mit Hightech-Zielfernrohr und Steckmagazin. Ein modernes Präzisionsgewehr mit Laservisier.«

»Sie scheinen sich gut mit Gewehren auszukennen.«

»Papa hat Wim und mich früher manchmal mit auf die Jagd genommen. Wir Jungs fanden das natürlich klasse. Dass er gar keinen Jagdschein hatte und wir ihm und dem alten Schultewolter beim Wildern halfen, haben wir erst viel später begriffen. Auch dass sie anschließend die Tiere entweder hinter der Mühlenschänke oder im alten Vennekotten versteckt haben, fanden wir eher spannend als seltsam.« Boomkamp lachte grimmig. »Dass ausgerechnet Henk, der mit Waffen so gar nichts am Hut hatte und uns ständig mit seinem pazifistischen Gelaber in den Ohren lag, später mal eine Jägerin und Sportschützin heiraten würde, kommt mir beinahe komisch vor.«

Bertram fand das nicht besonders amüsant und fragte: »Ist Ihnen an Ihrer Schwägerin in den letzten Stunden irgendetwas aufgefallen?«

»Sie war schon die ganze Zeit so merkwürdig«, antwortete Boomkamp und nickte. »Hat kaum geredet und nur Löcher in die Luft gestarrt. Sie war völlig abwesend und hat gar nicht zugehört, wenn man mit ihr gesprochen hat. Als wär sie in Gedanken ganz woanders. Dann wieder ist sie völlig grundlos aus der Haut gefahren. Ich dachte, sie hat irgendwelche Beruhigungspillen genommen, weil sie so schräg drauf war. Entweder hat sie geschwiegen, oder sie ist ausgeflippt. Als Wim nach der Beerdigung einmal auf Henk zu sprechen kam, da hat sie ihn angeschnauzt und wäre ihm beinahe an die Gurgel gegangen. Nur weil er drauf hingewiesen hat, dass Henks Leiche leider nicht im Familiengrab liegt.«

Bertram nickte nachdenklich. »Haben Sie versucht, Ihre Schwägerin anzurufen?«

»Natürlich«, antwortet Boomkamp und schnaufte abfällig über Bertrams dumme Frage. »Sie hat ihr Handy ausgeschaltet.«

»Haben Sie eine Ahnung, wohin sie gefahren sein könnte?«

Boomkamps Miene verfinsterte sich. Er deutete zum Waffenschrank und sagte: »Sie ist auf die Jagd gegangen.«

Bertram räusperte sich und sagte: »Vielleicht wissen die Kinder mehr.«

Gemeinsam mit Boomkamp verließ er die Wohnung und atmete erleichtert auf, als er im Treppenhaus stand. Die Wohnung der toten Lisbeth war ihm aufs Gemüt geschlagen.

4

Die beiden Jungs – Bertram schätzte sie auf etwa acht bis zehn Jahre – saßen immer noch vor dem Fernseher und schauten »Star Wars«.

»Darf ich euch mal was fragen?«, versuchte Bertram, sich Gehör zu verschaffen, doch die Jungs reagierten überhaupt nicht und starrten unverwandt auf den Bildschirm.

»Max!«, wandte sich Boomkamp an den älteren der beiden, der aufgeregt an seinen Fingernägeln knabberte. »Der Kommissar redet mit euch!« Da der Angesprochene keinen Ton von sich gab, setzte Boomkamp in Richtung des Jüngeren hinzu: »Das gilt auch für dich, Tim!«

Keine Reaktion.

Bertram schnappte sich die Fernbedienung und drückte auf die Pause-Taste.

»He!«, rief Tim. »Wir wollen das gucken!«

»Wollt ihr wissen, wie's weitergeht?«, sagte Bertram und zuckte mit den Schultern. »Han Solo stirbt, und Luke Skywalker hat jetzt einen Vollbart.«

»Das wissen wir«, antwortete Max und zog verächtlich die Nase kraus. »Wir haben den Film schon ganz oft gesehen.«

»Na dann«, sagte Bertram und schaltete den Apparat aus.

Böse Blicke und Schmollmünder waren die Folge.

»Und jetzt sagt ihr mir, was vorhin mit eurer Mama passiert ist.«

Beide Jungen zuckten mit den Schultern.

»Sie hat telefoniert«, half Bertram ihnen auf die Sprünge. »In der Küche.«

Beide nickten.

»Konntet ihr verstehen, worüber oder mit wem sie gesprochen hat?«

Kopfschütteln.

»Festnetz oder Handy?«

»Handy«, sagte Tim.

»Festnetz«, sagte Max.

»Sie hat in der Küche telefoniert«, sagte Tim in Richtung seines Bruders.

»Ist doch schnurlos, du Blödmann«, erwiderte Max.

»Weiß ich selbst.« Tim zog nachdenklich die Stirn kraus. »Warum heißt es dann Festnetz?«

»Das hat doch nichts mit der Schnur zu tun«, rief Max und verdrehte die Augen.

»Schon gut, Jungs«, sagte Bertram und ging zu dem Telefon, das auf einer Kommode unter dem gerahmten Familienfoto stand. »Hat eure Mama angerufen oder wurde sie angerufen?«

Diesmal waren die Jungs wieder einer Meinung, sie zuckten mit den Achseln.

»Jetzt reicht's!«, schnauzte Josef Boomkamp. »Hat das Telefon geklingelt oder nicht, verdammt noch mal?!« Er hob drohend die Hand, als wollte er die Antwort aus ihnen herausprügeln.

Max und Tim schauten ihren Onkel entsetzt an und schüttelten die Köpfe.

Bertram suchte im Menü die Anrufliste und sah an oberster Stelle eine Nummer, die mit »+3153« begann. Eine holländische Nummer, wie der Ländercode bewies, und wenn er sich nicht irrte, gehörte die Vorwahl 53 zur Stadt Enschede. Jedenfalls begann die dienstliche Durchwahl, die der Kollege Bonnema ihm am Nachmittag gegeben hatte, mit diesen Ziffern.

Bevor er sich darüber Gedanken machen konnte, ob es klug war, drückte Bertram auf die Anruftaste. Mehrere Freizeichen waren zu hören, dann änderte sich der Signalton, als wäre der Anruf an einen anderen Anschluss weitergeleitet worden. Kurz darauf erklang eine weibliche Automatenstimme. Obwohl Bertram kaum ein Wort verstand, ahnte er, dass der Teilnehmer nicht erreichbar war und man nach dem Piepton eine Nachricht hinterlassen konnte. Er legte auf und griff nach seinem Smartphone. Er öffnete den Browser, gab auf Wikipedia den Suchbegriff »Haaksbergen« ein und fand bestätigt, was er bereits geahnt hatte. Die Gemeinde Haaksbergen hatte dieselbe Vorwahl wie die Nachbarstadt Enschede.

Boomkamp stellte sich hinter Bertram und schaute ihm über die Schulter. »Haaksbergen?«, wunderte er sich. »Was will sie da?«

»Jagen«, antwortete Bertram und lief zur Tür.

»Soll ich mitkommen?«, rief Boomkamp ihm hinterher.

»Nein, bleiben Sie bei den Kindern!«, antwortete Bertram, ohne sich umzudrehen. »Ihre Handynummer hab ich ja. Und melden Sie sich, sobald Sie etwas von Ihrer Schwägerin hören!«

Auf dem Weg zum Auto rief er Tenbrink an. Diesmal kam nicht gleich die Ansage, dass der Teilnehmer nicht zu erreichen sei, sondern ein Freizeichen. Tenbrink hatte sein Handy inzwischen eingeschaltet.

»Mach schon, geh ran!«, rief Bertram und setzte sich hinters Steuer. Dann landete er auf Tenbrinks Mailbox. »Verdammt, Heinrich!«, fauchte Bertram und fuhr los. »Was soll der Mist?«

5

Tenbrink öffnete schwerfällig die verklebten Augen. Nichts zu sehen. Alles dunkel. Irgendwo klingelte es. Ganz nah, aber irgendwie dumpf. Eine Melodie, die ihm bekannt vorkam. Dann nichts mehr. Nur Stille. Sein Kopf tat höllisch weh, hämmernde Schmerzen im Genick und ein stechender Schmerz an der Schläfe. Als würden sich ein Hammer und ein Bohrer gleichzeitig durch seine Knochen fräsen. Als er seine Schläfe berührte, fühlte sie sich feucht an. Und erstaunlich weich. Wie Pudding. Er richtete sich ein wenig auf und hielt seine Hände vor die Nase, sie rochen nach Blut. Das war offenbar auch der Grund für seine verklebten Augen. Er wusste nicht, wieso er blutete. Er wusste nicht, wo er war. Und hätte man ihn nach seinem Namen gefragt, hätte er den auch nicht sagen können. Alles weg. Nur der Schmerz war noch da – und die Dunkelheit.

Er setzte sich hin und griff nach seiner Brille, doch da war nichts auf seiner Nase. Woher wusste er überhaupt, dass er Brillenträger war? Und wieso stank es hier nach Moder und Verwesung? Wie in einer Gruft oder einem Verlies. Er versuchte, die aufkommende Panik zu unterdrücken und sich in der Dunkelheit zu orientieren. Mit beiden Händen tastete er den feuchten Steinboden ab und fand als Erstes seine Brille. Er setzte sie auf die Nase, was ihm eine seltsame Genugtuung verschaffte, obwohl er nun keinen Deut besser sah. Dann stieß er auf etwas Hartes und Metallisches. Eine Pistole. *Seine* Pistole. Das wusste er, weil er sie automatisch in das Holster unter seiner linken Achsel steckte. Als wäre es das Normalste von der Welt, bewaffnet zu sein.

Tenbrink ging auf die Knie, rieb sich den Rücken, erhob sich mühsam und stieß beim Aufstehen mit dem Scheitel an die Decke des Raumes. Der Schmerz war unerträglich und ließ ihn laut aufschreien. Wo, zum Teufel, befand er sich? Der Fußboden war aus grobem Stein, die viel zu niedrige Decke aus Holzbohlen mit Querbalken, wie er nun ertastete, und überall der Geruch nach Fäulnis. Ein Kriechkeller, ging es ihm durch den Kopf, doch so was gab es ja eigentlich gar nicht mehr. Er fand den Gedanken absurd. Entweder unterkellerte man ein Haus, oder man ließ es bleiben!

Doch *wenn* dies ein Keller war, dann musste sich der Ausgang in der Decke befinden. Also suchte er die Holzbohlen ab, der Länge nach und eine nach der anderen, bis er auf einen Querspalt stieß, der dort eigentlich nichts zu suchen hatte. In der Bodendiele nebenan befand sich an derselben Stelle ebenfalls ein Spalt, und schließlich hatte er die Umrisse eines Rechtecks entdeckt. Ein Scharnier oder einen Riegel hatte er nicht ertastet, es handelte sich also vermutlich nicht um eine Falltür oder eine Klappe, sondern um einen in den Fußboden eingelassenen Deckel.

Mit aller Macht stemmte er sich mit den Händen gegen die Bretter, die sich tatsächlich etwas anhoben, allerdings nicht so weit, dass er den Deckel zur Seite schieben konnte. Vermutlich stand etwas Schweres darauf, um die Öffnung zu verbarrikadieren. Beim zweiten Versuch stemmte er sich mit der Schulter gegen das Holz, auch wenn sein Hinterkopf dabei brennend heiße Stromstöße in alle Richtungen aussandte. Wieder hob sich der Deckel an, aber erneut war es ihm nicht möglich, ihn seitlich zu bewegen.

»Verflucht!«, schrie er. Das Schreien echote schmerzhaft in seinem Schädel. Er wartete, bis das Hämmern und Bohren nachgelassen hatte, und dachte nach. Beim Abtasten des Raumes war er gegen einige Regalbretter gestoßen, die in einer Ecke an der Wand lehnten. Diese stapelte er nun unter der Öffnung, stellte sich in gebückter Haltung darauf und versuchte es erneut, diesmal nicht nur mit der Schulter, sondern mit dem gesamten Rücken. Endlich brachte er den Deckel so weit in die Höhe, dass der Gegenstand, der ihn beschwerte, zur Seite rutschte. Jetzt war es ein Kinderspiel, den Deckel so weit seitlich wegzuschieben, bis sich eine Öffnung auftat, durch die sich Tenbrink nach oben hangeln konnte.

Außer der schweren Eichentruhe, die auf dem Deckel gestanden hatte und nun zur Seite gekippt war, einem zerbrochenen Holzschemel und einer blanken Matratze auf dem Boden war der Raum oberhalb des Kellers leer. Genauso wie der Nachbarraum dieses seltsamen Gebäudes. Die Fenster waren gähnende Löcher, durch die der Wind pfiff, und als Tenbrink durch die Tür ins Freie trat, stand er inmitten einer Ruinenlandschaft auf einer Lichtung im Wald. Es hatte etwas Unwirkliches, auch wegen des tosenden Sturms und des fahlen Lichts des Mondes, der immer wieder zwischen den dahinjagenden Wolken auftauchte und dann wieder verschwand. Erneut hörte er die bekannte Melodie, genauso dumpf, doch diesmal nicht nah, sondern weit entfernt und sehr leise. Als käme sie aus dem feuchten Keller, dem er gerade entflohen war.

Nichts wie weg, schoss es ihm durch den Kopf. Denn wer auch immer ihn niedergeschlagen und in dieser Bruchbude eingesperrt hatte, könnte immer noch in der Nähe sein und auf ihn aufmerksam werden. Also beeilte er sich, von der Lichtung wegzukommen, und lief aufs Geratewohl in den Erlenwald, dessen Boden sumpfig war und an einigen Stellen vollends unter Wasser stand.

Brook, nannte man das auf Plattdeutsch, aber Tenbrink hatte keine Ahnung, warum ihm das gerade jetzt einfiel. Und ob das von Belang war. Es half ihm jedenfalls nicht, sich an irgendetwas zu erinnern.

Mühsam kämpfte er sich durch den Wald, blieb mehrfach im Morast stecken, fiel hin, rappelte sich wieder auf und war froh, als der Boden schließlich trockener und fester wurde und der Bruch allmählich in eine leicht hügelige und sandige Wacholderheide überging. Als er einen kleinen Trampelpfad erreichte, setzte er sich auf den Hosenboden und schnaufte durch. Er blutete, er war verdreckt und nass, und beim Blick auf seine Füße stellte er fest, dass er den rechten Schuh im Morast verloren hatte. Doch dafür hatte er eine Pistole unter der Schulter.

Plötzlich kam ihm ein Gedanke und er fasste in die Innentasche seiner Jacke. Dort ertastete er eine Kette, an der sich eine ovale Plakette befand, die er nun herauszog und im Mondlicht betrachtete. »Kriminalpolizei«, stand auf der Vorderseite der Messingscheibe. »Nordrhein-Westfalen«, las er auf der Rückseite. Darunter war das Wappen von NRW abgebildet. Außerdem war in das Metall eine vierstellige Nummer eingestanzt.

Es war absurd, aber als er seine Dienstnummer sah, erinnerte er sich plötzlich, wer er war: Erster Hauptkommissar Heinrich Tenbrink, Leiter des KK11, Kriminalpolizei Münster.

Ein knarrendes oder knirschendes Geräusch ließ ihn zusammenfahren. Sofort griff er nach seiner Pistole und richtete sich auf. Mit der Waffe im Anschlag und in geduckter Haltung ging er auf dem Trampelpfad in die Richtung, aus der das Geräusch gekommen war. Das Knarren war inzwischen verschwunden, dafür hörte er nun eine Art Wimmern oder Winseln. Der Weg schlängelte sich durch dichtes Dornengestrüpp, Heidekraut und Wacholderbüsche. Reste von rot-weißem Flatterband hatten sich in den Dornen verfangen und flatterten im Wind. Ein Tatort! Tenbrink wusste, dass ihm das etwas sagen sollte, doch das tat es nicht. Noch nicht! Erst als er hinter der nächsten Biegung auf einen grasbewachsenen Hügel stieß, auf dessen Kuppe ein seltsames Holzgerüst stand, war alles schlagartig wieder da. Als hätte jemand in seinem Hirn einen Schalter umgelegt.

Der Galgenhügel! Das Tütenrutschen im Schnee! Der Mord an Ellen Gerwing! Und als hätte er ein grausiges Déjà-vu, hing an dem Querbalken eine Frau am Strick.

Tenbrink kraxelte hastig auf allen vieren den glitschigen Hügel hinauf und konnte es kaum fassen, als plötzlich von irgendwoher die Marseillaise ertönte. »*Allons enfants de la Patrie!*« Es kam ihm zunächst wie ein schlechter Witz vor, wie ein Streich, den ihm sein malträtiertes Hirn spielte, doch dann erinnerte er sich und begriff, wer dort oben am Galgen baumelte: Anne Gerwing. Ihr Handy klingelte wie eine Totenglocke. Schon wieder war er zu spät gekommen.

Erst als er die Kuppe erreicht und sich an dem hölzernen Galgenpodest aufgerichtet hatte, erkannte Tenbrink, dass ihn die verzerrte Perspektive von unten in die Irre geführt hatte. Anne Gerwing stand auf einem Holzblock unter dem Galgen und war gerade dabei, sich den Strick, der am Querbalken verknotet war, um den Hals zu legen. Das Wimmern, das Tenbrink vorhin gehört hatte, war ihr Schluchzen gewesen. Es war ihr offensichtlich nicht möglich, den letzten Schritt zu tun. Sie zögerte und verharrte regungslos wie eine Statue.

»Tun Sie es nicht!«, rief Tenbrink und kletterte aufs Podest. »Kommen Sie runter, Frau Gerwing! Lassen Sie das Seil los!«

Anne Gerwing fuhr wie aus einem Traum auf und starrte Tenbrink zunächst verstört und dann verärgert an.

Ihre Augen funkelten plötzlich vor Wut. Statt seiner Aufforderung zu folgen und vom Holzblock zu steigen, schien sie nun wild entschlossen und vor allem fähig zu sein, den Kopf in die Schlinge zu stecken und vom Block zu springen.

Tenbrink blieb nicht viel Zeit. Da er nicht die Kraft hatte, eine am Galgen baumelnde Frau aufzufangen und abzustützen, musste er handeln, bevor sie das Seil um ihren Hals gelegt hatte. Mit voller Wucht trat er gegen den Holzblock und schrie vor Schmerz auf, weil er vergessen hatte, dass er am rechten Fuß keinen Schuh trug. Der Holzblock wankte und kippte, und Anne Gerwing hing am Strick. Allerdings nicht mit dem Hals, sondern mit den Händen. Wie ein bockiges Kind schrie sie laut auf und klammerte sich mit beiden Händen an das Seil, dessen Schlinge sich inzwischen zugezogen hatte. Dann verließen sie die Kräfte, und sie landete mit dem Rücken auf dem Holzpodest.

»Was soll der Unsinn!«, schimpfte Tenbrink, setzte sich neben sie und hielt sich den schmerzenden Fuß. »Das ist doch keine Lösung!«

»Warum können Sie mich nicht einfach in Ruhe lassen!«, fuhr sie ihn an und vergrub ihren Kopf in den Händen. Sie zitterte am ganzen Körper und schluchzte: »Lassen Sie mich! Warum quälen Sie mich?«

»Ich quäle Sie?« Tenbrink wurde nun ebenfalls wütend. »Ich hab Sie gerade vor einer großen Dummheit bewahrt.« Er musste daran denken, dass sie die dritte Schwester gewesen wäre, die auf dem verfluchten Galgenhügel gestorben wäre. Kein guter Platz für die Gerwings.

Anne Gerwing nahm die Hände vom Gesicht, schaute ihn überrascht an und sagte: »Nein, kein guter Platz!«

Tenbrink hatte wieder einmal laut gedacht.

»Was ist denn mit Ihnen passiert?«, fragte sie plötzlich und berührte seine blutverkrustete Schläfe, ohne dass er diese Berührung spüren konnte. Seine gesamte linke Gesichtshälfte war wie betäubt und tat doch höllisch weh. Was eigentlich gar nicht möglich war.

»Sie haben ein Loch im Kopf!«, sagte Anne Gerwing.

Tenbrink wunderte sich über diesen komischen, etwas kindlich anmutenden Ausdruck und erwiderte: »Das war Schultewolter.« Erst als er es aussprach, fiel ihm wieder ein, was geschehen war. Die falschen Treckerspuren. Der Kriechkeller im Vennekotten. Das Handy von Jens Stein. Der Holzschemel in Schultewolters Händen.

»Es ist alles aus den Fugen geraten«, murmelte Anne Gerwing und starrte auf ihre blutverschmierten Finger. »Nichts davon hätte passieren dürfen. Ab irgendeinem Punkt ist alles schiefgelaufen. Alles!«

»*Sie* haben es laufen lassen«, sagte Tenbrink.

»Wir hatten es nicht mehr unter Kontrolle. Es hat sich selbstständig gemacht.«

Er schüttelte den Kopf. »Sie hätten einfach aufhören können. Ich meine, *bevor* das Morden anfing.«

Sie schaute ihn an, als hätte er gerade etwas sehr Einfältiges gesagt. Aufhören und Aufgeben schien nicht zu ihrem Repertoire zu gehören. Niederlagen wurden nicht akzeptiert. Auch wenn das bedeutete, die eigene Schwester zu töten. Oder sich selbst.

»Wo ist Henk Boomkamp?«, fragte Tenbrink.

Sie zuckte mit den Schultern.

»Wo ist er?«

»Weg!«, schrie sie ihn plötzlich hasserfüllt an. »Er ist weg!«

»Boomkamp hat Sie im Stich gelassen?«

Wieder zuckte sie mit den Schultern. Dann schüttelte sie den Kopf. »Er wollte, dass ich mit ihm gehe. Dass wir zusammen verschwinden und alles hinter uns lassen. Aber was hätte das gebracht? Wie lange wäre das gut gegangen? Ich hab keine Lust, mein Leben lang zu fliehen und mich zu verstecken. Das ist nichts für mich.«

»Dann lieber tot sein?«, fragte Tenbrink.

»Ja«, antwortete sie. »Aber nicht einmal das haben Sie mir gegönnt.«

»Kommen Sie!«, rief Tenbrink, rappelte sich auf, stieg vom Podest und half auch ihr herunter. »Wir gehen.«

»Wohin?«, fragte sie und folgte ihm widerwillig hinunter zum Trampelpfad.

»Zu Henk Boomkamp.«

»Den gibt's nicht mehr«, antwortete sie und blieb stehen. »Und Maarten Mulders auch nicht. Sie werden ihn nicht zu fassen kriegen!«

»Das werden wir ja sehen«, sagte Tenbrink, ergriff ihre Hand und stapfte wild entschlossen durch die Heide.

»Mit Ihrer Wunde sollten Sie sofort ins Krankenhaus«, sagte Anne Gerwing, als sie die Straße zur Kolkmühle erreicht hatten. »Mit so einer Schädelverletzung ist nicht zu spaßen. Da kann was gebrochen sein.«

»Es blutet fast gar nicht mehr«, behauptete Tenbrink und schaute sich suchend um. Wenn er sich nur erinnern könnte, wo er seinen Wagen abgestellt hatte.

6

Das Haus befand sich im Ortsteil Veldmaat und war ein typisch holländisches Backsteinhaus mit Mansardendach, weißen Fensterstürzen und riesigem, gardinenlosem Panoramafenster im Erdgeschoss, durch das man einen ungehinderten Blick auf den schmalen Vorgarten hatte. Nur ein kleines Schild, das auf einem Holzpfahl im Rasen steckte und im gelblichen Licht der Straßenlaterne kaum auszumachen war, wies auf die Immobilienfirma Mulders B. V. hin. Kein Licht war hinter den Fenstern zu sehen, kein Fernseher flackerte bläulich, kein Geräusch war zu hören, alles ruhig und friedlich.

Bertram hatte seinen Wagen vor einem Nachbarhaus geparkt und hielt nach einem Auto mit deutschem Kennzeichen Ausschau, aber auch davon war weit und breit nichts zu sehen. Christiane Boomkamp war entweder noch nicht da oder hatte ihre Jagd bereits beendet.

Bonnema, den er unterwegs angerufen und dem er in knappen Worten den Sachverhalt erklärt hatte, würde noch einige Minuten brauchen, um von seiner Wohnung in Enschede herzufahren, also stieg Bertram aus seinem Wagen und erkundete die Gegend. Er betrat das Grundstück durch das unverschlossene Gartentor und ging langsam auf einem schmalen Weg aus Waschbetonplatten zur Haustür. Er wunderte sich, dass es keine Zufahrt für Autos auf dieser Seite des Hauses gab. In der gesamten Straße, die den ulkigen Namen »Kroonprins« trug, hatte er keine Autos oder Garagen auf den Grundstücken gesehen. Vermutlich befanden sich die Stellplätze und Zufahrten in der rückseitigen Parallelstraße. Bertram horchte an der Haustür und widerstand dem plötzlichen Impuls, einfach auf die Klingel zu drücken. Stattdessen schlich er über den Rasen bis zum Panoramafenster, beugte sich vor, schirmte seine Augen seitlich mit den Händen ab und versuchte, im Inneren irgendetwas erkennen zu können. Auf einem Sideboard leuchteten die mattweißen Ziffern einer Uhr oder eines Radios. Irgendwo blinkte ein rotes Licht, vermutlich am Telefon. Und in einer Ecke des Raums schimmerte ein Aquarium in grünlich blauen Tönen. Doch eine Person, einen Schatten oder eine Bewegung konnte Bertram nicht erkennen. Das Wohnzimmer schien leer zu sein.

Er nahm die Hände von den Schläfen, richtete sich auf und fuhr entsetzt zusammen, als er plötzlich in das Gesicht eines Mannes starrte. Fast im selben Augenblick legte sich eine Hand auf seine Schulter, denn der Mann befand sich nicht im Haus, sondern stand direkt hinter ihm. Bertram hatte das Spiegelbild des Mannes in der Scheibe gesehen und stieß nun einen spitzen Schrei aus.

»Ruhig!«, flüsterte Bonnema und legte seinen Zeigefinger auf die Lippen. »Oder willst du die gesamte Nachbarschaft alarmieren?«

»Verdammt, Jan, musst du dich so anschleichen?«, flüsterte Bertram und fasste sich an die Brust. Ohne Uniform hatte er den holländischen Kollegen nicht auf Anhieb erkannt. Statt der schnittigen Polizeijacke trug er einen beigen Lodenmantel, und auf dem Kopf hatte er statt der Basecap einen altmodischen Pepitahut. In dem Rentner-Outfit sah Bonnema um Jahre gealtert aus.

»Ich schleiche mich an? Und wie nennst du das, was du hier machst?«, fragte Bonnema und deutete zum Fenster. »Konntest du wenigstens was erkennen?«

Bertram schüttelte den Kopf. »Nein. Hast du deinen Kollegen Bescheid gegeben? Wann wird die Streife hier sein?«

Bonnema runzelte die Stirn und ging zur Haustür.

»Es kommt keine Verstärkung?«, fragte Bertram verärgert und folgte ihm zur Tür. »Hast du nicht verstanden, was ich dir vorhin erklärt hab?«

»Doch, das hab ich«, antwortete Bonnema und schaute aufs Klingelschild. »Aber nur weil eine Frau in Ahlbeck ein Gewehr ins Auto gelegt hat, können wir hier nicht einfach mit der Kavallerie anrücken.«

»Du willst doch nicht etwa klingeln?«, rief Bertram, denn genau das schien Bonnema vorzuhaben. »Wir wissen ja gar nicht, wie die Situation da drin aussieht. Wenn Christiane Boomkamp tatsächlich bewaffnet ist …«

»Hast du eine bessere Idee?«, unterbrach ihn Bonnema, wartete nicht auf eine Antwort und drückte auf den Klingelknopf. Die durchdringende Tonfolge, die daraufhin im Haus erklang, erinnerte Bertram an die Pausenglocke einer Schule.

Nichts geschah. Niemand machte Licht, kein Ton war zu hören. Bonnema klingelte erneut, doch das Resultat blieb das gleiche.

»Keiner da«, sagte Bonnema achselzuckend.

»Lass uns auf der Rückseite des Hauses nachschauen!«, schlug Bertram vor, wartete nun seinerseits nicht auf eine Antwort und ging auf dem Rasen ums Haus herum, bis er eine gefliese Terrasse erreichte, auf der eine mit Plastikfolie abgedeckte Hollywoodschaukel stand. Auf dieser Seite des Hauses befanden sich ein kleiner Nutzgarten mit Obstbäumen sowie ein hölzernes Häuschen, das Bertram erst beim zweiten Hinsehen als Mischung aus Autogarage und Gartenschuppen erkannte. Wie er vermutet hatte, befand sich die Zufahrt zur Garage in der dahinterliegenden Parallelstraße. Doch Mulders' Geländewagen war nirgends zu sehen. Das Gleiche galt für Christiane Boomkamps VW Golf.

»*En nu?*«, fragte Bonnema. »Hier ist nichts.«

Das stimmte auffallend. Auch auf der Rückseite des Hauses war kein Fenster erleuchtet. Alles war mucksmäuschenstill und friedlich. Kein Lebenszeichen. Auch wenn das nicht zwangsläufig ein gutes Zeichen sein musste.

»Vielleicht drinnen?«, fragte Bertram und ging über die Terrasse zu einer zweiflügeligen Glastür, durch die man ins Esszimmer des Hauses gelangte.

»Willst du etwa mit Gewalt einbrechen?«, flüsterte Bonnema.

»Nicht nötig. Die Tür ist nur angelehnt.«

»Das können wir nicht machen, Maik!«, rief Bonnema. »Wir können nicht einfach und ohne Grund in das Haus eindringen. Wir sind hier nicht in Deutschland!«

»Sehr witzig«, antwortete Bertram mürrisch und öffnete die Tür. »Kannst ja draußen bleiben.«

»Du bist *gek*!«, sagte Bonnema und ließ einen holländischen Fluch folgen, der in Bertrams Ohren ziemlich gotteslästerlich klang.

Bertram hatte inzwischen das Esszimmer betreten und schaute sich um, vor allem auf dem Fußboden. Denn wenn Christiane Boomkamp mit ihrem Gewehr Jagd auf ihren vermeintlich verstorbenen Mann gemacht hatte, dann bestand die Gefahr, dass Bertram in diesem Haus über eine Leiche stolpern würde. Doch er fand niemanden, weder tot noch lebendig, weder im Esszimmer noch in der angrenzenden Küche. Das Wohnzimmer hatte er schon von draußen inspiziert, und auch das letzte Zimmer im Erdgeschoss, eine Mischung aus Arbeitszimmer und Rumpelkammer, war leer.

»Hier ist niemand«, sprach Bonnema, der Bertram ins Haus gefolgt war, das Offensichtliche aus. »*Niets en niemand!*«

Bertram deutete zur schmalen und sehr steilen Holztreppe, die direkt neben der Haustür ins Obergeschoss führte. Er ging vorsichtig hinauf und zuckte zusammen, als eine der Stufen ein lautes, knarrendes Geräusch von sich gab. Er wartete, doch nichts geschah. Und dann fuhr er erst recht zusammen, als Bonnema von unten rief: »*Hallo? Mijnheer Mulders? Iemand thuis?*«

Bertram verkniff sich einen Kommentar und versuchte, sich zu orientieren. Das Giebelzimmer befand sich auf der linken Seite, doch als er die Tür öffnete, sah er nur ein leeres Schlafzimmer mit ungemachtem Bett, auf dem verschiedene Kleidungsstücke ausgebreitet waren. Der Kleiderschrank war geöffnet, und auch die Schubladen der Wäschekommode waren herausgezogen. Mehrere leere Schachteln und Schuhkartons lagen verstreut auf dem Boden.

»Da hat jemand sehr hastig seine Koffer gepackt und ist verschwunden«, lautete Bonnemas Kommentar. »So hastig, dass er vergessen hat, die Terrassentür zu schließen.«

Bertram nickte. »Tenbrink hatte recht. Boomkamp war längst auf dem Absprung und hat inzwischen das Weite gesucht. Seine Frau ist zu spät gekommen. Und wir auch!«

Sie warfen noch einen Blick ins Badezimmer und in einen kleineren Raum mit Dachschräge, in dem sich mehrere Fitnessgeräte und eine Massageliege befanden, und gingen dann wieder nach unten. Die Kroonprins 17a war menschenleer. Von Maarten Mulders oder Christiane Boomkamp keine Spur.

»Vielleicht gibt es einen Keller«, vermutete Bertram.

»Hast du irgendwo eine Kellertür gesehen?«, konterte Bonnema.

Bertram schüttelte den Kopf und dachte angestrengt nach. Irgendetwas irritierte ihn, aber es dauerte eine Weile, bis es ihm einfiel. »Mulders B. V.«, sagte er und fuhr sich nachdenklich über den Stoppelbart. »Dies ist doch angeblich der Firmensitz. Wo ist dann das Büro? Wo der Besprechungsraum? Und wo lagern die Akten, wenn es nicht einmal einen Keller gibt?«

Bonnema deutete auf das kleine Zimmer im Erdgeschoss.

»Diese Rumpelkammer?«, antwortete Bertram, öffnete die Tür und schaute erneut in das Arbeitszimmer. Zwar gab es einen Schreibtisch, einen Computer und ein Regal mit wenigen Aktenordnern an der Wand, doch überall lagen Kleider, Zeitungen, Sportsachen und sonstiger Krimskrams herum. Der Arbeitsplatz, wenn man ihn denn so nennen wollte, war gar nicht zu benutzen, weil er unter einem heillosen Wust von Plunder und Kram vergraben war. In diesem Büro und an diesem Schreibtisch hatte schon lange niemand mehr gearbeitet.

»Heutzutage braucht man doch nur einen Laptop und ein Smartphone, um seine Geschäfte zu führen«, gab Bonnema zu bedenken. »Büros und Papierkram sind altmodisch. *Ouderwets!*«

Bertram nickte, war aber dennoch nicht überzeugt. Schließlich war Mulders' Firma kein Internet-Start-up und keine alternative Kreativ-Butze, wo die Deals beim Latte macchiato im Straßencafé ausgehandelt wurden. Er dachte an seinen vorherigen Anruf bei Mulders, der offenbar vom Festnetz auf eine Mobilfunknummer weitergeleitet worden war.

»Gibt es noch eine weitere Adresse, unter der die Firma gemeldet ist?«, fragte Bertram. »Irgendeine Filiale? Oder hat Mulders einen Zweitwohnsitz in der Nähe?«

»Nicht laut GBA.«

»GBA?«

»*Gemeentelijke basis administratie*«, erklärte Bonnema. »Das holländische Melderegister. Dort ist unter dem Namen Maarten Mulders nur die Kroonprins 17a vermerkt. Uns ist keine andere Adresse bekannt.«

Bertram seufzte. »Was nicht heißt, dass es sie nicht gibt.« Erstaunt schaute er zum Fenster des Arbeitszimmers, das plötzlich in wechselnden Blautönen aufleuchtete. »Ich dachte, du hast deine Kollegen nicht alarmiert.«

»*Godverdoemd!*«, entfuhr es Bonnema, als er das Blaulicht sah. »Vermutlich haben die Nachbarn die Polizei gerufen. Das haben wir nun davon!«

Diesmal war es Bertram, der fragte: »*En nu?*«

»Geh du hinten raus und verschwinde durch den Garten! Es ist besser, wenn man dich hier nicht sieht.« Bonnema wandte sich zur Haustür. »Ich kümmere mich um die Kollegen. Mir wird schon irgendwas einfallen.«

»Zu dumm, dass du deine Uniform nicht anhast«, sagte Bertram, nickte zum Abschied und ging ins Esszimmer. Als er durch die Glastür auf die Terrasse trat, hörte er hinter sich die penetrante Türklingel.

7

»Wir konnten nicht zulassen, dass sie alles kaputt macht«, sagte Anne Gerwing und starrte durch die Windschutzscheibe in den finstern Bruchwald. »Und genau das hatte sie vor. Sie wollte alles zerstören, was ich mir über all die Jahre hart erarbeitet habe. Dabei ging es ihr gar nicht mehr um Evas Tod auf dem Galgenbülten oder Henks Ertrinken auf Ameland, sondern nur noch darum, mir wehzutun und mich fertigzumachen.«

»Warum?«, fragte Tenbrink und startete den Motor. Zum Glück war ihm relativ bald wieder eingefallen, wo er den Wagen abgestellt hatte.

»Ellen konnte es nicht ertragen, dass ich erfolgreich und glücklich war. Weil sie mit ihrem eigenen Leben unglücklich und in ihrer Ehe gescheitert war.«

»Sie übertreiben.« Tenbrink schaltete die Scheinwerfer an und hatte einige Mühe, den Wagen auf dem schmalen Sandweg zu wenden. »Ellen war Ihre Schwester und hatte bestimmt nicht vor, Sie zu vernichten. Was hätte sie davon gehabt? Sie wollte nur die Wahrheit wissen und hat einen viel zu hohen Preis dafür gezahlt.«

»Sie kannten Ellen nicht«, antwortete sie, ohne Tenbrink dabei anzuschauen. »Sie war ein egozentrisches und missgünstiges Biest. Immer schon. Solange ich die kleine und unscheinbare Schwester war und mich ihr gegenüber entsprechend verhielt, war alles in bester Ordnung. Aber wehe, wenn Ellen nicht im Mittelpunkt stand, wenn sie nicht alle Aufmerksamkeit auf sich zog, dann konnte sie zur Furie werden.« Sie seufzte nachdenklich und schüttelte den Kopf. »Oder zur armen und tragischen Leidenden, die von allen bedauert wurde. So war es nach dem Flugzeugabsturz, aber auch nach Evas Tod. Manchmal kam es mir so vor, als hätte sie die Sache mit den Drogen damals nur angefangen, um wieder im Zentrum zu stehen. Damit alle sie bemitleideten und nicht immer nur an die arme Eva dachten. Als wäre Ellen eifersüchtig auf Evas Tod und die heftige Trauer gewesen. Am Rande zu stehen, das konnte sie einfach nicht ertragen.«

»Sie tun Ihrer Schwester unrecht und machen sich selbst was vor«, sagte Tenbrink. Sie passierten gerade den Galgenhügel, der in der Dunkelheit glücklicherweise nicht zu sehen war. »Ihr Selbstmitleid steht Ihnen nicht und klingt für mich ziemlich verlogen. Nicht *Sie* sind das Opfer, sondern Ellen!«

»Warum darf ich nicht auch mal Mitleid mit mir haben?«, rief sie und fuhr sich mit dem Ärmel über die schniefende Nase. »Warum muss ich immer die Starke und Vernünftige sein? Wieso darf ich nicht einfach nur glücklich sein?«

»Sie haben Ihre Schwester getötet, um glücklich zu sein?«, konterte Tenbrink, schnaubte ungläubig und bog rechts auf die asphaltierte Straße in Richtung Kolkmühle ab. »Sie hätten wissen müssen, dass das nicht funktioniert. Mörder sind selten glückliche Menschen. Nicht wenn sie ein Gewissen haben.«

»Ich habe Ellen nicht getötet.«

»Nein, das haben Henk Boomkamp und sein treuer Gehilfe Schultewolter für Sie erledigt«, antwortete er und schüttelte den Kopf, obwohl ihm der Schmerz in die lädierte Schläfe schoss. »Sie haben wahrscheinlich nur den Plan ausgeheckt. Wie damals am Galgenhügel, als Sie den Jungs gesagt haben, wie sie sich an den Zwillingen rächen können. Sie machen sich die Hände nicht selbst schmutzig und ziehen lieber im Hintergrund die Strippen.«

Sie schwieg und starrte auf ihre Hände, als suchte sie nach dem Schmutz.

»Wie konnte es so weit kommen?«, fragte Tenbrink, als sie die unbeleuchtete Kolkmühle passierten. »Warum musste Ellen sterben?«

»Sie hatte Maarten von Anfang an auf dem Kieker und hat ihn gepiesackt, wo sie nur konnte. Natürlich hat sie nach kurzer Zeit mitbekommen, was zwischen uns lief, und vermutlich war sie eifersüchtig und konnte es nicht ertragen, dass wir ein Paar waren. Ständig hat sie ihn schlechtgemacht oder ist über ihn hergezogen. Darin war sie eine Meisterin. Irgendwann ist Maarten dann der Kragen geplatzt, er hat die Kontrolle verloren und sie angeschrien, und dabei hat er sich wahrscheinlich verraten.«

»War es das Knibbeln?«, fragte Tenbrink.

»Welches Knibbeln?« Verwirrt schüttelte Anne Gerwing den Kopf. »Ich hab keine Ahnung, woran sie ihn erkannt hat, vielleicht war es seine Stimme. Oder sein holländischer Akzent, den er manchmal etwas übertreibt.«

Rudi Carrell, dachte Tenbrink.

»Auf jeden Fall schien sie einen Verdacht zu haben und hat sich plötzlich sehr merkwürdig verhalten. Hat kaum noch mit mir geredet und sich die meiste Zeit in ihrem Zimmer verbarrikadiert. Erst habe ich gedacht, es läge daran, dass sie ihre Medikamente abgesetzt hatte und deswegen unter Paranoia oder Panikattacken litt. Sie fühlte sich schon vorher von allem und jedem verfolgt und belästigt. Von Max Hartmann, weil der offensichtlich in sie verknallt war, von Heini Schultewolter, weil der immer wie ein Moorteufel durch die Gegend schlich, von Magda Hartmann, weil die ihr den Tod von Michael nicht verzeihen konnte, und nicht zuletzt von mir, weil ich ihr angeblich immer Vorschriften gemacht habe und über sie bestimmen wollte. Aber diesmal war es anders. Irgendwann war mir klar, dass sie tatsächlich über Maarten Bescheid wusste und kurz davor war, alles auszuposaunen.«

»Deshalb haben Sie ihr am Samstagabend Schlafmittel in den Wein getan?«, fragte Tenbrink und setzte den Blinker. Sie hatten die Landstraße erreicht, die zur Grenze und von dort aus nach Haaksbergen führte. »Das Rohypnol war doch im Wein, oder?«

»Von der Weinprobe«, sagte sie und nickte. »Ellen hat abends immer ein paar Gläser Wein getrunken, um besser einschlafen zu können. Ich hab ihr einen sehr guten Pfälzer Wein aufs Zimmer gebracht. Mit besten Grüßen vom Sommelier.«

»Und Boomkamp und Schultewolter haben anschließend die bewusstlose Ellen zum Galgen geschafft, während Sie mit Mia Grothues und den anderen Wirten auf der Weinprobe waren.«

»So ungefähr«, sagte Anne Gerwing und räusperte sich. »Jedenfalls war es so geplant. Aber es hat nicht funktioniert.«

»Was ist schiefgelaufen?«

»Ellen ist vorher aufgewacht und hat sich im Halbschlaf gewehrt. Sie hatte anscheinend nicht genug von dem Wein getrunken. Vielleicht hat sie den bittern Beigeschmack bemerkt. Oder ich hab nicht genug Tabletten genommen.«

»Deswegen die Würgemale am Hals und die Druckstellen an den Armen«, folgerte Tenbrink und nickte. »Boomkamp und Schultewolter mussten sie würgen, bis sie wieder ohnmächtig war, und dann haben die beiden sie am Galgen aufgeknüpft. Denn Ellen musste noch leben, als sie am Seil hing, sonst hätte es nicht wie ein Selbstmord ausgesehen.«

»Hören Sie auf!«, rief Anne Gerwing und vergrub ihr Gesicht in den Händen.

Sie passierten die Grenze. »Dafür ist es zu spät! Zwei Menschen mussten sterben, weil sie Henk Boomkamp auf die Schliche gekommen waren. Sie und Ihr Freund haben kaltblütig zwei Menschen ermordet. Erst Ihre Schwester und dann Jens Stein.«

»Von dem Journalisten wusste ich nichts.« Anne Gerwing rutschte unruhig auf ihrem Sitz hin und her. »Davon hab ich erst später erfahren. Der Mann hat Maarten erpresst und wollte …«

»Nennen Sie ihn nicht so!«, brüllte Tenbrink und war selbst erschrocken, wie laut er geworden war. Er schob sich die Brille auf die Nasenwurzel und setzte mit gedämpfter Stimme hinzu: »Sein Name ist nicht Maarten Mulders, sondern Henk Boomkamp. Seine Frau und seine beiden Söhne wohnen drüben in den Zollhäusern und haben jahrelang um ihren Mann und Papa getrauert.«

»Ja«, sagte Anne Gerwing kleinlaut. »Obwohl ich glaube, dass Christiane nie davon überzeugt war, dass Henk ertrunken ist.«

»Wie kommen Sie darauf?«

»Sie ist nicht dumm und kannte ihren Henk nur zu gut. Vor einiger Zeit hat sie mal eine Anspielung darauf gemacht. Sie hatte im Fernsehen irgendeinen Krimi gesehen, in dem ein Mann durch Operationen sein Aussehen so sehr verändert hat, dass ihn niemand wiedererkannt hat. Sie hat mich gefragt, ob so was tatsächlich möglich wäre.«

»Hatte sie einen Verdacht gegen Mulders?«

»Christiane hat Maarten nur flüchtig gekannt. »Er hat natürlich darauf geachtet, ihr nicht zu nahe zu kommen. Aber als Christiane gestern wegen der Beerdigung bei uns im Hotel war und Maarten zum ersten Mal aus der Nähe gesehen hat, da hat sie ihn angeschaut, als hätte sie eine Erscheinung. Als sähe sie einen Geist!«

»Sie hat Henk erkannt?«, fragte Tenbrink und dachte an die seltsame Begegnung mit der völlig verwirrten Christiane Boomkamp, die ihnen im strömenden Regen die Vorfahrt genommen hatte und beinahe im Graben gelandet wäre.

»Schon möglich!« Anne Gerwing zuckte mit den Schultern und setzte hinzu: »Aber das ist jetzt auch egal. Es spielt keine Rolle mehr!«

»Was ist mit dem echten Maarten Mulders geschehen?«, fragte Tenbrink und las auf einem Straßenschild, dass es noch sechs Kilometer bis Haaksbergen waren. »Haben Sie den auch ermordet?«

Anne Gerwing lachte bitter. »Der hat sich seinen Lebenstraum verwirklicht und lebt als Tauchlehrer auf einer der Mentawai-Inseln vor Sumatra. Er haust in einer Holzhütte am Strand und lässt den Herrgott einen guten Mann sein. Genau so, wie er es sich immer gewünscht hat.«

»Sumatra?«, erwiderte Tenbrink und fragte sich, wo und von wem er diese Geschichte gerade erst gehört hatte. Er kam nicht drauf. »Und realisiert hat Mulders seinen Lebenstraum mit freundlicher und finanzieller Unterstützung von Henk Boomkamp, der gerade eine hübsche Millionensumme unterschlagen und beiseitegeschafft hatte?«

Sie nickte. »Henk und Maarten kannten sich von früher. Es war eine klassische Win-win-Situation. Eine Hand wäscht die andere. Henk übernahm Maartens Identität, und Maarten bekam seine Tauchschule und ein sorgenfreies Leben im Paradies. Ein Tausch unter Freunden.«

»Warum sind Sie damals in Ahlbeck geblieben?«, fragte Tenbrink. »Warum haben Sie und Henk nicht einfach das Geld genommen, den Schulzenhof verkauft und irgendwo anders neu angefangen? Ohne Gesichtsoperation, falsche Identität und heimliche Treffen im Vennekotten. Das wäre viel einfacher gewesen. Und klüger.«

»Den Hof verkaufen und neu anfangen?« Sie schaute ihn an, als spräche er in einer ihr fremden Sprache. Wie vorhin, als er vom Aufgeben und Aufhören gesprochen hatte. Lauter Wörter, die in ihrem Vokabular nicht vorkamen.

»Es lief ja auch alles wie am Schnürchen«, sagte Tenbrink achselzuckend. »Das Geld wurde in die Immobilienfirma und den Schulzenhof gesteckt und auf diese Weise gewaschen. Alle waren zufrieden, keiner schöpfte Verdacht. Bis Ellen hier auftauchte und Fragen wegen der Silvesternacht stellte. Und sie im Internet auf Marlijn Grootens Suchanzeige stieß.«

»Suchanzeige?«

»Marlijn Grooten hat sich in einem Blog nach ihrem Ex-Freund Maarten Mulders erkundigt.«

Sie hatten gerade den Abzweig zur Ortschaft Buurse passiert und näherten sich dem Naturschutzgebiet »Buurserzand«, einer ausgedehnten Heidelandschaft, die zwischen den Orten Buurse und Haaksbergen lag und auf der Südseite durch den Ahlbach begrenzt wurde, der auf holländischer Seite Buurser Beek hieß.

Anne Gerwing sah ihn überrascht an und sagte: »Ach, so war das! Diese Marlijn habe ich nie …« Sie unterbrach sich, schien überrascht und wandte den Kopf für einen kurzen Moment nach rechts.

»Was ist?«, fragte Tenbrink.

Sie antwortete nicht und starrte erneut geradeaus auf die Straße. Tenbrink glaubte, den Anflug eines Lächelns auf ihren Lippen zu erkennen.

»Was ist?«, wiederholte er und trat unvermittelt auf die Bremse, sodass der Wagen mit quietschenden Reifen zum Stehen kam und Anne Gerwing im Sitz nach vorne und in die Gurte geschleudert wurde.

»Sind Sie verrückt geworden?«, rief sie und rieb sich die schmerzende Schulter.

»Was ist da?«, fragte er zum dritten Mal. »Warum haben Sie zur Seite geschaut?«

»Nur so«, antwortete Anne Gerwing und wich seinem Blick aus.

Tenbrink legte den Rückwärtsgang ein und fuhr mit abermals quietschenden Reifen zurück bis zu der Stelle, an der sie nach rechts geschaut hatte. Ein Auto, das von hinten angebraust kam, konnte im letzten Moment ausweichen und schoss mit lautem Dauerhupen und Aufblendlicht an ihnen vorbei.

»Wollen Sie uns umbringen?«, schrie Anne Gerwing panisch.

Tenbrink schaute zur Seite, wo ein schmaler Weg abzweigte und den parallel zur Straße gelegenen *fietspad* querte. Er glaubte zu begreifen und fragte: »Boomkamp ist gar nicht in Haaksbergen, nicht wahr?«

»Er ist längst weg«, sagte sie und schüttelte den Kopf. »Das hab ich Ihnen doch gesagt. Wir sind zu spät.«

»Wo geht's da hin?« Tenbrink deutete auf den unbefestigten Feldweg, der in der Dunkelheit kaum als solcher auszumachen war. »Jetzt reden Sie schon! Wohin führt dieser Weg?«

»Henk ist nicht mehr da«, sagte sie statt einer Antwort. »Es ist alles vorbei!«

Tenbrink setzte den Blinker und bog in Schrittgeschwindigkeit auf den Feldweg ein, der sich durchs Unterholz schlängelte und zu einem kleinen Wäldchen führte. An einem Baum am Wegesrand hing ein grüner Briefkasten, auf dem der Name »*Erve ‚t Molenbeek*« zu lesen war.

»*Erve*?«, fragte Tenbrink. »Ein alter Bauernhof?«

»Ein ehemaliger Kotten«, antwortete Anne Gerwing schließlich und hob die Hände, als gäbe sie einem quengelnden Kind seinen Willen. »Er gehörte meinen Großeltern.«

»Die Familie Ihrer Mutter?«

»Sie wurde in dem Kotten geboren. Damals gehörte auch eine Windmühle zum Hof, deshalb der Name.«

»Und jetzt gehört das *Erve* Ihnen?« Tenbrink fuhr weiter in das Wäldchen hinein. »Ihnen und Henk Boomkamp!«

Irgendwo in der Ferne glaubte er, ein gelbliches Licht zwischen den Bäumen zu sehen. Nach etwa fünfzig Metern gabelte sich der Weg, rechts führte er wieder aus dem Hain heraus, links ging es über eine kiesbestreute Zufahrt zu einem kleinen Bauernhäuschen, dessen Holzgiebel von einer gelben Hoflampe beschienen wurde. Direkt unter der Lampe stand Mulders Geländewagen und gleich daneben ein dunkelblauer VW Golf mit deutschem Nummernschild. Vermutlich sollte Tenbrink das Kennzeichen bekannt sein, doch mit Zahlen und Buchstaben war es wie mit Namen. Sie blieben einfach nicht haften.

Er rieb sich den Kiefer, der sich immer noch völlig taub anfühlte, und bemerkte eine warme Flüssigkeit an seinem Ohr. Die Wunde an der Schläfe war wieder aufgegangen. Oder kam die Blutung etwa aus dem Ohr?

Tenbrink verscheuchte den Gedanken und fragte: »Wem gehört der VW?« Er schaltete das Licht aus und parkte sein Auto am Rand des Kieswegs.

»Christiane«, antwortete Anne Gerwing und atmete schwer.

»Woher weiß sie, dass Henk hier ist?«

Anne Gerwing zuckte mit den Schultern. »Als Christiane auf der Suche nach einem Häuschen für sich und ihre Kinder war, haben wir ihr den Molenbeek-Kotten angeboten. Sie hat sich das Haus angeschaut und natürlich bemerkt, dass es nicht leer stand.«

»Sie wollten das Haus ihrer Mutter verkaufen?«, wunderte sich Tenbrink.

»Ich bin, was Häuser angeht, nicht besonders sentimental«, antwortete sie. »Aber Christiane war der Kotten zu weit entfernt von Ahlbeck, darum hat sie schließlich ein Haus im Dorf gekauft.«

Tenbrink nickte und öffnete die Fahrertür. »Sie bleiben im Auto!«

»Von wegen!«, entgegnete sie und wollte ebenfalls die Tür öffnen.

»Ich kann Sie auch mit Handschellen ans Lenkrad fesseln.« Dass er überhaupt keine Handschellen dabei hatte, konnte sie ja nicht wissen.

Anne Gerwing schaute ihn verwundert an und schüttelte den Kopf.

»Bleiben Sie, wo Sie sind!«, sagte Tenbrink und stieg aus dem Wagen. »Wenn ich Ihre Hilfe brauche, hole ich Sie.«

8

Bertram fand einfach keinen passenden Reim darauf. War es denkbar, dass er völlig auf dem Holzweg war? Dass er einen Zusammenhang hergestellt hatte, den es gar nicht gab? Hatte er Christiane Boomkamps Anruf in Haaksbergen und ihr anschließendes Verschwinden womöglich falsch interpretiert? Sein Bauchgefühl sagte ihm, dass er recht hatte, aber es war eben nur ein Gefühl. Es gab keinen Beweis dafür, dass Frau Boomkamp mit dem Gewehr zu Maarten Mulders wollte. Und keinen Beweis, dass Maarten Mulders in Wirklichkeit Henk Boomkamp war.

Wie gern hätte sich Bertram jetzt mit Tenbrink ausgetauscht und die bisherigen Ergebnisse oder weiteren Schritte besprochen. Doch Tenbrink war nach wie vor nicht erreichbar, weder auf dem Handy noch im Gasthaus zur Linde. Die Wirtin hatte ihm nur sagen können, dass Tenbrink nicht auf seinem Zimmer war und sein Wagen auch nicht vor der Tür stand. Hoffnungsvoll hatte er bei Tenbrink zu Hause angerufen, doch auch dort war er nur auf dem Anrufbeantworter gelandet. Der Hauptkommissar war wie vom Erdboden verschluckt. Das Gleiche galt für Christiane Boomkamp, die noch nicht wieder zurück war, wie Bertram von Josef Boomkamp erfahren hatte. Auch ihr Handy war nach wie vor ausgeschaltet.

Bertram fuhr auf der Landstraße in Richtung Deutschland, hatte gerade das Naturschutzgebiet »Buurserzand« hinter sich gelassen und näherte sich der kleinen Ortschaft Buurse, als sein Handy klingelte. Bonnema!

»Hallo, Jan, bist du noch in Haaksbergen?«

»Nein, in Enschede«, antwortete Bonnema. »Ich bin auf der Dienststelle.«

»Ich hoffe, die Kollegen haben dich nicht verhaftet.«

»*Nee*«, lachte Bonnema. »Ich hab ihnen etwas von einem verdächtigen Schatten am Fenster und einer offen stehenden Haustür erzählt. Sie haben mich wahrscheinlich für *onwijs* gehalten, aber nichts weiter dazu gesagt und versprochen, mich nicht in ihrem Bericht zu erwähnen. Sie werden das Ganze als falschen Alarm reklamieren.«

»Deklarieren«, sagte Bertram.

»*Wat zeg je*?«, fragte Bonnema.

»Nichts.« Bertram drosselte das Tempo, als das Ortsschild von Buurse am Straßenrand auftauchte. Hier befand sich ein Abzweig, geradeaus ging es zur Grenze und nach Ahlbeck, links führte die Straße ins Dorfzentrum und von dort weiter nach Enschede. Halb in Gedanken murmelte er: »Wenn ich nur wüsste, wohin sie gefahren ist.«

»Frau Boomkamp?«, fragte Bonnema. »Ich glaube, das kann ich dir sagen. Deswegen rufe ich an.«

»Aha?«, sagte Bertram und hielt den Wagen am Straßenrand an.

»Ich hab doch gesagt, dass ich auf der Dienststelle bin.«

»Mach's nicht so spannend, Jan!«

»Ich hab noch mal im GBA nachgeschaut, ob Mulders einen zweiten Wohnsitz oder eine andere Niederlassung in der Nähe hat.«

»Und?«

»Nein, hat er nicht. Aber ich hab noch ein paar andere Namen überprüft, und dabei bin ich auf etwas Interessantes gestoßen. Es gibt zwischen Buurse und Haaksbergen ein altes *Erve*, das auf den Namen Gerwing eingetragen ist. Hieß so nicht eure Tote vom Galgenhügel?«

»Erve?«, fragte Bertram. »Ist das so was wie ein Erbhof?«

»*Precies*. Es heißt *Erve 't Molenbeek* und liegt in der Nähe vom Haaksbergerweg, kurz vor der Buurser Beek. Ganz leicht zu finden. Wo genau bist du gerade?«

»Ich steh am Ortseingang von Buurse«, antwortete Bertram. »Am Abzweig nach Enschede.«

»Warte dort auf mich! Ich bin in zehn Minuten da.«

»Hm«, machte Bertram, um nicht mit Ja oder Nein zu antworten.

Warten war nicht gerade seine Stärke.

9

Es dauerte eine Weile, bis das Schwindelgefühl nachließ und er sich wieder auf etwas anderes als das zunehmend taube Gefühl im Ohr konzentrieren konnte. Irgendetwas stimmte nicht, irgendetwas lief grundlegend falsch, doch das hatte nichts mit seiner puddingweichen Schläfe und dem warmen Blutrinnsal an seinem Hals zu tun. Tenbrink kam sich vor, als wachte er aus einem tiefen Koma auf, als hätte er in einem Zeitloch gesteckt. Wie vorhin, als er mit dem Auto durchs Venn gefahren war, ohne sich daran erinnern zu können, in den Wagen eingestiegen zu sein. Doch da war er noch gar nicht verletzt gewesen. Und jetzt saß er auch nicht im Auto, sondern hockte hinter einem Gebüsch, gleich neben einem dämmrig beleuchteten und halbrunden Panoramafenster, das so aussah, als hätte sich dort früher einmal ein Scheunentor befunden. Das Haus war eine umgebaute Bauernkate, mit hölzernem Giebel und fast bis zum Boden reichenden Satteldach.

Molenbeek, ging es ihm durch den Kopf, aber er wusste nicht, was das zu bedeuten hatte. Erst als er sich dem großen Sprossenfenster näherte und erkannte, was sich in dem dahinterliegenden Wohnzimmer abspielte, erinnerte er sich, wo er sich befand und wie er hierher gekommen war. Er sah Maarten Mulders alias Henk Boomkamp im funzligen Schein einer Leselampe auf einem Ledersofa sitzen, den Oberkörper vornübergebeugt, die Unterarme auf die Knie gestützt, den Blick starr nach unten gerichtet. Direkt vor ihm ging Christiane Boomkamp im Zimmer auf und ab und hielt ein Gewehr mit

Zielfernrohr im Arm, dessen Lauf aber zur Decke gerichtet war. Während der unbewaffnete Boomkamp völlig ruhig und gelassen wirkte, schien seine Frau – oder Witwe – fürchterlich aufgebracht zu sein. Sie fuchtelte mit den Armen herum, wedelte dabei mit dem Gewehrlauf und schüttelte unentwegt den Kopf. An ihren Lippenbewegungen konnte Tenbrink erkennen, dass sie ohne Pause auf ihr Gegenüber einredete, während dieser den Mund nicht auftat und die Lippen lediglich zu einem angedeuteten und gerade deshalb fast überheblich wirkenden Grinsen verzog. Als könnte ihm das Gewehr nichts anhaben.

Da das Panoramafenster aus Isolierglas war, konnte Tenbrink keinen Ton verstehen, also schlich er um das Haus herum, bis er die Giebelseite erreicht hatte, wo die beiden Autos geparkt waren. Das Wohnzimmer hatte auf dieser Seite des Hauses keine Fenster, deshalb bestand für Tenbrink keine Gefahr, entdeckt zu werden. Wieder hatte er das Gefühl, etwas Wesentliches vergessen oder übersehen zu haben. Irgendetwas fehlte.

Er versuchte es an der Haustür, doch die war verschlossen, darum lief er zur Rückseite des Hauses, wo sich bei alten Bauernkotten üblicherweise die Küche befand, und tatsächlich war die niedrige und massive Eichentür, die zur einstigen Wohnstube führte, nicht verriegelt. Nachdem er kontrolliert hatte, dass seine Pistole noch im Holster steckte, zog er den Kopf ein und betrat die Küche. Wieder erfasste ihn ein seltsamer Schwindel, in der Dunkelheit stieß er gegen einen Stuhl, und beinahe wäre er zu Boden gegangen. Aber im letzten Moment konnte er sich an dem Küchentisch abstützen, bis sein Kreislauf sich wieder stabilisiert hatte. *Vermutlich war er unterzuckert*, dachte er und wusste zugleich, wie unsinnig das war. Zucker! So ein Quatsch!

Beinahe hätte er laut gelacht, doch dann hörte er die gedämpften Stimmen und ging, wie von einem Magneten angezogen, durch den ebenfalls unbeleuchteten Flur in Richtung Wohnzimmer. Ein kratzendes Geräusch an der Haustür ließ ihn zusammenzucken. Es hörte sich an, als würde von außen ein Schlüssel ins Schloss geschoben, doch die Tür blieb geschlossen. Nichts geschah. Mit der Pistole in der Hand näherte er sich der hölzernen Schiebetür, die den Flur vom Wohnzimmer trennte.

»Wem willst du eigentlich etwas vormachen?«, hörte er Henk Boomkamp sagen. Ohne holländischen Akzent. Kein Anflug von Rudi Carrell. »Du weißt so gut wie ich, dass du mich nicht erschießen wirst.«

»Da wär ich mir nicht so sicher«, rief Christiane Boomkamp, deren Stimme sich beinahe überschlug. »Wenn ich schieße, dann treffe ich auch. Dann wirst du nicht wieder von den Toten auferstehen.«

»Wenn du mich hättest erschießen wollen, hättest du das längst getan«, sagte Boomkamp erstaunlich ruhig. »Du wärst hier reingekommen, hättest deine verdammte Flinte genommen und mich abgeknallt.«

»Es ist keine Flinte, sondern eine Büchse!«

»Was auch immer! Stattdessen redest du die ganze Zeit auf mich ein, machst mir Vorwürfe und stellst Fragen, auf die du die Antworten längst weißt. Was, zum Teufel, willst du eigentlich von mir, Christiane?«

»Ich will mein Leben zurück!«, schrie sie ihn an.

»Du *hast* ein Leben!« Jetzt wurde auch Boomkamp laut. »Und das ist um einiges besser und angenehmer als dein früheres Leben als meine Ehefrau. Die Lebensversicherung hat gezahlt, du hast dir gerade ein hübsches Haus im Dorf gekauft, und meine Mutter fällt dir auch nicht mehr zur Last. Das hat leider alles länger gedauert, als ich dachte, und ich weiß, dass das keine einfache Zeit war. Aber jetzt hast du ausgesorgt! Willst du das wirklich alles aufs Spiel setzen und mich erschießen? Das wäre töricht!«

»Du verstehst das tatsächlich nicht, oder?«, rief Christiane Boomkamp. »Du hast überhaupt keine Ahnung, was du uns angetan hast! Was wir durchgemacht haben! Wir sind durch die Hölle gegangen! Begreifst du das nicht?«

»Jetzt mach mal halblang, Christiane«, sagte er und deutete auf den Platz neben sich. »Und setz dich endlich! Damit wir das wie Erwachsene regeln können.«

Tenbrink hatte inzwischen die Schiebetür, die ihn an billige Ikea-Einrichtungen erinnerte und so gar nicht zu dem altertümlichen Bauernkotten passen wollte, erreicht und schob sie ein wenig zur Seite, bis er durch den Spalt ins Wohnzimmer schauen konnte. Henk Boomkamp saß immer noch auf dem Sofa, hatte die Beine aber mittlerweile übereinandergeschlagen und schüttelte den Kopf.

»Wie Erwachsene?«, rief sie. »Was heißt das? Hältst du das hier für ein Kinderspiel? Glaubst du, ich bin eine kleine Rotzgöre, der du kluge Ratschläge geben kannst? Ich bin deine Frau, verdammt noch mal!«

»Und genau deshalb hab ich dich gebeten herzukommen.«

»Du hast mich gebeten?« Sie lachte abfällig und rief: »Du hattest keine andere Wahl! Ich bin dir auf die Schliche gekommen, mein Lieber!«

»Meinetwegen«, antwortete er und hob abwehrend die Hände. »Von mir aus! Du hast gewonnen. Du hast das Gewehr, also bestimmst du die Regeln. Was willst du?« Da sie nicht reagierte, korrigierte er sich: »*Wie viel* willst du?«

»Glaubst du etwa, es geht mir ums Geld?«

»Um was denn sonst?« Boomkamp zog die Stirn kraus und verschränkte die Arme vor der Brust. »Sag nicht, dass es dir um mich geht! Dass du dir wünschst, wieder mit mir zusammen zu sein! Das wäre nun wirklich albern.«

Tenbrink schob die Tür ein wenig weiter auf, bis er auch Christiane Boomkamp sehen konnte. Sie starrte den Mann auf dem Sofa wie einen Außerirdischen an, der in einer fremden Sprache mit ihr redete. Sie schüttelte verzweifelt den Kopf und rief: »Ich hab dich geliebt, Henk!« Es klang nicht wie eine Feststellung, sondern wie ein Flehen oder Bitten. Nein, wie ein Betteln.

»Jetzt hör schon auf«, erwiderte Boomkamp. »Unsere Ehe war doch längst am Ende. Eine einzige Farce! Das weißt du so gut wie ich, auch wenn du es vielleicht nicht wahrhaben wolltest. Wir waren zwei Fremde, die sich eine Wohnung geteilt haben. Wenn die Kinder nicht gewesen wären …«

»Lass die Jungs aus dem Spiel«, rief sie und richtete den Lauf des Gewehrs, der zuvor zu Boden gezeigt hatte, wieder auf ihn. »Hast du überhaupt eine Ahnung, was du den Kindern angetan hast? Wie sehr die beiden unter deinem Tod gelitten haben und immer noch leiden? Du hast deine eigenen Kinder im Stich gelassen, verdammt noch mal! Wie konntest du nur?!«

Tenbrink wusste, dass er einschreiten musste. Dass er sich bemerkbar und dem Ganzen mit vorgehaltener Waffe ein Ende machen musste. Doch dazu war er nicht in der Lage. Er folgte dem Geschehen wie einem Schauspiel, das er nicht beeinflussen konnte. Es kam ihm vor, als sendete sein Hirn Befehle aus, die vom Rest des Körpers nicht mehr befolgt wurden. Er war wie gelähmt.

Hinter sich hörte er leise Schritte und heftiges Atmen, und erst jetzt begriff er, was die ganze Zeit gefehlt und was er vergessen hatte: Anne Gerwing. Sie war natürlich nicht im Auto geblieben, sondern stand jetzt direkt hinter ihm und wisperte in sein blutendes Ohr: »Tun Sie doch etwas!«

Tenbrink wollte den Kopf schütteln, aber auch das ging nicht.

»Es tut mir leid, Christiane«, sagte Boomkamp derweil im Wohnzimmer und hob entschuldigend die Hände. »Was hätte ich denn machen sollen? Verstehst du nicht, dass ich für viele Jahre im Knast gelandet wäre? Wäre dir das lieber gewesen? Wäre das besser für die Kinder gewesen?« Er erhob sich und machte einen Schritt auf sie zu, sodass der Lauf der Büchse nun seine Brust berührte. »Es blieb uns einfach keine Zeit mehr. Wir mussten handeln, bevor es zu spät war. Darum haben wir …«

»Wir?«, fragte Christiane Boomkamp. »Wer ist wir?«

Boomkamp sah seine Frau überrascht an.

»Wer ist wir?«, wiederholte sie nun lauter.

Boomkamp schien die Frage nicht zu verstehen und sagte: »Anne und ich.«

»Verdammt«, flüsterte Anne Gerwing.

»Soll das heißen …?«, rief Christiane Boomkamp. »Ihr habt das alles zusammen …? Du und Anne, ihr wart schon damals …? Die ganze Zeit …?« Sie brachte die Fragen nicht vollständig über die Lippen und schien erst jetzt zu begreifen, was das bedeutete. Was tatsächlich geschehen war. Sie hatte keine Ahnung gehabt. Dann riss sie das Gewehr plötzlich hoch in den Anschlag und rief: »Du verdammtes Schwein!«

»Nein!«, schrie Anne Gerwing, stieß Tenbrink zur Seite und riss die Tür auf.

Tenbrink knallte mit dem Kopf gegen den Türrahmen und zielte mit der Pistole ins Leere. Gleichzeitig sah er, wie Henk Boomkamp nach dem Gewehr griff und seiner Frau mit dem Ellbogen einen heftigen Schlag gegen die Brust versetzte. Tenbrink suchte vergeblich nach Halt und stürzte mit der Pistole in der Hand vornüber ins Wohnzimmer. Im selben Augenblick krachte es ohrenbetäubend. *Zu laut für eine Pistole*, dachte er noch. Er sah Mündungsfeuer. Dann entglitt ihm alles, in seinem Kopf ging etwas zu Bruch, und der Boden raste auf ihn zu.

10

So leicht zu finden, wie Bonnema behauptet hatte, war der Bauernhof keineswegs. Als Bertram mit seinem Wagen auf der Brücke stand, die über die Buurser Beek führte, wusste er, dass er den Abzweig verpasst hatte. Er kehrte um und sah erst beim zweiten Vorbeifahren den schmalen Feldweg, der kurz vor dem Bach von der Landstraße abbog und sich durch ein kleines Wäldchen schlängelte. Bertram folgte dem Feldweg und stieß nach etwa fünfzig Metern auf einen Kiesweg, der linker Hand zu einem von hohen Bäumen umstandenen Kotten führte.

Auf halber Strecke zum Bauernhaus stand ein Wagen ohne Licht am Wegesrand, und Bertram glaubte, eine dunkel gekleidete und zierlich wirkende Person zu erkennen, die auf dem dämmrig beleuchteten Platz vor dem Kotten stand und in diesem Moment aus seinem Sichtfeld verschwand.

Bertram wusste, dass er auf den Kollegen Bonnema hätte warten müssen, doch stattdessen stellte er seinen Wagen an der Weggabelung ab, holte eine Taschenlampe aus dem Handschuhfach, vergewisserte sich, dass seine Walther P99 geladen war, und ging zu Fuß über den Kiesweg in Richtung Bauernhaus. Überrascht und alarmiert stellte er fest, dass es sich bei dem Auto, das am Wegesrand geparkt war, um Tenbrinks Privatwagen handelte. Der Audi war leer und nicht verschlossen, der Schlüssel steckte im Zündschloss. Als Bertram mit der Taschenlampe ins Innere leuchtete, glaubte er, Blutspuren auf dem Fahrersitz zu erkennen. Er fuhr mit dem Finger über die Stelle, roch daran und fand seinen Verdacht bestätigt.

Bertram griff nach seiner Pistole, näherte sich langsam dem Bauernkotten und erlebte gleich die nächste Überraschung. Neben Mulders' Geländewagen, der direkt vor dem Haus abgestellt war, stand der dunkelblaue Golf von Christiane Boomkamp. *Also doch*, dachte Bertram und ging in geduckter Haltung zur Haustür, die einen Spalt breit offen stand.

Noch ehe er die Tür erreicht hatte, fiel im Inneren des Hauses ein Schuss. Nur einen Moment später schrie ein Mann und verstummte fast im selben Augenblick wieder, als hätte man ihm mit einem Schalter die Stimme abgestellt.

Bertram öffnete vorsichtig die Tür und leuchtete mit der Taschenlampe in den dunklen Hausflur. Das Bild, das sich ihm im Schein der Taschenlampe bot, würde er so schnell nicht wieder vergessen. Zwei regungslose Körper lagen auf dem Boden: Heinrich Tenbrink und Anne Gerwing. Während Tenbrink bäuchlings und mit seiner Pistole in der Hand in einem schmalen Durchgang lag und eine klaffende Wunde am Kopf hatte, lag Anne Gerwing auf dem Rücken direkt hinter ihm, mit seltsam angewinkelten Beinen und einem großen dunklen Fleck auf der Brust. Unter und neben ihr hatte sich bereits eine Lache gebildet, bei der Bertram nicht erst daran riechen musste, um zu wissen, dass es Blut war. Während Tenbrink nicht bei Bewusstsein zu sein schien, hob Anne Gerwing leicht den Kopf, starrte ihn mit weit aufgerissenen Augen an und streckte ihm mit einer hilflosen Geste die blutverschmierte linke Hand entgegen.

»Was hast du gemacht, Henk?«, hörte Bertram eine Frauenstimme aus dem Nachbarraum. Und noch einmal, diesmal lauter: »Was hast du gemacht?!«

Bertram machte einige Schritte nach vorn, bis er durch die Tür ins Wohnzimmer schauen konnte. Dort standen Maarten Mulders und Christiane Boomkamp und starrten ihrerseits wie gebannt auf die Verwundeten am Boden. Mulders hielt ein Gewehr in den Händen und schüttelte verwirrt den Kopf, als könnte er nicht begreifen, was geschehen war. Was er getan hatte.

»Polizei!«, rief Bertram und richtete seine Pistole auf Mulders. »Lassen Sie das Gewehr fallen!«

Mulders starrte ihn unverwandt an und schüttelte den Kopf. Allerdings war nicht klar, ob das eine Antwort auf Bertrams Aufforderung war.

»Waffe weg!«, schrie Bertram. »Sofort!«

Mulders verharrte wie eine Statue und schaute Bertram hasserfüllt an, als wäre er es gewesen, der Anne Gerwing die Kugel in die Brust gejagt hatte.

»Runter mit dem Gewehr!«, schrie Bertram und machte einen Schritt auf Mulders zu.

Plötzlich riss dieser das Gewehr hoch. Im selben Augenblick krachte es. Bertram warf sich auf den Boden und rollte sich zur Seite. Überall war Blut, doch das war nicht seines, sondern das von Anne Gerwing. Bertram war nicht getroffen. Dann sah er, dass Mulders auf die Knie sank, das Gewehr fallen ließ und seitlich zu Boden ging. Direkt neben ihm stand Christiane Boomkamp und schrie, als würde sie auf der Streckbank gefoltert.

Bertram brauchte eine Weile, um zu begreifen, woher der Schuss gekommen war. Überrascht drehte er sich zur Haustür um. Dort stand Jan Bonnema, eine Pistole im Anschlag und einen entsetzten Ausdruck im Gesicht. Vor ihm lagen vier zum Teil schwer verletzte oder sterbende Menschen auf dem blutüberströmten Boden, und eine Frau kreischte, als hätte sie den Verstand verloren.

»*Godverdoemd!*«, rief Bonnema und lief ins Wohnzimmer, um das Gewehr an sich zu nehmen. »Was ist denn hier passiert?«

Bertram antwortete nicht und beugte sich stattdessen über Tenbrink, um dessen Herzschlag zu ertasten. Am Handgelenk war nichts zu spüren, doch am Hals glaubte er einen schwachen, wenn auch unregelmäßigen und flattrigen Puls zu fühlen. Das hoffte er zumindest. Die Wunde an Tenbrinks Schläfe blutete zwar stark, doch das Blut war zum Teil bereits verkrustet. Die Kugel, die Anne Gerwing in die Brust getroffen hatte, war jedenfalls nicht der Grund für Tenbrinks Kopfverletzung gewesen.

»Wie sieht's aus?«, fragte Bonnema und drehte zugleich den röchelnden Mulders auf die Seite.

»Er lebt«, antwortete Bertram und setzte vorsichtig hinzu: »Noch.«

Bonnema nickte, holte sein Handy aus der Manteltasche und deutete auf Mulders alias Boomkamp. »Der hier auch. Ich glaube, ich habe seine Lunge erwischt.« Dann wandte er sich zu der immer noch kreischenden Christiane Boomkamp um und rief: »Schnauze!«

Sie starrte ihn verschreckt an und verstummte schlagartig.

Bertram kroch hinüber zu Anne Gerwing, die mit offenen Augen und ausgestrecktem Arm regungslos in ihrem eigenen Blut lag. Bertram ahnte, dass er bei ihr keinen Puls und keinen Atem mehr finden würde. Er schaute zu Bonnema und schüttelte den Kopf.

»Verdammt, Maik!«, sagte Bonnema, während er sich das Handy ans Ohr hielt und auf die Verbindung wartete. »Hab ich dir nicht gesagt, du sollst auf mich warten?«

Epilog

»Weißt du eigentlich, was für ein verdammtes Glück du hattest?«

Tenbrink nickte. Oh ja, das wusste er. Seitdem er aus dem Koma aufgewacht war, hatte man ihm das so oft und stets mit unverkennbar vorwurfsvollem Unterton unter die Nase gerieben, dass er es nicht mehr hören konnte. Ja, er hatte Glück gehabt. Ja, er hätte tot sein können. Und ja, er hatte Mist gebaut!

»Für die Ärzte bist du so eine Art Wunderwesen«, fuhr Bertram fort, schlug die Beine übereinander und grinste neckisch. »Eine Mischung aus Bruce Willis und Lazarus.« Er klopfte sich mit den Fingerknöcheln an die Schläfe. »Mit einem Schädel-Hirn-Trauma und Schädelbasisbruch so eine Show abzuziehen, das hat hier alle schwer beeindruckt. Dein westfälischer Dickschädel hat neue Maßstäbe gesetzt.«

»Ich weiß«, sagte Tenbrink und hob abwehrend die Hand. Das Sprechen fiel ihm schwer, es war eher ein Murmeln und Flüstern, auch weil der Verband an seinem Kopf und die Schiene um seinen Hals ihn daran hinderten, den Mund weit zu öffnen. Es war ein Wunder, dass Bertram ihn überhaupt verstand.

»Tut mir leid, dass ich dich erst jetzt …«, begann Bertram, doch Tenbrink unterbrach ihn und winkte ungeduldig mit der Hand.

»Lass gut sein, Maik!«

»Ich soll dich von Jan grüßen«, sagte Bertram und betrachtete intensiv seine Fingernägel. »Er wünscht dir gute Besserung.«

»Jan?«

»Bonnema.«

»Danke«, antwortete Tenbrink und brauchte eine Weile, bis er den Namen einordnen konnte. »Hat er Ärger bekommen?«

»Ärger?«, wiederholte Bertram. Vermutlich wollte er sichergehen, dass er Tenbrinks Murmeln richtig verstanden hatte. Als Tenbrink nickte, antwortete Bertram: »Er hat nichts falsch gemacht. Nur ein paar eigenmächtigen deutschen Kollegen das Leben gerettet und einen Mörder zur Strecke gebracht.« Wieder ging sein Blick auf die Fingernägel. »Erinnerst du dich inzwischen, was geschehen ist?«

Tenbrink zuckte mit den Schultern. Zwar hatte er mittlerweile eine ungefähre Ahnung, was an dem Abend vor zwei Wochen geschehen war, aber das wenigste davon entsprang seiner eigenen Erinnerung. Manches hatte er in der Zeitung gelesen, anderes hatte er während der Befragung durch Arno Bremer erfahren oder sich zusammengereimt. Inzwischen konnte er kaum noch auseinanderhalten, was er aus eigener Erfahrung wusste und was er nur vom Hörensagen kannte.

Bertram lehnte sich zurück. »Boomkamp liegt übrigens nicht mehr auf der Intensivstation, er wird vermutlich bald nach Deutschland überstellt. Die Kugel hat seine Lunge durchschlagen, aber keine wesentlichen Blutgefäße getroffen. Glück für ihn. Und für Jan.«

»Jan?«

»Bonnema«, sagte Bertram.

»Natürlich«, murmelte Tenbrink und schloss die Augen.

Bertram stand auf. »Du bist müde. Ich lass dich besser in Ruhe. In ein paar Tagen schau ich wieder rein.«

Tenbrink griff mit der linken Hand nach Bertrams Ärmel und klammerte sich regelrecht daran. Dann fragte er: »Schultewolter?«

Bertram zögerte kurz, setzte sich wieder und schüttelte den Kopf. »Weiß der Teufel, wo der sich verkrochen hat. Auf beiden Seiten der Grenze läuft die Fahndung auf Hochtouren, aber der alte Kauz ist wie vom Erdboden verschwunden. Sein Wagen wurde irgendwo im Ahlbecker Venn gefunden, samt Steins Laptop und Handy, aber Schultewolter haben sie noch nicht erwischt.«

Tenbrink dachte an den Kriechkeller im Vennekotten und wusste, dass es schwer werden würde, Schultewolter ausfindig zu machen. Vermutlich kannte der alte Wilderer und Schmuggler viele ähnliche Verstecke im Moor. Verlassene Moorhöfe und Viehställe, unbenutzte Jagdhütten und Unterstände oder weitere Keller und Erdlöcher, die man nur fand, wenn man wusste, wo man suchen musste. Solange sich Schultewolter im Moor aufhielt, war er im Vorteil und ihm kaum beizukommen, aber irgendwann würde er aus der Deckung kommen müssen. Dann würden sie ihn schnappen. Er hatte keine Chance.

»Ich dachte, er kommt vielleicht zur Beerdigung«, sagte Bertram und zuckte mit den Achseln. »Aber so dumm war er natürlich nicht.«

»Du warst auf ihrer Beerdigung?«

Bertram nickte. »Leider. Eine trostlose Veranstaltung. Nur wenige Ahlbecker haben sich auf den Friedhof getraut, die Wirtin aus der ›Linde‹ habe ich gesehen und Magda Hartmann. Unser Freund, der Dorfsheriff, war auch da. Außerdem ein paar Angestellte vom ›Schulzenhof‹, sonst kaum jemand. Dafür aber eine Riesenmeute von Journalisten und Schaulustigen. Es war grässlich. Selbst für eine Beerdigung.«

»Meine Schuld«, flüsterte Tenbrink.

»Hm?«, machte Bertram.

»Ich hab sie auf dem Gewissen.«

»Quatsch!«, rief Bertram, aber es klang ein wenig halbherzig. »Du weißt, dass die Kugel eigentlich für dich bestimmt war.«

Tenbrink nickte.

»Wenn du nicht in dem Augenblick zusammengebrochen und zu Boden gegangen wärst, lägst *du* jetzt auf dem Friedhof. Es war Zufall, dass Anne Gerwing genau hinter dir stand. Nicht *du* hast geschossen, sondern Boomkamp. Er wollte dich abknallen.«

»Trotzdem«, knurrte Tenbrink.

Darauf erwiderte Bertram nichts. Was hätte er auch sagen sollen? Tenbrink dachte an das, was Bertram vor einiger Zeit zu ihm gesagt hatte: »*Bis du einen Fehler machst, der uns alle in die Scheiße reiten kann.*« So hätte Tenbrink es zwar nicht ausgedrückt, aber diesen Fehler hatte er nun begangen.

»Werd erst mal wieder gesund!«, sagte Bertram und stand auf.

Auch so ein Satz, auf den Tenbrink inzwischen allergisch reagierte. Kommen Sie erst mal wieder auf die Beine! Denken Sie jetzt nur an sich und machen Sie sich über den Rest keine Gedanken! Im Moment zählt nur Ihre Gesundheit. Alles Weitere regelt sich schon! Tenbrink konnte es nicht mehr hören.

Bertram räusperte sich. »Ich geh dann jetzt.«

»Warte!«, rief Tenbrink und hob die Hand.

»Ja?«

»Kannst du mir einen Gefallen tun?«

Bertram zuckte mit den Schultern. »Klar.«

»Hast du was von Karin gehört?«

»Karin?«

»Ja, sie war noch gar nicht hier. Jedenfalls nicht, wenn ich wach war. Ist doch komisch, oder? Ich mach mir ein wenig Sorgen.«

»Karin?«, wiederholte Bertram und schaute ihn verwirrt an. »Deine Frau?«

»Ja«, antwortete Tenbrink. »Könntest du vielleicht in Schöppingen …?«

Bertram schüttelte den Kopf und wirkte völlig fassungslos.

»Was ist?«, fragte Tenbrink und bekam es mit der Angst zu tun. »Was ist mit Karin? Warum guckst du so?«

Bertram schluckte und biss sich auf die Lippen.

»Was?«, fragte Tenbrink alarmiert. Und dann noch mal: »Was?«

Die Community für alle, die Bücher lieben

Das Gefühl, wenn man ein Buch in einer einzigen Nacht verschlingt – teile es mit der Community

In der Lesejury kannst du
- Bücher lesen und rezensieren, die noch nicht erschienen sind
- Gemeinsam mit anderen buchbegeisterten Menschen in Leserunden diskutieren
- Autoren persönlich kennenlernen
- An exklusiven Gewinnspielen und Aktionen teilnehmen
- Bonuspunkte sammeln und diese gegen tolle Prämien eintauschen

Jetzt kostenlos registrieren: www.lesejury.de
Folge uns auf Facebook:
www.facebook.com/lesejury